immer bei dir

Nina Miller

Buchbeschreibung:

Manche Tage sollten einfach immer so sein ... so voller Gold.

Lexie und River – die Geschichte der beiden beginnt irgendwo im Nirgendwo von Tennessee. In einem heißen Sommer geht Lexies Schulzeit allmählich zu Ende. Als wäre das nicht aufregend genug, tritt auch noch River in ihr Leben – und verändert damit alles. Von nun an ist er immer an ihrer Seite: bester Freund, Musiker und Retter in wirklich jeder Not.

Nächster Halt ist ein Studium in Kalifornien: Aus Träumen werden Pläne und gemeinsam machen sich Lexie und River auf den Weg in die große, weite Welt. Doch wie sieht eine Zukunft aus, wenn man alles füreinander, aber nur als Freunde verbunden ist?

Über die Autorin:

Nina liebt Wörter. Egal, ob handgeschrieben, getippt, gesungen oder gesprochen – sie mag Buchstaben in allen Formen. Gelesen hat sie schon immer gerne, mit dem Schreiben angefangen hat sie allerdings erst während ihrer Masterarbeit.

Am liebsten schreibt Nina nachts – dann, wenn alles ruhig ist und sie möglichst wenig Ablenkung hat ... immer begleitet von Musik und einer großen Flasche Pepsi.

Ninas Debütroman «Bereit zu fliegen» war drei Monate in den Amazon-Top-100-Gesamtcharts, danach folgte mit «Alles außer dir» und «Alles außer uns» ihre nächste Geschichte als Dilogie. «Immer bei dir» ist der Auftakt ihrer neuen Trilogie.

2. Auflage

ISBN:
978-3-98595-262-5

Nina Miller
c/o SP-Day.de Impressum-Service
Dr. Lutz Kreutzer
Putzbrunner Straße 9c
81737 München

info@ninamiller.de
www.ninamiller.de

Lektorat und Korrektorat:
Irina Kessler und Edda Eckhardt
Agentur Kessler & Eckhardt

Cover- und Umschlaggestaltung durch Emilia Cole (Coverstube – www.emiliacole.de) unter Verwendung von Bildmaterial von iStock (www.istockphoto.com) und der Schriftart Smaragdines © Mats Peter-Forss (www.creativemarket.com)

Bestellung und Vertrieb:
Nova MD GmbH, Vachendorf

Für all diejenigen, die an mich geglaubt haben.
Und für all diejenigen, die nicht an mich geglaubt haben.

Für all die Lexies auf dieser Welt,
die so mutig, stark und furchtlos sind,
dem Weg ihres Herzens zu folgen.
Ihr seid diejenigen,
die Lexie verstehen
und vor allem
fühlen.

In the end,
we only regret
the chances we didn't take,
the relationships we were afraid to have
and the decisions we waited too long to make.

Erster Teil

«Manche Tage sollten einfach immer so sein ... so voller Gold.»

Prolog

Ich habe in meinem Leben viele Dinge gemacht, auf die ich nicht stolz bin.

Ich war egoistisch.

Ich habe meine Wünsche an erste Stelle gestellt, ungeachtet dessen, dass ich andere Menschen damit verletze.

Ich habe gelogen.

Ich habe geklaut.

Ich habe Drogen genommen.

Ich bin fremdgegangen.

Ich hatte Sex mit dem besten Freund meines besten Freundes.

Ich war in einen vergebenen Mann verliebt.

Während ich in einer Beziehung war.

Ein vergebener Mann war in mich verliebt.

Während er in einer Beziehung war.

Schlimmer noch: Ich bin nie von seiner Seite gewichen, obwohl ich wusste, dass es ihn immer zu mir zieht.

Ich war die emotionale Affäre.

Ich war die körperliche Affäre.

In meinem Leben habe ich viel falsch gemacht.

Aber nie aus Bosheit.

Meist aus Liebe.

Ja, ich habe in meinem Leben wirklich viel falsch gemacht.

Aber vor allem habe ich gelebt.

Und geliebt.

Ich bin Lexie Lewis. Und das ist meine Geschichte.

1. Kapitel

Ich liebe das geschriebene Wort. Worte sind meine größte Waffe. Wobei meine beste Freundin Adriana sagt, mein Herz sei meine größte Waffe, aber das ignoriere ich gerne.

Wer will schon das Herz als größte Waffe haben?

Ich nicht. Ich will Worte.

Ich liebe Wörter. Ich war schon immer fasziniert von der Macht der Worte. Sie können beflügeln und verletzen, aufbauen und zerstören, trösten und entmutigen, heilen und erniedrigen, motivieren und verunsichern. Sie können sich Menschen so groß fühlen lassen und gleichzeitig so unbedeutend. Alles innerhalb von Sekunden. Worte sind eine unglaubliche Waffe und haben eine so große Macht. Sie erschaffen Religionen, sie lösen Kriege aus und führen wieder zu Frieden, sie lassen Liebe und Freundschaften entstehen und wieder zerbrechen.

Es ist beängstigend, welche Macht Worte haben.

Es war schon immer mein Traum, mit ihnen zu arbeiten. Seitdem ich denken kann, will ich Journalistin werden. Oder zumindest seitdem ich schreiben kann. Ich stelle mir nichts großartiger vor, als mich jeden Tag mit Buchstaben zu beschäftigen. Texte entstehen zu lassen. Über Dinge zu berichten. Menschen durch meine Worte mitzunehmen und staunen zu lassen. Ein Stück von der Welt miterleben zu lassen. Das Leben einzufangen.

Worte als täglichen Begleiter zu haben, genau das ist mein Wunsch.

Ich liebe Schreiben in jeder Form und genauso liebe ich alle Arten von Texten. Mein Herz schlägt auch besonders für das kreative Schreiben: Menschen auf andere Weise durch meine Worte mit auf eine Reise zu nehmen, indem man sie in eine ganz eigene Welt eintauchen lässt. In eine Welt, die ich erschaffen habe. In meine Geschichten, aus meinem Kopf, vielleicht auch aus meinem Herzen, direkt auf Papier.

Mit einem Seufzen starre ich auf eine Seite meines Manuskripts, das ich selbst verfasst habe. Zu gerne würde ich es jemanden lesen lassen. Adriana weiß, dass ich schreibe, aber ich habe ihr in all den Jahren nie etwas von mir gezeigt. Dafür fehlt mir der Mut, so etwas Persönliches mit anderen Menschen zu teilen, auch wenn es mich immer wieder reizt, um eine Einschätzung zu bekommen. Einen Richtwert, der mir ungefähr verrät, wo ich stehe. Aber da gibt es so etwas wie eine Hemmschwelle, die mich von diesem Schritt abhält. Mein innerer, ungeschriebener Leitsatz lautet: Keine emotionalen Geschichten oder Zeilen teilen, die ich selbst aus meinem Inneren erschaffen habe. Das ist wie ein Seelenstrip und ein Stück von mir. Das geht nicht.

Deswegen bleibe ich lieber bei sachlichen und realistischen Texten. Zu diesen Texten habe ich einen anderen emotionalen Bezug. Ich habe kein Problem, diese Texte mit Leuten zu teilen. So wie ich es auch mache, wenn ich für die Schülerzeitung schreibe. Auch das liebe ich, genau dafür brenne ich. Es hat meinen Wunsch, nach der High School Journalismus zu studieren, gefestigt.

Den selbstgeschriebenen Text schiebe ich zur Seite. Stattdessen hole ich meinen Artikel über Plastikmüll für die Schülerzeitung aus der Tasche. Ich habe dazu Interviews mit verschiedenen Lehrern und Schülern geführt und sie nach Ideen gefragt, wie wir den Plastikverbrauch an unserer Schule reduzieren können. Gestern Abend habe ich den ersten Entwurf für den Artikel geschrieben, aber so ganz zufrieden bin ich noch nicht. Der Lärm um mich herum lässt allerdings nicht zu, dass ich meinen Text aufmerksam lesen kann, also schiebe ich ihn ebenfalls zur Seite und starre stattdessen durch den Biologieraum.

Vorne, in der ersten Reihe wie die typische Streberin, sitzt Adriana. Sie ist meine beste Freundin seit dem Sandkasten. Und das meine ich wörtlich. Das erste Mal begegneten wir uns dort. Sie zertrat meine Burg. Ja, nicht unbedingt der beste Start für eine langhaltende Freundschaft – könnte man denken. Aber ich bin damals aufgestanden, habe meine Schippe in die Luft geworfen und Adriana lachend umarmt. So erzählen es jedenfalls unsere Eltern. Irgendwie waren wohl damals schon manche Synapsen nicht richtig bei mir verbunden. Die Schippe ist übrigens auf meinem Kopf gelandet. Vermutlich habe ich seit diesem Tag auch offiziell einen Dachschaden. Und trotzdem hat mich das nicht davon abgehalten, laut zu lachen und Adriana zu umarmen.

Seit diesem Tag sind Adriana und ich jedenfalls unzertrennlich. Wir waren zusammen im Kindergarten, in der Grundschule, in der Middle School und nun beenden wir auch zusammen die High School. Kaum zu glauben, dass wir mittlerweile im elften Jahr angekommen sind. Wir sind somit Juniors. Das sind unsere letzten zwei Jahre, bis wir unseren Abschluss haben und uns damit das Ticket in die Freiheit ergattern. Wie jeder andere meiner Mitschüler hier an der High School sehne ich mir nichts mehr als den Tag des Abschlussballs herbei, und ich weiß jetzt schon, dass er unvergesslich werden wird.

Nach all den gemeinsamen Jahren sind Adriana und ich ein eingespieltes Team. Also fanden wir, dass wir auch die idealen Sitzpartner in Biologie sind. Leider hat das unsere Lehrerin Mrs. Peterson anders gesehen und uns letzte Stunde getrennt. Angeblich haben wir zu viele Gespräche geführt, die nichts mit dem Unterricht zu tun haben.

Adriana dreht sich auf ihrem Stuhl um und winkt mir zu. Ihre braunen, schulterlangen Haare haben wie immer diesen tollen Glanz – ich glaube, das liegt an ihren italienischen Wurzeln. Dann tut sie so, als würde sie schreien und deutet auf den Rücken ihrer Sitznachbarin. Sie mag Michelle nicht. Aber Michelle mag sie. Das ist manchmal unangenehm, weil sie immer wieder versucht, ein Gespräch aufzubauen. Adriana tut so, als würde sie sich imaginäres Essen in den Mund schaufeln, dann zeigt sie auf mich und sich selbst. Erwartungsvoll hebt sie die Augenbrauen und grinst. Das ist unsere Codesprache dafür, dass wir gleich zusammen in der Mensa essen gehen. Ich bin mir sicher, Adriana kennt meine Antwort, aber trotzdem nicke ich und sie hebt lachend den Daumen. Wir lieben Essen. Vor allem ich liebe Essen. Adriana meint immer, es sei unbegreiflich, dass ich so schlank bin, obwohl ich so viel esse. Sie selbst sagt über sich, dass sie ein paar Kilos zu viel auf den Rippen hat, aber das ist nicht wahr. Sie ist genau richtig so, wie sie ist. Und trotzdem ist sie immer wieder auf Diät, aber heute scheint keiner dieser Tage zu sein. Michelle versucht, ihre Aufmerksamkeit zu bekommen, woraufhin sich Adriana ihr augenrollend zuwendet.

Ich bin fast ein wenig geknickt, dass wir nicht mehr nebeneinandersitzen, aber dann erinnere ich mich daran, dass wir später wieder Literatur gemeinsam haben. Positiv denken und das Beste draus machen. Vielleicht ist das eine gute Möglichkeit, meine Note in Biologie aufzubessern.

Heute steht alles auf Neustart.

Neustart. Ab heute.

Wie immer beginnt der Unterricht bei Mrs. Peterson nicht pünktlich, also schlage ich noch das Buch auf, das ich gestern Nacht angefangen habe zu lesen. *Der alte Mann und das Meer* von Ernest Hemingway.

Trotz des Lärms um mich herum bin ich schnell wieder in der Geschichte gefangen, die mich alles andere ausblenden lässt. Allerdings komme ich gerade mal zwei Seiten weit, ehe eine fremde Stimme meine Aufmerksamkeit auf sich zieht.

«Du musst Lexie Lewis sein.»

Ich weiß nicht, was mich am meisten irritiert.

Dass ich aus meiner Buchwelt gerissen werde.

Dass die Stimme so warm und auf seltsame Weise vertraut klingt, obwohl sie mir fremd ist. Oder jedenfalls sein sollte.

Der Akzent.

Oder der Typ selbst, der plötzlich neben mir steht.

Er zieht den Stuhl ein Stück zurück, lässt seinen Rucksack von der Schulter gleiten und setzt sich zu mir. Seine weichen Gesichtszüge haben sofort etwas Vertrauenerweckendes, obwohl wir uns noch nie zuvor begegnet sind.

«Hey», sagt er und die blauen Augen strahlen mich aufrichtig an. Seine Stimme ist tief und sanft zugleich. «Ich bin River Brooks.»

Und River ist Brite. Ich höre es sofort. Ausgerechnet Brite.

Oje, oje.

Und anscheinend sitzt River ab sofort neben mir.

So wird das nichts mit dem Neustart und dem Verbessern in Biologie ... Wie immer hat mein Plan äußerst lange gehalten.

Mit einem Mal fühle ich mich überfordert.

«Ähm ... hey», sage ich schließlich und räuspere mich. Immer noch beobachtet er mich aufmerksam, ohne seine Augen von mir abzuwenden, und irgendetwas an seinem intensiven Blick lässt mich nervös auf meinem Stuhl herumrutschen. Kann er bitte mal woanders hingucken? Nach einigen Sekunden räume ich mein Etui ein Stück zur Seite, obwohl der Tisch eindeutig groß genug ist, aber irgendetwas will ich machen. Etwas Sinnvolles sagen, zum Beispiel. «Hey River ... ich bin ... ähm ... Lexie.»

Oh Gott.

Ernsthaft, Lexie?

Stellt man sich überhaupt vor, wenn der andere bereits den Namen kennt? Ich denke schon. Sonst ist das doch unhöflich. Obwohl man sich den Schritt doch sparen könnte. Egal. Aber was zur Hölle sollte das «Ähm»? Musste ich über meinen eigenen Namen nachdenken oder was?

Guter erster Eindruck – läuft ...

River grinst immer noch, während er anfängt, seine Unterlagen aus dem dunklen Rucksack herauszuholen und auf dem Tisch auszubreiten. Im Gegensatz zu den weichen Gesichtszügen stehen seine markanten Eckzähne, die ein Stück länger sind als die restlichen Zähne, welche ziemlich makellos nebeneinander angereiht sind. Erst jetzt fällt mir sein dunkles Guinness-T-Shirt auf. Starker Auftritt, am ersten Schultag an einer amerikanischen High School mit dem Aufdruck einer irischen Biermarke aufzulaufen. «Falls du dich fragst, woher ich deinen Namen kenne ... Mrs. Peterson sagte gerade zu mir, River, du sitzt neben Lexie Lewis. Und ich habe mich im Klassenraum umgesehen und dann meinte Mrs. Peterson, Lexie ist das Mädchen, das schon wieder ihre Nase in ein Buch steckt.»

Lächelnd schließe ich das Buch und schiebe es ebenfalls ein Stück zur Seite. «Ja, Mrs. Peterson fängt selten pünktlich mit dem Unterricht an und irgendwas Sinnvolles muss man ja in der Zwischenzeit machen.»

Auch sitzend ist River ein ganzes Stück größer als ich. Als er sich zu mir lehnt, steigt mir sein Parfüm in die Nase. Seltsamerweise riecht er vertraut. Die Stimme hat er gesenkt, als würde er mir etwas Geheimes anvertrauen: «Ich soll dir übrigens von Mrs. Peterson sagen, dass sie es sieht, wenn du auch im Unterricht Bücher liest und nicht aufpasst.»

«Oh», sage ich und streiche mir verlegen eine lange, dunkelbraune Haarsträhne hinters Ohr. Erwischt. Dabei kam ich mir immer so unbeobachtet vor. «Verdammt.»

River zuckt nur kurz mit den Schultern, als würde er das nicht weiter tragisch finden. «Aber ich hätte auch so gewusst, dass du Lexie bist.»

«Woher das?»

«Ich weiß nicht. Es hat mich sofort zu dir gezogen. Du warst mir sympathisch, wie du in dein Buch vertieft warst und alles um dich herum ausgeblendet hast.» Er lehnt sich nach vorne und wirft einen Blick auf mein Buch, obwohl ich mir sicher bin, dass er den Titel schon längst gecheckt hat. «Hemingway. Ja, ich mag den Roman von ihm auch, aber ehrlich gesagt gefallen mir seine Kurzgeschichten besser. Kennst du *Katze im Regen*?»

«Noch nicht.»

«Ich leihe sie dir. *Katze im Regen* gefällt mir am besten und ich bin gespannt, ob du die Kurzgeschichte auch magst.» River stupst mir an die Schulter und wieder stiehlt sich dieses Grinsen auf sein Gesicht. Seine hellen Augen blicken in meine dunklen Augen. «Kannst du dann ja im Unterricht lesen.»

Ich weiß nicht, ob es an der lockeren Berührung, an dem aufrichtigen Lächeln, oder an seinem Humor liegt. Aber mit einem Mal ist es so, als hätte er schon einen Fuß in der Tür zu meinem Herzen. Ich kann förmlich spüren, wie das Eis zwischen uns bricht. Obwohl wir erst so wenige Worte gewechselt haben, ist er mir sympathisch und ich habe das Gefühl, ich kann ihm vertrauen. Es fühlt sich an, als würden wir uns schon ewig kennen.

Jetzt, da diese erste Hemmschwelle weg ist, die man anfangs immer hat, wenn man neue Leute kennenlernt, kann ich meine Neugier nicht mehr zügeln und will mehr von ihm wissen. Am besten alles. Ich lehne mich zurück und beobachte River einige Sekunden, wie er sich durch die blonden Haare streicht und seine Augen unruhig durch den Raum gleiten lässt. Als er meinen Blick bemerkt, weicht er ihm aus, aber ohne dabei sein Grinsen zu verlieren. Kurz nutze ich seinen unachtsamen Moment, um ein Blick auf seine Chucks zu werfen, die mittlerweile ihr weißes Strahlen verloren und eher einen Grauton haben. Unweigerlich muss ich an Adriana denken. Sie sammelt Chucks.

«Woher kommst du, River?»

«England.»

«Geht das genauer?», hake ich weiter nach. Ich bin schon fast irritiert, dass er immer noch nach vorne starrt, wo er mich zuvor so intensiv beobachtet hat.

«Aus dem Herzen von England. Aus London.»

Ich weiß nicht, ob ich ihn beneiden oder bemitleiden soll. Eine gute Portion Mitgefühl schwingt bei meiner nächsten Frage bereits mit. «Und dann zieht ihr von London nach Tennessee?»

«Ja.» Auf einmal ist er auch auffallend wortkarg.

«Deprimierend. Gerade nach Greywood. Wenn du middle of nowhere nachschlägst, kommt Greywood als Definition. Das weißt du schon, oder?»

Endlich sieht er mich wieder an, als er knapp abwinkt. «Das passt schon. Bisher gefällt es mir hier.»

«Was hast du denn schon gesehen?»

«Gefühlt nur diesen Klassenraum.»

«Das ist ein guter Richtwert», entgegne ich ironisch. «Kriegst du hier keinen Schock, nachdem du in London gelebt hast?»

River verzieht nachdenklich den Mund und legt die Stirn in Falten. Dann schüttelt er langsam den Kopf. «Nein, London ist so stressig, schnell und hektisch. Greywood wirkt dagegen ... ruhig und beständig. Entspannend irgendwie. Anders. Und anders ist immer gut.»

Ich mag es, wie er spricht. Seine Stimme klingt weich und angenehm. Oder liegt es am Akzent? Keiner kann leugnen, dass der britische Akzent einen gewissen Charme hat. Überaus viel Charme sogar, wenn man mich fragt.

«Und dann kommst du mitten im Schuljahr hier rüber?», frage ich River und lehne mich zu ihm, weil ich leiser spreche.

Mrs. Peterson fängt mittlerweile mit dem Unterricht an. Oder so. Weder River noch ich hören zu. Und vermutlich auch sonst keiner. «Das Schuljahr läuft ja schon ein paar Wochen.»

Einige Male nickt er. «Meine Eltern sind einfach mit mir abgehauen.» Einzelkind. Genau wie ich. «Über Nacht. So kam es mir jedenfalls vor.»

«Warum so auf der Flucht?», will ich wissen.

«Das ist genau mein Ding. Weglaufen kann ich. Es gibt kaum was, das ich besser kann.»

«Du weichst aus.»

«Und du passt auf.»

«Also, warum musste es so schnell gehen?»

«Wir haben uns mit der Mafia angelegt.»

«Interessant», entgegne ich wenig beeindruckt.

«Und nun hat das FBI uns eine neue Identität beschafft.» Er beobachtet meine Reaktion, dann lässt er die Schultern sinken. «Du glaubst mir nicht.»

«Nein, nicht wirklich.»

«Stimmt auch nicht. Aber ich muss dir etwas anderes beichten.»

«Was denn?», frage ich neugierig.

Mrs. Peterson räuspert sich. Als ich sie ansehe, zieht sie die Augenbrauen zusammen und wirft mir einen strengen Blick zu. Ich wette, sie würde River und mir am liebsten den Takt ansagen und uns auseinandersetzen, aber sie hält sich zurück, weil River neu und sie vermutlich froh ist, dass er schon Anschluss im Kurs hat. Sehr rücksichtsvoll von ihr.

River hat es auch bemerkt. Er hebt entschuldigend die Hand und wartet, bis sie sich zur Tafel dreht, dann sieht er mich wieder an. Sein Grinsen ist verschwunden, stattdessen liegt ein ernster Ausdruck auf seinem Gesicht, den ich bei ihm bisher noch nicht gesehen habe. Es wundert mich, dass er bei seinen nächsten Worten nicht selbst lachen muss: «Es musste wirklich schnell gehen. Also habe ich das restliche Marihuana verschenkt und meinen Hamster das Klo runtergespült.»

«Bist ja ein richtiger Krimineller.»

«Du glaubst mir wieder nicht.» Er klingt schon fast enttäuscht.

«Warum hast du das gemacht?», spiele ich mit.

«Weil es zu viel war, um es noch alleine zu rauchen.»
«Das mit dem Hamster, meine ich.»
«Ach so. Natürlich. Der wollte nicht mit.»
«Warum das?»
«Flugangst.»
«Und dann hast du ihn einfach geopfert?»
«Warum geopfert? Hamster schwimmen gerne. Glaube ich.» Kurz hält er inne, dann ergänzt River: «Er hieß Pumpkin. Ruhe in Frieden, Pumpkin.»
«Ein typischer Name für einen Hamster», pflichte ich ihm bei.
«Außerdem war das mein Hamster. Da ist das erlaubt. Und Pumpkin wollte das so.»
«Was wollte er? Dass du ihn das Klo runterspülst?»
«Genau.»
«Warum?»
«Nase voll vom Leben.»
«Depressiv?»
«Manisch.»
«Gefährlich. Und tragisch irgendwie.»
River sieht mich immer noch an. Er ist nach wie vor um einen ernsten Ausdruck bemüht, aber seine Mundwinkel zucken bereits. Und dann lacht er auf. Ein ehrliches und unbefangenes Lachen, wie man es viel zu selten bei Leuten sieht. Es klingt kratzig und irgendetwas daran löst bei mir Gänsehaut aus. Ein paar Schüler aus den vorderen Reihen drehen sich fragend zu uns um. Vor allem Adriana wirft mir einen neugierigen Blick zu und hebt interessiert die Augenbrauen. River presst die Lippen zusammen und ich kann sehen, wie er um Fassung bemüht ist, aber es funktioniert nicht. Kleine Grübchen bilden sich in seinen Wangen und ich liebe sie jetzt schon. «Das ist das dümmste Gespräch, das ich in meinem ganzen Leben geführt habe», bringt er gerade noch hervor.
«Ist das ein Kompliment?»
«Ja. Ich liebe bescheuerte Gespräche. Die ergeben so viel Sinn.» Erneut lehnt er sich zu mir, als sich unsere Mitschüler nach vorne gedreht haben und sich wieder auf den Unterricht

konzentrieren. «Okay, ich verrate es dir. Bereit für die Wahrheit?»

«Bereit.»

Er streicht sich über sein Guinness-Shirt, das so zerknittert ist, dass er es vermutlich einfach aus dem Koffer gezogen und angezogen hat, ohne nochmal einen Blick in den Spiegel zu werfen. Dann verkündet er mir feierlich: «Es war andersherum. Den Hamster habe ich verschenkt, das Marihuana habe ich das Klo runtergespült.»

«Das stimmt doch jetzt auch wieder nicht.»

«Stimmt. Ich hatte nie einen Hamster.»

«Und das Marihuana hast du doch selbst geraucht?»

«Nein, das war wirklich zu viel. Also habe ich es verschenkt.» Ich weiß nicht, ob er mir die Wahrheit sagt, aber sein Zwinkern deutet mir an, dass er mir nicht mehr verraten wird. Er wendet den Blick ab und richtet ihn vorne zur Tafel, und dennoch entgeht mir das kleine Lächeln nicht, das seine Lippen umspielt.

«Warum grinst du so?», will ich wissen.

Er versucht schon wieder, es zu unterdrücken, aber er kann es nicht verbergen. Stattdessen wird das Lächeln noch breiter und seine markanten Wangenknochen zeichnen sich ab. «Ich weiß nicht. Ich muss die ganze Zeit grinsen, seit ich mit dir rede.»

«Ich auch», gebe ich zu. Und es ist wirklich so. Es geht nicht anders.

«Lachst du über mich?»

«Nein, aber deinetwegen.»

«Denk an den Hamster!»

Ich mache ein ernstes Gesicht, das mich ganze Mühe kostet. «Okay, ich lache nicht mehr. Nie wieder.»

«Geht doch.»

«Du weißt, wie man sowas regelt.»

«Ja. Wie echte Männer.»

Ich wende den Blick ab und wühle in meiner Tasche herum, damit River nicht sieht, wie ich mir wieder das Lachen verkneife, aber wahrscheinlich weiß er das ohnehin. Als ich meine Dose gefunden habe, stopfe ich mir einen Cookie in den Mund. Unter dem Tisch will ich River möglichst unauffällig einen anbieten, aber als ich ihn anstupsen will, sieht er mich bereits wissend an.

«Du isst hier Cookies? Wir sind in einem Naturwissenschaftsraum. Ist das überhaupt erlaubt?» Seine Stimme hat einen gespielt tadelnden Unterton, aber ich bin bereits mit seinem Humor vertraut.

Ich zucke mit den Schultern und deute auf Mrs. Peterson. «Verrate es ihr nicht, Pumpkin», bitte ich ihn mit vollem Mund. «Die hat Haare auf den Zähnen.»

«Du benennst mich nach meinem toten Hamster?»

Selbstsicher nicke ich. «Der Name ist doch wieder frei, richtig?»

River grinst wieder nur und starrt auf die Dose. «Wenn ich dein Pumpkin bin, bist du mein Cookie.»

«Du benennst mich nach Essen?»

«Einwände?» Als ich etwas sagen will, hebt er mahnend den Finger. «Denk an den Hamster.»

Ergeben hebe ich die freie Hand. «Keine Einwände.»

«Ich glaub, ich mag dich, Cookie.»

«Ich glaub, ich mag dich auch, Pumpkin. Ich teile schließlich schon mein Essen mit dir.»

River will gerade in die Dose greifen, aber dann lässt er die Hand wieder sinken. «Und das bedeutet, du magst mich?»

«Das ist der absolute Maßstab. Das ist sowas wie ein Liebesbeweis. Wenn du mir zeigen willst, dass du mich magst, teile dein Essen mit mir. Dann weiß ich Bescheid.» Ich räuspere mich und wackle mit der Dose. «Also, willst du einen Cookie?»

«Na gut», stimmt River zu und nimmt sich einen. «Du verleitest mich dazu, etwas in den Naturwissenschaftsräumen zu essen. Wie böse.»

«Sehr böse. Du bist jetzt auf der dunklen Seite.»

River zuckt trotzig mit den Schultern. «Und das an meinem ersten Tag hier. Die Zukunft sieht ja nicht gerade rosig aus.»

«Stimmt. Aber immerhin haben wir Cookies auf der dunklen Seite.»

«Wir sind jetzt Verbündete. Ich verrate nicht, dass du Cookies in den Naturwissenschaftsräumen isst und damit auch noch dealst. Dafür gehört deine Seele auf ewig mir. Das ist dir hoffentlich klar.»

Entschuldigend hebe ich die Hände. «Na, wenn du die haben willst ...»

«Ist sie etwa tiefschwarz?»

«Das weiß ich nicht. Das musst du herausfinden. Oder du gehst auf Risiko und kaufst die Katze im Sack.»

«Ich nehme das Risiko. Ich will unbedingt deine Seele.» Er hält mir die Hand hin. «Also, schlag ein für den Deal. Mein Schweigen gegen deine Seele.»

«Nur meine Seele?»

Seine warme Hand umschließt meine, als er irritiert fragt: «Denkst du etwa, ich sammele die?»

«Keine Ahnung, aber jetzt hast du immerhin meine Seele. Echt toll.»

«Keine Sorge. Ich pass darauf auf.»

«So wie auf deinen Hamster?»

Immer noch hält er meine Hand, als er lachend den Kopf in den Nacken legt. «Auf meine Art halt.»

«Dann bin ich jetzt ja entspannt.»

Er sieht sich auf dem Tisch um. «Zeig mir mal deinen Stundenplan. Ich glaube, ich muss noch einmal ein paar Kurse neu wählen. Wir können ja unmöglich nur Biologie zusammen haben.»

Während ich ihm meinen Stundenplan rüberschiebe und River ihn mit seinem vergleicht, kreisen die Gedanken in meinem Kopf.

Neustart. Ab heute. Alles steht heute auf Neustart.

Aber auf eine andere Weise als vorhin noch angenommen.

Nun ist River in mein Leben getreten. Und auf einmal ist da dieses Gefühl, dass es mit ihm anders ist. Aber da ist noch etwas anderes, auch wenn ich nicht weiß, woher es plötzlich kommt. Es ist nicht nur ein Gefühl, vielmehr ein Wissen, dass sich damit alles ändert. Und sich mit ihm alles verändern wird.

2. Kapitel

River, Adriana und ich verbringen seit zwei Wochen jeden Schultag miteinander. Er hat seinen Stundenplan unserem angepasst, in der Mittagspause sitzen wir zusammen in der Mensa oder laufen eine Runde über den Schulhof. River hat mit seiner offenen und lockeren Art schnell Anschluss in der ganzen Stufe gefunden und so ist es nicht verwunderlich, dass wir am Samstag schon die zweite Party mitnehmen, die einer unserer Mitschüler schmeißt. Eigentlich verläuft der Abend auch recht entspannt – bis ich Rivers Stimme über die Musik hinweg bis ins Wohnzimmer höre.

Sie kommt aus dem Garten. Und er klingt verärgert, dabei stand er noch vor wenigen Minuten gut gelaunt neben mir in der Küche und hat sich einen Becher gemixt, womit er dann nach draußen gegangen ist. Irgendetwas muss in den letzten Minuten passiert sein.

Die bodentiefen Fenster ermöglichen mir zwar einen Blick in den Garten, aber draußen stehen mittlerweile viele Leute und versperren mir die Sicht.

Ich sehe noch, dass River mitten im Geschehen ist und Dylan, einen Jungen aus unserem Biologie-Kurs, am Kragen packt. River schreit ihn so laut an, dass ich jedes einzelne Wort verstehe. Nicht nur seine angespannte Haltung verrät mir, dass er unter Strom steht. Auch sein Tonfall ist schneidend und ungewohnt schroff.

«Ob du mich verstanden hast, habe ich gefragt?!», will er wissen. Dann lässt er von Dylan ab und schubst ihn ein ganzes Stück nach hinten. Ich bin im ersten Moment perplex, ihn so in Rage zu sehen. Sonst kenne ich ihn immer nur als jemanden, der meist bester Laune ist und sich mit allen Leuten zu verstehen scheint. «Und jetzt verpiss dich von hier!»

Ich weiß nicht, was vorgefallen ist, aber mir ist klar, dass ich zu River muss. Also löse ich mich aus meiner Starre und laufe nach draußen. Auch ohne einen Blick über meine Schulter zu werfen, weiß ich, dass Adriana mir folgt. Ungeduldig drängle ich mich durch die Menschen, die stumm dort stehen und alles beobachten.

Dann dreht River sich um und läuft bereits einige Meter in eine andere Richtung, weg von dem Geschehen, geradewegs auf uns zu. Seine blonden Haare stehen wie kleine Antennen ab. Leise flucht er vor sich hin. Ich verstehe nicht, was es ist, aber es klingt alles andere als nett.

Dylan streicht sein Hemd glatt, dann hebt er die Faust und kommt River einige Schritte nach. Die nächsten Worte spuckt er regelrecht aus. «Verpiss du dich doch von hier, du Wichser! Am besten zurück nach bloody England!»

Prompt bleibt River stehen. Sein Blick, den er zuvor auf den Boden gerichtet hatte, schießt nach oben. Seine Augen haben einen starren Ausdruck, als er mich ansieht. Ich schüttle langsam den Kopf und versuche ihn zu beruhigen, bevor die Situation völlig eskaliert. River hält den Blickkontakt zu mir, als wüsste er, was ich damit sagen will. Sein ganzer Körper scheint zu beben. Er nickt mir ebenfalls zu, die Lippen zu einer dünnen Linie gepresst, und ich kann sehen, wie er sich zu einer ruhigen Atmung zwingt. Immer noch sieht er mich an, fast so, als würde er die Welt um sich herum ausblenden und sich nur auf mich konzentrieren. Es kommt mir vor, als wäre die Zeit stehengeblieben und alles wahnsinnig langsam passiert. Als River sich mit angespannten Schultern zu Dylan dreht, befürchte ich das Schlimmste. Aber dann hebt er beschwichtigend die Hände. Bei seinen nächsten Worten zittert seine Stimme vor Wut, und trotzdem kann ich hören, dass River dem Streit aus dem Weg gehen will. «Weißt du was ... In Ordnung. Wir wollten sowieso gerade gehen. Die Party ist scheiße.»

Trotz allem muss ich die Augen rollen, weil es River ähnlich sieht, noch so einen Spruch zu setzen. Ganz kommentarlos kann er nicht das Feld räumen.

Er kommt geradewegs auf uns zu und legt die Arme um unsere Schultern. «Lexie, Adriana. Wir gehen.»

River zieht uns weiter, aber ich werfe einen letzten Blick zurück.

«Endlich», murmelt Dylan und ein triumphierendes Grinsen macht sich auf seinem Gesicht breit, als hätte er den Kampf gewonnen, und ich bin froh, dass River es nicht sieht. «Nimm deine beiden Chicas und dann macht einen Abgang!»

River ignoriert den Kommentar zum Glück. Der Griff um unsere Schultern ist immer noch verstärkt, aber sein Blick ist nicht mehr so starr wie zuvor. Langsam scheint er sich wieder zu erden.

«Und du da ...», sagt River und erhebt seine Stimme über den Lärm. Er löst seine Arme von uns und deutet auf einen Typen, der alleine auf einer Bank sitzt und sich mit dem Ärmel übers Gesicht fährt. Auf dem Stoff klebt Blut und er fährt sich damit nochmal über eine Stelle an seiner Schläfe, die aufgeplatzt ist. Mit einem Mal beschleicht mich das Gefühl, dass der Typ etwas mit der Auseinandersetzung zwischen River und Dylan zu tun hat. «Du kommst mit uns!» Seine nächsten Worte richtet er wieder an uns und er hat die Stimme deutlich gesenkt. «Wir hauen gleich hier ab. Adriana, besorg vorher noch ein Kühlpack. Lexie, schau mal, ob du irgendwo ein Handtuch findest. Vielleicht findest du etwas Brauchbares auf dieser bloody Party ...»

Den letzten Satz murmelt er so leise, dass ich ihn kaum verstehe. Dann schlendert er auf den Typen zu und setzt sich zu ihm, während Adriana und ich zurück ins Haus gehen. Ich habe keine Ahnung, wer der Typ auf der Bank ist, den River mitschleppen will, aber für Rückfragen bleibt keine Zeit. Wir sollten schnell hier verschwinden, bevor sich die Gemüter noch mehr erhitzen und Dylan wieder auf die glorreiche Idee kommt, River zu provozieren, und die Stimmung vollständig kippt. River hat vorhin jede Menge Alkohol getrunken und ich weiß nicht, wie gut er mit solchen Provokationen in diesem Zustand umgehen kann. Bisher hatten wir so eine Situation noch nicht.

Nach ein paar Minuten kommen Adriana und ich zurück in den Garten, aber River und der Typ sind bereits verschwunden, was wahrscheinlich auch besser ist. Weil ich weiß, dass River uns niemals auf dieser Party alleine lassen würde, nehmen wir unsere Jacken und gehen zur Haustür, vor der die beiden dann wie erwartet zu finden sind.

Der Typ sitzt auf einer Stufe, River hingegen steht vor ihm und hat beide Hände in seinem Hoodie vergraben.

Adriana und ich reichen dem Typen das Kühlpack und auch ein Handtuch, das ich aus der Not heraus aus einem Schrank im Badezimmer mitgenommen habe.

Er murmelt ein Danke, dann wischt er sich mit dem Handtuch übers Gesicht. Ich habe es an einigen Stellen angefeuchtet, mit welchen er sich über die hartnäckigen Blutreste reibt.

Einige Zeit stehen wir nur schweigend zusammen und ich genieße die frische Luft. Es ist Spätsommer und die Temperaturen sind trotz der späten Uhrzeit noch angenehm. Viel angenehmer als die heißen Mittage im Hochsommer hier in Tennessee.

Jetzt, da ich so nah vor ihm stehe, kann ich den Typen zuordnen. Ich erinnere mich nicht an seinen Namen, aber ich weiß, dass er neu bei uns an der Schule und seit einigen Tagen ebenfalls bei uns im Biologie-Kurs ist.

«Geht's dir gut?», will ich zögernd wissen. Dann setze ich mich zu ihm und lächle ihn aufmunternd an.

«Ja, alles gut. Danke», antwortet er. Schließlich lächelt er mich ebenfalls an und zeigt mir seine geraden Zähne.

«Ich bin übrigens Adriana», sagt sie plötzlich und dann deutet sie auf River und mich. «Und das sind River und Lexie.»

«Oh.» Er drückt sich immer noch das Kühlpack an die linke Schläfe. Mit der anderen Hand hebt er den Zeige- und Mittelfinger an die rechte Schläfe, um zu salutieren. «Ich bin OJ.»

«Interessanter Name», sage ich knapp. Ich ziehe meine Beine an und werfe ihm einen fragenden Blick zu, in der Hoffnung, ihm etwas mehr entlocken zu können.

«Abkürzung für Owuso Jedou. Das kann sich aber niemand merken. Selbst meine Eltern nennen mich OJ.» Kurz herrscht Stille, dann schmunzeln wir alle. «Also, weil es einfacher ist. Nicht, weil sie sich den Namen nicht merken können.»

«Woher kommt dein Name?», fragt Adriana.

«Owuso?»

«Ja.»

«Den hat mein Vater ausgesucht. Er kommt aus Ghana. Meine Mutter ist Brasilianerin.» Kurz hält OJ inne, dann seufzt er tief. «Offensichtlich zu viel Multikulti für den ein oder anderen Typen hier.»

«Was ist denn vorhin passiert?», nutze ich prompt die Gelegenheit, als er das Thema erwähnt.

«Lexie ist kaum neugierig», erklärt River und seine ernste Miene bricht. Er zeigt uns sein typisches Lachen mit den Grübchen, das ich so mag, und das seine markanten Wangenknochen betont. «Sie ist immer so, OJ. Entweder du gewöhnst dich daran oder du versuchst, es zu ignorieren ... aber ich warne dich: Lexie ist hartnäckig.»

«Na, du machst ja richtig Werbung für mich», werfe ich trocken ein.

River übergeht meinen Kommentar, wobei mir natürlich klar ist, dass er scherzt – wobei, vielleicht meint er es auch ernst: «Aus eigener Erfahrung kann ich dir sagen, es wird irgendwann besser und dann sind ihre Fragen auch gar nicht mehr so unangenehm. Man ist dann immer aufs Schlimmste vorbereitet und schon fast überrascht, wenn es gar nicht so schlimm ist.»

OJ seufzt theatralisch und hebt ergeben eine Hand. «Ich gebe mich gleich geschlagen.»

«Kluger Mann.»

«Darf ich es nicht wissen?», hake ich noch einmal nach, weil ich immer noch nichts weiß. Es kommt mir schon fast so vor, als würden OJ und River etwas von uns fernhalten wollen.

«Dylan Jackass ist passiert», antwortet River stellvertretend und kann ein abfälliges Schnauben nicht unterdrücken.

OJ sieht ihn irritiert an, dann stiehlt sich ein breites Grinsen auf sein Gesicht. «So nennst du ihn?»

«Ja, natürlich. Für mich ist er nicht Dylan Jackel, sondern Dylan Jackass. Er ist ein Idiot. Der größte Idiot der Schule. Das weiß jeder», erklärt River überzeugt mit einem lässigen Schulterzucken. Ich weiß nicht, ob er das wirklich so meint, oder OJ nur den Rücken stärken will, aber ich finde es wunderbar von River, sich so auf seine Seite zu stellen.

OJ nickt, dann wird sein Blick ernst. «Dylan hat mich den ganzen Abend provoziert. Es war klar, dass es irgendwann eskalieren wird, also habe ich versucht, ihm aus dem Weg zu gehen. Dann ist er mir in den Rücken gesprungen und hat mich beleidigt.»

«Was hat er gesagt?»

«Weißer Nigger», erklärt mir OJ, in so einem saloppen Tonfall, als wäre es nichts Besonderes. Ich bin kurz betroffen, aber OJ gibt mir keine Zeit, das sacken zu lassen, sondern redet schon weiter. «Da bin ich ausgetickt. Eher wegen des Sprungs als wegen des weißen Niggers. Das höre ich nicht zum ersten Mal. Das stört mich nicht.»

«Ehrlich nicht?», fragt Adriana und sie klingt genauso verwundert wie ich. Nur River lässt sich nicht in die Karten schauen, ob er davon schockiert ist oder nicht.

OJ schüttelt den Kopf. «Nein. Ich weiß, dass diese Menschen dumm sind. Und sie sind so beschränkt, dass sie gar nicht wissen, wie dumm sie sind. Mir tun sie eher leid. Es muss schlimm sein, so dumm zu sein.»

OJ presst die Lippen zusammen und wendet den Blick ab. Mir entgeht nicht, wie River ihn aufmerksam beobachtet. Ich bin mir nicht sicher, ob solche Äußerungen wirklich so spurlos an OJ vorbeigehen, wie er vorgibt, aber ich will nicht in den Wunden stochern, also belasse ich es dabei. Nach einer Sekunde ist der abwesende Ausdruck auf OJs Gesicht jedoch wieder verschwunden und er hebt mahnend den Finger. Sein Grinsen wirkt selbstsicher und nichts lässt mehr erahnen, dass er zuvor so nachdenklich aussah. «Was mich viel mehr stört, ist, wenn Leute meine Haare anfassen wollen. Das ist wirklich nervig.» Seine Afrohaare sind kurz, aber lang genug, dass sie Locken andeuten. Mit der freien Hand wuschelt sich OJ einmal durchs Haar. Als er mich ansieht und die Außenbeleuchtung sein Gesicht erhellt, fällt mir der besondere Grünton seiner Augen auf. Interessante Farbe, vor allem in Kontrast zu seinen dunklen Afrohaaren. «Weißer Nigger ist schon fast ein Klassiker. Ich gehöre halt nirgendwo richtig hin. Ich bin zu schwarz für einen Weißen, und zu weiß für einen Schwarzen. Ich bin irgendwas dazwischen. Manche sagen, ich bin ein Mischling, andere nennen es Hybrid. Dunkle Afrohaare, helle Augen. Irgendwo zwischen schwarz und weiß.»

«Dylan ist ein kleiner Rassist. Mich hat er auch nach England verflucht.»

«Den britischen Akzent bist du anscheinend auch nie losgeworden», stichelt OJ und reibt sich nochmal über die Schläfe.

«Nee, der ist ein bisschen wie Lexie. Die werde ich auch nicht mehr los.»

Ich will eigentlich die Augen verdrehen, aber ich kann nicht ernst bleiben bei seinem kleinen Seitenhieb. «Toller Vergleich. Echt witzig, River.»

River lacht und stupst mir versöhnlich an die Schulter. «Aber ich bin auch noch nicht so lange hier. Genau wie du bin ich neu an der Schule, OJ.»

«Wir sind erst vor ein paar Tagen hierhergezogen», erzählt OJ. «Ist immer toll, so ein Wechsel mitten im Schuljahr.»

Es klingt so, als hätte er das schon öfter hinter sich, also ist meine Neugier natürlich geweckt. «Wo hast du denn vorher gelebt?»

«In einer ganz anderen Ecke. In Japan. Aber geboren bin ich in Russland, an der Grenze zur Mongolei», erklärt uns OJ und ich bin sicher, er sieht uns die Verwirrung an.

«Bist du dann ein ... Russe?», fragt Adriana stellvertretend für uns alle.

«Ja, theoretisch schon. Aber ich spreche kein Wort russisch, also ich fühle mich nicht als Russe.»

«Als was fühlst du dich dann?» Ihre Stimme ist zögernd, weil diese Fragerei etwas von Ausfragen hat, aber es ist mehr Ahnungslosigkeit, gepaart mit Interesse. Ich wette, OJ bemerkt, dass das Fragezeichen über unseren Köpfen immer größer wird, und sein offenes Lächeln zeigt mir, dass er es uns nicht übelnimmt.

«Schwierige Frage.» OJ hält kurz inne, dann muss er selbst schon schmunzeln bei dem Gedanken, was nun folgt. «Aufgewachsen bin ich in Singapur, jedenfalls die ersten zehn Jahre. Dann zwei Jahre in China. Oh, dazwischen waren wir je ein halbes Jahr in Taiwan und Pakistan. Die letzten Jahre haben wir in Japan gelebt. Jetzt sind wir in Tennessee in den Staaten gelandet. Ich glaube, hier bleiben wir.»

«Auf der Welt zu Hause», sage ich und klinge beeindruckt. Und das bin ich auch. Ich habe noch nie einen Fuß in ein anderes Land als die USA gesetzt. Irgendwie deprimierend, wenn man genauer drüber nachdenkt.

«Alto belli. Wo liegt das denn alles? Ich bin eine Niete in Erdkunde. Singapur und Taiwan zum Beispiel», wirft Adriana ein. «Gehört das zu Europa?»

«Das ist alles Asien, glaube ich. Oder irgendwo in der Nähe», erkläre ich vage und wenig hilfreich. Ich bin besser kleinlaut, um mich nicht zu blamieren.

«Zählt Pakistan auch zu Asien?», fragt Adriana weiter schmerzfrei.

«Südasien», sagen OJ und River wie aus der Pistole geschossen. Mit so einer Selbstverständlichkeit, als hätte Adriana gefragt, ob die Erde eine Scheibe sei.

«Okay», Adriana hebt ergeben die Hände. «Keine weiteren Fragen, ihr Brains. Oder doch, eine noch. Was bist du denn dann? Asiate?»

«Ja, genau. Ich bin in einem Teil von Russland geboren, der nicht mehr zu Europa zählt, sondern zu Asien. Aber ich habe keine asiatischen Wurzeln, sondern afrikanische und südamerikanische.» Er zuckt mit den Schultern und wirkt mittlerweile selbst schon ratlos. «Keine Ahnung. Es macht keinen Sinn. Ich gehöre überall und nirgendwo zugleich hin.»

Oje, oje. Das klingt ganz schön kompliziert. Ich glaube nicht, dass ich all das fehlerfrei wiedergeben könnte. Bei uns dreien ist es einfacher. Adriana wurde hier geboren, hat aber italienische Wurzeln. River ist Engländer. Ich bin Amerikanerin. Bei mir ist es am langweiligsten. Nichts Exotisches. Meine komplette Familie kommt aus Tennessee und hat es nicht mal über den Bundesstaat hinausgeschafft.

Wow. Echt spannend.

«Ich schulde euch etwas», reißt mich OJ aus meinen Gedanken. «Ich habe euch den Abend versaut.»

«Nein, die Party war ein Reinfall. Ein richtiger Fehlgriff», wendet River prompt ein und schüttelt den Kopf. «Wir wären eh nicht mehr lange geblieben.»

«Und wo wolltet ihr dann hin?»

«Auf die Veranda bei mir zu Hause. Da sitzen wir öfter zusammen», erklärt Adriana wie selbstverständlich, obwohl das nicht stimmt. Wir saßen vorhin kurz dort zum ersten Mal zusammen, als wir sie zu der Party abgeholt haben. «OJ, willst du noch mitkommen? Longfellow Road. Da wohne ich. Wir können noch einen Mitternachtssnack essen.»

«Okay. Klar.» Kurz zögert er, dann sagt er leise: «Danke.»

«Dann los», beschließt River und wendet sich bereits ab. Mühsam stehen auch OJ und ich von der Treppe auf.

«Ein Snack à la Grella», verkündet Adriana feierlich, als wir das Grundstück verlassen und die Straße ansteuern, die nur spärlich beleuchtet ist.

«Grella? Wie die Pizzeria Grella?», fragt OJ irritiert, als er das Kühlpack und das Handtuch in der Mülltonne am Straßenrand entsorgt.

«Genau. Die gehört meinen Eltern. Die Straße ist nicht weit weg von der Pizzeria. Woher kennst du die denn, wenn du erst ein paar Tage hier bist?», fragt sie ihn und wirft einen Blick über ihre Schultern.

OJ fährt mit seinem Ärmel noch einmal über seine Wunde und prüft den Stoff unter dem Licht, aber mittlerweile scheint sie nicht mehr zu bluten. «Wir waren dort essen. Vorgestern. In unserer Küche funktioniert nichts bisher.»

«Hey, du bist doch auch bei uns in Biologie, oder?», will River wissen.

«Bei der Peterson? Oh ja ...»

«Wir fangen bald ein Projekt an und ich habe noch keinen Partner. Wie sieht's aus?», fragt River ihn.

Adriana wirft mir ein wissendes Lächeln über die Schulter zu und ich muss ebenfalls leise in mich hineinlachen, als sie ihren Schritt verlangsamt und die Jungs vorangehen lässt. Als die beiden vor uns laufen, fällt mir auf, wie groß OJ ist. Er muss an die 1,90m kratzen und ist somit ein Stück größer als River.

«Peterson hat mich zusammen mit Lexie und Adriana in eine Gruppe gesteckt», erzählt River weiter. «Wir hatten eine ewige Diskussion, aber sie ist nicht von ihrem Punkt abgewichen. Alleine darf ich kein Projekt machen und sonst hatte jeder einen Partner. Du würdest mir echt einen Gefallen tun, OJ. Sie sind fürchterlich zusammen. Alleine gehen sie, aber zusammen ... Katastrophe. Ich muss die ganze Arbeit alleine machen.»

Ich haue River nicht gerade sanft auf den Rücken, woraufhin er laut auflacht. «Ich höre dich, Pumpkin! Du bist ganz schön am Jammern, dafür, dass du letztes Mal nichts beigetragen hast.»

«Jeder hat bekanntlich einen Job in einer Gruppenarbeit.»

«Und was genau war deiner?»

Kurz herrscht Schweigen zwischen uns und wahrscheinlich muss er über die Antwort erstmal nachdenken. «Ich war einfach da.» Lachend dreht River sich zu mir um und legt seine Arme um mich, damit er nicht noch einen weiteren Schlag abbekommt. Mir steigt sein mittlerweile vertrauter Duft in die Nase. Kein Parfüm, nein, das ist Rivers eigener Geruch. River pur. «Also, wie sieht's aus, OJ?»

Er lächelt schief auf Rivers Frage und ich glaube, er durchschaut River, aber er wirkt mehr als froh, dass wir ihn mit so offenen Armen aufnehmen. «Abgemacht. Ich kann dich ja nicht so hängen lassen, nachdem du heute meinetwegen auf diese grandiose Party verzichtet hast.»

Wissend und mit einem breiten Grinsen hebt River den Zeigefinger. «Du hast es verstanden, Mann.»

Während OJ und Adriana vor uns laufen, hat River immer noch seinen Arm um mich gelegt und lässt mich auch nicht los, während wir uns weiter auf den Weg zur Longfellow Road machen.

Unter einer Laterne bleibt OJ plötzlich stehen. Rivers Griff verstärkt sich augenblicklich und schon zwingt er mich zum Stehen, ehe ich OJ fast anrempele, der theatralisch seufzt. «Ihr wollt meine Haare anfassen, Adriana und Lexie. Ich weiß es.» Er beugt sich nach vorne und das Laternenlicht scheint auf seine Afrohaare. «Los. Ihr dürft es. Macht schnell, ehe ich es mir anders überlege.»

Genau wie er das Biologie-Angebot von River verstanden hat, verstehen wir dieses Angebot. Es ist eine Art Freundschaftsbeweis.

Mit einem übertriebenen, raunenden «Ohhh» und «Wooow» streichen Adriana und ich über seine Haare, woraufhin sowohl OJ als auch River laut lachen.

Und da ist er plötzlich. OJ. Und ich glaube, wir werden einander nicht mehr von der Seite rücken. Er gehört zu uns. Wir sind ein Quartett. Und vor allem sind wir vollständig.

3. Kapitel

Endlich verbringen wir ein Wochenende im nicht weit entfernten Nashville. Ich war schon öfter zusammen mit Adriana hier, aber es ist das erste Mal, dass wir mit River und OJ einen Ausflug in die Stadt machen. Und irgendwie ist es auch das erste Mal, dass ich die Stadt anders wahrnehme.

Nashville.

Die Stadt steht für Country Musik. Kein Wunder, dass unser erstes Anlaufziel am Mittag das Country-Museum, besser gesagt das «Country Music Hall of Fame and Museum», ist. Wir erfahren viel über die Entstehungsgeschichte und auch über die größten Persönlichkeiten der Countrymusik. Vor allem River und OJ scheinen sich für das Thema sehr zu interessieren. Das «Johnny Cash Museum» heben wir uns für unseren nächsten Trip hierher auf, stattdessen gehen wir in einen großen Süßigkeitenladen. Es gibt eine Candy Bar mit Massen von Süßigkeiten in großen, durchsichtigen Vorratsgläsern, in denen die verschiedensten Dinge zu finden sind: Popcorn, Schokolade, Cupcakes, Fruchtgummi, Macarons, Bonbons, Pralinen, Marshmallows oder Lollis. Sofort stürzen wir uns darauf und füllen unsere Tüten mit allen möglichen Süßigkeiten, abgesehen von OJ, der tatsächlich nur Fruchtgummi nimmt. Anschließend schlendern wir mit unseren gemischten Tüten über den Broadway und setzen uns irgendwann am frühen Abend in eine Bar. Aber es ist nicht nur eine Bar, sondern gleichzeitig auch ein Coffee Shop und hinter den Tischen erstrecken sich Bowlingbahnen, wo bereits einige Leute spielen. Wir sitzen an einem Tisch in der Nähe einer Bahn und überall in der Bar verteilt hängen Fernseher an den Wänden, die auf jedem Bildschirm ein anderes Sportspiel zeigen: American Football, Baseball, Basketball, Ice Hockey, Fußball. Keine Ahnung, ob es Live-Spiele sind und ich weiß auch nicht, ob das alles amerikanische Spiele sind, aber vor jedem Fernseher sitzt eine Gruppe von Leuten, die den Sport auf dem Bildschirm beobachten, sich abwechselnd über den Spielverlauf freuen oder den Fernseher anschreien. Dass sie kein Wort vom Kommentator durch die laute Country-Musik verstehen können, scheint hier keinen zu stören.

Es dauert nicht lange, bis die Bedienung unser Essen serviert. Wir stürzen uns auf die Chicken Wings und sind uns alle schnell einig, dass es die besten in ganz Tennessee sind. Vermutlich sogar aus ganz Amerika und, nein, wir übertreiben sicherlich nicht.

OJ versucht mal wieder, seine kaum vorhandenen Italienisch-Kenntnisse in einem Crashkurs mit Adriana aufzubessern, indem er die Umgebung beschreibt. Oder so. Ich steige nicht ganz dahinter und ich weiß auch nicht, ob es Adriana gelingt, aber sie ist geduldig und lässt sich nichts anmerken.

«Schon aufgeregt?», fragt River mich schließlich mit vollem Mund, während er einen Chicken Wing abknabbert.

«Wovor?»

«Vor deinem Auftritt im Debattierclub.»

Ich muss unweigerlich lächeln und ich versuche nicht einmal, es zu verbergen. River hat es nicht vergessen. Er weiß, dass es in wenigen Wochen soweit ist und ich definitiv schon ein mulmiges Gefühl bei dem Gedanken habe. Es wird ein besonderer Tag für mich.

Es ist noch einige Zeit hin, aber kurz vor Weihnachten tritt der Debattierclub unserer Schule gegen den einer anderen High School an. Wir diskutieren über die Frage, was für einen Bürger in einem Staat mehr wiegt – Sicherheit oder Freiheit. Auch ich werde eine Debatte gegen einen Schüler der anderen Schule führen, und zwar vor jeder Menge Menschen. Die Vorstellung macht mich jetzt schon nervös. Früher habe ich zu den Leuten aufgeschaut, die sich trauen, sich öffentlich so einer Diskussion zu stellen, und bald mache ich es selbst. Es hat mich einiges an Überwindung gekostet, aber River hat mich schlussendlich überredet. Das ist allerdings schon Wochen her und ich hätte nicht gedacht, dass er sich das Datum gemerkt hat. Meine Eltern werden kommen, Adriana wird kommen. Und irgendwie hoffe ich, dass auch River kommen wird.

Es ist komisch. Vielleicht sollte es mich noch nervöser machen, weil er dann im Publikum sitzt und ich mich auch vor ihm blamieren könnte, aber das ist nicht so. Der Gedanke daran, dass River da sein könnte, beruhigt mich. Es ist so, als wäre er mein Anker, der mir Halt und Sicherheit bietet. Und auch Schutz, das Gefühl, dass mir nichts passieren kann, wenn er dort ist.

Das mag absurd klingen, weil ich rational weiß, dass mir auch sonst nichts bei der Debatte passieren kann, aber immer, wenn ich nachts wach liege und mich in meine Gedanken hineinsteigere, denke ich an River.

Und dann beruhige ich mich.

«Bekomme ich noch eine Antwort?», reißt River mich aus meinen Gedanken. Er wirft mir einen fragenden Blick zu und hebt erwartungsvoll die Augenbrauen, während er seine Limonade trinkt.

«Ja ... Ja, ich bin definitiv aufgeregt.»

River schüttelt den Kopf. Seine blonden Haare sind mittlerweile ein ganzes Stück gewachsen und durch die Sonne an den Spitzen bereits ausgebleicht. Als er seine fettigen Finger auf meine Hand legt, zuckt er entschuldigend mit den Schultern, dann wird sein Ausdruck ernst: «Du brauchst dir keine Sorgen zu machen, Lexie. Du bist brillant. Ich kenne doch deine Essays.»

Zu gerne würde ich ihn fragen, ob er ebenfalls kommt, aber etwas in mir zögert. Vielleicht, weil ich mir wünsche, dass es für ihn selbstverständlich ist, dass er kommt, ohne dass wir es absprechen müssen. Weil er einfach weiß, wie viel es mir bedeutet und weil es ihm auch etwas bedeutet, den Moment mitzuerleben. Vielleicht aber auch, weil ich ihm nicht offenbaren will, wie wichtig es mir ist, dass er kommt. Aus Angst, dass er mich zurückweist oder eben doch nicht kommt.

Ich glaube, es ist eine Kombination aus beidem.

Kurz danach bezahlen wir und verlassen die Bar. Mittlerweile ist der Herbst in Tennessee angekommen und die Temperaturen fallen, aber es ist immer noch mild. Jetzt, wo die

Sonne bereits untergegangen ist, wirkt der Lower Broadway nochmal anders. Die grellen, bunten Neon-Lichter blinken an den Pubs, Bars und Restaurants, und kommen in der Dunkelheit erst richtig zur Geltung.

«Honky-Tonks», erkläre ich River geschickt nebenbei und bin stolz auf mich, dass ich es so gut unauffällig eingebunden habe.

«Honky ... was?»

«Honky-Tonks», wiederhole ich. Wenigstens einmal kann ich River etwas erklären, das er noch nicht weiß. «Das sagen wir hier im Süden der USA. Ein typischer Begriff für Bars mit Live-Musik.»

River grinst mich schief an und mir ist klar, dass er genau weiß, wie sehr ich den Moment gerade genieße. «Honky-Tonks. Okay. Dann habe ich ja jetzt wieder was gelernt.»

Irgendwann hält OJ an und deutet auf eine Bar namens Hipz, vor der eine große Cowboyschuh-Figur steht. Die Gitarre auf dem Neon-Licht-Schild daneben flackert wie wild und irgendetwas daran macht mich schwummrig.

«Sollen wir da mal rein?», ruft OJ über die Live-Musik hinweg, die von drin kommt und nicht weniger laut ist als aus den anderen Bars. Aber hier ist etwas anders. Die Drums verstummen, nun wird die E-Gitarre solo gespielt und es klingt alles andere als Country-Musik. Eher wie Hard Rock. Anders irgendwie. Und vielleicht ist es das, was die Bar für uns alle sympathisch macht.

Ohne wirklich auf OJs Frage zu antworten, gehen wir hinein – aber das ist ja eigentlich auch eine Antwort. River hält uns die Tür offen und als wir in der Bar stehen, habe ich für einen Moment die Befürchtung, dass es auffallen könnte, dass wir zu jung sind, aber OJ und River stehen so selbstsicher neben uns, dass sie keinen Zweifel daran aufkommen lassen, dass wir hier nicht hingehören.

Neben uns, direkt am Eingang, spielt eine Live-Band und die Musik ist hier drin nochmal um einiges lauter. Ich denke zuerst, es ist eine männliche Band, aber am Schlagzeug spielt eine Frau mit blasser Haut und langen, schwarzen Haaren, die ihr im Gesicht kleben. Irgendetwas mag ich an der Bandkonstellation. Zum letzten Mal schlägt sie ihren Stick mit viel

Schwung auf eine Trommel, dann ist es kurz ruhiger, ehe die Leute in der Bar anfangen zu jubeln und zu klatschen. OJ pfeift so laut, dass er die Aufmerksamkeit auf uns zieht. Die Frau hinter den Drums lächelt, während sie sich klebrige Haarsträhnen aus dem Gesicht streicht, dann zwinkert sie uns zu und trinkt einen Schluck aus ihrer Wasserflasche.

Vielleicht ist da auch Wodka drin. Ich würde es ihr zutrauen. Die Frau wirkt ziemlich tough und robust ... und irgendetwas bewundere ich an ihr.

Und OJ anscheinend auch, denn er starrt sie immer noch an und hört gar nicht auf zu pfeifen, bis ich ihn ein Stück nach vorne schiebe, weil Adriana und River längst einen Tisch ansteuern. Wir schließen zu ihnen auf und OJ lässt sich genau auf den Platz fallen, wo er die Band perfekt sehen kann. So ein Zufall.

Während Adriana einen Blick auf die Getränkekarte wirft, versuche ich die Poster an den Wänden zu zählen, aber schnell verliere ich den Überblick. Es hängen nicht nur Poster von Musikern aus dem Countrybereich an der Wand, sondern aus verschiedenen Musikrichtungen. AC/DC, Tina Turner, Celine Dion, Elvis Presley, The Beatles, Taylor Swift, Lady Gaga und Tupac – alle sind hier vereint und das sind nur die Poster, die direkt um unseren Platz herum hängen. Auch hier zeigen die Fernseher an den Wänden wieder verschiedene Sportspiele und das scheint typisch für Nashville zu sein.

Die Bedienung nimmt unsere Bestellung auf, bringt uns Drinks und die Band spielt währenddessen noch drei weitere Songs, dann fangen sie an, abzubauen. Der Mitarbeiter, der uns gerade noch bedient hat, geht auf die Bühne und nimmt das Mikrofon. «Hey, Leute. Heute ist wieder der zweite Samstag im Monat ...» Um uns herum fangen bereits die Ersten an zu jubeln, als wüssten sie bereits, was das bedeutet. Nur wir sind planlos. «Falls jemand neu hier ist ... Zweimal im Monat, nämlich am zweiten und letzten Samstag im Monat, splitten wir den Abend. Zuerst gibt es Live-Musik von unseren Bands, danach lassen wir den Abend mit Karaoke ausklingen. Ich freue mich, dass ihr die Idee so gut angenommen habt und bin gespannt, was für Talente wir heute Abend wieder entdecken

... Und auch wenn nicht, es geht um Spaß und einen geilen Abend. Let's get it started!»

Der Typ hinter Adriana brüllt voller Begeisterung und so laut, dass sie zusammenzuckt und sich vor Schreck die Hand auf die Brust legt, dann zeigt sie ihr kehliges Lachen. Wir müssen alle einstimmen und ich fühle mich eher wie auf einem Konzert statt in einer Bar.

Nacheinander stürzen sich die Leute regelrecht auf die Bühne und es ist alles dabei. Von versteckten Talenten, durchschnittlichen Gesängen, schiefen Tonlagen bis hin zu Gekrächze. Aber jeder wird hier für seinen Auftritt beklatscht und bejubelt. Keine Ablehnung, keine Buh-Rufe. Hier geht es wirklich um Spaß und vielleicht auch ein bisschen um die gemeinsame Liebe zur Musik, ganz unabhängig vom persönlichem Talent und Können.

«Ich habe mir etwas überlegt», verkündet uns River schließlich, als zwei Typen mit ihrem Auftritt zu *I will survive* fertig sind. «Seid ihr dabei?»

«Seid ihr dabei?», wiederholt Adriana ungläubig. «Wie sollen wir dabei sein, wenn wir nicht mal wissen, um was es geht?»

«Kommt, seid mutig. Das ist doch gerade der Reiz.»

«Ich weiß nicht», entgegnet Adriana gedehnt, aber ihr unterdrücktes Grinsen verrät mir, dass sie kurz vor der Zusage ist. «Ich kenne dich ja ... Um so etwas einzugehen, muss man schon sehr mutig sein.»

«Einverstanden», sagen OJ und ich zeitgleich, weil wir bereits neugierig sind.

Ergeben hebt Adriana die Hände und legt laut lachend den Kopf in den Nacken. Ich liebe ihr kehliges Lachen. Ich liebe es wirklich. «In Ordnung. Her damit.»

«Ich versuche, uns eine Runde Alkohol zu bestellen. Wenn es klappt, trinken wir uns alle Mut an und dann legen wir da auch einen Auftritt hin. Die Mädels gegen die Jungs. Und wir suchen jeweils einen Song für die anderen aus.»

Ja, so grandiose Ideen können nur von River kommen. Ich bin noch unentschlossen, ob ich mich einfach von der Stimmung um uns herum mitreißen lassen soll, oder ob ich meine

Hoffnung darauf setzen soll, dass Rivers Vorschlag scheitert, aber Adriana nimmt mir die Entscheidung ab.

Sie winkt ab und greift entspannt in die Schale mit Reese's Dipped Pretzels, die wir zuvor bestellt haben.

«Was genau soll diese Handbewegung bedeuten?», will River wissen. Er lehnt sich mit verschränkten Armen nach hinten und ich weiß, dass es ihm nicht passt, dass Adriana ihn nicht ernst nimmt.

«Das wird nichts», erklärt sie zwischen ihren Bissen. «Du kriegst hier keinen Alkohol. Du bist mit 17 zwar der älteste von uns, aber das reicht trotzdem nicht.»

«Oh, das wollen wir ja mal sehen. Ich regele das schon», meint River und steht abrupt auf. Er strafft die Schultern und streicht sich über sein Hemd, dann blickt er zur Bar. An seiner Haltung kann ich bereits erkennen, dass er sich von Adriana herausgefordert fühlt und ich bin mir ziemlich sicher, dass sie damit unser Schicksal besiegelt hat. «Irgendwelche Wünsche? Sonst entscheide ich und dann wird es vermutlich auf irgendetwas mit Wodka rauslaufen.» Er gibt uns nicht mal zwei Sekunden, um einen Wunsch zu äußern, sondern drängelt sich durch die Menschen und stapft zur Bar. Ich habe keine Zweifel, dass er dieses Duell gegen Adriana gewinnen will – und wird.

Es dauert nicht lange, ehe River mit vier Getränken zu unserem Tisch zurückkommt. Mit einem zufriedenen Grinsen lässt er sich auf seinen Platz fallen und seine Hand legt er dabei wie selbstverständlich auf meinen Oberschenkel. Zuerst denke ich, die Berührung ist zufällig, aber seine Hand bleibt dort liegen. Durch den Stoff meiner Hose fühle ich den Druck seiner Finger, mit denen er einige Male ruhig über mein Bein streift. «Tja, Mädels, dann überlegt euch schon mal einen Song. OJ, ich habe schon eine Idee.» Die beiden stecken die Köpfe zusammen und können offensichtlich kaum mehr ernst bleiben bei dem Gedanken, dass wir beide gleich auf die Bühne und welchen Song auch immer singen müssen.

Ich sehe zu Adriana, aber sie hat den Blick gesenkt und stopft sich weiterhin Reese's Dipped Pretzels rein. Mich beschleicht der Eindruck, dass sie sich die Niederlage noch nicht eingestehen will. Sie ist genauso wenig begeistert wie ich von der Vorstellung, gleich einen Song vor all den Leuten hier zu singen.

«Wenigstens sind wir zu zweit», bestätigt sie meine Vermutung und allmählich macht sich ein kleines Lächeln auf ihrem Gesicht breit.

«Jetzt suchen wir uns einen richtig guten Song für die Jungs, damit sie wenigstens ein bisschen bluten», schlage ich aufmunternd vor und lehne mich zu ihr, um Ideen zu besprechen.

«Auf uns», sagt River schließlich und hebt sein Glas, als wir alle einen Song gefunden haben. Wir tun es ihm gleich.

«Das Quartett», ergänzt Adriana.

«Auf diesen Abend», kommt von OJ.

«Und darauf, dass noch viele weitere folgen», beende ich die kurze Ansprache.

Und dann stoßen wir an.

Kurz danach ist es dann auch soweit und alles geht viel schneller, als mir lieb ist. Eine junge Frau singt die letzten Zeilen von dem Song, den ich jeden Abend beim Zähneputzen höre: *I wanna dance with somebody*. Der Moderator nimmt das Mikrofon entgegen und fragt, wer als Nächstes etwas singen möchte. Kaum ist die Frage ausgesprochen, hebt River schon die Hand und deutet auf unseren Tisch.

«Ladies first», verkündet er uns noch mit seinem typischen Grinsen. «Euer Song ist *Girls just wanna have fun*. Wir fanden das passend. Dann habt mal viel Spaß.»

Die Leute um uns herum fangen bereits an zu jubeln – die wissen auch noch nicht, was sie gleich erwarten wird. Noch sind sie begeistert und voller Hoffnung auf einen guten Auftritt.

Es gibt kein Zurück mehr.

Ich verfluche River noch lautstark, dann stehe ich auf und Adriana tut es mir gleich. Wir werfen einander noch einen tröstenden – man könnte auch sagen mitleidigen – Blick zu, dann gehen wir Richtung Bühne. Nervosität macht sich in mir breit und meine Knie sind weich. Ich habe das Gefühl, etwas schnürt mir den Hals ab, und ich hoffe, dass meine Stimme in den nächsten fünf Minuten nicht völlig versagen wird.

Die Leute starren uns alle an.

Warum starren die uns so an?

Calm down, Lexie. Du hast doch Adriana dabei ...

Ich bin froh, dass wir wenigstens Alkohol intus haben. Ohne das Zeug wäre ich noch viel aufgeregter und ich bin mir nicht sicher, ob ich mich das nüchtern überhaupt getraut hätte.

Während meiner letzten Schritte zur Bühne überlege ich mir, ob ich mir andere Klamotten angezogen hätte, wenn ich das vorher gewusst hätte. Meine abgelatschten, weißen Chucks, die dunkelblaue Jeans und mein rotes Karo-Top sehen nicht gerade danach aus, als hätte ich mir wahnsinnig viele Gedanken gemacht.

Aber vielleicht ist der Stil gerade richtig. Entspannt, locker. So, als würde man das Ganze hier nicht zu ernst nehmen.

Sobald wir auf der Bühne sind, drückt uns der Moderator das Mikrofon in die Hand. Er sagt etwas, das weder Adriana noch ich bei der Lautstärke um uns herum verstehen. Der Typ scheint zu bemerken, dass wir fragende Blicke austauschen und spätestens jetzt weiß er, dass wir hier zum ersten Mal stehen. Vermutlich war es eine Standardfrage, die er herunterleiert.

«Welcher Song?», wiederholt er seine Frage, als er sich ein Stück zu uns lehnt, damit wir ihn besser verstehen.

«*Girls just wanna have fun*», sage ich und weiß nicht, ob ich mich schämen soll oder nicht.

Der Typ grinst nur vor sich hin und verschwindet dann von der Bühne.

Dann wird es plötzlich leiser im Raum.

«Und jetzt?» Adriana hat ihre Stimme gesenkt, aber ich bin mir sicher, dass man sie in den ersten Reihen noch verstanden hat.

Kaum peinlich.

«Keine Ahnung», gebe ich genauso ratlos zurück.

Noch peinlicher.

Läuft ja wieder.

Und dann erklingen die ersten Töne von Cyndi Laupers Hit *Girls just wanna have fun*. Ein Bildschirm, der in der Nähe der Bühne hängt, zeigt das Video zu ihrem Song, dazu auch den Text, falls man sich doch nicht komplett blamieren möchte.

Und dann geht es wirklich los.

Der Gesang setzt ein und wir müssen singen.

Ja, müssen.

Und es ist furchtbar. Ich glaube, das ist das Peinlichste, was ich in meinem ganzen Leben gemacht habe. Und vermutlich auch jemals machen werde.

Immerhin brauchen Adriana und ich keine zusätzlichen Hilfen und müssen nicht auf den Bildschirm starren, denn wir sind durchaus textsicher. Aber das macht es nicht besser. Ich kann nicht sagen, wer von uns beiden schiefer singt. Es ist fair zu sagen, dass jeder von uns mal die Nase vorne hat. Ich hoffe einfach nur, dass es schnell vorbei ist. Die Leute merken natürlich, dass wir kein musikalisches Talent haben, aber immerhin lassen sie uns das nicht spüren, sondern klatschen und jubeln trotzdem, was die ganze Aktion erträglicher macht.

Während ich weiterhin schiefe Töne raushaue, schießt mir ein Gedanke in den Kopf. Etwas Gutes, was ich dem Ganzen hier abgewinnen kann. Ich werde mich nicht vor River beim Debattierclub blamieren. Was immer ich mir da leisten werde, es wird niemals so schlimm sein, wie das hier.

Warum denke ich überhaupt gerade an River? Seinem Blick weiche ich jedenfalls aus, aber wahrscheinlich liegt er sowieso schon mit OJ zusammen lachend unterm Tisch.

Ihr seid gleich auch noch dran ... und euer Song ist nicht weniger unangenehm ...

Ich bin wahnsinnig froh, als die letzten Töne gespielt werden und wir endlich erlöst sind. Wir haben uns bis auf die Knochen blamiert, aber es war trotzdem eine lustige Erfahrung, die ich nicht so schnell vergessen werde. Vermutlich nie mehr.

Während wir uns den Weg zurück an unseren Tisch bahnen, klatschen die Leute immer noch und ich muss lächeln, weil hier alle nett und wertschätzend mit einem umgehen. Der Moderator sucht währenddessen bereits die nächsten Teilnehmer, woraufhin sich OJ und River melden und nach vorne gewunken werden.

«Ihr habt gerockt», meint OJ, als er uns entgegenkommt und abklatscht.

«Absolut», stimmt River ihm zu. Er zieht mich kurz an sich ran und streicht mir über den Rücken. «Und was müssen wir jetzt singen?»

«*Bye Bye Bye*.»

«Backstreet Boys? Ernsthaft?», wiederholt OJ. Seine Stimme überschlägt sich allein bei dem Gedanken beinahe.

«Das ist von N*Sync», korrigiere ich ihn und klinge schon fast beleidigt. Vielleicht auch schockiert, weil er die beiden Gruppen verwechselt.

«Warum kriegen wir so einen peinlichen Song?» OJ starrt uns mit offenem Mund an, während River auch das nicht aus der Ruhe bringt. In bester Laune schlendert er Richtung Bühne und hat sich bereits mit seinem Schicksal abgefunden.

«Wir hatten noch *Uptown Girl* von Westlife. Wäre das besser gewesen?», schiebt Adriana noch nach, aber OJ winkt nur ab und folgt River.

An unserem Platz angekommen, bediene ich mich an Rivers Limonade und lehne mich entspannt zurück.

Showdown, Jungs.

Die beiden bekommen auf der Bühne die Mikrofone in die Hand gedrückt und kurz danach ertönt bereits aus den Boxen *Bye Bye Bye*. Die Leute jubeln noch lauter und Adriana und ich grinsen uns an, wissend, dass wir eine gute Songauswahl getroffen haben.

OJ ist nicht schlecht. Ich weiß nicht, ob er als Leadsänger restlos überzeugen könnte, weil es an einigen Stellen nicht ganz sauber klingt, jedoch kann er sich hier durchaus zeigen.

Aber dann setzt River an. Er ist gut. Wahnsinnig gut. Das weiß ich nach dem ersten Ton, ab dem die Leute noch lauter jubeln als zuvor.

Adriana wirft mir einen überraschten Blick zu. Ohne ein Wort zu sagen, wird mir klar, dass sie sich fragt, ob ich von Rivers Gesangstalent wusste.

Ich schüttle energisch den Kopf, dann starre ich wieder auf die Bühne. OJ und River sind genauso textsicher wie wir, aber sie performen sogar dabei.

Die Bewegungen der beiden sehen so aus, als wären sie aufeinander abgestimmt, und ihr Auftreten erweckt den Eindruck, als würden sie so etwas regelmäßig zusammen machen. Ich kann gar nicht anders, als meine Augen jede Sekunde gebannt auf die Bühne zu richten. Viel zu schnell endet der Song und die Menschen sind völlig begeistert, das Jubeln und Klatschen um uns herum wird immer lauter.

River und OJ bedanken sich für den Applaus, dann drücken sie dem Moderator die Mikrofone in die Hand und kommen an unseren Tisch zurück.

Ich hoffe, dass ich meinen überraschten Gesichtsausdruck mittlerweile wieder losgeworden bin. In einem möglichst lässigen Tonfall sage ich: «Ich wusste gar nicht, dass du so gut singen kannst, River.»

«Ach ... Für solche Sachen reicht es. Es ist nur ein Hobby.» Er nimmt einen Schluck von meiner Pepsi, obwohl ich seine Mirinda wieder zurückgestellt habe. Genau wie ich es zuvor gemacht habe, nimmt er wie selbstverständlich etwas von meinem Getränk und etwas an dieser Geste bringt mich zum Lächeln.

«Du hast das nie erwähnt.»

«Was habe ich nie erwähnt?», will er wissen.

«Dass du so gut singen kannst.»

«Ich weiß.»

Fragend lege ich den Kopf schief und beobachte ihn, wie er sich eine blonde Strähne aus dem Gesicht streicht. «Warum?»

Er zuckt mit den Schultern, als wäre das nicht der Rede wert. «Weil es nie eine Rolle gespielt hat. Ich wollte dich nie mit irgendetwas beeindrucken, damit du mich magst. Du solltest mich auch ohne sowas mögen.» Wieder legt er seine Hand auf meinen Oberschenkel. Es ist kurz so, als würde ein elektrischer Schlag durch meinen Körper gehen, und trotzdem fühlt es sich vertraut an. Er lehnt sich zu mir rüber und wie immer riecht er so gut. Ich blicke ihn an und will ihn etwas fragen, doch ich bin kurz unfähig, einen klaren Gedanken zu fassen. Aber das macht nichts, denn er beantwortet mir meine Frage bereits, ohne dass ich sie aussprechen musste. «Und das hat ja funktioniert, Cookie.»

4. Kapitel

Es ist Freitag und wir nehmen die nächste Party mit. Dieses Mal sind wir bei den Zwillingsgeschwistern Ella und Jackson, die einen Jahrgang über uns sind und bald ihren Abschluss machen. Weder Adriana noch ich kannten sie zuvor persönlich, aber OJ und River haben Jackson bei einem Sportspiel kennengelernt und uns auf diese Party mitgeschleppt.

«Wo ist denn Jackson?», will Adriana von Ella wissen, während ich mich mit meiner Pepsi an das Sofa lehne. «Der saß doch vorhin noch da.»

«Ach ...» Sie winkt ab und trinkt einen großen Schluck aus ihrem Cocktail-Glas.

Einige Momente warten wir auf eine Antwort, aber ihr Cocktail fasziniert sie eindeutig mehr. Hochinteressiert rührt sie ihn um und scheint von ihrer Umgebung mittlerweile nicht mehr so viel mitzubekommen.

«Ach?», wiederhole ich gedehnt. Kurz werfe ich Adriana einen fragenden Blick zu, aber sie scheint auch nicht zu verstehen, was Ella damit meint. «Was soll das bedeuten?»

Ella zuckt mit den Schultern und lehnt sich nach vorne, um ihr Glas auf den Boden abzustellen. Sie grinst mich an und legt mir kurz die Hand aufs Knie, ehe sie aufsteht. «Schaut mal hinters Sofa. In der Regel pennt der da eine Runde», verkündet sie uns, als wäre es das Normalste der Welt. «Kurze Auszeit. Gras macht ihn immer total müde.»

Adriana und ich lehnen uns übers Sofa und tatsächlich liegt Jackson dort. In der Ecke, hinter dem Sofa, auf dem Boden mit einem ganz friedlichen und entspannten Gesichtsausdruck, während seine Hand auf seinem T-Shirt liegt, das am Bauch ein Stück nach oben gerutscht ist. Er bekommt nichts von seiner Umgebung mit und scheint im Tiefschlaf zu sein, während die Musik um uns so vibriert, dass ich kaum mein eigenes Wort verstehe.

Adriana und ich sehen uns an.

Und ich glaube, wir denken das Gleiche.

«Wo sind wir hier gelandet? Was ist das für eine Party?», spreche ich das aus, was in meinem Kopf vorgeht.

«Ich habe keine Ahnung.»

Und dann müssen wir beide einfach lachen, so laut, dass man es vermutlich sogar über die laute Musik hinweghört. River und OJ haben die merkwürdigste Party in ganz Greywood gefunden.

«Komm, wir trinken noch was. Sonst hält man das hier nicht aus», beschließt Adriana und schlendert in die Küche, wo sie uns noch ein Getränk mixt. Dann setzen wir uns zu den Leuten nach draußen, die an einem Lagerfeuer sitzen. Die Herbstnacht ist in Greywood heute besonders frisch, aber durch das Feuer merkt man es kaum. Die lauten Beats von drin hört man auch noch hier, aber eigentlich sorgen eher zwei Jungs für Musik, die den Song *Happy Now* von Kygo feat. Sandro Cavazza auf Gitarre spielen und dazu singen. Die Stimmung ist ziemlich gut und locker, was vermutlich daran liegt, dass Ella ständig mit einem gefüllten Tablett aus dem Haus kommt und uns alle mit Alkohol versorgt.

Keine Ahnung, wie lange wir hier sitzen, aber irgendwann habe ich das Zeitgefühl verloren und auch die Übersicht, wie viel Alkohol ich heute Nacht schon getrunken habe. Mit wackeligen Beinen stehe ich schließlich auf und bahne mir meinen Weg zum Badezimmer. Als ich die Tür öffne, denke ich im ersten Moment, dass ich mich im Zimmer geirrt habe, aber das ist nicht so. Mein Gehirn funktioniert wegen des Alkohols etwas langsamer, aber meine Umgebung erkenne ich noch klar.

Da ist eine Toilette.

Und eine Badewanne.

Ich bin hier also definitiv im Badezimmer.

Aber da haben Leute Sex.

Und zwar drei von ihnen.

Zwei Typen und ein Mädchen.

Alle zusammen.

Ich weiß nicht, ob ich mich entschuldigen soll, oder möglichst leise verschwinden soll, aber einige Momente stehe ich sowieso erstmal nur im Türrahmen, unfähig, mich einen Zentimeter zu bewegen oder einen klaren Gedanken zu fassen.

Was zur Hölle ist das für eine Party?

Schließlich murmele ich eine Entschuldigung, für die Störung oder was auch immer, und einer der Typen scheint mich jedenfalls bemerkt zu haben, aber es interessiert ihn nicht weiter. Sofort hat er mich wieder ausgeblendet.

Gut, soll mir auch recht sein.

Ich verlasse das Badezimmer und suche im Haus ein weiteres, das ich auch irgendwann finde. Dann gehe ich in den Garten zurück und setze mich wieder neben Adriana, die mittlerweile auffallend bleich ist.

«Da haben Leute einen Dreier im Bad», erzähle ich ihr und greife nach meinem Getränk, um einen Schluck zu trinken.

«Was?», bringt sie hervor, aber ich weiß gar nicht, ob sie den Satz richtig aufgenommen hat.

Ich nicke kurz. «Ja. Das hat die gar nicht gestört, dass ich da plötzlich im Türrahmen stand.»

«Mir ist so schlecht», sagt Adriana, ohne auf den Dreier einzugehen. «Ich habe etwas auf Ex getrunken, während du weg warst und ...» Sie bringt den Satz nicht mehr zu Ende, sondern springt auf und läuft zum Gartenzaun. Sofort laufe ich ihr hinterher, aber als ich da bin, übergibt sie sich bereits mitten auf der Wiese.

«Soll ich dir was zu trinken bringen?», frage ich sie, während ich ihr beruhigend über den Rücken streiche.

«Ja. Aber dieses Mal bitte nichts mit Wodka», sagt sie mit einem kleinen, tapferen Lächeln, obwohl es ihr sicher elend geht. Dann kotzt sie nochmal und hustet. «Alto belli. Ich glaube, ich habe genug Wodka für heute.»

Ich laufe in die Küche und suche im Kühlschrank nach einer Wasserflasche, aber das Einzige, was ich sehe, ist Alkohol. Immerhin steht vor mir eine Palette an Gläsern, wovon ich mir eins nehme und unter dem Wasserhahn halte. Als ich wieder nach draußen zu Adriana gehe, kniet OJ bereits neben ihr. Sobald er mich sieht, kommt er auf mich zu. «Ich bringe

Adriana nach Hause, Lexie. Willst du hierbleiben oder kommst du mit?»

Adriana würgt nochmal. OJ und ich versuchen, es charmant zu ignorieren, aber das ist nicht so leicht.

«Ich bleibe. River ist ja noch hier», antworte ich und sehe mich um, aber draußen ist er nirgends zu sehen.

«Der saß vorhin noch im Wohnzimmer», erklärt mir OJ. Adriana setzt kleine Tippelschritte nach vorne, um auf uns zuzukommen, aber irgendwie scheint sie das Gleichgewichtsgefühl verloren zu haben. OJ seufzt leicht und geht einen Schritt auf sie zu, ehe etwas Schlimmeres passiert. Sie hakt sich bei ihm ein und lächelt mich entschuldigend an. Adrianas braune Haare kleben an ihrem Gesicht und sie sieht aus, als würde sie gegen die Müdigkeit ankämpfen.

«Bleibst du noch?», fragt sie mich.

Ich nicke und reiche ihr das Wasserglas. «Ich suche River. Dann gehe ich gleich mit ihm.» OJ stützt Adriana und langsam setzen sie einen Schritt nach dem anderen. Sie nimmt einen großen Schluck Wasser aus dem Glas und stellt es auf den nächstbesten Tisch ab. «Bring sie gut nach Hause, OJ.»

«Selbstverständlich.»

Zusammen gehen wir zur Haustür und ich verabschiede Adriana und OJ, dann mache ich mich auf die Suche nach River. Unten ist er nicht und auch draußen nicht, also laufe ich die Treppen hoch ins erste Stockwerk, von wo auch immer wieder Stimmen zu hören sind, auch wenn es hier oben ruhiger als unten ist.

Und dann sehe ich auch schon River und will geradewegs auf ihn zugehen.

Aber er verzieht sich, ohne mich zu sehen, mit einem Mädchen, das einen Jahrgang über uns auf unsere Schule geht, in ein Zimmer. Mit einem Seufzen halte ich in meiner Bewegung inne und stehe wieder einige Sekunden ratlos herum. Aber dann wird mir klar, dass ich hier sicherlich nicht stehen bleiben kann, als hätte ich die ganze Zeit auf ihn gewartet.

Wie lange das auch immer dauert.

Was immer die in dem Zimmer auch machen ...

Also gehe ich zurück ins Erdgeschoss und setze mich zu den Leuten ins Wohnzimmer, in der Hoffnung, dass River dann irgendwann mal auftaucht.

Ich weiß nicht, ob es am Alkohol liegt, aber irgendwas passiert in dem Moment mit meiner Stimmung. Vielleicht lässt er mich emotional werden, fast schon traurig und deprimiert. Vorhin, als ich noch mit Adriana zusammen draußen gesessen habe, habe ich den Alkohol zwar auch schon gespürt, aber die Stimmung war ausgelassen und ich war zufrieden.

Aber jetzt ist es anders.

Irgendetwas stört mich.

Meine gute Stimmung ist wie weggezaubert.

So weit weg, dass ich mir kaum vorstellen kann, noch vor wenigen Minuten anders gefühlt zu haben.

Es ist, als hätte ich einen Tiefpunkt. Ein richtiges Down und ich weiß überhaupt nicht, woran das liegt.

Unruhig wippe ich mit meinem Bein und muss an die Situation von gerade denken. Daran, wie River das Mädchen in das Zimmer gezogen hat. Nachdenklich presse ich die Lippen zusammen und bekomme nicht mehr viel von meiner Umgebung mit. Ich bin in meinen eigenen Gedanken gefangen und bereue es, dass ich nicht mit Adriana und OJ mitgegangen bin. Dann hätte ich mir den Anblick wenigstens erspart. Ich hätte davon nichts gewusst und es wäre mir egal gewesen.

Komplett egal.

Weil River mir komplett egal ist. Und auch alles, was er macht. Und mit wem er das macht. Das ist mir doch egal.

So richtig egal.

Egaler geht es kaum.

Ich muss mich ablenken und ziehe mein Handy hervor. Während ich Adriana eine WhatsApp-Nachricht tippe, um zu wissen, wie es ihr geht, rückt der Typ neben mir näher an mich heran.

«Alles in Ordnung bei dir?», schreit er mir geradezu über die laute Musik hinweg ins Ohr.

Ich nicke knapp und schicke die Nachricht an Adriana ab, ohne ihn weiter zu beachten. Erst dann, als ich keine andere Beschäftigung mehr vorschieben kann, erwidere ich seinen Blick. Ich habe den Typen noch nie zuvor gesehen, aber er sieht nicht so aus, als würde er noch zur High School gehen. Seine blonden Locken fallen ihm ins Gesicht und seine grünen Augen beobachten mich neugierig.

Irgendwie nervt es mich. Ich fühle mich hier fehl am Platz. Vielleicht nervt mich aber auch die Gesamtsituation.

«Du siehst nicht so aus, als wäre alles in Ordnung», meint er und sieht mich besorgt an. Dann reicht er mir die Hand. «Komm, ich lenk dich ein bisschen ab. Mein Name ist Kian. Verrätst du mir auch deinen Namen?»

«Lexie.» Ich umfasse seine Hand und zwinge mich zu einem Lächeln, weil ich nicht möchte, dass er meine schlechte Laune abbekommt.

«Schöner Name, Lexie», sagt Kian und sein Knie berührt meins. «Du musst mir nicht sagen, warum du heute Nacht nicht gut drauf bist, Lexie, aber wenn du willst, sorge ich dafür, dass sie ab jetzt besser wird.»

«Ich mag es, dass du so bescheiden bist», bringe ich ironisch hervor.

«Ich habe immer großartige Ideen. Lust auf Nervenkitzel?»

Geschickt umgehe ich seine Frage. «Weiterhin so bescheiden. Ich bin beeindruckt.»

«Gib mir einen Moment.» Das sind seine letzten Worte, ehe er verschwindet und mich im Wohnzimmer zurücklässt. Allerdings dauert es nicht lange, bis er sich wieder neben mich fallen lässt. «Ich habe was vorbereitet. Kommst du mit?»

«Wohin?»

«Das siehst du dann. Du wirst es nicht bereuen.»

Ich lasse meinen Blick durch den Raum gleiten. River ist immer noch nicht zu sehen und ich kann ihm nicht mal einen Vorwurf machen. Schließlich weiß er nicht, dass Adriana kotzend im Garten hing und von OJ nach Hause gebracht wurde.

«Ja, warum eigentlich nicht?», stimme ich Kian zu und stehe auf. Der Abend kann ja kaum noch schlechter laufen.

Kian steht ebenfalls auf und führt mich die Treppen hinauf ins erste Stockwerk. Als er vor mir geht, fällt mir auf, wie groß er ist. Neben Adriana und mir sind River und OJ schon groß, aber Kian muss nochmal einige Zentimeter größer sein. Er bewegt sich so zielsicher durch die Räume, dass mir sofort klar wird, dass er hier nicht zum ersten Mal ist. Schließlich bleibt er stehen und öffnet die Glastür zum Balkon. Er lässt sich auf ein Loungesofa nieder, das mit seinen großen Kissen einladend aussieht, und ich setze mich zu ihm. Kian füllt die beiden Becher, die auf dem Tisch stehen, und schiebt einen zu mir. Cola mit Wodka.

Immer dieser Wodka ... Reicht doch auch mal irgendwann ...

Und dann hält Kian mir einen Joint entgegen.

«Schon mal geraucht?»

«Nein», antworte ich zögernd. Immer noch starre ich auf den Joint und bin überrumpelt, weil ich damit nicht gerechnet habe.

«Ich garantiere dir, Lexie, dass deine Stimmung damit besser wird. Los, komm schon», versucht er mich zu locken und wedelt mit dem Joint vor meiner Nase herum. «Einen Moment die Sorgen vergessen. Wie klingt das?»

«Vor allem illegal.»

Kian winkt nur ab. «Harmloses Zeug. Ist in Tennessee illegal, in anderen Bundesstaaten aber nicht. Dann kann es doch nicht so schlimm sein, oder?» Ohne meine Antwort abzuwarten, greift Kian in seine Hosentasche und holt ein Feuerzeug heraus. «Lass es uns versuchen. Was ist schon dabei? Zieh wenigstens einmal dran und wenn es dir nicht gefällt, rauche ich beide Joints. Einverstanden?» Als ich weiterhin nichts sage, legt er den Kopf schief. «Man muss auch mal was riskieren, Lexie. Erst dann spürst du das richtige Leben.»

Die Erklärung klingt in meinen Ohren so absurd, auf allen Ebenen so unlogisch, dass ich lachen muss. «Verherrlichst du gerade deine Straftaten?»

Kian zuckt grinsend mit den Schultern. «Vielleicht. Aber ich liebe auch einfach den Nervenkitzel. Lass einfach mal los. Das ist das Leben.»

Lass los ... Das ist das Leben ...

«Okay», stimme ich schließlich zu. Das macht doch fast jeder Jugendliche, oder? Ich bin vermutlich die Einzige in Greywood, die das noch nie probiert hat. Selbst Adriana hat schon mal Gras geraucht. Kian drückt mir den Joint in die Hand und zündet sich ebenfalls einen an. Ich kann gar nicht anders, als darauf zu starren. In mir macht sich ein seltsames Gefühl breit. Ich kann nicht leugnen, dass ich neugierig bin, was gleich passiert, aber es schwingt auch eine gewisse Angst mit vor dem, was gleich passiert.

Zu viel Unkontrollierbares, zu viel Unerwartetes.

Mir ist jetzt schon klar, dass ich die Aktion in spätestens einer halben Stunde bereuen werde.

«Entspann dich, Lexie. Alles easy», sagt Kian neben mir, als könnte er meine Anspannung fühlen, und zieht bereits an seinem Joint. Mit einem zufriedenen Seufzen lehnt er sich zurück und er wirkt so selbstsicher, dass er heute Nacht mit Sicherheit nicht zum ersten Mal gekifft hat.

Und dann nehme ich das erste Mal in meinem Leben Drogen. Ich ziehe tatsächlich an einem Joint neben einem Typen, den ich vor zehn Minuten kennengelernt habe.

Und muss husten.

So habe ich mir das nicht vorgestellt.

Kian lacht neben mir amüsiert auf und dann lehnt er sich zu mir. «Ja, das ist mir beim ersten Mal auch passiert. Nicht zu tiefe Züge, mach eher kleine Züge, dann ist es einfacher.»

Das Kratzen im Hals bleibt zwar, aber mit Kians Taktik ist es einfacher und das Rauchen funktioniert.

Und irgendwann fühle ich mich wirklich entspannter.

Selbst das mit River stört mich nicht mehr. Es scheint mir absurd, dass mich das vorhin so durcheinandergebracht hat. Warum hat mich das überhaupt gestört? Was war da los?

«Habe ich zu viel versprochen?», fragt mich Kian mit einem wissenden Grinsen. Er reicht mir eine Schale mit Chips, als wüsste er, dass ich plötzlich Hunger verspüre. «Ich weiß nicht, wie es dir geht, Lexie, aber ich bekomme von Weed immer Hunger. Ich könnte kiloweise essen. Es ist so, als hätte ich kein Sättigungsgefühl mehr.»

Ich greife eine Handvoll Chips aus der Schale und stopfe sie mir in den Mund. «Stell mir eine sinnlose Frage.»

«Alles klar», willigt er ein, als wäre meine Forderung normal. «Ich frage mich, warum Frauen nie alleine aufs Klo gehen.»

«War ich vorhin.» Unweigerlich muss ich laut auflachen an den Gedanken, wofür ich einen irritierten Blick von Kian kassiere. «Aber da waren wir zu viert auf der Toilette. Ich bin leider bei einem Dreier reingeplatzt.»

Kian lacht ebenfalls auf. Er greift in die Chips-Schale und seine Finger berühren meine. «Ja, das ist mir auch schon passiert. Standard hier.»

«Ja?», frage ich überrascht.

Er nickt überzeugt. «Das ist nichts Ungewöhnliches. Du hast mir zwar meine sinnlose Frage nicht wirklich beantwortet, aber ich will auch eine sinnlose Frage.»

«Warum hält die Zeit nie an?», frage ich und bin äußerst stolz auf mich, im Vergleich zu ihm eine solch philosophische Frage zu stellen.

«Gerade fühlt es sich so an», meint Kian und seine Hand ruht auf meinem Knie. Er lehnt sich zu mir herüber und ich weiche automatisch ein Stück zurück. Ich weiß nicht, ob er es gemerkt hat, weil er im gleichen Moment die Augen schließt und in seiner Bewegung innehält. Seine nächsten Worte spricht er ganz leise aus: «Und wenn du jetzt nicht stoned wärst, würde ich dich küssen. Aber so erscheint es mir nicht fair.» Irgendwie finde ich Kian sympathisch. Es ist vielleicht nicht gerade das optimale Kennenlernen, wenn man bedenkt, dass wir hier zusammen auf dem Balkon sitzen und kiffen, aber ganz verkehrt scheint er nicht zu sein. Kian räuspert sich und stellt dann die nächste Frage: «Ab wann ist ein Wald eigentlich ein Wald? Muss man da eine bestimmte Anzahl von Bäumen haben?»

Wir stellen einander weitere sinnfreie Fragen und lachen gemeinsam darüber, obwohl ich schon bei der nächsten Frage wieder die vorherige vergessen habe. Aber es ist mir egal. Ich glaube, wir reden ziemlich wirres Zeug, aber auch das ist mir egal.

Und es fühlt sich richtig gut an, dass mir alles so egal ist. Ich glaube, mir war nie etwas mehr egal. Warum fühle ich nicht immer so eine Leichtigkeit? Dann wäre das Leben viel einfacher.

Kian greift wieder in seine Hosentasche und holt eine kleine, durchsichtige Tüte hervor. Darin sind jede Menge bunter Pille.

Ich muss lachen. Keine Ahnung, warum, aber ich finde es lustig.

«Lust auf noch ein bisschen mehr Nervenkitzel, Lexie?», fragt mich Kian. Er greift bereits in die Tüte und wirft sich eine Pille ein. Eine grüne.

Kian hält mir die Tüte hin, aber wieder zögert etwas in mir, genau wie zuvor beim Joint. Und genau wie vorhin beim Joint wedelt er jetzt damit. Gras zu rauchen ist in manchen Bundesstaaten immerhin legal, aber ich glaube nicht, dass solche Pillen irgendwo legal sind und das vermutlich aus gutem Grund. Oder?

Ich komme gar nicht mehr dazu, irgendeine Entscheidung zu treffen, weil eine vertraute Stimme hinter mir ertönt.

Ich muss mich nicht mal umdrehen, um sie zuordnen zu können.

Es ist River.

«Was ist das?», herrscht River Kian an und zieht ihn an den Schultern ein ganzes Stück zurück in den Sitz. «Hast du den Verstand verloren?» Keine Ahnung, ob die Frage an ihn oder an mich gerichtet ist, aber Rivers Ausdruck verfinstert sich, als sein Blick auf die kleine, durchsichtige Tüte fällt. Ohne eine Sekunde zu zögern, reißt er sie Kian aus der Hand und wirft sie über den Balkon, dann greift er Kian am Kragen und zerrt ihn vom Loungesofa hoch. Rivers gesamter Körper ist wieder angespannt, genau wie es bei der Auseinandersetzung zwischen ihm und Dylan war, aber dieses Mal würde ich nicht dafür garantieren, dass er sich im Griff hat. Kian ist ein ganzes Stück größer als River, aber davon lässt er sich nicht beirren. Seine nächsten Worte spuckt er förmlich aus und seine Stimme überschlägt sich beinahe, so aufgewühlt ist er: «Du sagst mir jetzt besser, dass du ihr nichts davon gegeben hast, wenn du diese Nacht überleben willst!»

Am liebsten würde ich etwas entgegnen, aber es geht alles viel zu schnell und mein Gehirn arbeitet gerade sowieso viel zu langsam.

Kian hebt beschwichtigend die Hände und es wundert mich, dass er so ruhig bleiben kann, wenn man Rivers festen Griff um seinen Kragen bedenkt. «Beruhig dich. Ich habe deiner Kleinen nichts gegeben.»

«Glückwunsch. Die einzig richtige Antwort», zischt River. Langsam lockert er seinen Griff, dann lässt er von Kian ab, nur um ihn dann nochmal zurückzuziehen. «Wenn du mich angelogen hast, dann siehst du mal, wie es ist, wenn ich mich nicht beruhige!» Dann wendet River sich zu mir und umfasst meine Hand. Für einen Moment frage ich mich, ob er vor Kian etwas demonstrieren will, aber seine nächsten Worte erwecken doch eher den Eindruck in mir, dass er einfach nur schnell von hier wegwill. «Lass uns hier abhauen, Lexie. Ich denke, die Bullen kommen sowieso gleich.» Dann lässt er meine Hand wieder los. Ich glaube, am liebsten würde er mich hier wegzerren, aber River hält sich zurück. Kurz zögert er, dann murmelt er: «Ich warte auf dich.»

Damit lässt er uns auf dem Balkon zurück. Ich drehe mich zu Kian um, der wieder ganz entspannt auf dem Loungesofa sitzt und weiter Chips isst, als wäre das gerade nie passiert. Er zwinkert mir zu und scheint mir den Vorfall nicht ansatzweise übel zu nehmen.

«Lass deinen Freund nicht warten. Ich glaube, der ist schon gereizt genug.» Kurz überlege ich, ob ich klarstellen soll, dass River und ich nicht zusammen sind, aber irgendetwas gefällt mir an der Vorstellung, dass jemand das denken könnte. «Geh, Lexie. Vielleicht sehen wir uns ja irgendwann wieder.»

Ich nicke. «Bye, Kian.»

Sobald ich den Balkon verlassen habe und wieder im Haus bin, greift River nach meiner Hand und zieht mich hinter sich her.

«Bloody hell ... Hast du dich jetzt ernsthaft von ihm verabschiedet?», blafft River mich an und zieht mich hinterher, ohne meine Antwort abzuwarten. Eigentlich hätte mir klar sein müssen, dass er keine fünf Meter entfernt von uns auf mich wartet, weil er mich sicherlich nicht nochmal alleine lässt. Sein Griff um meine Hand ist ungewohnt fest, was mir zeigt, dass er anscheinend kaum abwarten kann, die Party zu verlassen.

«Ja, warum denn nicht?», frage ich irritiert über seinen Vorwurf. «Deswegen hast du doch gewartet.»

Abrupt bleibt River stehen und ich rempele ihn an, weil mein Körper viel zu langsam reagiert. River schein kein Interesse daran zu haben, meine Frage zu beantworten, stattdessen sucht er meinen Blick. Ich lasse es zu, eine Sekunde zu lange, weil mir erst zu spät bewusst wird, was er macht.

«Deine Augen sind rot», erklärt er mir und sein Ton ist vorwurfsvoll. «Bitte sag mir jetzt nicht, dass du mit dem Typen gekifft hast.»

Ich presse die Lippen zusammen und starre weiterhin auf den Boden, wobei ich mir sicher bin, dass mich meine Reaktion verrät.

River bringt nur ein tiefes Seufzen hervor und bei seinen nächsten Worten klingt er aufgewühlt und enttäuscht zugleich. «Warum machst du das? Du hast Alkohol getrunken, gekifft und wolltest dir auch noch Pillen von irgendeinem Typen einwerfen, von denen du nicht mal weißt, was für Pillen es genau sind und wo er sie herhat. Was soll das? Du bist so nicht, Lexie.»

«Du hast bestimmt auch schon mal gekifft, also spiel jetzt nicht den Heiligen.»

«Nein, ich brauche so ein Zeug nicht und ich will auch nicht, dass du mit solchen Dingen anfängst. Und wenn du unbedingt so einen Mist probieren willst, dann mach es gefälligst, wenn ich dabei bin, und nicht mit irgendeinem fremden Typen! Das ist nicht nur dumm, sondern auch gefährlich! Vor allem in der Kombination! Ich glaube das alles nicht!» Damit ist für River das Thema beendet und er zieht mich hinter sich her die Treppen runter. Nicht gerade sanft umfasst er mein Handgelenk. «Wir suchen jetzt noch Adriana und OJ und dann hauen wir hier endlich ab. Diese bloody Party ist auch wieder richtig beschissen. Ich habe genug von diesen scheiß Partys in Greywood!» Mittlerweile klingt er mächtig verärgert und irgendwie auch herrisch.

«Die sind schon gegangen.»

«Was?», fragt er mich harsch, ohne seinen Schritt zu verlangsamen.

«Adriana hat in den Garten gekotzt und OJ hat sie nach Hause gebracht.»

Prompt bleibt River wieder stehen und dreht sich zu mir um. «Warum bist du nicht mitgegangen?»

«Ich wollte dann mit dir nach Hause gehen.»

River deutet nach oben und hebt fragend die Augenbrauen. Eine gewisse Skepsis schwingt bei seinen nächsten Worten mit. «Und warum hast du dann mit dem Typen auf dem Balkon gesessen?»

Abwartend sieht River mich an und beinahe rutscht mir heraus, dass er ja mit einem anderen Mädchen beschäftigt war, aber ich will mir nicht in die Karten schauen lassen, wie eifersüchtig ich bin ... obwohl er selbst so auf Kian pocht, dass ich gar nicht mehr einschätzen kann, ob er oder die Drogen ihn mehr aufregen.

«Weil ich dich nicht gefunden habe», antworte ich halbwegs wahrheitsgemäß.

River nickt nur stumm. Kein einziges Wort sagt er mehr, sondern dreht sich um und geht weiter. Mit einem Mal ist er auffällig schweigsam und auch sein Griff um meine Hand ist nicht mehr so unnachgiebig wie zuvor. Unweigerlich frage ich mich, ob ich etwas Falsches gesagt habe, aber mir erscheint es schlauer, erstmal die Party hier zu verlassen.

Und das machen wir dann auch. River und ich verabschieden uns noch nicht mal von den anderen, sondern verlassen das Haus und machen uns auf den Heimweg. Er läuft eine ganze Weile nur stumm neben mir, den Blick starr nach vorne gerichtet. Er wirkt nachdenklich. Um uns herum ist kaum mehr etwas los, nur vereinzelnd fährt ein Auto über die Hauptstraße. Es ist fast so, als würde die ganze Kleinstadt Greywood bereits schlafen. Wir laufen durch ein Feld, das eine Abkürzung zu mir ist, und um uns herum wird es noch ruhiger.

Warum sagt River nichts mehr?

Schließlich zieht er seine Jacke aus und legt sie mir ohne ein weiteres Wort über meine Schulter. Nicht nur seine Jacke, sondern vor allem seine Geste lässt die Temperatur um mich herum weniger kühl erscheinen. Mir steigt das Parfüm in die Nase, das noch an seiner Jacke haftet. «Sauvage» von Dior. Das weiß ich, weil ich letztes Mal in seinem Bad herumgeschnüffelt habe, als ich bei ihm war. Dann legt River den Arm um mich und zieht mich ein Stück zu sich heran. Fragend blicke ich zu ihm auf, aber er weicht meinem Blick aus.

«Das war meine Schuld heute», erklärt er mir nach einem tiefen Seufzen. Er klingt völlig nüchtern und ich wundere mich darüber, weil er im Laufe des Abends jede Menge Alkohol getrunken hat.

«Warum deine?»

River hat die Stirn in Falten gelegt und sein Tonfall ist bei den nächsten Sätzen ernst. «Ich habe euch auf die Party geholt, was nicht das Problem war. Das Problem war, dass ich euch alleine gelassen habe. Vor allem dich. Ich weiß doch, was für Leute da herumlaufen. Es tut mir leid, Lexie. Das kommt nicht wieder vor. Ich werde ab jetzt immer ein Auge auf dich haben und auf dich aufpassen. Ich verspreche es dir.»

Ich bin irritiert über seine Worte. Er klingt bedrückt, fast so, als würde er sich Vorwürfe machen, und ich frage mich, woher das kommt und womit ich das losgetreten habe. Das war ganz sicher nicht meine Absicht.

«Es ist doch alles gut, River. Es ist nichts passiert», versuche ich ihn zu beruhigen.

Mein Einwand scheint ihn nicht zu überzeugen, denn er schüttelt ohne Zögern den Kopf. «Nur, weil ich rechtzeitig da war. Vielleicht wäre der Typ aufdringlich geworden, wenn du die Pillen erstmal geschluckt hättest. Der hat doch extra schon eine einsame Ecke gesucht.»

«Er hat nichts gegen meinen Willen gemacht.»

«Kanntest du ihn?»

«Nein.» Ich würde ihm lieber eine andere Antwort präsentieren.

River schüttelt den Kopf und ich weiß, dass er mein Verhalten leichtsinnig findet. «So etwas passiert mir nicht nochmal», murmelt er so leise, dass ich es kaum verstehe.

Weil ich ihn auf andere Gedanken bringen möchte, frage ich: «Wie kannst du eigentlich so viel trinken und trotzdem noch so klar sein?»

«Ich bin wohl ein waschechter Brite», zwinkert er mir zu, und dennoch bemerke ich, dass seine Stimmung immer noch bedrückt ist.

Wir laufen die letzten Meter zu meinem Zuhause. Da es schon weit nach Mitternacht ist, ist bereits alles dunkel, aber sobald wir uns der Veranda nähern, geht das Licht an.

River umarmt mich und sagt mit leiser Stimme: «Sei bloß leise, damit dich deine Eltern nicht hören, sonst lassen die dich nicht mehr mit mir weg.» Er lässt mich los und grinst mich an. «Ich melde mich gleich bei dir.»

Irritiert sehe ich ihn an, aber er rührt sich keinen Zentimeter. Stattdessen deutet er mir an, ins Haus zu gehen, was ich daraufhin auch mache. Ehe ich die Tür schließe, winke ich noch ein letztes Mal River zu, der sich immer noch nicht bewegt hat und tatsächlich so lange wartet, bis ich sicher im Haus bin. Möglichst leise schlüpfe ich aus den Schuhen und laufe die Treppen hoch zu meinem Zimmer, bedacht darauf, nicht auf die Stellen zu treten, die knarren. Kaum bin ich in meinem Zimmer, klopft es am Fenster. Weil die Vorhänge noch nicht zugezogen sind, sehe ich ihn sofort.

«River», sage ich, als ich das Fenster öffne. Es klingt jedoch eher wie eine Frage, weil ich überrumpelt bin. Ich kann kaum glauben, dass er mich so locker angrinst, als würde er in einem Café sitzen und nicht auf dem Dach vor meinem Zimmer stehen.

«Ich habe doch gesagt, ich melde mich», erklärt er mir und deutet auf den Baum. «Bin ich problemlos hochgekommen. Da hätte ich ja doch noch ein oder zwei Drinks nehmen können auf der Party.»

«Ich dachte irgendwie eher, du meldest dich bei WhatsApp.» Ich setze mich auf die Fensterbank und muss unweigerlich über Rivers Aktion lächeln, auch wenn sie leicht wahnsinnig ist.

«WhatsApp? Das ist doch langweilig.»

«Okay. Dann klettert man aufs Dach», entgegne ich trocken. Kann man ja mal machen. «Ähm ... willst du reinkommen?»

«Das fragst du mich jetzt?», fragt River gespielt empört. «Ich muss den ganzen Weg hier hochklettern, während du einfach durch die Haustür gehst, und dann fragst du mich, ob ich reinkommen will?» Er lacht laut auf, aber dann verstummt er augenblicklich und hebt entschuldigend die Hand, als ihm einzufallen scheint, dass es mitten in der Nacht ist und bereits alles schläft. «Nächstes Mal darfst du mich gerne einladen. Ich klettere auch wieder aufs Dach für dich, wenn es sein muss. Dann habe ich noch einen Grund wiederzukommen. Trink noch ein Glas Wasser, bevor du schlafen gehst. Dann geht's dir morgen besser.» River lehnt sich ein Stück durch den Fensterrahmen zu mir und umarmt mich. «Schlaf gut, Lexie. Ich mag dich wirklich sehr gerne.»

Und damit verabschiedet er sich. Innerhalb von Sekunden ist er aus meinem Sichtfeld in die Dunkelheit verschwunden, während nicht nur der Geruch seiner Jacke mich immer noch an ihn erinnert.

5. Kapitel

Applaus. Jede Menge Applaus. Standing Ovations.

So viele strahlende Gesichter, aber ich suche nach einem Bestimmten. Immer wieder scanne ich die Reihen, und jedes Mal spüre ich wieder diesen Hauch von Enttäuschung, wenn ich ihn nicht finde.

Ich will es nicht wahrhaben, obwohl ich die Antwort bereits kenne. Aber ich muss mir eingestehen, dass River nicht da ist. Vielleicht hat er es vergessen. Es ist eine ganze Weile her, seit wir im Hipz über meinen anstehenden Auftritt beim Debattierclub geredet haben. Und er hat es mir nie zugesagt, geschweige denn versprochen, dass er heute hier sein wird. Ich habe ihn nicht mal gefragt. Vermutlich weiß er nicht, wie wichtig es für mich gewesen wäre, dass er hier ist, oder wie sehr ich mich darüber gefreut hätte. Ich war zu stolz, River zu fragen, oder zumindest war es mir wichtiger, dass er es einfach weiß, ohne dass ich es aussprechen muss. Und was ist das Ergebnis? Er hat den Abend woanders verbracht und ich ärgere mich über mein Verhalten.

Das sind meine einzigen Gedanken, während wir auf der Bühne stehen und uns beim Publikum bedanken. Und es sind auch noch meine Gedanken, als wir uns nach dem Auftritt hinter der Bühne von den Schülern der anderen Schule verabschieden. Lehrer laufen hektisch um uns herum, als hätten sie selbst gerade an der Debatte teilgenommen, und strahlen uns begeistert an.

«So sieht man sich wieder, Lexie», erklingt eine Stimme hinter mir.

Die Stimme kommt mir bekannt vor, aber ich kann sie nicht zuordnen. Erst als ich mich umdrehe, weiß ich, wem sie gehört.

Kian.

Er will schon die Arme ausbreiten, dann lässt er sie wieder fallen und streckt kurz die Hand aus, die ich dann ergreife.

«Kian, hey», sage ich und klinge genauso überrascht, wie ich bin. Ich habe hier mit einigen Leuten gerechnet, aber sicher nicht mit ihm. Seine blonden Locken sind ein Stück länger als bei unserer letzten Begegnung auf der Party und fallen ihm immer wieder ins Gesicht. «Was machst du denn hier?»

«Meine kleine Schwester hat hier debattiert. Sie geht wohl auf die gleiche Schule wie du.»

«Echt?», frage ich verwundert. «Wer ist denn deine Schwester?»

«Paige Chapman», erklärt er mir knapp und deutet auf das Mädchen, das einige Meter von uns entfernt steht und sich mit einem Lehrer unterhält. Sie hat die gleichen blonden Locken wie Kian und jedes Mal, wenn sie nickt, wippen sie auf und ab. «Freshman.»

Ich nicke. Paige kenne ich nur flüchtig aus dem Debattierclub. «Sie war ziemlich gut.»

«Ja, und ziemlich aufgeregt», lacht Kian. «Ich glaube, sie hat seit drei Tagen nicht mehr durchgeschlafen.»

«Sie hat es wirklich toll gemacht und war sehr überzeugend. Du kannst stolz auf sie sein», sage ich und meine es ehrlich. Paige hat definitiv Eindruck hinterlassen.

«Danke. Du kannst auch stolz auf dich sein, Lexie. Der Typ von der anderen Schule hat ja kein Wort mehr gesagt.» Kian lächelt mich an, dann seufzt er laut. Er legt den Kopf schief und sieht mich mit seinen grünen Augen aufmerksam an. «Sollen wir gleich noch was zusammen unternehmen? Der Abend geht auf mich.»

«Was meinst du?», frage ich überrumpelt von dem abrupten Themenwechsel und verschränke die Arme vor der Brust. Ich werde beinahe von Adrianas jüngerem Bruder Christiano angerempelt, der hier auch herumwuselt, obwohl er noch auf die Middle School geht. Er hebt entschuldigend die Hand, als er an mir vorbeiläuft.

«Na ja ...», sagt Kian gedehnt und schmunzelt, als er mit seinem Kinn auf seine Schwester deutet. «Paige hat all ihre Freundinnen zu uns eingeladen. Mit mir will sie den Abend bestimmt nicht verbringen und ich bin da eher lästig als einziger Typ. Deswegen dachte ich, dass wir beide ... also ... vielleicht ... wir könnten ...», stammelt er unbeholfen. Dann schüttelt er den Kopf, als würde er sich konzentrieren wollen. «Okay, vergiss es. Ich weiß ja, dass du nicht den besten Eindruck von mir hast nach der Sache mit den Pillen. Klar willst du nicht wieder irgendwo alleine mit mir abhängen. Ich verstehe das schon.» Er versucht es zu überspielen und grinst mich an, aber irgendetwas in seinen Augen blitzt auf, das ihn verletzt und traurig wirken lässt. Ich kann nichts dafür, aber in dem Moment wird er mir noch sympathischer. Schon als wir das letzte Mal zusammen auf dem Balkon saßen, mochte ich ihn. Ehe ich etwas erwidern kann, ruft Paige nach ihm und winkt ihn zu sich. Kian hebt kurz die Hand, was wohl bedeuten soll, dass er gleich da ist, dann wendet er sich mir zu. «War trotzdem schön, dich nochmal wiederzusehen. Wenn du es dir anders überlegst, ich bin gegen sieben Uhr in diesem Café in der Downstreet. Wie gesagt, zu Hause störe ich nur. Habe ich dir schon gesagt, dass ich noch drei Schwestern dort sitzen habe? Ist immer lustig, wie du dir vorstellen kannst.» Er lacht auf, dann umarmt er mich kurz. «Vielleicht bis irgendwann, Lexie. Mach's gut.» Kaum hat er die Worte ausgesprochen, verschwindet er zu Paige.

Ich hingegen rede noch mit ein paar Mitschülern, dann fahre ich mit meinen Eltern, Adriana und ihrem Bruder Christiano nach Hause. Während der Fahrt höre ich in Dauerschleife, was der Debattierclub Tolles auf die Beine gestellt hat und wie stolz alle auf mich sind, und ich bin fast schon froh, als wir in der Longfellow Road angekommen sind, weil es mir allmählich unangenehm wird. Wir halten bei «Grella's Pizza», eher um Adriana und Christiano abzusetzen, aber die Grellas packen uns noch Essen für ungefähr eine ganze Woche ein und stellen uns wie selbstverständlich Getränke vor die Nase. Nachdem wir sie ausgetrunken haben und sich unsere Eltern über alles Mögliche ausgetauscht haben, fahren wir nach Hause.

Als ich nach dem Abendessen auf dem Bett in meinem Zimmer sitze, schaue ich auf meinem Handy, ob ich eine Nachricht von River habe. Aber da ist nichts. Ich hatte darauf gehofft, dass er wenigstens nachfragt, wie mein Auftritt im Debattierclub verlaufen ist, aber da ist nichts. Er hat an diesem Donnerstagabend vermutlich anderes zu tun. Besseres. Er hat es also entweder vergessen oder er interessiert sich nicht dafür. Und eigentlich weiß ich auch gar nicht, was davon schlimmer ist. Ich bin ihm nicht böse. Ich bin auch nicht sauer. Vielleicht ein wenig enttäuscht, auch wenn ich dafür keinen Grund habe.

Mit einem Seufzen lege ich das Handy weg und das Display verrät mir noch, dass es mittlerweile halb acht ist.

Kian sitzt seit einer halben Stunde im Café ...

Ehe ich es überdenke, stehe ich auf und laufe nach unten.

«Ich bin nochmal weg», rufe ich in den Wohnbereich.

«Mit wem?», bellt mein Vater regelrecht und ich muss schmunzeln, während ich bereits in meine Schuhe schlüpfe.

Irgendwie hatte ich gehofft, mich ohne große Fragen aus dem Haus schleichen zu können, aber dafür muss ich mich wohl noch gedulden. «Mit Adriana, OJ und River.»

«Ist River auch dabei?», versichert sich meine Mom trotzdem nochmal.

Ich muss bei meinen nächsten Worten fast lachen. «Jaaa, habe ich doch gerade gesagt!»

«Dann ist gut.» Meine Mom klingt zufrieden, aber das wundert mich nicht. Sie mag River und findet ihn so vernünftig für sein Alter, wie sie immer betont. Er hat einfach etwas Vertrauenswürdiges an sich. «Aber komm nicht so spät zurück!»

«Got it. Bye bye.» Dann werfe ich mir einen viel zu großen Schal um, ziehe meine Winterjacke an und gehe zum Café in der Downstreet. Dort angekommen, sitzt Kian an einem Tisch in der hinteren Ecke. Alleine, in einem Buch versunken, und vor ihm steht eine große Tasse, in der er mit dem Löffel herumrührt, ohne eine Sekunde von seinem Buch aufzusehen.

Er liebt Bücher. Genau wie ich. Spätestens jetzt mag ich ihn.

«Hey», begrüße ich ihn, als ich mich gegenüber auf den Stuhl setze und meinen Schal löse.

Prompt blickt Kian nach oben und seine Finger greifen nach dem Lesezeichen, das neben der Tasse liegt. «Lexie.» Er sieht überrascht aus, als er mir ein schiefes Lächeln schenkt und die Stirn runzelt, während er sich aufrichtig hinsetzt. «Du bist doch gekommen.»

Weil ich nicht weiß, was ich darauf sagen soll, deute ich auf sein Buch. «Was liest du da?»

Kian dreht das Buch zu mir und es trägt den Titel *Der verlassene Ort*.

«Kennst du das?», fragt Kian.

Ich schüttle den Kopf und weiß nicht, ob mir das peinlich sein sollte. Habe ich hier etwa etwas Großes verpasst?

«Noch nie gehört.»

Kian nickt verständnisvoll. «Ja, der Autor hat bei einem Kleinverlag veröffentlicht, aber ich bin sicher, das wird mal etwas sehr Erfolgreiches und er wird viel Aufmerksamkeit bekommen. Die großen Verlage werden sich ärgern.» Dann schiebt er das Buch zu mir herüber. «Liest du gerne?»

«Ja, sehr.» Als ich es mir nehme, um den Klappentext zu lesen, winkt Kian eine Kellnerin an unseren Tisch. Fragend sieht er mich an und dann verstehe ich, dass er sie wohl meinetwegen zu uns gewinkt hat und ich etwas bestellen soll. «Eine Pepsi, bitte.»

«Und, was meinst du?», fragt Kian mich, während ich den Klappentext noch nicht mal beendet habe. Neugierig lehnt er sich nach vorne und trommelt mit seinen Fingern ungeduldig auf dem Tisch herum. Er brennt für Bücher. Ich kann es spüren.

«Klingt interessant», sage ich und bin schon fast ein bisschen deprimiert, als ich das Buch wieder zu ihm schiebe, weil ich nicht weiterlesen kann. «Ich mag Dystopien.»

«Es ist toll bisher», bestätigt er meine Vermutung. «Und der Autor hat wirklich eine gruselige Welt geschaffen. Wenn so die Zukunft aussieht, dann ist das kein Ort, an dem ich leben möchte.» Er will das Buch wegpacken, dann hält er plötzlich in seiner Bewegung inne. «Soll ich es dir leihen?»

«Wenn du magst, gerne.»

Er verzieht nachdenklich den Mund. «Hier ist der Vorschlag. Ich leihe es dir heute aus, weil ich merke, dass dich der Klappentext geteasert hat. Und du versprichst mir, es schnell zu lesen, damit ich bald weiterlesen kann, was bedeutet, dass ich dich bald wiedersehe. Einverstanden?»

Ich muss lächeln. Kian macht es so charmant, die richtige Mischung zwischen gut getarnt und offensichtlich, dass ich gar nicht anders kann, als zuzusagen. Etwas an ihm überrascht mich, vermutlich, dass er auch so eine andere Seite hat, als die, die ich an dem Abend kennengelernt habe, als er mir Drogen angeboten hat. Oder mit ihm meinen ersten und einzigen Joint geraucht habe. Nicht gerade das Kennenlernen aus dem Bilderbuch. «Einverstanden.»

«Aber du musst schnell lesen», zwinkert mir Kian zu, um seine Provokation etwas abzuschwächen. «Schließlich bin ich mitten im Buch und du weißt ja, wie schlimm es ist, wenn man nicht weiterlesen kann. Ich werde deinetwegen viele schlaflose Nächte haben.»

«Ich werde mich beeilen», verspreche ich ihm. Mit einem zufriedenen Lächeln reicht mir Kian das Buch und ich lege es zur Seite. Und tatsächlich hat mich der Klappentext so angesprochen, dass ich noch heute Nacht damit anfangen werde.

«Also, du bist im Junior-Jahr, Lexie?», will Kian wissen.

«Genau. Zwei Jahrgänge über deiner Schwester.»

Die Kellnerin bringt meine Pepsi und stellt sie so grob ab, dass Flüssigkeit überschwappt, woraufhin sie eine Entschuldigung murmelt, aber sich nicht weiter drum kümmert. Kian rollt genervt die Augen, dann sieht er mich aufmerksam an.

«Das heißt, du bist zwischen 16 und 17 Jahre», schlussfolgert er.

«Ja», sage ich schlicht, ohne ihm zu verraten, dass ich 16 bin. Keine Ahnung, warum ich es ihm nicht sage. Das eine Jahr spielt eigentlich keine Rolle, aber vielleicht findet er mich sonst zu jung. Und will womöglich noch sein Buch zurückhaben. Außerdem könnte es sein, dass ich ihn bereits mag. «Und du?» Auch ohne, dass er mir sein Alter verraten hat, weiß ich, dass er älter ist.

«Ich werde nächste Woche 20», sagt er knapp, ohne das Alter groß zu thematisieren. «Ich war auch auf der Greywood High School. Wir müssen uns gerade verpasst haben.»

«Und was machst du jetzt?»

«Ich studiere Jura.»

Schweigen.

«Jura?», wiederhole ich und versuche, ernst zu bleiben. Kian senkt den Blick und trinkt schon fast verlegen einen Schluck von seiner Tasse, während er nickt. Ich kann mein Lachen nicht länger zurückhalten, weil ich daran denke, wie er kiffend auf der Party hing. Irgendwie passt hier nichts so wirklich zusammen.

«Ja», sagt er gedehnt und streicht sich einmal über den Hinterkopf. Mein Blick bleibt an seinen blonden Locken hängen, während er laut seufzt. «Wollten meine Eltern so. Beide Anwälte. Aber ich finde es echt langweilig und werde wohl abbrechen.»

«Und was willst du dann machen?»

«Na, was wohl?»

«Was denn?»

«Drogen verticken», entgegnet er trocken und zuckt gleichgültig mit den Schultern. «Da hat man auch bessere Arbeitszeiten.»

«Was?»

Er lacht. «Nein. Ich will Literatur studieren. Das ist das, was ich immer machen wollte.» Er deutet auf das Buch. «Hey, der Autor ist nächsten Monat in Nashville und hält dort eine Lesung. Hast du Lust, dort mit mir hinzugehen? Ich hole dich auch ab und bringe dich wieder nach Hause.»

«Ich weiß nicht ...», druckse ich herum. Wollen würde ich schon, aber ich frage mich, ob es naiv ist, mit ihm ins Auto zu steigen, wo wir uns kaum kennen. Andererseits kenne ich seine Schwester und ich werde Adriana einweihen ... Und Kian scheint doch in Ordnung zu sein. Und er liest Bücher ...

«Wie kann ich dich überzeugen?»

Ich tippe auf das Buch. «Wenn es mich überzeugt, komme ich mit.»

Kian nickt überschwänglich. «Das klingt nur logisch. Wenn man das Buch nicht mag, geht man vermutlich nicht auf eine Lesung davon. Aber du weißt, was das bedeutet, oder?»

«Was denn?»

Er hebt entschuldigend die Hände und das Grinsen auf seinem Gesicht verrät mir, dass er jetzt sein Ass aus dem

Ärmel zieht. «Dass wir uns vorher mindestens einmal wiedertreffen, damit du mir das Buch zurückgeben kannst. Denn ich muss es schließlich vorher auch noch beenden und entscheiden, ob es mich so sehr überzeugt, dass ich zu einer Lesung gehe. Logisch, oder?»

«Absolut logisch.»

6. Kapitel

Adriana, OJ, River und ich sind mittlerweile ein eingespieltes Team. Rückblickend weiß ich nicht mehr, wann und wie es genau passiert ist, aber mit der Zeit sind unsere Wochentage aufeinander abgestimmt worden, ohne dass wir es je abgesprochen haben. Es ist selbstverständlich geworden, dass wir uns freitagnachmittags bei Adriana treffen und dann, je nach Wetter, entweder auf der Veranda oder im Wintergarten sitzen und dort unsere Hausaufgaben erledigen oder für einen anstehenden Test lernen. Auch dann, wenn wir schon längst fertig sind, sitzen wir noch zusammen und dürfen uns immer etwas aus der Pizzeria von Adrianas Eltern nebenan bestellen, das sie uns sogar noch bringen, und nie müde werden, uns zu sagen, dass ein Nachtisch im Kühlschrank auf uns wartet. Adrianas Eltern kennen mich zwar schon seit Jahren, aber auch OJ und River haben sie von Anfang an mit offenen Armen empfangen. Ich habe selten so gastfreundliche Menschen kennengelernt wie die Grellas und wir fühlen uns alle pudelwohl dort. Aber wir lieben nicht nur den Freitag, sondern auch der Samstag hat sich zu unserem gemeinsamen Tag etabliert – abgesehen davon, dass wir die anderen Wochentage in der Schule auch zusammen erleben.

Heute, am Samstag, sind wir wieder in Nashville. Jedes Mal, wenn wir uns ins Auto setzen und eine knappe halbe Stunde Fahrt auf uns nehmen, ist es so, als würden wir eine andere Welt betreten. Wir lieben Nashville. Es ist unser place to be. Unser Mekka. Es ist für uns mittlerweile ein Rückzugsort geworden. Raus aus Greywood. Wir können hier aus dem Alltag ausbrechen, auch wenn es nur für ein paar Stunden ist.

Etwas Neues erleben und trotzdem etwas Vertrautes unternehmen. Das ist unsere Zeit. So weit weg von Greywood, wollen wir nichts von Schule hören oder wissen.

Nachdem wir zwar das erste Mal problemlos ins Hipz konnten, war es uns doch zu riskant, dass uns die Polizei irgendwann aufschnappt und persönlich nach Hause bringt. Dann hätten wir vier ein Problem, weil unsere Eltern denken, dass wir bei einem von uns zu Hause auf dem Sofa sitzen und einen Filmmarathon machen. Also hat OJ gefälschte Ausweise besorgt – ich habe keine Ahnung, woher er sie bekommen hat, und ich stelle auch keine Fragen. Ich weiß nur, dass wir halb illegal unterwegs sind, aber bisher hat uns sowieso niemand kontrolliert und wenn es nach mir geht, könnte das auch so bleiben. Wir fordern das Schicksal auch meistens nicht heraus und bestellen keinen Alkohol – oft sitzen wir einfach nur in der Bar. Ich denke, dann ist es auch gar nicht mehr so schlimm, dass das, was wir machen, nicht wirklich legal ist. Einzig River trinkt immer mal wieder gerne Bier oder Cider, aber alles in Maße – wobei er auch einfach jede Menge Alkohol zu vertragen scheint, ehe er überhaupt etwas merkt.

Bevor wir heute den Abend im Hipz ausklingen lassen werden, steht erstmal das große Futtern an. Ziellos werden wir wie jede Woche ein neues Restaurant testen und dann entscheiden, wo es das beste Essen in ganz Nashville gibt. Bei mir steht der Mexikaner von vorletzter Woche ganz oben auf der Liste, aber wir haben auch schon indisches, italienisches, chinesisches und osteuropäisches Essen durch.

OJ und River treten mittlerweile regelmäßig im Hipz auf und ich habe auch nicht den Eindruck, dass sie damit aufhören wollen. Anfangs war es nur Karaoke, mittlerweile haben sie auch reguläre Auftritte in der Bar. River singt und OJ spielt Gitarre. Und beide sind in ihrem Bereich überzeugend. Ansonsten sitzen wir dort an unserem Stammplatz und OJ himmelt aus der Ferne die Drummerin aus der Hardrockband an. Mittlerweile haben wir wenigstens herausgefunden, dass sie Amy heißt, aber insgesamt ist es eine magere Ausbeute an Informationen nach all den Wochen.

Bevor heute wieder unsere Zeit im Hipz beginnt, wollen wir endlich den Sonnenuntergang in Nashville mitnehmen. Seit einiger Zeit stehen wir deswegen auf der John Seigenthaler Pedestrian Bridge und der Cumberland River glänzt regelrecht, während die Sonne ihre letzten Strahlen darauf wirft. Hier oben auf der Brücke ist es auffallend ruhig. Nur ein paar weitere Fußgänger sind unterwegs, vereinzelt ein paar Fahrradfahrer, aber Autos haben hier keine Zufahrt. River hat uns aufgeklärt, dass es sich um eine der längsten Fußgängerbrücken der Welt handelt, was mir vorher gar nicht bewusst war.

Die anderen wollten erst hier sein, wenn es dunkel ist, weil dann die Skyline besser zur Geltung kommt, aber ich wollte den Sonnenuntergang sehen und habe mich durchgesetzt. Man hat hier die perfekte Aussicht auf die Skyline von Downtown, und das AT&T Building, der höchste Wolkenkratzer in Nashville, ist mit seinen beiden Spitzen unverkennbar.

Ich glaube, das ist meine Lieblingstageszeit. Dann, wenn sich der Horizont allmählich verfärbt. Ich mag das Farbenspiel am Himmel, dieses Abendrot, gemischt mit Gelb und Violett. Die Wolken wirken durch das Licht fast schon rosa und da drüben, hinter einem Wolkenkratzer, sieht es so aus, als würde die Sonne langsam verschwinden und der Abend somit den Tag ablösen.

«Welche Stadt würdet ihr gerne mal bei Dunkelheit erleben?», fragt Adriana in die Runde. Kurz löse ich meinen Blick von der Skyline, aber die anderen drei starren wie gebannt nach vorne und ein zufriedenes Lächeln umspielt meine Lippen, weil sie genauso begeistert sind wie ich.

«New York», sagt OJ sofort und ohne zu zögern. «Seit ich denken kann, will ich in New York leben. Na ja, oder zumindest, seitdem ich New York kenne. Ich kann mich nicht erinnern, dass ich mal irgendwann woanders leben wollte.»

«Warum New York?», fragen wir drei fast zeitgleich. OJ tut mir schon fast ein wenig leid, dass er jetzt zwar immerhin in den Staaten lebt, es ihn aber nach Greywood verschlagen hat. So eine ruhige Kleinstadt, das komplette Gegenteil von New York.

«Die Stadt hat Flair. Leben. Bewegung. Multikulti.» Kurz hält OJ inne, dann lacht er laut auf. «Ja, da fühle ich mich wohl.»

Multikulti. Ja, so ungefähr stelle ich mir New York auch vor. Harlem und Chinatown zum Beispiel – so unterschiedlich und doch beide so typisch für New York. Aktiv, hektisch, laut, unruhig, schnell, voller Leben. Eine Stadt voller Kontraste. Viele verschiedene Menschen, die alle einen anderen Rhythmus haben, aber den gleichen Herztakt.

«Und was ist mit dir, Adriana?», fragt OJ sie zurück.

«Ich habe meine Stadt schon gesehen. Marrakesch», antwortet sie und mir war die Antwort schon klar, bevor sie es laut ausgesprochen hat. Dieser Teil von Marokko hat es ihr angetan. Sie war dort das erste Mal kurz vor der High School mit ihrer Familie, seitdem redet sie ständig von Marrakesch.

«Warum denn Marrakesch?», fragt River. Er löst seinen Blick von der Skyline und starrt Adriana an. Sein Tonfall klingt verwirrt, weil er offensichtlich nicht mit der Antwort gerechnet hat.

«Marrakesch ist 1001 Nacht. Es hat diese abendländische Kultur. Und ich mag es, dass es irgendwie zwei Städte sind: eine Stadt tagsüber, eine Stadt bei Nacht.» Adriana lächelt und ich weiß, dass sie gedanklich zurück in ihrem Urlaub ist. Der Wind wirbelt ihre braunen Haare durcheinander und sie versucht sich, einige Strähnen hinters Ohr zu streichen. «Das Leben beginnt dort erst abends so richtig, denn da sind viel mehr Leute unterwegs und die Stadt wirkt ganz anders. Außerdem findet viel auf Dächern statt. Man hat einen traumhaften Blick und kann auf die Stadt runterschauen. Die Moscheen sind jeden Abend toll beleuchtet. Es ist traumhaft.»

River nickt einige Male und legt nachdenklich die Stirn in Falten. Süß irgendwie, dass er so über ihre Worte nachdenkt.

«Und du, River?», reiße ich ihn aus seinen Gedanken.

«Ich mag Los Angeles. Jedenfalls von dem, was ich weiß. Ich war ja nie selbst dort. Es ist für mich der Inbegriff des amerikanischen Traums. Mich hat schon immer fasziniert, dass das hier das Land der unbegrenzten Möglichkeiten ist. Dass man es hier schaffen kann, wenn man hart arbeitet.» Kaum merklich rutscht River ein Stück zu mir herüber und sein Arm streift meinen. Wieder kann ich nicht einordnen, ob die Bewegung zufällig ist, oder ob es ihn zu mir zieht. «Na ja, und in L.A. gibt es natürlich die Film- und Fernsehindustrie und die Musikszene. Die sind da in Hollywood schon nah am Puls der Zeit. Aber ich könnte mir vorstellen, dass dort auch vieles oberflächlich ist und die Grenzen zwischen realer Welt und Scheinwelt etwas verschwimmen.» Dann sieht River mich an und seine Augen wirken jetzt, so nah, mit einem Mal viel intensiver als sonst. Seine dichten und langen Wimpern betonen das Blau seiner Augen besonders. «Und welche Stadt wählst du, Lexie?»

Ich muss nicht lange überlegen, um eine Antwort zu liefern. Es ist sogar fast so, als würde nur dieser Ort in Frage kommen. «London. Weil die Stadt keine Pausen mag, nie Stillstand herrscht und sich ohne Unterbrechungen entwickelt. London ist geschichtlich und hypermodern. Man kann Geschichte dort regelrecht anfassen und erleben, gleichzeitig ist die Stadt so aktuell und voller Trends. Das Stadtzentrum ist so hektisch, aber nebenan im Hyde Park ist es grün und ruhig. Eine Stadt voller Widersprüche und Brüche.»

Kaum ausgesprochen, verspüre ich ein Fernweh nach London. Die Stadt muss unglaublich sein. Allein auf Fotos kommt schon unglaublich viel Flair rüber.

«Warst du schon mal dort?», fragt River mich. Er wirkt nicht weniger irritiert als bei Adrianas Marrakesch-Vortrag.

«Nein.»

«Woher weißt du das dann alles?»

«So stelle ich es mir vor.» Kurz überlege ich zu sagen, dass ich schon zu viele Bücher gelesen habe, die irgendeine Verbindung zu London haben – Harry Potter, Mary Poppins, Sherlock Holmes und so viele mehr, aber ich bin sowieso schon der Buchnerd. «Außerdem ist es bestimmt toll, abends an der Themse langzulaufen, vorbei am London Eye und über die Westminster Bridge Richtung Big Ben.»

«River, kannst du da nicht was machen?», meint OJ und schnalzt mit der Zunge. «Deine halbe Sippschaft lebt doch dort.»

«Ich wusste nicht, dass dich London so interessiert, Lexie», sagt River, ohne auf OJ einzugehen und den Blick von mir zu lösen. Da schwingt etwas in seiner Stimme mit. Er ist definitiv überrascht, aber er könnte auch ein bisschen vorwurfsvoll klingen, weil ich ihm das nie erzählt habe. Entschuldigend zucke ich mit den Schultern.

«Manche Tage sollten einfach immer so sein», meint OJ nachdenklich, als er aufs Wasser schaut, durch dessen Oberfläche sich mittlerweile ein goldener Schimmer durch die letzten Sonnenstrahlen zieht.

«Wie denn?», will Adriana wissen.

«So voller Gold. Manche Tage sollten einfach immer so sein ... so voller Gold.», sagt OJ. Dann räuspert er sich und schaut zu uns. «Lasst uns einander was versprechen.»

«Was denn?»

«Lasst uns einander versprechen, dass wir noch einmal in einer Stadt zusammen einen Sonnenuntergang ansehen und sie dann bei Dunkelheit erleben. Außerhalb von Greywood.» OJ atmet tief aus und blickt auf die Skyline von Nashville. «Irgendwann, wenn wir mal raus in die weite Welt können.»

«Versprochen. Hand drauf», stimmt River ihm zu. Er streckt die Hand nach vorne und wir legen unsere auf seine – als Symbol dafür, dass wir das einander versprechen.

Ja, Nashville ist unser Mekka. Aber wir wissen alle, dass da draußen noch ganz andere Orte sind, zu denen es uns ziehen wird. Und wir wissen auch, dass unsere Zeit in Tennessee begrenzt ist und wir nicht mehr ewig hier sein werden. Unsere Zeit läuft ab.

Ich weiß nicht, ob es wirklich Zufall ist, dass OJ das Versprechen wollte. Für mich ist es ein Zeichen, dass sich unsere Wege auch nach der Schule nicht trennen sollen. Jedenfalls nicht für immer. Eine Botschaft, so versteckt, so dezent, dass man sie gar nicht versteht, wenn man nicht ganz genau zuhört. Aber wenn man es macht, verrät sie jede Menge. Es ist ein kleines Versprechen, aber es steckt so viel drin. Es sagt so viel über uns und unsere Freundschaft aus.

7. Kapitel

Einen letzten Blick werfe ich in den Spiegel, während ich den Reißverschluss meiner Jacke zuziehe und anschließend noch einmal an meinem Tuch zupfe.

Wie auf Kommando klingelt es an der Tür.

Pünktlich ist er ja ... keine Sekunde zu spät ...

Als ich die Tür öffne, steht dort allerdings jemand anders als erwartet.

«River», sage ich überrascht. «Was ... Was machst du denn hier?»

«Hey, Cookie, du bist ja schon startklar», meint River mit seinem typischen Grinsen, das seine markanten Wangenknochen so betont. Entspannt lehnt er sich an den Türrahmen. «Sind wir beide schon bei Gedankenübertragung oder wie erklärst du dir das?»

«Wovon sprichst du?» Meine Unsicherheit versuche ich mit einem Lächeln zu überspielen, während ich mich auf Zehenspitze stelle, um einen Blick in die Einfahrt über Rivers Schulter zu werfen.

Mit Absicht bewegt er sich hin und her, um mir die Sicht zu versperren. Ein amüsierter Ausdruck macht sich auf seinem Gesicht breit.

Noch.

Gleich ist der amüsierte Ausdruck weg.

Es dauert nicht mehr lange ...

Und da ist auch schon der Grund, warum er gleich weg sein wird.

Kians Wagen hält vor unserer Einfahrt und er lässt das Fenster runterfahren, während er mir winkt und die Hand locker aus dem Fenster legt.

Wieder schaue ich zu River. Immer noch zwinge ich mir ein Lächeln ab, aber irgendwie habe ich das Gefühl, ich schrumpfe in mir zusammen. Muss River mich ausgerechnet heute spontan besuchen kommen?

«Was ist los, Lexie?», will er wissen, als ich weiterhin nichts von mir gebe und er zu merken scheint, dass hier etwas schräg ist. Ein besorgter Ausdruck macht sich auf seinem Gesicht breit.

«Ich ... Ich muss los», verkünde ich und kaue ungeduldig auf meiner Unterlippe herum, während ich ihn dezent zurückschiebe und die Tür hinter mir schließe. Wenigstens meine Eltern sollen davon nichts mitbekommen. Von dem, was auch immer gleich folgen wird.

«Wie? Wohin denn?», will River wissen und in seiner Tonlage schwingt jede Menge Unglauben mit. «Wovon redest du?»

Während ich noch gedanklich versuche, eine plausible Erklärung zurechtzulegen, nimmt River mir die Entscheidung vorweg, indem er sich umdreht und Kian in seinem Wagen hocken sieht.

Und so nimmt die Katastrophe ihren Lauf ...

River sieht mich an, dann wieder zu Kian.

Er schweigt nur.

Ich zupfe ungeduldig an meinem Tuch herum und habe das Gefühl, die Temperaturen um mich herum fallen mindestens zehn Grad an diesem angenehmen Frühlingstag. Vielleicht befinden wir uns sogar in der Eiszeit.

Immer noch eisiges Schweigen.

«Bloody hell. Was macht der denn hier?» River hat die Augenbrauen zusammengezogen und sein Tonfall verrät mir, dass er nicht glauben kann, was sich hier gerade vor seinen Augen abspielt. Er deutet auf das Auto. «Sag mir, Lexie: Was macht der Typ hier?»

Ich glaube, das ist eine rhetorische Frage. River weiß es bereits. Oder jedenfalls ahnt er es.

«Er holt mich ab.»

«Wie bitte?», wiederholt River scharf. Keine Ahnung, ob ich zu leise gesprochen habe, oder ob er es nicht fassen kann.

«Er holt mich ab.»

Rivers Mund steht sperrangelweit auf, auch seine Augen hat er aufgerissen. Er deutet auf Kian, dann lässt er die Hand wieder sinken und irgendetwas lässt den Eindruck erwecken, dass er nach den richtigen Worten sucht. Seine Haltung ist gerade, die Schultern angespannt und ich wette, kein Sturm der Welt würde ihn gerade in die Knie zwingen können.

«Wohin?», ist alles, was er hervorbringt.

«Wir gehen zu einer Lesung.»

«Was für eine Lesung?», blafft River mich an, als ob es eine Rolle spielt.

«Von einem Autor.»

«Von einem Autor», wiederholt River gedehnt und ich merke, dass es ihm nicht passt. Er spuckt die Worte nahezu aus. «Findet der Typ noch Zeit zu lesen, wenn er nicht stoned ist? Wie lange braucht er für ein Buch? 15 Wochen?»

Für einen kurzen Moment muss ich über Rivers Kommentar schmunzeln, aber er scheint so einen Tunnelblick zu haben, dass er das nicht mal mitbekommt. Ich bemühe mich um einen ernsten Ausdruck, um ihn nicht zu provozieren. «Er ist in Ordnung, River.»

«Und das weißt du woher?»

«Weil wir uns schon mal getroffen haben.»

«Wann?», schießt es mir entgegen und ich glaube, so muss sich ein Verhör anfühlen.

«Nach dem Auftritt im Debattierclub. Er war da, weil seine Schwester auf unsere Schule geht. Paige Chapman», versorge ich River weiter mit Infos, um ihn zu beruhigen. Eigentlich war ich mit Kian auch noch im Park spazieren und frühstücken, aber das lasse ich besser unter den Tisch fallen. Und irgendwo kann ich Rivers Reaktion auch nachvollziehen, schließlich hat er Kian nur einmal getroffen, und zwar auf der Party, als er mir Pillen angeboten hat – nachdem wir zusammen Gras geraucht haben.

«Nach dem Debattierclub», wiederholt River, so leise, dass ich ihn selbst kaum verstehe. Er presst die Lippen zusammen und schluckt merklich. Er versteht den Zusammenhang. Er versteht, dass er an dem Abend nicht da war und die Dinge vielleicht anders verlaufen wären, wenn er dort gewesen wäre. Sofort bereue ich es, meine Aussage nicht genauer durchdacht zu haben und ich das Erste ausgesprochen habe, das in meinem Kopf herumgeschwirrt ist, und der Wahrheit entspricht. River lässt die Schultern sinken und spätestens jetzt weiß ich, dass er sich Vorwürfe macht. Mal wieder.

River sieht mich an und ein trauriger Ausdruck liegt in seinen Augen. Er ist bemüht, das Thema zu wechseln, aber ich spüre, dass es ihn trifft. «Lexie, ich glaube nicht, dass der Typ ein guter Umgang für dich ist. Ich habe kein gutes Gefühl dabei. Es passt mir echt nicht, dass du mit dem abhängst und sogar noch in sein Auto steigst.»

«Er ist in Ordnung», verteidige ich Kian weiterhin.

River seufzt und es klingt resigniert, irgendwie ergeben. Vermutlich, weil er weiß, dass er keine Möglichkeit hat, mich abzuhalten. «Ich wollte dich abholen, Lexie, um mit dir ins Kino zu gehen. In den neuen Film mit Jennifer Lawrence. Die magst du doch so.»

Ich räuspere mich, um den Kloß in meinem Hals loszuwerden. Keine Ahnung, ob mich Rivers niedergeschlagener Tonfall rührt, seine Sorge oder sein Wunsch, nur mit mir etwas unternehmen zu wollen. Ich glaube, wenn ich das vorher gewusst hätte, wäre meine Wahl auf River gefallen, aber nun kann ich nicht mehr zurück. «Es tut mir leid. Wir holen das nach.»

«Dann fährst du jetzt mit ihm?», fragt er mich, ohne Kian beim Namen zu nennen. Es geht nur um einen Abend, aber Rivers Worte hängen so in der Luft, als würde es um mehr gehen.

«Ja. Wir sind verabredet.»

Er nickt langsam und lässt sich nicht länger anmerken, was er davon hält. «Eigentlich würde ich dich jetzt umarmen, aber wirkt das komisch, wenn du ein Date hast und der Typ ein paar Meter entfernt wartet?»

«Egal», sage ich und meine Stimme klingt heiser. «Du bist mein bester Freund, ich bin deine beste Freundin. Das muss er akzeptieren. Du warst zuerst in meinem Leben.»

Ich glaube, meine Worte machen es für River etwas leichter, denn er lächelt mich ehrlich an und dann zieht er mich in seine Arme. Während er mich an sich drückt und kurz über meinen Hinterkopf streicht, flüstert er: «Tu mir einen Gefallen und melde dich zwischendurch, ja?»

Ehe ich darauf antworten kann, lässt er mich auch schon wieder los und verlässt unsere Veranda. Kians starrer Blick auf River lässt erahnen, dass die beiden sich gerade anschauen.

Um auf Zeit zu spielen, durchsuche ich meine Tasche und erst, als River ein Stück weg von unserer Einfahrt ist, gehe ich die letzten Meter zu Kian.

Er lächelt mich an, als ich ihm entgegenkomme, und scheint mir nichts übel zu nehmen.

«Hey», sage ich und bleibe kurz vor seinem Auto stehen.

Kian trommelt mit seinen Fingern auf dem Lenkrad herum. «Süß siehst du aus. Komm, steig ein.»

Ich laufe um das Auto herum und kaum sitze ich drin, schnalle ich mich an und Kian beschleunigt den Wagen. Der Motor heult auf, als Kian das Gas durchdrückt und in einer unglaublichen Geschwindigkeit durch die Straßen der Nachbarschaft rast. Dann legt er den Kopf schief und beobachtet mich. Und irgendwie ahne ich schon, um welches Thema es jetzt gehen wird. «Was genau ist das zwischen dem Typen und dir?»

«Du meinst River?»

«Wenn er so heißt, ja. Seid ihr nur befreundet?»

«Ja», antworte ich gedehnt. «Was denn sonst?»

«Ich weiß nicht», sagt Kian unschlüssig. «Als er uns beide auf der Party gesehen hat, hat er so eifersüchtig reagiert. Damals dachte ich, dass ihr zusammen seid und er deswegen so drauf ist. Aber gerade war da schon wieder ein ähnliches Muster.»

In mir macht sich das Bedürfnis breit, River zu verteidigen. «Warum gerade? Letztes Mal ist er dir ja an die Kehle gesprungen, aber nun war doch nichts.»

«Es geht nicht darum, was er macht», erklärt Kian mir schwammig. «Eher um seine Körpersprache, auch um seine Mimik. Man merkt, dass es ihm nicht passt. Und ich frage mich, warum.»

«Hast du ein Problem mit ihm?» Ich will es nett und freundlich formulieren, aber es gelingt mir nicht. Sofort spüre ich Abwehr in mir, als würde er River loswerden wollen, weil er ein Störfaktor ist. So, als würde er sich zwischen River und mir stellen wollen.

Kian lacht auf. «Ich glaube eher, er hat eins mit mir.»

«Was soll das denn bedeuten?»

«Genau das, was ich gesagt habe. Nein, ich habe kein Problem mit ihm», meint er, aber ich merke, dass es ihm widerstrebt, die Worte auszusprechen. «Warum sollte es auch ein Problem sein? Da läuft ja nichts zwischen euch. Und selbst wenn, dann würde es mich nichts angehen.» Kian atmet tief aus und schaut aus dem Fenster, während er das Auto an einer roten Ampel abbremst. «Wobei River damals nicht unrecht hatte.»

«Wobei?»

«Bei der Sache mit den Drogen. Das hätte nicht sein müssen. Wir kannten uns ja überhaupt nicht. Irgendwie konnte ich seine Reaktion nachvollziehen», lenkt er ein, was mich überrascht.

«Hast du keine Freundschaften zu Mädchen?», will ich wissen.

«Doch, so eine Freundschaft kann funktionieren, aber sie darf nicht zu tief sein. Und irgendwie werde ich das Gefühl nicht los, dass sie bei River und dir tief ist.» Kurz hält er inne, dann setzt er bedeutungsvoll nach: «Zu tief.»

«Warum denkst du das?»

«Ich beobachte. Aber ich schiebe es mal auf die High School, dass ihr so eng seid. Doch bald ist die Schule vorbei und dann werdet ihr euch wahrscheinlich aus den Augen verlieren. Die wenigsten Freundschaften überleben das, was nach der High School folgt.»

Unweigerlich muss ich an das Versprechen denken, das Adriana, OJ, River und ich uns gegenseitig auf der John Seigenthaler Pedestrian Bridge in Nashville gegeben haben. Dass wir auch nach der Schule noch an einem Ort gemeinsam den Sonnenuntergang erleben werden, damit eben nicht das passiert, was Kian mir gerade prophezeit. Bei der Erinnerung an diesen Abend muss ich unweigerlich lächeln.

«Und außerdem ...», reißt mich Kian aus meinen Gedanken. «Wenn du mal ein bisschen mehr Erfahrung und eine richtige Beziehung geführt hast, dann wirst du mein Denken über River sicherlich verstehen.» Sein Tonfall klingt abschätzig und etwas daran ist belehrend, was mir nicht gefällt. Eigentlich finde ich unseren Altersunterschied nicht zu groß, aber trotzdem frage ich mich, ob er mich mit meinen fast 17 Jahren überhaupt ernst nimmt, wo er schon 20 ist, an der Uni studiert und ein anderes Leben führt.

Einige Sekunden mustere ich Kian und denke über seine Worte nach. Ich kann nicht einschätzen, ob er der Freundschaft zwischen River und mir wirklich so wenig Bedeutung beimisst, oder ob es ihm gewaltig stört und er versucht, es zu überspielen.

«Du meinst, dann verstehe ich deine Eifersucht?», fordere ich ihn heraus.

Kian grinst vor sich hin, ohne auf meinen Seitenhieb einzugehen. Wieder sagt er: «Ich denke, es wird sich nach der High School verlaufen.»

«Und wenn nicht?»

«Dann wirst du es niemals leicht haben. Und er auch nicht. Und eure zukünftigen Partner sowieso nicht», sagt er, ohne auch nur eine Sekunde zu zögern. Es scheint ein Thema zu sein, über das er sich schon zuvor Gedanken gemacht haben muss.

«Warum das denn? Was hat unsere Freundschaft mit anderen Beziehungen zu tun?»

«Ach, Lexie. Du bist süß. So naiv. Du wirst das irgendwann verstehen, wenn du mal eine richtige Beziehung geführt hast.»

«Woher willst du wissen, dass ich noch keine geführt habe?», schieße ich sofort zurück. Angriff ist bekanntlich die beste Verteidigung.

«Weil du dann anders argumentieren würdest.» Kian stupst mir an die Schulter und grinst mich an. Ich kann spüren, dass er um Einigung bemüht ist. «Wir müssen das nicht diskutieren, Lexie. Sowas kann schon funktionieren. Allerdings nur, wenn der andere weiß, dass die dritte Person nicht dazwischensteht. Aber das spielt doch auch keine Rolle. Lass uns lieber über das Buch reden. Wer war dein Lieblingscharakter?»

Und so reden wir für den Rest der Fahrt über die Dystopie und als wir in Nashville angekommen sind, haben wir noch genug Zeit, um etwas essen zu gehen und durch die Shopping Mall zu schlendern.

«Lust auf Nervenkitzel?», fragt mich Kian, nachdem wir einen Burgerladen verlassen.

Ich weiß nicht genau, was er mit der Frage in mir auslöst, aber es passiert definitiv etwas. Immer etwas zwischen Anspannung und Aufregung, Nervosität und Neugier. Wie ein Wechselbad der Gefühle. Es ist genau wie bei unserer ersten Begegnung auf der Party.

Ich habe immer großartige Ideen. Lust auf Nervenkitzel?

«Was hast du dieses Mal vor?», versuche ich ihm weitere Details zu entlocken.

«Du weißt doch, ich habe immer großartige Ideen. Also?»

«Okay», stimme ich ihm zu, ohne zu wissen, was nun folgt.

Kian bleibt mitten in der Mall stehen, dann umfasst er meine Hand und zieht mich in ein Geschäft. Mit gerunzelter Stirn sieht er sich um, dann lehnt er sich zu mir. «Was könntest du gebrauchen? Parfüm? Sonnenbrille? Klamotten?»

«Was?», frage ich verwirrt.

«Sag schon.» Er grinst mich an. «Und wähle weise.»

«Klamotten», entscheide ich spontan.

Er nickt, dann gehen wir in die Abteilung. «Such dir was aus.»

«Wie?»

«Komm, mach schon, Lexie. Keine Sorge. Ich weiß, was wir hier machen.»

Wenigstens einer, der es weiß. Also vertraue ich Kian, auch wenn mich der ganze Planet vor ihm warnen würde – und wahrscheinlich auch der Planet nebenan. Trotzdem nehme ich vom nächstbesten Tisch einen beigen Kaschmir-Schal, der mir gefällt. Fragend reiche ich ihn Kian, der ihn begutachtet und zufrieden nickt.

«Yepp, dafür lohnt es sich.»

«Lohnt sich was?»

Er winkt nur ab und zieht mich hinter sich her. In der Herrenabteilung bleibt er stehen und nimmt sich eine Mütze mit, dann steuern wir Richtung Kabinen. Und mit einem Mal dämmert es mir, was er vorhat. Ich muss zugeben, es hat ziemlich lange gedauert, aber ich wandere hier auf nicht bekannten Wegen.

«Bitte sag mir, dass es nicht das ist, was ich denke.»

Kian lässt sich zu keiner Antwort hinreißen, sondern grinst nur vor sich hin. Als ich ihn fragend anstupse, sagt er nur: «Dann denk am besten nicht drüber nach.»

Toller Kommentar.

Bei den Kabinen sind wir alleine im Wartebereich und als ich ihm in die Umkleide folgen will, dreht er sich um und umfasst meine Schultern. Bei seinen nächsten Worten flüstert er regelrecht: «Nein. Wenn jetzt was schief geht, erwischen sie nur mich. Du wartest hier. Das ist der gefährlichste Teil. Gib mir deine Tasche. Den Schal kriege ich nicht auch noch in meiner Jackentasche verstaut. Da passt nur meine Mütze rein.»

Die rationale Stimme in mir fleht mich schon fast auf Knien an, dass ich diesen Mist lassen soll. Finger weg von Diebstahl. Aber es ist zu spät. Ich will den Nervenkitzel haben und die Erfahrung mitnehmen. Also gebe ich Kian meine Tasche und warte. Kurz danach öffnet er die Kabinentür und sieht sich kurz um, dann kommt er auf mich zu und gibt mir die Tasche zurück. Er legt den Arm um mich und während wir die Umkleiden verlassen, flüstert er: «Fühl in meiner Jackentasche. Da ist die Mütze. Nicht dass du denkst, ich habe dir beides in die Tasche gepackt.»

Unbeirrt steuern wir den Ausgang des Geschäfts an. Meine Nervosität wird immer unerträglicher.

«Lass los, Lexie. Das ist das Leben», raunt Kian neben mir.

Mir ist komisch. Seine Worte sind laut und leise zugleich und da ist so ein unangenehmes Piepsen in meinem linken Ohr. Mein Herz schlägt so laut, dass es mich wundert, dass mich keiner auf Verdacht festnimmt. Jeder um uns herum müsste es hören. Es springt mir fast aus der Brust. Die ganze Zeit habe ich das Gefühl, dass man mir ansieht, dass ich etwas Verbotenes mache, aber keiner hält uns an.

Wir verlassen das Geschäft und ich rechne jeden Moment damit, dass die Polizei auftaucht, die Waffen auf uns richtet und uns zu Boden zwingt.

Okay, meine Vorstellung mag etwas übertrieben sein, aber gerade ist in meinem Kopf alles möglich und durchaus realistisch.

Aber es passiert ... nichts.

Kian zieht mich ein Stück zu sich. Mir steigt sein Aftershave in die Nase und als ich zu ihm aufblicke, grinst er locker vor sich hin, während wir weiter Richtung Ausgang der Mall schlendern. Seine Locken wippen auf und ab. «Du kannst dich entspannen, Lexie. Wir sind durch. Und zwei Sachen reicher.»

«Moment, junge Frau, junger Mann!», ruft ein Security-Mann. Alles in mir versteift sich und gleichzeitig habe ich das Bedürfnis, einfach loszulaufen. Aber ich richte mich nach Kian, der mich noch ein Stück näher an sich heranzieht, seinen Griff verstärkt und den Schritt verlangsamt. Scharf zieht er den Atem ein und ich merke, dass auch er kurz seine Lässigkeit verliert, auch wenn man es ihm bei seinen nächsten Worten nicht anmerkt.

«Ja, bitte?», fragt er den Security-Mann mit fester Stimme, nachdem wir angehalten haben. Er hebt die Augenbrauen auf eine gewisse Art, die schon fast an Arroganz kratzt und ihn unantastbar wirken lässt.

Der Security-Mann reicht mir meine Handcreme. «Die ist gerade aus Ihrer Tasche gefallen.»

Ich strecke meine Finger aus, damit er nicht sieht, wie zittrig sie sind, und dann nehme ich die Handcreme mit einem Lächeln entgegen. Zum Glück verlässt mich meine Stimme nicht, sondern klingt klar und deutlich: «Vielen Dank. Ich bin froh, dass es noch so nette Menschen wie Sie gibt.»

Der Security-Mann erwidert mein Lächeln und in mir macht sich ein schlechtes Gewissen breit, als ich an den Schal in meiner Tasche denke.

Wir verlassen die Mall und gehen schweigend zum Auto. Auf dem Weg sagt keiner mehr ein Wort und ich glaube, Kian hat ebenfalls für einen Moment die Fassung verloren.

«Jetzt hatte ich aber auch kurz Panik», gibt er zu, als er mir die Tür öffnet und ich ins Auto klettere. Während ich mir eine Haarsträhne aus dem Gesicht streiche, bleibt Kian bei mir stehen. Von seiner sonst so lässigen und ruhigen Art ist gerade nicht mehr viel übrig. «Ich dachte wirklich, ich habe dich jetzt in meinen Mist mit reingezogen und wir kriegen Probleme. Tut mir leid.»

«Ist ja nichts passiert», winke ich ab. Ich lege meine Hände auf den Oberschenkeln ab und Kian greift danach. Seine Finger sind eiskalt, was mir zeigt, dass er nervös ist.

«Kann es auch nicht. Hat hunderte Male vorher schließlich auch geklappt.» Er grinst mich an und da ist wieder dieses Blitzen in seinen grünen Augen, das ich damals auch gesehen habe, als wir zusammen auf dem Balkon auf der Party saßen. Und dann lehnt er sich ein Stück weiter ins Auto und küsst mich. Es kommt so überraschend, dass mein Herz klopft. Entweder, weil ich überrumpelt bin oder weil es aufregend ist. Oder weil es Kian ist.

Danach sieht er mich an und streicht mir die widerspenstige Haarsträhne aus dem Gesicht, die immer wieder nach vorne fällt. Kian schnallt mich an und zerrt einmal am Gurt, als würde er sichergehen wollen, dass er fest ist.

«Lass uns zur Lesung fahren. Und wenn wir zurück in Greywood sind, können wir noch was rauchen, wenn du willst. Hab vorhin Zeug besorgt. Dann bringe ich dich zu Fuß nach Hause», schlägt er vor. Er drückt mir noch einen flüchtigen Kuss auf den Mund, dann schließt er die Tür. Während er um das Auto herumläuft, muss ich unweigerlich schmunzeln. Mit Kian ist alles ein wenig schräg. Er küsst mich, mitten auf dem Parkplatz am helllichten Tag, nachdem wir fast beim Klauen erwischt wurden. Nachdem ich zum ersten Mal geklaut habe. Zusammen mit dem Typen, mit dem ich zum ersten Mal einen Joint geraucht habe. Der regelmäßig sowas raucht. Und das wieder mit mir machen will.

8. Kapitel

Die Sommerferien sind bereits in greifbarer Nähe, aber unserem Mathelehrer fällt nichts Besseres ein, als uns in der vorletzten Woche einen Test reinzudrücken und uns damit nochmal zu quälen.

Okay, mich quält er damit nur halb, denn River hat sich bereiterklärt, mir all diese verrückten Sachen aus der Mathematik zu erklären, die ohnehin fast niemand versteht und zweifellos kein Mensch auf diesem Planeten jemals braucht.

Aber es gibt Schlimmeres, als den Samstag zusammen mit River zu verbringen.

Während ich die letzten Meter zu seinem Zuhause laufe, kniet sich seine Mom ins Blumenbeet und pflanzt etwas ein. Trotz der Entfernung erkenne ich, dass sie sich mit der Zunge hochkonzentriert über die Unterlippe fährt, wie sie es immer macht, wenn sie in eine Aufgabe vertieft ist.

«Hallo, Evie!», rufe ich gutgelaunt, woraufhin sie prompt aufsieht. Kurz scheint sie irritiert, weil sie jemand aus ihrer eigenen Welt zurück in die Realität gerissen hat, dann steht sie auf und empfängt mich freudestrahlend.

«Lexie!», sagt Evie und streift sich ihre Handschuhe ab. Wie immer ist sie perfekt ausgerüstet und besonders gefällt mir ihre dunkelgrüne Gärtnerschürze, auf die verschiedene Blumenmuster gestickt sind. Evie streicht sie glatt, dann legt sie schon den Arm zur Begrüßung um mich, während sie mich zielstrebig ins Haus führt. Einige kastanienbraune Haarsträhnen haben sich aus ihrem Zopf gelöst und fallen ihr ins Gesicht, während sie mir gegen die Schulter knufft und mich anlächelt. Sie hat so ein ansteckendes Lachen, dass man es erwidern muss, ganz egal, wie man drauf ist. «Wie geht's dir, lovely?»

«Sehr gut. Danke. Und selbst?», frage ich, während ich lächelnd in ihre dunklen Augen blicke und sie mich an der Küche vorbeiführt.

«Wunderbar, wunderbar», pfeift sie, dann seufzt sie theatralisch. «Und jetzt will dich River echt mit Mathe langweilen an diesem sonnigen Tag? Manchmal ist er uns allen ein Rätsel.» Sie führt mich schnurstracks Richtung Garten. «River sitzt draußen. Selbst er hat eingesehen, dass es in seinem Zimmer oben viel zu heiß ist.» Dann zieht sie mich ein Stück näher an sich und flüstert mir ins Ohr: «Wobei ich glaube, er wäre mit dir dort lieber als hier draußen. Aber die Sonne spielt gegen ihn.» Sie gibt mir keine Zeit, darauf etwas zu erwidern – und vielleicht ist das auch gut so –, denn dann stehen wir auch schon vor River, der bereits am Tisch sitzt und in ein dickes Buch vertieft ist. Gedankenverloren rührt er seinen Tee um, wie er es immer macht, wenn er mit dem Kopf woanders ist, und ich frage mich, ob er die warmen Sommertemperaturen in Tennessee ausblenden kann, oder ob es ihn einfach nicht stört, dabei einen heißen Tee zu trinken. Ja, manchmal ist River auch mir ein Rätsel.

Erst als Evie sich laut räuspert, hebt River den Blick. Kurz reißt er die Augen auf und die Verwunderung ist ihm ins Gesicht geschrieben, als er sich aufrechter hinsetzt. Etwas ratlos streicht er über sein dunkles T-Shirt, auf dem «Save Water. Drink Beer» steht, was mich schmunzeln lässt. «Lexie, du bist schon da.»

«Und sie bringt schönes Wetter mit», wirft Evie ein. «What a pity.»

Er sieht zwischen ihr und mir hin und her, dann seufzt er tief und runzelt fragend die Stirn, als hätte er ihre Anspielung verstanden: «Blamierst du mich schon wieder, Mom?» Dann deutet er auf den Stuhl neben sich, vermutlich, um möglichst schnell das Thema zu wechseln und davon abzulenken: «Setz dich doch, Lexie.»

Als ich mich zu ihm setze, lächelt er mich an und ich weiß nicht, ob er seine Mom für einen kurzen Moment ausblendet oder schlichtweg vergisst, aber wie automatisch legt er seine

Hand auf meinen Oberschenkel. Eine vertraute Geste, die mittlerweile zu uns gehört, bei der sich zwar für eine Sekunde Zweifel in mir meldet, ob sich das noch so gehört, wo ich seit einigen Wochen Kian date, aber ich denke nicht weiter darüber nach und River anscheinend auch nicht. Er war zuerst in meinem Leben – und unsere Freundschaft war schon immer so. Ein bisschen anders. Aber genau richtig so. Und Kian muss das akzeptieren. Genau wie River ihn akzeptieren muss.

«Ich habe dich gar nicht klingeln gehört», meint er und seine Stimme klingt belegt, während seine Hand langsam über die Haut meines Oberschenkels streicht.

«Ich habe nicht geklingelt.» Meine Kehle ist trocken und auch mir versagt die Stimme. Obwohl ich erst seit wenigen Sekunden in der Sonne sitze, kann ich bereits fühlen, wie erhitzt mein Körper ist. «Deine Mom war draußen beschäftigt und hat mich direkt empfangen.»

Evie kommt mit einem vollgepackten Tablett aus dem Haus zurück und kurz frage ich mich, wo sie das auf die Schnelle herbekommen hat, denn ich habe überhaupt nicht mitbekommen, dass sie ins Haus zurückgegangen ist.

«Frischer Orangensaft», verkündet sie uns feierlich, als sie das Tablett mit gefüllten Gläsern und einer Packung Kekse abstellt. River klappt sein Buch zu und ich werfe einen Blick aufs Cover. Fast muss ich die Augen rollen. Manchmal ist er echt ein kleiner Nerd. Im Buchtitel stehen komische Wörter. Irgendetwas vom Gehirn und Nervenzellen und Bewusstsein. Ich weiß, dass Neurowissenschaften ihn interessieren, aber manchmal kann ich es kaum fassen, dass jemand so wissenschaftliche Bücher privat zum Spaß liest. Beim Lesen sind wir unterschiedlich. River mag eher so ... realistische Dinge. Und ich finde, es gibt nichts Besseres als einen fiktiven Roman. Realität haben wir doch sonst wohl genug.

«Ich habe noch Erdbeeren für dich, Lexie, die du nachher mit nach Hause nehmen kannst. Die letzten waren doch gut, oder?», fragt Evie mich, während sie alles geschickt auf dem Tisch verteilt.

River hat mir letztens verraten, dass ihre Fürsorge ein Zeichen dafür ist, dass sie mich mag und der Gedanke daran lässt meine Mundwinkel noch mehr nach oben schießen, als sie es die ganze Zeit schon sind. So geht es mir seit der ersten Begegnung mit River. Ständig muss ich grinsen, wenn er in meiner Nähe ist. Und manchmal weiß ich nicht mal, warum das so ist. «Sie waren mehr als gut. Meine Eltern haben sich auch drauf gestürzt.»

«Dann packe ich euch noch ein paar mehr ein», entscheidet Evie und ich sehe, wie sehr sie sich freut, dass wir ihre selbstangebauten Früchte lieben. Da liegt dieses 1000-Volt-Lächeln auf ihrem Gesicht, so aufrichtig, dass man ihre Euphorie förmlich spüren kann. Es wird noch breiter, als ich mich an ihrem frischgepressten Orangensaft bediene. «Alles in Ordnung bei deinen Eltern? Läuft der Flughafen in Nashville dank deiner Mom?»

«Ja, sie hat alles im Griff. Gerade jetzt zum Sommer ist wieder viel los.»

«Und bei deinem Dad? Fährt er herum und repariert alle Aufzüge, die hier ständig ausfallen?»

«So sieht's aus.»

«Diese Nachtschichten müssen furchtbar sein.» Fragend hält Evie mir die Kekspackung entgegen, woraufhin ich dankbar nicke und mir einen Keks herausnehme. Ich muss leise lachen, als sie River keinen anbietet, sondern die Packung auf dem Tisch ablegt. River scheint das Gleiche zu denken, denn er schnaubt neben mir, und trotzdem kann ich spüren, wie es ihn gleichzeitig amüsiert.

«Mom macht nur noch ein paar Mal im Monat Nachtschichten. Aber ganz verzichten will sie darauf auch nicht.» Kurz zucke ich mit den Schultern und obwohl ich noch nie nachts gearbeitet habe, könnte ich es mir gut vorstellen. Nachts bin ich aktiv – mit Schreiben oder Lernen. Fast so, als dürfte ich keine Ablenkung vom Tag haben, und erst nachts in der Stille meinen höchsten Punkt der Produktivität erreichen. «Irgendetwas mag sie an den Nachtschichten. Mom sagt, nachts ist eine andere Atmosphäre am Flughafen. Dad macht Nachtschichten nur noch, wenn er Notdienst hat. Er meint, die Atmosphäre sei immer gleich. Dafür braucht er nachts nicht aufstehen. Und wie läuft es bei euch?»

Evie lacht, dann nimmt sie sich einen Keks und beißt genüsslich hinein – immer noch, ohne River einen anzubieten.

Schließlich nimmt er sich seufzend selbst einen und steht dann auf, um den Sonnenschirm aufzuspannen, was bei den warmen Temperaturen nicht verkehrt ist. «Bei uns ist alles wie immer. Du weißt ja, meine Arbeit ist nicht wirklich Arbeit für mich.» Evie arbeitet als Floristin und liebt ihren Job. Daher sagt sie immer, sie geht nicht wirklich arbeiten, weil das nicht unter Arbeit fällt, und sie macht genau das, was jeder Mensch in seinem Leben machen sollte: Den Job ausüben, den man liebt. Evie deutet auf eine kleine Palme im Garten, die letztens noch nicht hier stand. Das scheint ihr neustes Projekt zu sein. «Wie gefällt sie dir?»

«Sehr hübsch», sage ich anerkennend und hätte auch gerne so eine Palme im Garten. Vielleicht sogar zehn oder hundert. Es fühlt sich so an, als würde der Anblick von Palmen reichen, um die Laune anzuheben. Palmen stehen für Sommer und kurz stelle ich mir vor, wie es wohl wäre, an einem Ort zu leben, an dem es Palmen an jeder Ecke gibt. Das wäre, wie jeden Tag Sommer zu haben. Jeden Tag Flip-Flops. Jeden Tag wie auf Wolken gehen. «Das ist eine Babypalme, oder? Sie ist noch so klein und winzig.»

Evie nickt begeistert. «Ja, aber die wird noch richtig groß und mächtig. Ich habe sie La Palma genannt.»

Sie gibt all ihren Pflanzen Namen. Mein Favorit ist «Hubert» für den kleinen dicken Kaktus in der Küche.

«Du warst schon mal kreativer, Mom.»

«Weißt du, wie River sie nennen wollte?», fragt Evie an mich gewandt und stemmt die Hände in die Hüften. «Herman the German.»

Ich blicke lachend zu River, der nur mit den Schultern zuckt und sich wieder auf seinen Stuhl fallen lässt. «Der Vorschlag passt zu dir.»

«Ja, oder?», stimmt Evie mir zu. «Ein richtig unbrauchbarer Vorschlag.»

«Vielen Dank. Ich bin gerührt von all euren Nettigkeiten.»

Evie wuschelt River lachend durchs Haar, woraufhin er leise ein «Bloody hell» flucht und versucht, sich zu befreien. Sie zwinkert mir wissend zu, dann deutet sie auf die Mathesachen: «Dann mach dich jetzt mal brauchbar und erklär Lexie etwas von Sphären, von denen ich nichts verstehe. Willst du noch zum Mittagessen bleiben, Lexie?»

«Natürlich. Sie liebt Essen», antwortet River stellvertretend für mich und dem habe ich nichts hinzuzufügen. «Da müssen wir uns schon etwas anderes einfallen lassen als deine nicht allerbesten Kochkünste, um Lexie loszuwerden. Sie ist hartnäckig.» Als ich meinen Flip-Flop abstreife und versuche, leicht vor Rivers Bein unter dem Tisch zu treten, macht sich ein belustigter Ausdruck auf seinem Gesicht breit. «Was ist los, Cookie? Versuchst du, mit mir zu füßeln, oder was soll das werden?»

«Ich versuche dich zu treten», erkläre ich ihm überschwänglich, obwohl es nicht so wirklich geklappt hat.

River hebt die Augenbrauen. «Ja. Ein süßer Versuch. Try again.»

«Feste, bitte», feuert mich Evie an. «Das hat er verdient für den Kommentar zu meinen Kochkünsten.»

«Zu deinen nicht allerbesten Kochkünsten», korrigiert River sie und auf seinem Gesicht macht sich ein freches Grinsen breit, fast schon so, dass ich mir lebhaft vorstellen kann, dass es mit ihm als Kleinkind damals bestimmt nicht immer leicht war.

«Sind die so gut wie seine Gitarrenkünste?», werfe ich ein, woraufhin Evie auflacht.

River schnaubt, als könnte er nicht glauben, dass ich gegen ihn schieße, und dennoch verrät mir sein Streichen über den Oberschenkel, dass er meinen Humor versteht: «Da wären wir alle selig, wenn Moms Kochkünste nur halb so gut wären.»

«Nur halb so gut? Dann ist der Anspruch ja bloody low.»

«Ja, ja. Witzig, Mom. Verbündet euch mal ruhig zusammen gegen mich. Das ist prima. Bei solchen Freunden braucht man keine Feinde mehr. »

Ich mag diesen typischen Schlagabtausch zwischen den Brooks und fühle mich direkt wie zu Hause. Alles ist entspannt, so, als müsste sich keiner verstellen oder aufpassen, was er sagt – weil jeder weiß, wie es gemeint ist.

Fragend sieht Evie uns an: «Braucht ihr noch etwas?»

«Ja. Dass du endlich weggehst», meint River, woraufhin Evie ihm einen Klaps am Hinterkopf verpasst und River auflacht. Seine markanten Eckzähne blitzen auf.

«Warum? Störe ich euch etwa bei irgendetwas?» Bedeutungsvoll hebt sie die Augenbrauen. Ich glaube, Evie denkt das Gleiche wie meine Mom lange Zeit: Dass zwischen uns etwas läuft oder sich zumindest entwickelt.

«Ja», antwortet River ungerührt. «Gut erkannt.»

Beschwichtigend hebt Evie die Hände, dann schnappt sie sich das Tablett und geht Richtung Haus. Sie wirft noch einen Blick über ihre Schulter. «Ich bin draußen vor dem Haus, falls ihr mich sucht.»

«Wird nicht passieren.»

«Ich kenne schon jemanden, der heute Abend hungert», scherzt Evie und dreht sich nochmal zu uns um. «Ich mache dafür ein richtiges Festmahl. Ein paar Kilos kannst du noch gebrauchen, Lexie. Was hättest du denn gerne? Irgendetwas mit Burgern vielleicht? Rivers Lieblingsessen.»

«Burger klingen perfekt.»

«Dann mache ich uns Burger. So gut, wie es mit meinen Kochkünsten eben möglich ist. Gut, dass River heute davon verschont bleibt.»

Kaum ausgesprochen, huscht kurz Panik über sein Gesicht, obwohl er weiß, dass Evie es nicht ernst meint.

«Ich mag dich, Mom!», ruft River ihr noch versöhnlich zu – vermutlich, um sicherzugehen, dass er tatsächlich nicht leer ausgeht.

«Ja, ja. Ich mag auch den Bäcker oder den Postboten. Da musst du dir schon etwas Überzeugenderes einfallen lassen.» Das sind ihre letzten Worte, ehe sie ins Haus verschwindet, und ihr trockener Humor bringt mich zum Lachen. River beobachtet mich lächelnd, aber als das Handy in meiner Tasche den WhatsApp-Nachrichtenton von sich gibt, verschwindet Rivers Lächeln – genau wie seine Hand von meinem Oberschenkel. Er zieht sie so schnell weg, als hätte er sich plötzlich an meiner Haut verbrannt.

Obwohl ich mein Handy nicht mal raushole, scheint River bereits zu ahnen, wer an mich denkt und mir schreibt.

«Und wie läuft's mit Kian?» Eine typische Frage von River und trotzdem bin ich schwer bemüht, bei dem abrupten Themenwechsel nicht die Augen zu rollen. Immer, wenn wir uns sehen, klopft River das Thema Kian kurz ab, und trotzdem scheint er selbst unsicher zu sein, was er genauer wissen will und was lieber doch nicht.

«Ganz gut», antworte ich knapp – selbst unsicher darüber, was ich ihm erzählen soll und was nicht.

«Aha», sagt River und ich merke, dass es ihm widerstrebt, das zu kommentieren. «Dann können wir uns ja jetzt den wichtigen Themen widmen.» Allein der Gedanke an Kian scheint bei River schon auszureichen, um seiner Stimmung einen ordentlichen Dämpfer zu verpassen. Merklich räuspert er sich und schüttelt kurz den Kopf, als würde er sich selbst signalisieren, damit aufzuhören. Dann lehnt er sich nach vorne und greift nach dem von mir meistgehassten Buch: dem Mathebuch. «So, dann wollen wir mal versuchen, dich für Mathe zu begeistern. Ich glaube, es wäre einfacher, dich auf einen Triathlon vorzubereiten. Oder einer Ziege Salsa beizubringen.»

«Toller Vergleich, River.»

«Ja, oder? Du und Triathlon und die Ziege und Salsa ... ein naheliegender Vergleich. Mal überlegen, was mir noch so einfällt. Einem Elefanten Weitsprung beibringen ...»

«Der bist dann wohl du.» Unweigerlich muss ich laut lachen, auch wenn ich es nicht will, und stupse leicht an seinen Arm. Dieses Mal bin ich treffsicher. «Du bist doof, Pumpkin. Ehrlich.»

Er grinst, während er im Mathebuch blättert, und gleichzeitig muss er nichts weiter sagen. Die Stimmung zwischen uns ist wieder ausgelassen und ich merke, dass sich seine Laune gehoben hat.

Ich muss zugeben, dass River einen ziemlich guten Nachhilfelehrer abgibt. Er ist sehr geduldig, erklärt mir alles immer und immer wieder, was ihn nicht zu stören scheint. Das Fragezeichen über meinem Kopf wird zunehmend kleiner. River lässt sich nicht anmerken, was er von all den Fragen hält, die in meinem Kopf herumgeistern, und weil er mir kein unangenehmes Gefühl gibt, frage ich alles, egal, wie banal es mir erscheint.

Irgendwann kommt Rivers Dad Jordan in den Garten und gesellt sich kurz zu uns. Und während er River etwas zum Rasenmäher fragt, lässt die Sonne seine dunklen Haare glänzen und ich beobachte Jordan genauer – und mit einem Mal macht sich eine ganz andere Frage in mir breit.

Nachdem Jordan ins Haus zurückgegangen ist, räuspert sich River und scheint sofort wieder beim Mathethema einklinken zu wollen, aber ich komme ihm zuvor: «Von wem hast du eigentlich die blonden Haare?»

«Was?», fragt River irritiert und wirkt überrumpelt bei dem Themenwechsel.

«Färbt deine Mom sich die Haare?», will ich wissen. Bei meinen nächsten Worten muss ich bereits bei der gedanklichen Vorstellung grinsen: «Oder färbst du sie etwa?»

«Und die blauen Augen ... sind das etwa Kontaktlinsen?», ergänzt River und hebt vielsagend die Augenbrauen. Seine Mundwinkel zucken amüsiert und ich weiß nicht genau, warum und was er so lustig an der Situation findet.

«Stimmt», sage ich. «Wobei ich jetzt nicht sagen könnte, welche Augenfarbe Jordan hat. Aber sie sind nicht so auffallend wie deine.»

«Braun. Mit ein bisschen Grün. Aber weit weg von Blau.»

«Aber ... woher ...?», will ich fragen, aber River beantwortet meine Frage bereits, ehe ich sie vollständig formuliert habe.

«Von meinem Erzeuger.»

«Oh.» Das mit den Fettnäpfchen ist ja bekanntlich immer so eine Sache. Manche tappen hinein, manche stolpern hinein, und dann gibt es so Menschen, wie ich es bin – diejenigen, die gleich hineinfallen und nicht mehr herauskommen, sondern nur noch hilflos strampeln.

Erzeuger ...

Schon allein das Wort verrät mir, wie distanziert das Verhältnis zu ihm sein muss, wenn River ihn so bezeichnet – und nicht mehr.

«Ich rede da eigentlich nicht drüber. Wir reden hier nicht darüber», erklärt River mir knapp und macht eine ausfahrende Handbewegung Richtung Haus. Seine sonst so weichen

Gesichtszüge sehen mit einem Mal verhärtet aus und auch seine Lippen presst er zu einer dünnen Linie zusammen.

«Warum?» Meine Stimme ist leise, fast wie ein Flüstern, und dennoch wage ich es zu fragen, obwohl ich mich womöglich auf gefährliches Terrain begebe. Dennoch ist es schon fast wie ein Impuls, weil ich ihn immer nach dem frage, was ich wissen will.

River zuckt mit den Schultern und weicht kurz meinem Blick aus. «Das Kapitel ist abgeschlossen. Und wir wollen dahin auch nicht mehr zurück.»

In seinem Tonfall schwingt etwas mit, das ich nicht deuten kann, und mich beschleicht das Gefühl, das Thema unsensibel angeschnitten zu haben. Ich unterdrücke meinen Drang, weiter in dem Thema herumzustochern, sondern frage stattdessen zögernd: «Habe ich jetzt etwas Blödes gesagt?»

«Nein. Schon gut. Es kam nur unerwartet.» Seine Gesichtszüge entspannen sich wieder und ich weiß, dass er es mir nicht übelnimmt. «Jetzt frag schon.»

«Was denn?»

«Was du wissen willst.»

«Woher willst du wissen, ob ich etwas wissen will?»

«Weil ich dich kenne», sagt River. Nur ein kurzer Satz, und dennoch sagt er so viel aus. Und ich glaube, River denkt das Gleiche, denn er lächelt mich schwach an und kurz hängt dieses bedeutungsvolle Schweigen zwischen uns, das River mit seinen nächsten Worten zu überspielen versucht: «Du willst doch sonst auch immer alles wissen und fragst deswegen so viel, Frau Bürgermeisterin. Aber das ist okay. Du darfst mich das fragen.»

Du darfst mich das fragen ...

Ich kann es nicht greifen, aber irgendetwas betont River an den Worten besonders. So, als würde er sich so etwas nicht von jedem fragen lassen. Und als wüsste er, was ich denke, bestätigt er mir genau dieses Gefühl mit seiner nächsten Aussage.

«Es ist eher untypisch für mich, darüber zu reden. Aber bei dir habe ich immer das Gefühl, es interessiert dich wirklich und ich kann mit dir darüber reden.» Er lehnt sich näher zu mir und obwohl er mir jetzt so nahe ist, spricht er so leise, dass ich seine Worte nur mit Mühe verstehe: «Ich glaube manchmal, ich kann mit dir über alles reden. Und das ist selten bei mir. Sehr selten. Und manchmal weiß ich gar nicht so recht, wie ich damit umgehen soll.»

Etwas an seinen Worten bringt mich zum Lächeln: «Das Gefühl habe ich bei dir auch.»

«Das ist schön, Cookie. Wirklich schön.» Die blauen Augen haben durch das Sonnenlicht einen ganz besonderen Glanz und seine Stimme klingt kratzig. Während River sich durch seine blonden Haare streicht, wendet er den Blick ab. Für einige Sekunden atmet er tief ein und aus. Dann lehnt er sich nach hinten an die Stuhllehne und sieht mich wieder an. «Also, ja, Jordan ist nicht mein biologischer Vater. Aber er ist wie ein Dad für mich. Für mich ist er mein Dad, auch wenn es auf dem Papier nicht so ist.»

«Und was ist mit deinem biologischen Vater?», will ich wissen, nachdem River mir signalisiert hat, dass ich ihn dazu etwas fragen darf, auch wenn es ein Thema ist, über das er sonst nicht spricht.

«Er hat uns sitzenlassen, als ich sieben oder acht Jahre alt war.»

«Das tut mir leid», sage ich und es klingt so flach und unbedeutend, obwohl ich es genau so meine.

River schüttelt den Kopf. «Das muss es nicht. Familie kann man sich eben nicht aussuchen. Also, die biologische Familie. Aber die andere Familie schon. Und ich würde sie niemals eintauschen wollen.»

«Habt ihr denn noch Kontakt?»

Seine nächsten Worte klingen endgültig, schneidend, fast schon kalt, was ungewohnt für ihn ist. «Nein, schon ein paar Jahre nicht mehr. Wir haben einander nichts mehr zu sagen. Er ist wie ein Fremder. Ich bin ihm nicht böse. Er ist mir egal. Und vielleicht ist das sogar noch schlimmer.»

«Wie meinst du das?»

«Vielleicht ist nichts schlimmer als Gleichgültigkeit. Wenn man den Punkt erreicht hat, ist nämlich wirklich nicht mehr viel übrig.» River spricht sachlich und abgeklärt, aber irgendetwas an seinem Blick ist nachdenklich. Für einen kurzen Moment huschen noch ein paar mehr Emotionen über sein Gesicht, aber ehe ich sie genauer erfassen kann, sind sie auch schon wieder verschwunden. Und trotzdem glaube ich, da liegt doch noch ein wenig mehr Schmerz unter der Oberfläche, als er zugeben möchte.

Kurz denke ich über Rivers Worte nach und dann verstehe ich allmählich, was er mir damit sagen möchte. «Ich weiß, was du meinst.»

«Wirklich?», fragt er zögernd, als könnte er sich nur schwer vorstellen, dass ihn jemand versteht.

Ich nicke. «Ja. Gleichgültigkeit ist so etwas wie emotionaler Tod. Da lebt nichts mehr.»

«Genau. Emotionaler Tod. Du verstehst mich, Lexie.» River lächelt mich an, fast schon ein wenig dankbar, und seine Erleichterung ist körperlich spürbar. Dann stopft er sich einen Keks in den Mund und ich habe das Gefühl, es dient entweder der Ablenkung oder dem Stressabbau. Einige Sekunden kaut er gedankenverloren und rührt den Tee in seiner Tasse um, obwohl da kaum mehr etwas drin sein dürfte. Dann legt er die Hand auf den Tisch und sieht mich eindringlich an, als könnte ich ihm eine Antwort liefern. «Manchmal frage ich mich, was schlimmer ist: Hass oder Gleichgültigkeit.»

«Gleichgültigkeit», antworte ich, ohne zu zögern.

«Warum?»

«Weil Hass leidenschaftlich ist. Es ist eine starke Emotion, wenn auch keine positive. Gleichgültigkeit dagegen ist nur eine verheerende Form von .... nichts.»

«Ich denke das auch», stimmt River mir zu. «Früher war es anders. Da habe ich ihn gehasst. Aber ich musste den Hass gehen lassen. Nicht für ihn. Sondern für mich. Ich habe ihm nicht alles verzeihen können, und dennoch musste ich lernen, zu akzeptieren, was passiert ist.»

«War es eine bewusste Entscheidung?», will ich wissen.

«Die Gleichgültigkeit?»

«Ja.»

River denkt über meine Frage nach und mir ist klar, dass er sich das selbst noch nie gefragt hat, geschweige denn jemand anders. «Nein. Es hat sich so entwickelt. Das Loslassen war eine bewusste Entscheidung. Aber mir war nicht klar, dass es in diese Richtung umschlagen würde. So, dass es mir egal werden würde.»

«Aber jetzt ist es so.»
«Jetzt ist es so.»
«Und wie ist das für dich?»
«Friedlich», sagt River. «Leise. Ganz still. Keine Wut. Keine Ablehnung. Kein Hass. Keine quälenden Fragen nach dem Warum. Nichts. Da ist einfach nichts.»
Er kann seine Enttäuschung und Verletztheit nicht gänzlich verbergen. Aber natürlich empfindet River so, wenn Evie und er sitzengelassen wurden und seit Jahren Funkstille herrscht. Und trotzdem schwingt in seinen Worten keine Verbitterung und auch kein Groll mit. Nur Abgeklärtheit und Akzeptanz.
«Das klingt so, als hättest du Frieden damit geschlossen.»
Er nickt, während er meinen Blick erwidert. «Das musste ich auch, damit es mich nicht zerfrisst. Denn das hat es eine Zeitlang.»
«Wie heißt er?» Etwas in mir zögert, ihn als Vater zu bezeichnen, weil ich merke, dass River es selbst nicht macht, aber er versteht auch so, worauf ich hinauswill.
«Sawyer.»
«Und wie war Sawyer?»
River sieht mich lange und intensiv an, dann starrt er auf irgendeinen Punkt im Garten hinter mir, fast so, als würde er überlegen, ob wir dieses Gespräch wirklich weiterführen sollen. Es dauert eine ganze Weile, ehe er mir antwortet. «Sawyer war vor allem selten zufrieden. Nicht nur mit mir war er nie zufrieden, sondern auch mit meiner Mom. Sie hat alles für ihn gemacht, ihn wirklich und aufrichtig geliebt. Sie hat alles richtig gemacht. Und trotzdem hat es ihm am Ende nicht gereicht und er hat sie so hängen gelassen.»
«Das ist wirklich mies», sage ich, und sofort tun mir Evie und River leid. Nicht die Form von Mitleid, die keiner haben will, sondern die, bei der man mitfühlt und sich das Ausmaß von Schmerz vorstellen kann, selbst wenn man es nicht miterlebt hat. «Hat er eine neue Freundin?»
«Yepp. Und zwei neue Söhne, die sie mit in die Beziehung gebracht hat. Irgendwie habe ich immer das Gefühl gehabt, er hat sie viel mehr akzeptiert als seinen eigenen Sohn.» River stockt, als würde er abwägen, ob er die nächsten Worte laut aussprechen soll, und seine Stimme klingt dabei nicht ganz so

sicher und fest wie sonst: «Sie spielen Fußball. Jetzt hat er endlich die Söhne, die er immer haben wollte.»

River wendet den Blick ab, aber dieses Mal ist es zu spät. Der kurze Moment reicht, um den Schmerz und die Enttäuschung in seinen blauen Augen aufflackern zu sehen. Aber er muss gar nicht mehr sagen. Ich habe schon verstanden, was er mir damit sagen will. Es waren zwar nur wenige Worte, aber wenn man ganz genau hinhört, sagen sie mehr als genug. Und auch wenn River die Worte leise ausgesprochen hat, waren sie ganz laut.

Sawyer war vor allem selten zufrieden ...

Jetzt hat er endlich die Söhne, die er immer haben wollte ...

Sawyer hat ihm das Gefühl gegeben, nicht gereicht zu haben. Nicht gut genug zu sein. Ansprüche nicht erfüllen zu können. Und auch wenn River so sachlich und abgeklärt darüber berichtet, so, als hätte er Distanz dazu, kann ich seinen Schmerz spüren, den er unter der Oberfläche vergraben hat und der sich dennoch bei seinen letzten Sätzen den Weg nach oben gekämpft hat und kurz aufgeflackert ist. Aber wem würde es nicht wehtun, wenn man von einem Elternteil zu spüren bekommt, dass man ihm nicht reicht, wie man ist? Das tut schon bei anderen Menschen weh. Wie schlimm muss es dann bei den eigenen Eltern sein, die immer nur das Beste in einem sehen und daran glauben sollten? In diesem Moment wird mir bewusst, wie anders meine Eltern immer waren. Sie haben mir nie das Gefühl gegeben, dass sie mit mir nicht zufrieden sind oder ich anders sein sollte.

River hat den Kopf auf seiner Hand abgestützt und den Blick gesenkt. Abwesend starrt er auf das Mathebuch, das wir schon einige Zeit nicht mehr angerührt haben, und ich glaube, wir sind beide gedanklich unglaublich weit weg davon. Ich wünschte, River würde seinen Blick wieder heben, aber er scheint in seinen Gedanken verloren zu sein, und weil ich Angst habe, dass er sich emotional zurückzieht oder gerade mit Erinnerungen konfrontiert wird, die er sonst verdrängt, rutsche ich unruhig auf meinem Stuhl herum und denke über eine passende Frage nach, um ihn zu mir zurückzuholen.

Aber je länger sein Blick so abwesend bleibt, desto weniger fällt mir etwas Sinnvolles ein, das ich sagen oder fragen könnte. Und weil mir nichts Besseres einfällt, spreche ich das aus, was mir spontan einfällt: «Magst du keinen Fußball?»

Ich muss mich beherrschen, bei dieser idiotischen Frage nicht selbst die Augen zu verdrehen, aber sie erfüllt ihren Zweck und Rivers Blick richtet sich auf mich, auch wenn er kurz blinzelt, als müsste er wieder im Hier und Jetzt ankommen. Und wahrscheinlich ist das auch so.

«Doch, schon», sagt er und setzt sich aufrecht hin. River scheint meine Frage nicht ansatzweise so unpassend zu finden wie ich. Sein Blick ist so klar und wachsam wie immer, und der Moment zuvor ist plötzlich ganz weit weg. Nichts lässt vermuten, dass er gerade noch abwesend war. «Ich glaube, jeder britische Junge spielt an irgendeinem Punkt in seinem Leben mal Fußball. Man wächst dort einfach damit auf. Ich auch, und ich habe dann auch mal im Verein gespielt.» River reibt sich das Kinn und zuckt mit den Schultern. «Und ich war eigentlich auch gar nicht so schlecht. Aber ich mag Fußball eher zum Zuschauen, nicht zum Spielen. Ich habe es später auch mal mit Taekwondo versucht. Aber mich hat es schon immer eher zur Musik als zum Sport gezogen. Damals noch eher unbewusst.»

«Du magst Tottenham», sage ich und denke dabei an den blau-weißen Schal, der in seinem Zimmer hängt, direkt neben einem Foto von uns vieren, das wir im Winter in einer Fotobox gemacht haben. Und natürlich denke ich an das Tottenham-Trikot, das River manchmal im Sportunterricht trägt.

Seine Mundwinkel zucken amüsiert und irgendetwas findet er schon wieder lustig: «Ja, das ist mein Lieblingsverein. Auch wenn du Tottenham erst googeln musstest.»

«Woher weißt du das?», frage ich prompt und allein das verrät, wie erwischt ich mich fühle. Zu meiner Verteidigung muss ich sagen, dass sich wahrscheinlich kein Amerikaner mit der Englischen Fußballliga auskennt – außer man interessiert sich für Fußball. Aber mir ist das Thema genauso fremd wie Pferdesport bei den Olympischen Spielen.

«Weil ich dich kenne», sagt er wieder und seine Hand berührt meinen Oberschenkel. Erst denke ich, die Berührung ist zufällig, aber dann legt er sie dort ab. Genau an die gleiche Stelle wie zuvor.

River lächelt mich einfach nur an. Und das Lächeln, das er mir zeigt, ist so offen und aufrichtig, dass ein warmes Gefühl durch meinen Körper strömt. Ich kann nicht leugnen, dass es mich beeindruckt, wie aufmerksam er durchs Leben geht, dass er sogar solche Dinge weiß. Es sind so kleine Dinge, und doch sagen sie so viel aus. Über ihn, über uns. Aber da ist noch etwas anderes. Es ist vielmehr ein Gefühl. Das Gefühl, dass er mich in- und auswendig kennt und ich ihm nichts verheimlichen kann, selbst wenn ich es wollen würde. Ihn kann ich nicht täuschen. Und vielleicht sollte mich an dem Gedanken etwas unruhig werden lassen, weil das Gefühl fremd ist und ich es in so einer Form nicht kenne. Und natürlich, weil man sich damit auch angreifbar und verletzbar macht, aber ich weiß, dass alles von mir bei ihm sicher ist und er nie etwas gegen mich verwenden würde. Da ist nur tiefes und grenzenloses Vertrauen. Es ist kein beängstigendes Gefühl. Es ist schön und warm und harmonisch. Und es ist rosa. Ein Gefühl, das ich mit River verbinde.

«Außerdem hast du keine Berührungspunkte mit Fußball», setzt River nach und beendet damit das bedeutungsvolle Schweigen, was sich zuvor wieder zwischen uns breitgemacht hat.

«Was hat mich verraten?»

«Dein Blick. Leicht planlos, auch wenn du es ziemlich gut überspielen kannst.»

«Was für einen Blick?»

«Den, den du auch immer bei Mathe hast.»

«Heute weiß ich mal wieder, warum ich dich mag, River. Du bist einfach so unschlagbar charmant», entgegne ich ironisch und versuche, dabei ernst zu bleiben, aber es gelingt mir nicht. Er bringt mich zum Lachen mit seinen unsinnigen Kommentaren.

Er zwinkert mir zu, dann wird sein Blick wieder ernst. Das Lächeln, das zuvor noch auf seinem Gesicht lag, ist fort. River hätte gerade die perfekte Möglichkeit gehabt, das Thema zu beenden, aber das macht er nicht. Mit einem Mal ist da kein Zögern mehr. Vielmehr habe ich das Gefühl, dass River über Sawyer und all das reden will. Und irgendetwas daran rührt mich – nicht nur, dass er überhaupt darüber redet, sondern auch die Tatsache, dass er sonst nicht darüber spricht, aber es mir so offen erzählt, gibt mir das Gefühl, dass unsere Bindung auch für ihn etwas Besonderes ist. «Er hat übrigens auch ein kleines Laster mit Drogen gehabt. Man muss ihm zugutehalten, dass er es nie vor mir gemacht hat. Ich habe es nie direkt mitbekommen, aber ich habe meine Eltern deswegen streiten gehört. Oft. Vor allem gegen Ende der Beziehung. Ich weiß nicht, wann er mit dem Zeug angefangen hat und auch nicht, was er genau genommen hat, aber manchmal habe ich das Gefühl, die Drogen haben ihn verändert. Er war auch oft aggressiv, leicht zu reizen. In vielen meiner Erinnerungen schreit er.» River zuckt mit den Schultern und in seiner Stimme schwingt eine gewisse Portion Verachtung mit und ich kann nicht deuten, ob es an den Drogen oder an Sawyers Verhalten liegt: «Vielleicht hatte er aber auch schon immer einen Schaden und hätte sich auch ohne Drogen so daneben benommen. Ich weiß es nicht.»

Und dann, mit einem Mal, ist es so, als würde ich zwei Puzzleteile zusammensetzen und Rivers Verhalten besser einordnen können: Seine Abneigung gegenüber Kian und auch seine Reaktion, als er das mit dem Gras und natürlich den Pillen mitbekommen hat, und seine starke Sorge, wenn ich mit Kian unterwegs bin.

Tu mir einen Gefallen und melde dich zwischendurch, ja?

Ich kann mich noch zu gut an den Moment erinnern, in dem River es zum ersten Mal zu mir gesagt hat, nämlich, als ich zu Kian ins Auto gestiegen bin. Und das sagt er auch seitdem immer wieder zu mir, wenn er weiß, dass ich mit ihm unterwegs bin.

«Deswegen reagierst du manchmal so», spreche ich das aus, was gerade in meinem Kopf vorgeht.

«Wie ... so?», fragt River, aber ich glaube, er weiß, wovon ich spreche.

«Deswegen hast du so reagiert, als du mich mit Kian auf dem Balkon vorgefunden hast. Und deswegen soll ich mich immer bei dir melden, wenn ich mit ihm unterwegs bin.»

«Ja, vielleicht», sagt River knapp und seine blauen Augen beobachten mich, ehe er sie niederschlägt. Kurz schweigt er und als ich denke, er will es nicht weiter kommentieren, macht er es doch: «Du denkst bestimmt, ich habe einen Kontrollzwang.»

«Nein, das stimmt nicht.»

«Du kannst das aber meinetwegen denken. Ich nehme das dafür gern in Kauf.» Fragend hebt er die Hände und hebt ratlos die Augenbrauen. «Vielleicht habe ich den sogar. Ich würde es nicht abstreiten.»

«Jetzt kann ich es besser einordnen, aber ich habe es nicht immer nachvollziehen können, warum du so darauf gepocht hast», gebe ich zu.

«Das ist mir klar. Und trotzdem hast du es immer gemacht.»

«Ja.»

«Warum?»

«Weil ich gespürt habe, dass es dir wichtig ist, und nicht hinterfrage, warum das so ist.»

Grenzenloses Vertrauen. Das ist es. Ich habe es immer gemacht, weil ich gemerkt habe, dass River daran etwas liegt und er unruhig wurde, wenn ich mich nicht gemeldet habe. Jedes Mal, wenn er mich längere Zeit nicht erreichen konnte, hatte ich Textnachrichten und manchmal sogar Anrufe. Und trotzdem hat es sich nie wie Kontrolle angefühlt. Es war immer etwas anderes. Und jetzt kann ich das Gefühl deuten: Es ist Sorge. Echte und tiefe Sorge, geprägt durch seine Vergangenheit. Vielleicht würde River Drogen – egal in welcher Form – auch ohne seine Erfahrungen ablehnen, aber ich bin mir sicher, dass die Konfrontation damit etwas in ihm triggert.

Mit einem tiefen Seufzen lehnt sich River nach hinten und verschränkt die Arme vor der Brust. «Kian unterschätzt Drogen. Sie können etwas mit Menschen machen und sie verändern. Und es gefällt mir nicht, dass er das herunterspielt und dich da reinzieht. Glaub mir, Lexie, Ich weiß nicht, ob manche Dinge bei uns zu Hause anders gelaufen wären, wenn bei Sawyer Drogen keine Rolle gespielt hätten. Aber ich will es nicht riskieren und deswegen soll er das Zeug von dir fernhalten.» Rivers Oberarm spannt sich an, als er eine Hand zu einer Faust ballt. Allein das verrät mir, wie sehr ihn das Thema aufwühlt. «Kian hält sich für unglaublich erwachsen, weil er ein paar Jahre älter ist, aber in dem Punkt ist er leider echt unreif. Und allein für dieses überlegene Gehabe kann ich ihn nicht ab ... Nicht, dass seine Liste sonst so überzeugend für ihn sprechen würde. Die Punkte sind da durchaus überschaubar.»

Man merkt an jedem einzelnen Wort, wie wenig River von Kian hält. Die angespannten Schultern, die verschränkten Arme vor der Brust und die hochgezogenen Augenbrauen. Alles symbolisiert Ablehnung. Und trotz all seiner Abneigung für Kian muss man River eins lassen: Er hat ihn nie auflaufen lassen, obwohl er die Möglichkeit dazu gehabt hätte. Kein Wort hat er bei Adriana und OJ erwähnt über das Gras oder die Pillen. Auch was River von Kian hält, lässt er vor den anderen beiden nicht raushängen. Vor ihnen akzeptiert er Kian einfach stillschweigend, genau wie Adriana und OJ es auch machen. Nur dass River viele Dinge bei Kian nicht passen, von denen Adriana und OJ nicht mal etwas ahnen. Rivers ausdruckslose Miene verrät nicht, dass es in ihm brodelt, und dennoch, wenn man ganz genau hinsieht, mahlen seine Kieferknochen jedes Mal, wenn Kian bei uns in der Nähe ist. Ich kann förmlich spüren, wie sich Rivers Stimmung verändert und welcher Kampf in ihm tobt, auch wenn er versucht, es sich nicht anmerken zu lassen. Aber auch mich kann er nicht täuschen.

«Hast du Erfahrungen mit Drogen?», will ich wissen. River spricht mit solch einer Überzeugung über die Gefahren, dass ich mich frage, ob es an Sawyer liegt oder noch ein anderer Grund dahintersteckt. Damals auf der Party hat er es zwar verneint, als ich ihn gefragt habe, aber das schließt nicht aus, dass er damit jemals in Berührung gekommen ist – in welcher Form auch immer.

«Ich selbst nicht, aber ich habe in England genug Partys miterlebt, um zu sehen, wie Leute dadurch die Kontrolle verlieren können. Es ist wie ein Delirium, ein Rausch, ein Trip. Was auch immer. Und so etwas steigert sich. Solche Leute wie Kian suchen den Kick. Das, was letzte Woche noch gereicht hat, ist dann nicht mehr genug. Und das größte Problem ist: Es ist niemals genug.»

«Ich bin mir sicher, dass Kian seine Grenzen kennt.» Es ist eine ziemlich schwache Antwort, aber River wird sowieso nichts in seinem Denken umstimmen können – und das will ich auch gar nicht. Es ist gut, dass er der Kopf bei uns ist. Der rationale Part, der alles im Blick hat und vielleicht auch mal ein paar Schritte weiterdenkt als Kian, dem es um den kurzfristigen Nervenkitzel und das Adrenalin geht.

«Aha», sagt River gedehnt und auch wenn er das Gesagte nicht weiter kommentiert, weiß ich, dass er es anders sieht. «Mir geht es sowieso nur um dich. Und da bin ich mir recht sicher, dass du Grenzen ziehst. Dass du das mit dem Gras ausprobiert hast und Kian dir danach wieder etwas andrehen wollte. Genau so schätze ich ihn ein. Und du hast abgelehnt.»

«Woher willst du das wissen?»

Weil ich dich kenne ...

River sieht mich an, ein kleines, wissendes Lächeln umspielt seine Lippen. Er spricht den Satz nicht aus, und dennoch bin ich mir sicher, dass er ihn denkt. Irgendetwas an seinem Ausdruck verrät es mir.

«So würde ich dich einschätzen», sagt River stattdessen.

«Ja.» Ich nicke. Vielleicht sollte es mich mal wieder überraschen, dass er mich so gut kennt, aber das tut es nicht. River schätzt auch Kian genau richtig ein. Tatsächlich habe ich danach nichts mehr mit Kian geraucht, obwohl er es mir angeboten hat. Mehrmals. Vielleicht irgendwann nochmal, aber letztes Mal wollte ich nicht. «Und das war auch in Ordnung für Kian», schiebe ich noch nach, weil ich das Gefühl habe, ihn verteidigen zu müssen, ehe River den Moment nutzt, um wieder gegen ihn zu schießen.

River lacht auf, ein bisschen abfällig. «Ja, das ist auch besser so.»

Evie kommt aus dem Haus mit einem Krug Orangensaft, mit dem sie unsere Gläser wieder auffüllt und ihn anschließend auf dem Tisch abstellt. Manchmal fühlt es sich ein bisschen an wie Urlaub hier bei den Brooks. Dann geht sie zu ihrer Palme «La Palma» oder «Herman the German» und während sie daran herumzupft, beobachtet River sie und schmunzelt schließlich: «Das war übrigens ihre Bedingung damals. Wenn wir in die USA gehen, will sie einen großen Garten. In England hatten wir nämlich nur einen ganz kleinen. Viel zu klein für Mom. Hier blüht sie regelrecht auf.»

«Also seid ihr wegen Jordan hier hingezogen?»

«Genau. Weil er ein Jobangebot hatte. Was ziemlich Großes im IT-Bereich», erzählt River, während Evie wieder neben uns vorbei zurück ins Haus läuft.

«Weiß Sawyer, dass ihr hier seid?»

«Nö», entgegnet River knapp. «Er weiß nicht mal, dass wir weg aus England sind und mittlerweile hier leben.»

River scheint das wörtlich gemeint zu haben, dass sie seit Jahren keinen Kontakt haben.

«War das schwer für dich?»

«Früher war es schwer», gibt er zu. Seinen Kopf stützt er auf seiner Hand ab, während er mich geradewegs ansieht. «Ich habe anfangs sehr darunter gelitten. Nicht nur, weil er plötzlich weg war, sondern auch, weil ich sein Desinteresse gespürt habe. Wir waren abgeschrieben und ich war nur lästig für ihn. Er hatte dann seine neue Familie und es hat sich so angefühlt, als wären wir ersetzt worden ... und so war es auch. Ich habe gemerkt, dass meine Mom oft traurig war und nicht nur unter der Trennung gelitten hat, sondern auch unter dem Drumherum, wie er mit uns umgegangen ist. Ihr ging es nicht gut, auch wenn sie immer versucht hat, es zu verstecken. Glaub mir, Lexie, du hättest sie nicht wiedererkannt. Er hat meiner Mom sehr viel Schmerz hinzugefügt. Das werde ich ihm nicht verzeihen. Niemals.» Bei seinen letzten Worten ist Rivers Stimme kaum mehr als ein Flüstern, was zum Widerspruch zu der Heftigkeit steht, mit der er plötzlich das Mathebuch zuschlägt, das wohl heute niemand mehr anrühren will. Für einige Sekunden sind seine Kiefermuskeln angespannt, aber dann werden seine Gesichtszüge wieder weicher. «Und dann kam Jordan. Er hat meine Mom gerettet. Das ist wirklich so. Sie war in einem Loch gefangen und kam da alleine nicht mehr raus. Ich würde gerne sagen, ich hätte sie da herausgeholt. Ich habe es zwar versucht, aber ich habe es nicht geschafft. Aber Jordan. Und ich weiß auch nicht, ob sie da jemals ohne ihn raus gefunden hätte.»

River hört auf zu reden und ich gebe ihm den Moment, weil ich ihn nicht drängen will, vor allem weil ich weiß, wie ungewohnt es für ihn ist, darüber zu reden. Er lehnt sich nach vorne und nimmt sein Glas, um einen Schluck vom Orangensaft zu trinken, aber ich glaube, er will Zeit schinden. Und während ich ihn beobachte, strömen tausend verschiedene Gedanken durch meinen Kopf. River nennt Sawyer selten beim Namen. Er sagt immer nur «Er». Fast so, als würde er sich weigern, den Namen laut auszusprechen. Dafür spricht er fast nur von seiner Mom. Selten von sich. Ihm scheint es in erster Linie um sie zu gehen, nicht mal um ihn und sein Leid, das er ganz offensichtlich auch hatte oder vielleicht sogar immer noch hat. Und mal wieder weiß ich nicht, ob River sich darüber bewusst ist, was das über ihn aussagt. Er setzt so oft andere Menschen an erste Stelle und danach erst sich. Und es rührt mich auch, dass er offen sagt, dass er es nicht geschafft hat, seine Mom aus dem Loch herauszuholen, auch wenn er es gerne geschafft hätte. Er gesteht Schwäche oder Niederlage ein – auch wenn es nicht wirklich eine Schwäche oder Niederlage ist, wenn man bedenkt, wie jung er damals war und es ganz sicher nicht seine Aufgabe war. Aber in Rivers Kopf sieht die Welt so aus und auch das sagt jede Menge über ihn aus.

Aber meine Gedanken schweifen auch zu Evie. Es fällt mir schwer, es mir vorzustellen, dass sie so am Boden war. Sie wirkt immer so glücklich, so herzlich, so entspannt und mit sich selbst im Reinen. Aber das sagt nichts über die Menschen aus. Sie können auch andere Zeiten hinter sich haben und Narben mit sich tragen, auch wenn sie irgendwann immer mehr verblassen. Und trotzdem bleiben sie da und verschwinden niemals ganz.

River atmet tief durch, dann redet er weiter: «Aber dann kam Jordan und hat unsere Welt wieder farbig und bunt gemacht. Anders kann ich es nicht beschreiben. Alles war trostlos und bedrückend ... und dann kam er. Seine Energie hat uns wieder zurück ins Leben gezogen. Es war echt eine Farbexplosion.»

Ich muss lächeln, weil Rivers blaue Augen so strahlen, wenn er davon erzählt, auch wenn es ihm wahrscheinlich noch nicht mal bewusst ist. Vielleicht muss ich auch gerade deswegen lächeln. «Keine grauen Wolken mehr?»

«Keine grauen Wolken mehr. Weg damit.»

«Und wie ist Jordan?»

«Jordan ist anders. Er hat mich von Anfang an akzeptiert. Und da habe ich erst gemerkt, wie wichtig es ist, dass man nicht um Anerkennung oder Akzeptanz kämpfen muss. Er hat mich wie einen eigenen Sohn angenommen und großgezogen. Und mir auch nie ein schlechtes Gefühl für meine Interessen und Eigenarten gegeben.» Kurz stockt River und streicht mit seinem Daumen über den Rand seines Glases. «Das Verhältnis, das ich zu ihm habe, hätte ich niemals zu meinem biologischen Vater gehabt. Es war alles richtig so, wie es gekommen ist. Nicht immer einfach, aber richtig. Es ist in Ordnung. Vielleicht ist es besser so, dass wir getrennte Wege gehen. Ich habe wirklich meinen Frieden damit geschlossen.»

Ich finde es erstaunlich, wie positiv und lebensbejahend River ist. Er akzeptiert die Dinge, wie sie sind, und macht das Beste aus ihnen, weil sie ohnehin schon passiert sind und sich nicht mehr ändern lassen. Die schlechten Erinnerungen nimmt er an, die guten Erinnerungen hält er fest und trägt sie im Herzen.

«Durch Jordan habe ich übrigens den Weg zur Musik gefunden.» Seine blauen Augen strahlen wieder und man spürt Rivers Liebe – sowohl zur Musik als auch für Jordan. «Er hat eine musikalische Ader und er spielt ziemlich gut Gitarre. Ich wollte es daher auch immer lernen, aber meine Stärke ist eher das Singen. Vermutlich sollten wir die Rollenverteilung so lassen. Ich habe das mit den Instrumenten nie hinbekommen, aber Jordan sagte, das wäre kein Problem, weil Musik vielseitig sei und es nicht nur um Instrumente gehe. Er war schon sehr geduldig mit mir. Und ist es immer noch.»

«Vielleicht wird das ja noch was mit den Instrumenten.»

«Ja, natürlich, ganz bestimmt», sagt River belustigt. «Die Zukunft sieht geradezu vielversprechend aus. Genauso, wie das noch was mit dir und Mathe wird. Oder mit Adriana und Erdkunde. Oder OJ und der Ordnung. Bestimmt irgendwann. Nur nicht mehr in diesem Leben.» Er zwinkert mir zu, um seine Provokation abzuschwächen, und trotzdem stupse ich ihm lachend an den Arm.

«Und ihr habt dann alle den gleichen Nachnamen?», frage ich, als ich an die Klingel neben der Haustür denke. Ich habe nie vermutet, dass Jordan sein Stiefvater ist – nicht, dass es etwas ändern würde, aber sie wirken so, als wären sie Vater und Sohn. Wie etwas, das von Anfang an zusammengehört. Nichts lässt erahnen, dass es eine Patchworkfamilie ist, die sich erstmal finden und zusammenwachsen musste, und gerade das macht es so besonders.

«Ja, Jordan hat sogar unseren Nachnamen angenommen. So konnten wir bei Brooks bleiben, und trotzdem haben wir drei alle den gleichen Nachnamen. Vor allem hat Jordan es aber gemacht, glaube ich, damit meine Mom und ich nicht unterschiedliche Nachnamen haben. Das ist so ein großes Zeichen, dass er zu uns gehören will und mich vollkommen akzeptiert. Es ist alles gut. Wirklich. Wir hatten immer uns und dann hatten wir so viel Glück mit Jordan. Anderen Menschen geht es so viel schlechter, also will ich mich nicht beschweren.»

River ist oft so demütig, so genügsam, so bescheiden. Das unterscheidet ihn von anderen Menschen. Es macht ihn so anders.

Er lehnt sich nach vorne und für einen kurzen Moment streifen seine Finger meine Hand, als er meinen Oberschenkel berührt. Ich weiß nicht, ob die Berührung Zufall oder Absicht war, aber River zieht seine Hand fast schon ruckartig weg. Stattdessen legt er sie daneben ab, genau so, wie er es immer macht, als wäre das seine sichere Zone und er sich unschlüssig, ob das Anfassen meiner Hand zu weit geht. Aber dann übernehme ich die Entscheidung für ihn und folge meinem Impuls, als ich nach seiner Hand greife.

Für einen kurzen Moment huscht ein überraschter Ausdruck über sein Gesicht, dann lässt er die Berührung zu und seine Finger umschließen meine.

Sanft streicht er über meinen Daumen und das Herz in meiner Brust schlägt so laut, dass es fast schon seine nächsten Worte übertönt, die kaum mehr als ein Flüstern sind: «Rückblickend ist es manchmal witzig, was manche Ereignisse für einen Einfluss auf das Leben haben. Es ist wirklich interessant, wie das Leben manchmal spielt. Vor allem, wenn man es in dem Moment nicht einmal ansatzweise hätte ahnen können. Findest du nicht, Lexie?» Immer noch hält er meine Finger fest umschlossen und das Kratzen seiner Stimme jagt eine leichte Gänsehaut über meinen Körper. River räuspert sich, und trotzdem klingt seine Stimme genauso belegt und leise wie zuvor –

vielleicht ist mein eigener Herzschlag aber auch einfach übermäßig laut: «Ohne Jordan wären wir nicht hier. Und wäre Jordan nicht in unser Leben getreten, wärst du auch nicht in mein Leben getreten. Also, ja, ich verdanke Jordan sehr viel. Auf ganz vielen Ebenen.»

9. Kapitel

«Komm schon, Lexie, ich zeig es dir», meint River und legt mir einen Arm um die Schulter. Seine Haut ist kalt und an manchen Stellen immer noch nass, weil er erst vor wenigen Minuten aus dem Wasser gekommen ist. Seine Berührungen hinterlassen ein kühles Gefühl auf meiner überhitzten Haut. Auf seinem Gesicht breitet sich sein typisches Lächeln aus, als er mit seinem Finger auf das Seil zeigt, das an einem Ast hängt. Auf dem Hügel stehen drei Mitschüler aus unserem Jahrgang und sie feuern einen von ihnen an, der Anlauf nimmt und sich mit dem Seil nach vorne schwingt. Er schießt ein ganzes Stück vor und dann, gefühlt am höchsten Punkt, lässt er los. Kurz hängt er in der Luft, ehe ein paar Meter tief ins Wasser fällt. «Das kannst du auch. Es macht Spaß.»

«Nee, gerade will ich nicht», drücke ich mich. River hat schon beim ersten Mal, als wir hier am See in Greywood saßen, versucht, mich davon zu überzeugen, aber irgendetwas in mir sträubt sich. Das ist wie von einem Dreimeterbrett springen – das traut sich auch nicht jeder.

«Wovor hast du Angst?», hakt River weiter nach. Er löst die Umarmung von mir, um meinen Blick zu suchen. Er sieht mich mit ernster Miene an und sein Tonfall ist bei seinen nächsten Worten ruhig und geduldig: «Ich will nicht wieder ohne dich springen. Lass es uns dieses Mal zusammen machen.»

«Nein.»

«Stören dich die Idioten da oben?», umgeht er meine Antwort hartnäckig und deutet auf sie. «Bloody hell, die werde ich los. Gib mir zwei Minuten.»

Ich will gerade erwähnen, dass wir es vielleicht später mal probieren, als Lindsay wie aus dem Nichts auftaucht und sich zu River setzt. Prompt scheint ihm klar zu werden, dass wir immer noch zu eng nebeneinander sitzen. Ein Stück rückt er von mir weg und aus dem Augenwinkel erkenne ich, wie Lindsay sich an seinen Arm schmiegt. Ich weiß nicht, was davon meine Laune auf den Nullpunkt sinken lässt, aber genau genommen spielt das auch keine Rolle. Das Ergebnis bleibt dasselbe.

«Hey, River», strahlt sie ihn an und drückt ihm einen Kuss auf die Wange. Ihren Kopf legt sie auf seine Schulter und River seufzt laut. Seit ungefähr zwei Wochen daten sie sich. River hat mal in einem Nebensatz erwähnt, dass er es anstrengend findet, dass sie so anhänglich ist, und nun weiß ich auch, was er damit meint. Also, mir ist sie auch eindeutig zu anhänglich.
«Oh, Lexie, du bist ja auch da», begrüßt sie mich noch halbherzig, worauf ich stillschweigend die Hand hebe.

Du bist ja auch da?

Was soll das bedeuten? Ich bin kaum soeben vom Himmel gefallen, sondern saß hier schon vorher mit River und das ist ihr mit Sicherheit nicht entgangen, aber ich spare mir einen bissigen Kommentar, weil ich nicht zickig wirken will.

«Gehen wir auch mal hoch zum Seil, um ins Wasser zu springen?», fragt Lindsay. Ihre Stimme klingt viel piepsiger als sonst.

«Ja, ja, gleich», meint River. «Ich muss noch kurz etwas mit Lexie besprechen. Geh schon mal vor. Ich komme gleich nach.»

Lindsay seufzt und es klingt übertrieben dramatisch, aber dann steht sie auf und lässt uns alleine.

River lässt sein schiefes Lächeln aufblitzen und deutet mit dem Kinn zum Hügel. Von Lindsay lässt er sich nicht aus der Ruhe bringen. «Also, Lexie, wie sieht's aus? Sollen wir zusammen ins Wasser springen? Nur wir beide?»

Mein Blick fällt auf Kian, der ein ganzes Stück entfernt mit seinen Kumpels zusammensitzt. Was er wohl dazu sagen würde? Obwohl Kian und ich jetzt schon einige Wochen zusammen sind, merke ich immer wieder die Spannungen zwischen ihm und River. Beide scheinen sich nicht sonderlich zu mögen und wenn sie sich zufällig begegnen, sinkt die Temperatur ungefähr auf den Nullpunkt.

Und trotzdem haben beide verstanden, dass sie den anderen akzeptieren müssen.

Kurz bin ich versucht, River zuzusagen, aber Lindsay ruft bereits ungeduldig nach ihm. Fragend hebt River seine Augenbrauen, als würde er auf meine Antwort warten. Als ich den Kopf schüttle, zuckt er entschuldigend mit den Schultern, dann steht er auf und geht zu Lindsay.

Das passt mir auch nicht, aber ich kann ihm keinen Vorwurf machen. Er hat mich jetzt oft genug gefragt und vermutlich kommt er sich mittlerweile selbst schon blöd vor. Ich bin verärgert über mich selbst und stapfe zum Eisstand, um mich mit Zucker zu bombardieren. Ich stelle mich an der Schlange an und nicht weit von mir entfernt sitzen zwei meiner Mitschülerinnen, Stacey und Diane, auf der Wiese. Unser ganzer Jahrgang scheint hier heute am See zu sein, aber bei den heißen Temperaturen ist das kein Wunder. Anders überlebt man den Sommer in Tennessee auch nicht.

Es interessiert mich nicht, worüber sie reden, aber dann höre ich ein Wort, was verdächtig nach «River» klingt und ich runzle die Stirn, während ich versuche, nun doch mehr Gesprächsfetzen von Stacey und Diane aufzunehmen, die nicht mal wissen, dass ich dicht hinter ihnen stehe.

«War ja klar, dass sich Lindsay so an River ranschmeißt», sagt Stacey und ihr Tonfall ist so herablassend, dass mir trotz der warmen Temperaturen für einen Moment kalt wird. «Die stellt sich extra blöd an und er rafft es nicht mal. So eine blöde Kuh.»

Ich kann gar nicht anders, als genervt mit den Augen zu rollen. Dass Stacey auf River steht, ist ein offenes Geheimnis. Sie himmelt ihn regelrecht an und seit er an unserer Schule ist, sind ihre blonden Haare jeden Tag noch besser gestylt, als sie es sonst schon waren. Egal, ob Stacey sie morgens extra glättet oder lockt, sie kommt jeden Tag perfekt gestylt mit ihrer viel zu kleinen Handtasche zur Schule, als wäre das ihr Laufsteg. Auch am Lipgloss spart sie nicht und ihre Lippen, die sie immer zu einem Duckface spitzt, sehen permanent klebrig aus. Jedes Mal, wenn ich das sehe, frage ich mich, ob sich ihre

Haare bei Wind nicht daran verkleben. Aber wahrscheinlich ist so viel Haarspray drin, dass sich da nichts mehr bewegt.

Dank der Sommerferien spare ich mir jedoch den täglichen Anblick ... und trotzdem sehe ich sie heute hier – genauso gestylt wie sonst.

«Guck dir das doch mal an, wie er sie anfasst!», hetzt Stacey weiter. «Das ist ja wohl nicht zu glauben!»

Meine Neugier ist geweckt und ich will wissen, was Stacey so zur Weißglut bringt, also schaue ich ebenfalls zum Hügel. River steht dort zusammen mit Lindsay und hält ihr das Seil entgegen, während er auf sie einredet und ihr vermutlich erklärt, wie das Ganze funktioniert. River berührt sie an der Hüfte, woraufhin Stacey regelrecht nach Luft schnappt.

Diane scheint wesentlich entspannter zu sein und lacht laut auf. «So kenne ich dich ja gar nicht, Stacey. Bist du immer so eifersüchtig?»

«Nur wenn man etwas anfasst, das mir gehört», erklärt Stacey knapp und streicht sich mit ihren perfekt lackierten Fingernägeln durch ihre gelockten Haare.

Habe ich das gerade richtig verstanden?

Das ihr gehört?

Welchen Anspruch hat sie genau auf River?

«Aber ich bin sowieso überrascht. Ich dachte irgendwie, River hat was mit Lexie», meint Diane und klingt verwirrt.

Na, das wird ja immer interessanter ... Ich weiß, dass man es nicht macht, aber ich gehe sogar ein Stück mehr in ihre Richtung, damit ich das Gespräch mithören kann.

«Wie kommst du denn darauf?», fragt Stacey und ihre Stimme überschlägt sich beinahe. Sie klingt mindestens drei Oktaven zu hoch. Als Diane nicht prompt antwortet, lacht Stacey künstlich auf, was entweder darauf deutet, dass sie nervös ist, oder dass sie die Vorstellung völlig absurd findet.

«Keine Ahnung», entgegnet Diane und zuckt gleichgültig mit den Schultern. Es ist offensichtlich, dass sie nicht die Königin des Klatschs und Tratschs an unserer Schule ist. «Dachte ich irgendwie. Weil die doch auch sonst immer zusammen abhängen.» Ja! Ich könnte Diane gerade knutschen und feuere sie in Gedanken an, während sie unbewusst noch mehr Öl ins Feuer gießt. «Die wirken so eng. Ich sehe die immer nur zusammen. Wo River ist, ist auch Lexie und umgekehrt. Passt da überhaupt noch ein Partner zwischen?»

Kurz steigt ein beklemmendes Gefühl in mir auf, weil mich ihre Beobachtung an Kians Kommentar erinnert.

So eine Freundschaft kann funktionieren, aber sie darf nicht zu tief sein. Und irgendwie werde ich das Gefühl nicht los, dass sie bei River und dir tief ist. Zu tief.

«Also, bitte, Diane», sagt Stacey gedehnt und trinkt einen Schluck aus ihrer Cola-Light-Flasche, dann checkt sie kurz ihr Lipgloss im Display ihres Handys. Das Thema scheint für sie so belanglos zu sein, dass sie keine Eile hat, darauf schnell zu antworten. «Der interessiert sich nicht für Lexie. Das merkt man doch. Die würde mich überhaupt nicht stören, wenn wir zusammen wären. Die beiden sind doch wie Geschwister.»

Ich weiß nicht, warum, aber ihre Aussage passt mir nicht. Es tut sogar richtig weh, irgendwo in der Herzgegend. Das denken die Leute also.

Und wie sollten sie auch was anderes denken? Nichts gibt den Anschein, dass da mehr ist – und so ist es ja auch. Das sehen sogar alle Außenstehenden klar und deutlich. Es gibt überhaupt keinen Raum für Interpretation.

«Hallo?», ruft mich der Eismann, als ich wohl an der Reihe bin, und zieht mich damit zurück in die Realität. Ich winke nur ab und verlasse die Schlange, weil mir der Appetit vergangen ist. River und Lindsay sind mittlerweile beide ins Wasser gesprungen und albern dort herum, was meine Laune auch nicht bessert. Während ich hinter Stacey und Diane vorbeigehe, höre ich noch, wie sie sich Chancen prophezeit: «Lindsay ist blond und Rivers Ex war auch blond. Er steht offensichtlich auf blond, also habe ich definitiv eine Chance.»

Sofort bereue ich es, kein Eis gekauft zu haben, das ich ihr jetzt am liebsten auf ihre perfekt gestylten Haare tropfen lassen würde ...

Ich stehe unter Strom und weiß nicht, wo ich hingehen soll. Schließlich gehe ich zu Kian, der dort mit seinen Freunden zusammensitzt und mit einem Kartenspiel beschäftigt ist.

«Oh, Lexie», begrüßt er mich, als er mich sieht. Er deutet auf den Platz neben sich und als ich mich zu ihm auf die Decke setze, drückt er mir einen schnellen Kuss auf den Mund. Er zeigt mir seine Karten und zwinkert mir zu. «Jetzt kannst du miterleben, wie die anderen gnadenlos untergehen.»

Ich zwinge mich zu einem Lächeln und beobachte noch die letzten Minuten vom Spiel, ehe Kian dann wie angekündigt gewinnt und einen Jubelschrei von sich gibt.

«Willst du mitspielen, Lexie?», fragt mich einer seiner Kumpels, als er die Karten austeilt. Ich bin zwar anwesend, aber gedanklich so abwesend, dass ich nicht mal weiß, was hier gespielt wird.

«Nein, danke», sage ich und blicke wieder zum See, wo River immer noch mit Lindsay rumhängt.

Kian zieht mich zu sich und flüstert mir ins Ohr. «Alles in Ordnung, Lexie? Du spielst doch sonst immer mit.»

«Ja, alles gut», antworte ich knapp und befreie mich aus seiner Umarmung. Jede Berührung ist mir gerade zu nah, zu viel. Er sieht mich irritiert an und es tut mir leid, dass er meine Laune so abbekommt, wobei ich selbst nicht mal weiß, warum sie so miserabel ist. Ich stütze mich auf beide Hände ab und lehne mich noch einmal ein Stück zu ihm. Schnell überlege ich mir einen Vorwand, um hier abzuhauen: «Ich habe nur Hunger und werde mir mal etwas zu essen holen. Bis gleich.» Sobald ich ihn geküsst habe, stehe ich auf und laufe wieder über die Wiese. Wieder ohne Ziel, ohne Orientierung. Ich fühle mich verloren. Irgendwann lande ich am See und lasse meine Fußspitzen immer wieder ins kühle Wasser tauchen.

«Ist es schwer?», will Adriana wissen. Keine Ahnung, wo sie herkommt, aber sie steht plötzlich mit verschränkten Armen vor der Brust neben mir. Nachdenklich hat sie den Mund verzogen und sieht mich abwartend an.

Einige Sekunden schweige ich, weil ich überrumpelt bin. Davon, dass sie hier ist, aber auch von ihrer Frage.

«Was meinst du?» Sie hat mich eiskalt erwischt und das liegt sicher nicht an den kühlen Temperaturen des Wassers.

«Du weißt schon, was ich meine», antwortet sie, aber sie sieht mich nicht mehr an. Ihr Blick geht über meine Schulter hinweg und auch so weiß ich, wo sie hinschaut. Zu River und Lindsay.

Adriana hat es längst bemerkt. Sie ist meine beste Freundin. Ich kann ihr nichts vormachen.

«Nein, weiß ich nicht», fertige ich sie ab. Und dann drehe ich mich tatsächlich um und lasse sie dort stehen, weil ich nicht darüber reden will. Eine kindische Reaktion von mir, dennoch weiß ich, dass Adriana mir niemals böse deswegen sein wird. Jedoch ist mein Verhalten Statement genug. Und Adriana spricht meine Sprache sehr gut. «Lexiesch», wie sie immer sagt. Natürlich weiß ich ganz genau, wovon sie spricht. Aber ich will es nicht laut aussprechen. Dann wird es nur realer. So ist es so, als würde es nur in meinem Kopf existieren.

Wieder laufe ich ziellos über die Wiese, immer wieder steige ich über irgendwelche Körbe und Decken, die die Leute hier verteilt haben und nun den heißen Sommertag genießen. Wieder weiß ich nicht, wo ich hinsoll, und wieder fühle ich mich rastlos und verloren. Fast schon alleine, obwohl so viele Menschen um mich herum sind.

Ein Gefühl durchströmt meinen Körper, das ich sonst nicht habe. Nie. Bei niemandem. Ich habe es nicht mal, wenn ein Mädchen um Kian herum ist, und da könnte man es vielleicht noch nachvollziehen. Ich habe es nur bei River. Ich weiß nicht, ob es Eifersucht ist, aber das Gefühl macht mich unruhig. Die Tatsache, dass River übermorgen nach England fliegt, um dort mit seinen Freunden drei Wochen des Sommers zu verbringen, und ich ihn ausgerechnet heute auch noch mit Lindsay teilen muss, macht mich sauer. Auf alles und jeden. Vor allem bin ich aber sauer auf mich selbst, dass ich so fühle, ohne ansatzweise ein Recht darauf zu haben. Und weil ich auch weiß, dass es nicht in Ordnung ist, dass so etwas in mir vorgeht. Ich habe Kian. Es ist nicht fair ihm gegenüber, dass ich so fühle. Ich würde am liebsten laut schreien, um dieses Gefühl loszuwerden. Aber es ist da und es verschwindet auch nicht. Und das Problem ist, dass mir dieses Gefühl so viel verrät. Etwas, das ich die ganze Zeit versuche, zu verdrängen, das sich aber immer wieder an die Oberfläche kämpft. Nur ganz kurz, ein kleiner Moment der Unachtsamkeit, und es ist wieder da.

Ich muss es loswerden. Es darf nicht soweit kommen, dass ich es zulasse. Mir wird schmerzlich bewusst, dass ich diesen aufsteigenden Wunsch besser sofort im Keim ersticken sollte. Ich habe bereits eine ganz dunkle Vorahnung, dass das nicht gut enden wird. Es wird nur wahnsinnig viel Schmerz in mein

Leben bringen und die Dinge zwischen uns komplizierter machen. Vermutlich sogar komplizierter für uns alle.

Wieder muss ich an Kians Worte denken. Er hat mich bereits davor gewarnt.

Dann wirst du es niemals leicht haben. Und er auch nicht. Und eure zukünftigen Partner sowieso nicht.

Weil ich nicht weiß, wohin ich soll, laufe ich den Hügel hoch. Ich kann nicht aufhören, zu laufen, und es ist fast so, als würde ich versuchen, das Gefühl in mir abschütteln zu wollen. Sobald ich oben bin, gehe ich zu den Klippen und schaue auf den See hinab. River lacht zusammen mit Lindsay, aber als er nach oben schaut und sich unsere Blicke zufällig treffen, hört er auf zu lachen und sieht mich an. Dann greife ich das Seil, das neben mir an einem dicken Ast befestigt ist, und atme tief aus. Ich ziehe einmal fest dran, um zu prüfen, dass der Ast nicht abbricht, und nehme schließlich Anlauf.

Und dann springe ich und lasse los.

10. Kapitel

Nachdem wir den Freitagabend bei Adriana auf der Veranda verbracht haben, sitze ich später im Pyjama bei mir auf dem Bett und lese ein Buch, genau von dem Autor, von dem Kian mir das Buch geliehen hat. Die Sommerferien sind fast vorbei und ich muss die restliche Zeit noch nutzen, um viel zu lesen, weil ich bezweifle, dass ich in meinem Abschlussjahr an der High School noch so viel Freizeit haben werde. Ein Klopfen an der Scheibe holt mich jedoch unsanft zurück in die Realität und lässt mich regelrecht zusammenzucken.

Draußen auf dem Dach, direkt vor meinem Fenster, steht River. Er winkt mir bester Laune zu, mit seinem typischen Grinsen auf dem Gesicht, das seine Grübchen zum Vorschein bringt. Mein Buch werfe ich achtlos aufs Bett, dann gehe ich zu ihm.

«River, was machst du hier?», frage ich überrascht, sobald ich das Fenster geöffnet habe.

Er salutiert, während er sich zwei Finger an die Schläfe legt. «Du schuldest mir noch ein Treffen hier. Nachts, heimlich, während ich über den Baum klettere, um aufs Dach zu steigen und so zu dir komme. Das waren ungefähr die Kriterien.» Dieses Mal verweilt er nicht auf dem Dach, sondern steigt in mein Zimmer und schließt das Fenster hinter sich. Seinen Rucksack lässt er auf den Boden gleiten.

Er hat es nicht vergessen. Damals, nachdem er mich von der Party nach Hause gebracht hat, kletterte er zum ersten Mal hier aufs Dach. River hat gesagt, dass er irgendwann wiederkommen wird und jetzt steht er tatsächlich hier. Seine blonden Haare sind durcheinander und die karierten Shorts passen nicht zu seinem gestreiften T-Shirt. Die Vorstellung, dass er so durch die Straßen gelaufen ist, nur um spät abends noch bei mir zu sein, lässt ein Lächeln über mein Gesicht huschen.

«Was lachst du so?», will er wissen und lächelt ebenfalls. Ich weiß gar nicht, ob ihm bewusst ist, dass er das macht, oder ob er einfach immer noch automatisch lachen muss wie bei unserem ersten Zusammentreffen im Biologieunterricht. So geht es mir jedenfalls immer noch oft.

«Ich habe mir nur gerade vorgestellt, wie du in den Klamotten durch die Straßen gelaufen bist.»

«Ja, eine wahre Challenge. Ich habe auch eine für dich.»

«Welche denn?», will ich wissen.

«Besorg uns mal einen Tee von unten, am besten, ohne dass deine Eltern wach werden. Challenge accepted?»

«Challenge accepted», stimme ich ihm zu und mache mich auf den Weg nach unten. Wie immer, wenn ich zu so späten Uhrzeiten noch im Haus unterwegs bin, setze ich auf der Treppe vorsichtig einen Schritt nach den anderen und bin darauf bedacht, nicht auf die Stellen zu treten, die jedes Mal laut knarzen. Wie ein Ninja setze ich Wasser für den Tee auf, dann laufe ich mit den Tassen zurück ins Zimmer. Als ich die Tür aufschiebe, denke ich im ersten Moment, dass River weg ist, aber dann sehe ich ihn.

«Ich habe es mir mal gemütlich gemacht», erklärt er mir mit gesenkter Stimme, als ich die Tassen auf dem Nachttisch abstelle und anschließend die Tür schließe. «Ist das okay? Oder schmeißt du mich jetzt zurück aufs Dach?»

Ich setze mich zu ihm aufs Bett. «Klar ist das okay.» Und das meine ich wirklich so. Ich mag es, dass er so selbstverständlich auf meinem Bett sitzt, die Schuhe mittlerweile abgestreift, als hätte er vor, länger hier zu bleiben.

«Ich habe dir etwas mitgebracht», verkündet er mir.

«Was denn?»

Meine Frage umgeht er. «Ich habe es noch niemandem gezeigt. Niemandem.»

«Was denn?»

River holt einen kleinen USB-Stick aus seiner Hosentasche hervor. «Hier ist es drauf.»

«Was denn?», frage ich schon wieder.

Er schmunzelt und deutet mit dem Kinn auf meinen Schreibtisch. «Hol deinen Laptop. Dann zeige ich es dir.»

Ich lege den Laptop zu ihm aufs Bett und fange an, die Kissen auf dem Bett aufzubauen, damit wir uns besser anlehnen können und es gemütlich haben. Dann setze ich mich wieder und er rutscht sofort zu mir auf. Als ich den Laptop aufgeklappt und mein Passwort eingegeben habe, will ich ihn River reichen, aber er schüttelt nur den Kopf. Stattdessen drückt er mir den Stick in die Hand. «Mach du. Das ist deins.»

Für eine Sekunde berühren sich unsere Hände und dann verschließt er den Stick mit meiner Hand. Keine Ahnung, was da drauf ist, aber meine Neugier ist geweckt. Es muss irgendetwas Persönliches von River sein, wenn er es noch niemandem gezeigt hat. Und, ja, es gibt mir das Gefühl, etwas Besonderes für ihn zu sein, wenn er es ausgerechnet mit mir teilt.

Auf dem Stick befindet sich nur ein einziger Ordner. «River» heißt er. Und ich bin tatsächlich ein bisschen aufgeregt, als ich ihn öffne.

Ich brauche eine Sekunde, um zu realisieren, was das für Dateien sind.

«Was ist das?», frage ich, als ich durch den Ordner scrolle. Ich muss grinsen, weil ich die Antwort bereits kenne.

«Das sind alle Musikaufnahmen, die ich von mir habe. Oft ist die Qualität nicht gut, weil ich sie mit dem Handy aufgenommen habe. Ein paar sind aus einem Tonstudio, das ein Freund von mir in London hatte. Und ein paar Videos von Auftritten, die ich in England hatte. Schule, Feiern. So ein Zeug.»

Einige Male blinzle ich, weil es etwas in mir berührt. Keine Ahnung, ob es River so viel bedeutet, wie mir, aber ich bin sichtlich überrumpelt. Ich habe nicht mit so vielen privaten Sachen von ihm gerechnet und ich weiß gar nicht, was ich sagen soll. Und trotzdem würde ich gerne seufzen. Er macht es mir wirklich nicht leicht, nicht noch mehr für ihn zu empfinden und dieses Gefühl loszuwerden, das sich immer wieder an die Oberfläche kämpft.

«Danke, dass du mir das zeigst», sage ich schlicht, um diesem Gefühl nicht noch mehr Raum zu geben. Ich weiß nicht, ob mich etwas an meiner Stimme verrät, aber aus dem

Augenwinkel merke ich, dass River mich anstarrt. Er legt den Arm um mich und zieht mich ein Stück zu sich, dann drückt er mir einen Kuss auf den Scheitel. Sein Körper fühlt sich vertraut an und ich schmiege mich so nah an ihn heran, dass ich seinen Herzschlag spüren kann.

«Kein Problem», antwortet er leise. Sein Atem kitzelt meine Wange, so nah ist er mir.

Mir wird warm. Warum ist mir so warm? Das muss am Tee liegen. Nur leider habe ich noch gar keinen Tee getrunken, denn der steht auf dem Nachttisch und wird kalt.

Ich muss mich ablenken und an etwas anderes denken. Wahllos klicke ich auf eine Datei.

«Nein, nicht das!», ruft River im gespielt entsetzten Tonfall. Vielleicht meint er es auch ernst. «Bloody hell, warum nimmst du gerade das Video?» Die Datei öffnet sich und dort sieht River einige Jahre jünger aus. Vielleicht 12 oder 13. Die blonden Haare sind zu spitzen Stacheln nach oben gegelt und er singt «Bad Day» von Daniel Powter. «Warum haben meine Eltern mich so auf die Bühne gehen lassen? Schau dir mal dieses hässliche Hemd an, jetzt mal ernsthaft!» Es hat grüne, gelbe und blaue Streifen und ist wirklich alles andere als schön.

Ich muss einfach lachen und versuche, wenigstens bei meinen nächsten Worten ernst zu bleiben, weil sie der Wahrheit entsprechen. «Aber du singst gut.»

«Wow, danke», sagt River gedehnt. Sein Lachen verrät mir, dass er mir nicht böse ist, dass ich auch über das Hemd lachen muss. «Tolles Kompliment. Klingt so wie: Du siehst zwar richtig daneben aus, River, aber singen kannst du immerhin etwas besser.»

Anfangs saßen wir noch nebeneinander, aber irgendwann liegen wir eher zusammen und klicken uns durch seine Aufnahmen. Mal lachen wir möglichst leise über irgendein Outfit, dann erzählt mir River etwas zu der Aufnahme oder dem Auftritt. Aber egal, was wir bei dem Song nebenbei machen, mir fällt jedes Mal auf, wie gut River singen kann und ich bin ziemlich beeindruckt. Obwohl es alles Coversongs sind, schafft er es, jedem Song eine persönliche Note zu verpassen.

Irgendwann, als es schon weit nach Mitternacht ist und wir gerade ein Video von einem gemeinsamen Auftritt mit seinem Dad Jordan gesehen haben, setzt River sich auf. Er streicht sich einige Male durch die Haare, die durchs Liegen noch viel wuscheliger als zuvor aussehen, und räuspert sich: «Ich sollte langsam nach Hause, Lexie.»

Manchmal nervt es, Teenager zu sein. Ich würde ihm am liebsten sagen, dass er einfach hier schlafen soll, genau hier bei mir im Bett, aber ich weiß nicht, ob meine Eltern das so toll finden würden, wenn er morgen am Frühstückstisch bei uns sitzt. Sie mögen River, aber so ganz ohne Ankündigung könnte das etwas seltsam für sie sein. Außerdem ist da auch noch Kian ...

«Okay», stimme ich daher widerwillig zu. River klopft mir einmal auf den Oberschenkel, dann steht er auf. Ich ziehe den Stick aus dem Anschluss, aber River schüttelt den Kopf.

«Nein, behalt ihn. Ich habe Kopien zuhause. Der gehört dir.» Ohne zu zögern, geht er zum Fenster, als wäre das der normale Weg, mein Zimmer zu verlassen. River öffnet es, dann dreht er sich noch einmal zu mir um, um sich von mir zu verabschieden.

Kurz stehen wir uns unschlüssig gegenüber. Und dann folge ich meinem Impuls. Keine Ahnung, woher er kommt, und ich entscheide es nicht einmal rational, sondern spontan aus dem Herzen. Aus der untersten Schublade, ganz versteckt, ziehe ich einen Haufen Papier hervor und reiche ihn River.

«Was ist das denn?», fragt er mich sichtlich verwirrt.

«Eins meiner Skripte. Das mag ich am liebsten, glaube ich. Dein gesungenes Wort gegen mein geschriebenes Wort sozusagen.»

River wirkt fast überfordert und stammelt sich etwas zusammen, das wie «Oh, Lexie» klingt. Er hält den Blick gesenkt und blättert kurz durch die Seiten.

«Ich habe das auch noch niemandem gezeigt», erkläre ich, obwohl er das weiß. Ich muss lachen und es klingt etwas nervös. «Immerhin ist es am Computer getippt und du musst dich nicht durch meine Schrift kämpfen.»

«Du musst das nicht machen, Lexie, nur weil ich das gemacht habe.»

«Ich weiß. Ich will aber.»

«Sicher?»

Selbstsicher nicke ich. «Ganz sicher.» Keine Ahnung, woher ich dieses Selbstvertrauen hernehme. Nie hatte ich den Mut, es zu teilen, aber nun will ich es River zeigen. Nicht nur, weil ich ihm etwas zurückgeben möchte, sondern weil mich seine Meinung interessiert.

«Danke, Cookie. Ich weiß das zu schätzen», flüstert er beinahe, als er mich in seine Arme schließt, um mich zu verabschieden. Ich glaube, er weiß nicht, wie er damit umgehen soll, dass er der Erste ist, mit dem ich mein Skript teile. «Schlaf gut.»

Das Skript packt er in seinen Rucksack, dann steigt er aus dem Fenster und mit sicheren Schritten läuft er über das Dach zum Baum. Er winkt mir noch einmal zu, dann steigt er auf den Ast und ist wenige Sekunden später aus meinem Blickfeld verschwunden. Ich schließe das Fenster und lege mich zurück ins Bett, das nach River riecht, und wenn ich die Augen schließe, ist es fast so, als wäre er immer noch hier.

11. Kapitel

Ich mache es mir neben River auf der Schaukel gemütlich und bei den frischen Temperaturen falte ich die Decke über uns aus. Unser Stammplatz auf Adrianas Veranda, während sie ihre Beine auf dem Loungesofa ausbreitet und OJ in seinem Lieblingssessel sitzt. Es stehen noch zwei weitere Sessel auf der Veranda, aber jeder sitzt immer auf demselben Platz. Von Anfang an. Meine drei angeknabberten Randstücke tausche ich gegen Rivers komplettes Pizzastück. Dieser Tausch ist ein Klassiker zwischen uns geworden und erfolgt mittlerweile stillschweigend.

Ich weiß nicht, ob es Zufall ist, aber in manchen Momenten muss ich an unser erstes Gespräch im Biologieunterricht zurückdenken und dann rührt mich die Geste umso mehr.

Das ist sowas wie ein Liebesbeweis. Wenn du mir zeigen willst, dass du mich magst, teile dein Essen mit mir. Dann weiß ich Bescheid.

«Wir melden uns für die Ivy League an. Für die besten Universitäten Amerikas. Dort, wo nur die Elite studiert. Die Besten der Besten», schlägt OJ vor. Heute Mittag haben wir darüber während des Essens in der Mensa gescherzt, aber mittlerweile hat es ernsthafte Züge angenommen. Das Leben nach der Schule scheint sowieso das Dauerthema bei uns im Jahrgang zu sein, jetzt, wo der Abschluss immer näherkommt und unser letztes Jahr an der Schule angebrochen ist. «Yale, Columbia, Harvard, Brown, Cornell, Dartmouth, Penn und Princeton. Die Elite. Die Ivy League.»

«Bekommt einer von uns eine Zusage, geht er dorthin. Das ist der Deal. Die haben so geringe Aufnahmequoten, meist im einstelligen Prozentbereich, also ist die Wahrscheinlichkeit wahnsinnig gering, dass sie einen von uns nehmen», erklärt River und nimmt mein angeknabbertes Pizzastück von seinem Teller. Ehe er reinbeißt, sagt er: «Aber wir wollen es schwarz auf weiß, dass sie uns nicht haben wollen.»

«Wir losen», beschließe ich, nachdem ich mein Essen heruntergeschluckt habe. «Acht Elite-Unis. Jeder zieht eine und bewirbt sich dort. Jeder schreibt die bestmöglichen Essays und auf die Zulassungstests müssen wir uns sowieso auch für andere Unis vorbereiten. Viele verlangen den Test als Aufnahmeprüfung. Deal?»

«Deal!», sagen die anderen.

Adriana geht ins Haus und kommt mit einer Box zurück. Sie packt einen Block aus und notiert in ihrer schnörkeligen Schrift die acht verschiedenen Namen der Universitäten, dann schneidet sie das Papier ordentlich aus. River verdreht die Augen und ich weiß auch so, dass er die Zettel einfach mit der Hand auseinandergerissen hätte, aber Adriana ist halt eine Perfektionistin. Auch OJ lässt sich mit einem Kopfschütteln an die Sessellehne fallen, als Adriana anschließend alle Zettel gleichmäßig faltet und in aller Ruhe zurück in die Box legt. Adriana schüttelt sie und dann hält sie mir als Erstes die Box hin.

Ich weiß nicht warum, aber es ist ein aufregender Moment und mein Herz fängt an, schneller zu klopfen. Selbst mein Essen kann ich nicht mehr anrühren. Es ist so, als würden wir über unsere Zukunft entscheiden, was Unsinn ist, weil niemand von uns an irgendeiner Uni aus der Ivy League angenommen werden würde, egal, welchen Namen wir ziehen. Und selbst wenn, niemand von uns könnte diese utopischen Studienkosten zahlen, also bleibt das selbstverständlich ein unerfüllter Traum. Trotzdem ist es spannend. Fast wie ein Nervenkitzel.

Mit meinen Fingern wühle ich durch die verschiedenen Papierschnipsel, dann entscheide ich mich für einen und ziehe ihn. Fest umschlossen halte ich das zusammengefaltete Papier und warte darauf, dass Adriana nachlegt. Anschließend zieht OJ und als Letzter River.

Erst als wir alle ein Stück Papier in den Händen halten, öffnen wir es und lesen es nacheinander laut vor.

«Yale», verkündet River.
«Columbia», kommt von OJ.
«Princeton», sagt Adriana.
«Harvard», ergänze ich zuletzt. Ich muss fast schon lachen. Gerade ich ziehe Harvard. Nicht dass mich eine der anderen Ivy-League-Unis nehmen würde, aber Harvard ist gefühlt der Klassiker. Da wird das Auswahlkomitee jede Menge Spaß mit meiner Bewerbung haben.

«Auf die Ivy League, die uns nicht nehmen wird, weil sie denkt, wir sind die Versager aus Greywood, und eines Tages wissen wird, was sie sich mit uns durch die Finger gehen lassen hat», verkündet OJ und hebt seinen Becher.

«Und auf die glückliche Uni, an die wir schließlich gehen werden», sagt River und hebt ebenfalls seinen Becher.

«Cheers.» Adriana hebt ebenfalls ihr Glas und will anstoßen.

«Moment», unterbreche ich den Toast und ernte dafür verwirrte Blicke. «Welche glückliche Uni ist das denn?»

Sobald ich die Worte ausgesprochen habe, herrscht eine bedrückende Stille zwischen uns. Keiner verliert mehr ein einziges Wort und auch den Blick wenden alle ab. Auf einmal scheint der Verandaboden äußerst interessant zu sein.

Adriana seufzt schließlich nach einigen Sekunden und erlöst uns damit aus dem unangenehmen Schweigen. «Das ist unser letztes Jahr zusammen, oder? Wir sind jetzt Seniors und danach werden wir getrennte Wege gehen.»

«Musstest du das jetzt laut aussprechen?», murmelt OJ, während er gedankenverloren an seinem Becher knibbelt.

«Aber es ist doch so, oder?» Adriana klingt mit einem Mal aufgebracht, fast schon erbost. Vermutlich wird ihr gerade zum ersten Mal richtig bewusst, dass solche Treffen wie heute bald der Vergangenheit angehören.

Ich senke den Blick und starre auf den Rest Pepsi in meinem Becher. Auch ich habe den Gedanken bisher immer mehr oder weniger erfolgreich verdrängt. Der Abschluss an der High School erschien immer in weiter Ferne, aber jetzt dauert es nicht mehr lange. Wir sind in unserem letzten Schuljahr angekommen. Früher war es für mich unvorstellbar, ohne Adriana an meiner Seite zu sein. Aber auch River und OJ sind mir so ans Herz gewachsen, dass ich mir meinen Alltag ohne sie nicht mehr vorstellen kann. Sie gehören alle drei zu mir und ich verbringe unheimlich gerne Zeit mit ihnen. Ohne sie würde etwas fehlen. Ohne jeden von ihnen. Wir sind das seltsamste Quartett in Greywood, und trotzdem gehören wir zusammen. Oder vielleicht auch gerade deswegen.

«Sag du doch mal was dazu, Lexie», flüstert Adriana in die Stille. «Es ist doch so, oder? Wie findest du das?»

«Also, ich weiß auch nicht so recht ...», stammle ich. Ihre Frage überrumpelt mich. Unter der Decke spüre ich, wie River seine Hand auf meinen Oberschenkel legt. Mit seinem Finger fährt er leichte Kreise. Die Geste hat etwas Vertrautes, aber es hilft mir nicht gerade dabei, einen klaren Gedanken fassen zu können.

«Es muss nicht so sein», hilft River mir und ich bin ihm dankbar, dass er mich aus der Situation rettet. «Das liegt an uns. Wir haben das selbst in der Hand.»

«Wie meinst du das?», fragt OJ.

«Wenn wir uns auf einen Bundesstaat einigen können, haben wir eine Chance, zusammen zu studieren.»

«Aber dann müssten wir auch an der gleichen Uni genommen werden», wendet OJ prompt ein und in seiner Stimme schwingt Skepsis mit. Adriana jedoch hat nachdenklich die Stirn in Falten gelegt und mir ist klar, dass sie die Möglichkeit bereits im Kopf durchspielt.

Begeistert nicke ich und ich bin jetzt schon überzeugt von Rivers Vorschlag. «Aber das könnten wir schaffen. Wir dürften uns nur nicht eine elitäre Uni raussuchen, sondern eher eine durchschnittliche.»

«Dann haben wir eine reale Chance», nickt OJ langsam und das Grinsen auf Rivers Gesicht wird zunehmend breiter.

«Das könnte klappen», beurteilt Adriana die Lage, als sie den Block vom Tisch nimmt und schon einen Schritt weiter zu sein scheint. «Wir müssen uns nur auf einen Bundesstaat einigen.» Sie reißt ein Blatt in vier Teile und River, OJ und ich können gar nicht anders, als verwirrte Blicke auszutauschen. Eher untypisch für Adriana, die sonst immer so perfektionistisch arbeitet, aber das zeigt mir ihre ansteigende Aufregung. «Jeder schreibt seinen Wunschbundesstaat auf, in dem er gerne studieren würde. Los!» Sie drückt jedem von uns einen Zettel in die Hand und kritzelt anschließend selbst etwas auf ihr Papier.

«Warum sagen wir es nicht einfach?», fragt OJ etwas irritiert, nachdem Adriana mir den Stift reicht und ich bereits einen Bundesstaat notiere.

«Damit jeder ehrlich seinen Wunsch aufschreibt, ohne sich im Gespräch beeinflussen zu lassen», erklärt Adriana ihm sachlich und macht eine ausfahrende Handbewegung. «Los, jetzt schreib! Intuitiv und ohne groß darüber nachzudenken! Das sind die ehrlichsten Antworten.»

Zum zweiten Mal an diesem Abend lesen wir nacheinander unsere Zettel vor.

Adriana, River und ich haben alle Kalifornien notiert.

Nur OJ fällt aus der Reihe. Auf seinem Zettel steht New York.

Und es wundert mich nicht und wahrscheinlich auch sonst niemanden aus der Runde. Ich glaube, in unserer Aufregung haben wir nicht mehr daran gedacht, aber natürlich erinnere ich mich noch an den Abend, den wir zusammen in Nashville verbracht haben, und darüber gesprochen haben, welche Stadt wir gerne mal bei Dunkelheit sehen wollen.

Seit ich denken kann, will ich in New York leben. Na ja, oder zumindest, seitdem ich New York kenne. Ich kann mich nicht erinnern, dass ich mal irgendwann woanders leben wollte.

Die Stimmung schlägt um und wieder ist dieses betretene Schweigen zwischen uns. Nachdem Adriana, River und ich bereits Kalifornien vorgelesen hatten, änderte sich OJs Gesichtsausdruck und mir war schon klar, dass sein Bundesstaat ein anderer ist.

«Also, ich will dir ja keinen Druck machen, OJ, aber es liegt irgendwie an dir», fasse ich mit einem Schmunzeln zusammen, um die Stimmung aufzulockern.

Wieder herrscht kurz diese Stille, dann brechen wir alle in lautes Gelächter aus.

«Oh, shit», murmelt OJ belustigt, als er erneut den Stift greift. Er atmet einmal tief aus und reibt sich die Schläfe. «Meine Eltern werden nicht begeistert sein. Sie wollten immer, dass ich in New York studiere, aber ich kläre das schon. An mir soll es nicht scheitern und man muss ja schließlich auch Prioritäten setzen.» Er streicht «New York» durch und schreibt stattdessen «Kalifornien» auf den Zettel.

«Ist das denn wirklich okay für dich?», frage ich zögerlich. Eigentlich will ich die Frage gar nicht stellen, weil es perfekt ist, dass wir uns auf einen Bundesstaat einigen können, aber es fühlt sich so an, als müsste jemand von uns sie stellen.

«Ja», entgegnet OJ schlicht und dann schweigt er eine ganze Weile, während er mit seinem Finger nachdenklich über seinen Zettel streicht. «Ihr wisst, dass mich New York fasziniert. Ich hätte dort gerne gelebt und vielleicht werde ich es eines Tages. Jetzt ist es mir aber erstmal wichtiger, mit euch zusammen den nächsten Lebensabschnitt zu bestreiten.»

Keiner von uns verliert ein Wort und ich glaube, es weiß auch niemand, was genau er dazu sagen soll, aber wenn ich River und Adriana so ansehe, weiß ich, dass sie genauso gerührt sind. OJ verkauft es so, als wäre es keine große Sache, aber ich sehe das als Statement. Dass er bereit ist, irgendwo seine persönlichen Wünsche zurückzustecken, weil es für ihn wichtiger ist, dass wir zusammenbleiben.

«Ihr kennt mich doch ... ich bin ein Hybrid. Auf der Welt zu Hause. Ich passe mich auch Kalifornien an.»

Ich muss an OJs Worte denken, an dem Abend, als wir ihn nach der Auseinandersetzung mit auf Adrianas Veranda geschleppt haben.

Ich gehöre halt nirgendwo richtig hin. Ich bin zu schwarz für einen Weißen, und zu weiß für einen Schwarzen. Ich bin irgendwas dazwischen. Manche sagen, ich bin ein Mischling, andere nennen es Hybrid. Dunkle Afrohaare, helle Augen. Irgendwo zwischen schwarz und weiß.

Auf der Welt zu Hause. Ja, das stimmt. Und trotzdem glaube ich, dass er in seinem Leben ganz lange rastlos war, sich nie zugehörig gefühlt hat, und sich mit uns vielleicht zum ersten Mal angekommen fühlt und auch deswegen so entscheidet. Für uns, gegen seinen Traum.

«Kalifornien wäre meine zweite Wahl gewesen», erklärt uns OJ und wirft seinen Zettel auf den Tisch. «Aber ich dachte, New York hat vielleicht noch mehr ... feeling.»

«Lexie will nur nach Kalifornien, damit sie das ganze Jahr in Flip-Flops rumlaufen kann», stupst mir River an die Schulter und zwinkert mir zu.

«Stimmt doch gar nicht», wende ich wenig überzeugend ein und dennoch zucken meine Lippen. Aber dann trifft mich ein Gedanke. Ich habe keine Ahnung, was Kian dazu sagen wird. Er weiß bereits, dass ich nicht in Tennessee studieren möchte, aber wir haben nie über einen anderen Ort gesprochen. Vielleicht, weil es noch keinen gibt, vielleicht will er das Thema aber auch verdrängen. Oder ich.

«Stimmt wohl», wendet River ein.

Ergeben hebe ich die Hände. «Okay, vielleicht stimmt es ein bisschen.»

«Das Wetter hält Lexie doch nicht auf», lacht Adriana. «Wisst ihr nicht mehr, als sie im Herbst auch Flip-Flops anhatte?»

«Mit Socken», erinnert uns OJ.

«Nobel geht die Welt zugrunde», meint River ironisch.

«Na und? Wir sitzen doch sowieso nur auf deiner Veranda, Adriana. Das ist wie zu Hause.» Dann nehme ich wieder meinen Pepsi Becher und hebe ihn an. «Dann steht es fest. Wir wollen nach Kalifornien. Also, auf unser letztes Jahr an der High School in Tennessee und auf unsere Zukunft in Kalifornien.»

Und dann stoßen wir auf unser Ziel an.

12. Kapitel

Eine Woche später verbringe ich den Freitagabend mit Kian. Er hat mich von zu Hause abgeholt und nun sind wir in einem Restaurant. Meistens sitzen wir eher gemütlich im Café in der Downstreet, genau dort, wo wir uns auch am Abend nach meinem Auftritt beim Debattierclub getroffen haben. Aber dieses Mal hat er echt etwas Gehobenes rausgesucht und ich bin froh, dass ich mich in dem schwarzen Kleid nicht overdressed fühle. Alle laufen hier schick herum. In dem dunklen Hemd sieht Kian um einiges älter aus. Seine blonden Locken sind mittlerweile so lang geworden, dass er sie zu einem kurzen Zopf binden kann, und genau so sitzt er mir heute gegenüber. Er sieht aus wie ein Surferboy aus Kalifornien.

Kalifornien.

Mein Magen verkrampft sich. Kian greift meine Hand und mich plagt das schlechte Gewissen.

«Kian, ich muss dir was sagen», verkünde ich ihm, nachdem ich einmal tief durchgeatmet habe.

Seine grünen Augen beobachten mich wachsam. «Was denn?»

«Wir wollen uns wahrscheinlich in Kalifornien an den Unis bewerben.»

«Wer ist wir?», fragt er und seine Stimme klingt mit einem Mal kalt, irgendwie distanziert. Ich bin irritiert, dass das seine erste Frage ist – und er die Tatsache ignoriert, dass Kalifornien so weit weg von Tennessee ist.

«Na, wir.»

«Du und River?»

«Und Adriana und OJ», ergänze ich zügig, um die Stimmung nicht kippen zu lassen.

Kian lässt meine Hand los und reibt sich über seine Bartstoppeln. Eine ganze Weile sagt er nichts. «Hast du auch mal an uns beide gedacht?»

«Ja», sage ich schlicht und stocke. Ich habe damit gerechnet, dass diese Frage kommt, und sie hat ihre Berechtigung. Aber egal, welche Antwort ich in meinem Kopf formuliert habe, sie klingt nie wirklich überzeugend. Es fühlt sich immer so an, als würde ich mich gegen Kian entscheiden. «Ich dachte, wir versuchen es. Wenn unsere Beziehung stabil ist, wird sie die Entfernung überstehen. Und in den Ferien können wir uns doch besuchen und auch alle paar Wochen mal am Wochenende.»

«Hm.» Er klingt nicht begeistert. «Ich habe ja immer gedacht, dass eure Freundschaft nach der High School nicht überleben wird, aber vielleicht habe ich es unterschätzt.»

Unweigerlich runzle ich die Stirn. Hört er mir überhaupt zu, was die Distanz angeht? «Ist deine einzige Sorge, dass River mitgeht?»

«Ja», sagt er knapp. «Die Entfernung nervt sicherlich, aber mich nervt noch viel mehr, dass River natürlich auch nach Kalifornien will. Wohin auch sonst?» Er schnaubt und schüttelt den Kopf. «Warum geht er nicht zurück nach England?»

«Kian ...», setze ich an, aber er unterbricht mich.

«Aber okay. Es dauert ja noch, bis es soweit ist. Und wer weiß, vielleicht wechsle ich auch die Uni und studiere mit dir in Kalifornien.» Allmählich macht sich ein Grinsen auf seinem Gesicht breit. «Wie klingt das?»

Ich versuche, es zu erwidern, aber es ist künstlich. Keine Ahnung, warum, aber es fühlt sich eher nach Kontrolle an, was er macht, und nicht, als würde er dort wirklich studieren wollen. Ich glaube nicht, dass er so etwas machen würde, wenn River andere Pläne hätte, aber ich versuche, Kians Reaktion zu verstehen und das Gefühl, kontrolliert zu werden, auszublenden. «Das wäre schön.»

Er deutet auf den leeren Teller vor mir, wo ich gerade die Gabel ablege, nachdem ich mir das letzte Stück Strawberry Cheesecake in den Mund geschoben habe.

«Möchtest du noch mehr Dessert?», fragt er mich.

«Nein.»

Kian lehnt sich ein Stück über den Tisch und küsst mich. Während seine Hand über meinen Hinterkopf streicht, zieht er mich zu sich. Seine Bartstoppeln kitzeln mich, als er in mein Ohr flüstert: «Lust auf Nervenkitzel, Lexie?»

Ich kann gar nicht anders, als den Kopf in den Nacken zu legen und laut aufzulachen. Belustigt beobachtet Kian mich.

«Was hast du vor?»

Er zuckt seine Kreditkarte und hält sie mir zwischen Zeige- und Mittelfinger entgegen. «Entweder wir bezahlen jetzt brav und anständig ... oder wir lassen es drauf ankommen und verschwinden.»

«Das ist doch total der teure Schuppen, Kian.»

«Deswegen ja. Muss sich ja lohnen.»

Wie so oft bringt mich sein Humor zum Lachen. «Hast du das schon mal gemacht?»

«Muss ich das beantworten?»

«Also hast du», schlussfolgere ich.

«Ja, aber da saß ich draußen. Das war langweilig. Aber hier haben wir wirklich Nervenkitzel und Adrenalin, weil wir den ganzen Weg erstmal rausgehen müssen und wir im Blick der Kellner sind.»

«Was ist, wenn sie uns erwischen?»

«Dann haben sie uns erwischt», stellt er trocken fest. «Vermutlich bekommen wir dann Hausverbot. Und das wäre wirklich schade bei dem Essen. Also stellen wir uns besser clever an.»

«Wie denn?»

«Wir gehen ganz entspannt raus, weil wir keine Aufmerksamkeit erregen wollen. Wir fangen nicht an zu laufen. Das wirkt hektisch», erklärt er mir seinen Plan und ich weiß nicht, ob es mich beeindrucken soll oder nicht, dass er so genaue Vorstellungen hat. «Auch kein beschleunigter Schritt. Alles zu auffällig. Ruhig bleiben, als hätte alles seine Richtigkeit.»

Kian hat mich definitiv schon angesteckt mit diesem Nervenkitzel. Früher hätte ich mich sowas nie getraut, aber er zieht mich irgendwie mit. In dem Moment hat es immer seinen Reiz, aber danach denke ich mir immer, ich hätte mir das sparen können.

«Lass los, Lexie. Das ist das Leben», präsentiert er mir seinen Standardspruch in solchen Situationen. «Oder wir können auch klassisch bezahlen. Das ist auch spannend. Ob mein Konto wohl genug gedeckt ist?» Fragend hebt er die Hände und zieht die Augenbrauen nach oben. Er ist so entspannt bei solchen Aktionen, als würde er so etwas täglich machen und ich würde es nicht ausschließen. Kein Anflug von Unsicherheit flackert in seinen Augen auf und seine Lässigkeit überträgt sich allmählich auf mich.

Kian zwingt mich nicht. Niemals kann ich ihm das vorwerfen. Ich weiß, dass er mich dazu nicht drängen würde, und doch bin ich neugierig und will eine Grenze sprengen. «Wir machen es.»

«Das ist mein Mädchen ... Komm, wir bestellen uns noch einen Nachtisch. Geht ja aufs Haus.»

Den zweiten Nachtisch bekomme ich weitaus schlechter runter als den ersten, weil sich dieses Gefühl in mir breitmacht. Etwas zwischen Anspannung und Aufregung, Nervosität und Neugier.

Kian sieht mich abwartend an und schließlich nicke ich stumm. Dann steht er auf und reicht mir die Hand.

«Darf ich bitten, Lexie?»

Ich atme einmal tief durch, um die Anspannung in mir loszuwerden, dann ergreife ich seine Hand und wir verlassen den Tisch. Mein Puls beschleunigt sich und auch mein Herzschlag wird mit jedem Schritt schneller. Es kommt mir vor, als würde ich einen Sprint laufen, und gleichzeitig kommen wir dem Ausgang nur verdächtig langsam näher. Kian geht gemächlich neben mir und ich glaube, wenn er meine Hand nicht so festhalten würde, wäre ich viel schneller unterwegs. Uns kommt ein Kellner entgegen, der uns freundlich zunickt und anschließend einen schönen Abend wünscht, aber auch davon lässt sich Kian nicht irritieren, sondern zwinkert ihm locker zu und bedankt sich.

Als wir es endlich geschafft haben und draußen auf dem Parkplatz sind, legt er den Arm um meine Schulter und zieht mich näher an sich heran. Mit jedem Schritt, den wir uns vom Restaurant entfernen, entspanne ich mich. Es ist, als könnte ich fühlen, wie die Last auf meinen Schultern zunehmend weniger wird und sich mein Herzschlag wieder beruhigt.

«Du bist echt furchtlos, Lexie. Das gefällt mir an dir.»

«Oh, ich war voller Furcht.»

«Meinetwegen. Dann bist du mutig. Angst haben und es trotzdem machen ... das ist noch besser. Ich muss dich unbedingt meinen Leuten von der Uni vorstellen. Hast du Lust?»

«Jetzt?», frage ich überrumpelt, immer noch voller Adrenalin von der Aktion gerade, die ich noch verdaue. Bisher habe ich nur seine engsten Freunde kennengelernt, aber ich weiß, dass er auch noch viele Leute an der Uni kennt.

«Ja. Ein Kumpel feiert eine Party bei sich zu Hause. Sollen wir hin?»

«So eine richtige Studentenparty?»

Kian lacht, als er mir die Autotür öffnet. «Was ist denn eine richtige Studentenparty?»

«Eine Party mit Studenten», erkläre ich geistreich.

«Dann ja.»

«Passe ich da überhaupt hin?»

«Selbstverständlich. Sie werden nicht merken, dass du noch Schülerin bist. Und wenn, ist es auch egal.» Als er seinen Wagen startet, will er wissen: «Wann musst du zu Hause sein?»

«Gegen Mitternacht.»

«Alles klar. Ich bringe dich pünktlich nach Hause. Versprochen.»

Als wir wenig später vor der Tür des Studentenwohnheims stehen, habe ich das Gefühl, dass der Boden unter mir durch die lauten Musikbeats vibriert. Einmal versuchen wir unser Glück an der Klingel, aber natürlich hört es niemand, also ruft Kian bei seinem Kumpel an und kurz danach wird die Tür geöffnet. Der Typ schlägt bei Kian ein und zieht ihn an sich, um ihm kräftig auf die Schulter zu hauen, und ich hoffe, dass er mich etwas gemächlicher begrüßen wird.

«Du musst Lexie sein», meint der Typ und hält mir seine Hand entgegen, die ich ergreife. «Kian hat schon von dir erzählt.»

«Ja, genau. Und wer bist du?»

«Bone.»

«Bone?», wiederhole ich, weil ich denke, ich habe es falsch verstanden.

«Ja. Früher war es Chicken Bone, aber mittlerweile ist es nur noch Bone. Du weißt schon, weil ich so dünn bin und außerdem knabbere ich gerne Chicken Wings ab.»

«Okay», sage ich gedehnt.

«Kommt doch rein», fordert er uns auf.

Kian zieht mich hinter sich her, während er sich mit Bone über ein Sportspiel von gestern unterhält, dann stehen wir im Wohnzimmer. Es ist so vollgequalmt, dass man kaum noch etwas sieht. Atmen geht noch gerade so, und ich kann nur hoffen, dass meine Eltern nachher schon schlafen. Ich rieche vermutlich jetzt schon wie ein Aschenbecher. Die Leute – jedenfalls die, die noch sehen können – begrüßen uns und wir setzen uns zu ihnen aufs Sofa. Es sind alles Typen und jeder von ihnen hat etwas Alkoholisches in der Hand.

Als der Typ gegenüber von mir dann genüsslich den Rauch seiner Zigarette ausstößt, wird es mir zu viel und ich habe das Bedürfnis, das Fenster aufzureißen, was ich dann auch mache. Die Stimmung erinnert mich an die Partys in Greywood, die wir in den ersten Wochen mitgenommen haben, nachdem wir vier uns zusammengefunden hatten. Aber mittlerweile haben wir das hinter uns gelassen und verbringen lieber Zeit im Hipz oder bei Adriana auf der Veranda. Und trotzdem hat es auch mal wieder was, auf einer typischen Party zu sein.

Als ich wieder neben Kian sitze, hat er bereits eine Flasche Bier in der Hand und auf dem Tisch stehen jede Menge Shots.

Standen die gerade schon da?

Kian drückt mir einen Shot in die Hand und kippt sich selbst die Flüssigkeit innerhalb einer Sekunde runter. Schon als ich nur daran nippe und einen winzigen Schluck herunterschlucke, brennt meine Kehle. Egal. Ich spüle es herunter und spätestens nach dem dritten Shot merke ich den Alkohol. Bei den meisten Gesprächen kann ich nicht mitreden, dafür fange ich an, die Jack Daniel's Flaschen auf dem Tisch zu zählen. Natürlich haben sie Whiskey aus Tennessee hier. Allerdings komme ich immer durcheinander und ich könnte nicht sagen, ob es am Alkohol liegt oder dass es so viele sind, dass ich so oft den Überblick verliere. Je mehr Alkohol ich trinke, desto wohler fühle ich mich in der Runde und empfinde die Stimmung zunehmend ausgelassener.

«Willst du auch?», fragt Kian mich und ich schüttle den Kopf, während er sich einen Joint zusammenbaut.

Er neigt den Kopf zu mir und grinst. «Wir nehmen gleich vielleicht lieber ein Taxi.»

«Besser ist das.»

Er hebt den Finger. «Mitternacht. Ich habe es nicht vergessen.»

Irgendwann greift Kian in seine Hosentasche und er zieht etwas hervor. Da ist es wieder. Dieses kleine, durchsichtige Tütchen. Die anderen Typen sind augenscheinlich begeistert und fangen an zu jubeln. Kian reicht die Tüte herum und holt eine weitere aus der Hosentasche.

«Lust auf noch ein wenig mehr Nervenkitzel? Oder war das genug für heute?» Er hält mir die Pillen entgegen. Die Typen schmeißen sich nach und nach etwas ein. Nachdem wir vorhin in dem Restaurant einfach abgehauen sind, ohne die Rechnung zu begleichen, und ich schon jede Menge Alkohol getrunken habe, lasse ich mich von der ausgelassenen Stimmung mitreißen und greife in das Tütchen. Ich habe keine Ahnung, was die Pille genau ist, aber ich tippe auf Ecstasy.

«Langsam hast du es verstanden», meint Kian und klingt zufrieden. «Lass los. Das ist das Leben, Lexie.» Er greift ebenfalls in die Tüte und ich bin mir sicher, dass er sich mehr als eine Pille herausnimmt.

Ich weiß nicht, was ich erwartet habe, aber nachdem ich das Zeug geschluckt habe, passiert erstmal gar nichts. Keinerlei Veränderung nehme ich wahr. Aber dann, irgendwann, ist das Licht so hell, so intensiv, so grell, dass ich ständig blinzeln muss.

War das vorhin schon so? Was sind das für Lichter?

Ich schmiege mich an Kian und er streicht mit seiner Hand beruhigend über meinen Rücken, während er einen Schluck aus der Bierflasche nimmt und sich lautstark mit dem Typen neben sich unterhält.

Alles um mich herum ist so laut.

Als Kian irgendwann auf mich herabblickt, ruht mein Kopf auf seinem Schoß. Mittlerweile liege ich halb auf dem Sofa.

«Komm, wir gehen mal woanders hin», schlägt Kian vor und ich raffe mich auf. Er nimmt meine Hand und zieht mich aus dem Wohnzimmer. Eigentlich denke ich, dass wir nach draußen vor die Tür gehen, aber als er plötzlich im dunklen Flur stehen bleibt, drückt er mich vor die Wand. Er hebt mich hoch und ich schlinge meine Beine um seine Taille, während seine Hände über meinen Rücken gleiten und schließlich meinen Hintern fest umfassen. Ich schmecke Alkohol auf Kians Lippen, als er mich aus dem Flur trägt, ohne sich von mir zu lösen. Erst als er mich irgendwo absetzt, öffne ich kurz die Augen.

Wir sind in einem Badezimmer. Und ich sitze auf einer Waschmaschine. Vielleicht ist es auch ein Trockner. Ich habe keine Ahnung.

Kians Hände umfassen mein Gesicht und er streicht mir durch die Haare. Seine Zunge drängt sich zwischen meine Lippen und er küsst mich heftig, viel fordernder als sonst.

Ich knöpfe sein Hemd auf, man könnte auch sagen, ich reiße regelrecht daran, um endlich seine Haut zu spüren. Kians Hände streichen über meine Oberschenkel und er schiebt das Kleid nach oben, während meine Finger über seine nackte Brust fahren. Kian zerrt meine Strumpfhose nach unten und zieht sie mir aus. Dann verschwinden seine Finger in meinem Slip. Als ich seinen Gürtel öffne, merke ich, wie er scharf die Luft einzieht. Meine Finger berühren seinen Bauch und gehen dann tiefer Richtung Boxershorts, die ich ihm samt Jeans herunterzerre. Kian knurrt schon fast und ich höre, wie eine Verpackung aufgerissen wird.

«Du machst mich wahnsinnig, Lexie», murmelt er noch, dann dringt er in mich ein. Mit einem so heftigen Stoß, dass ich zusammenzucke. Sein Atem beschleunigt sich und jedes Mal, wenn er wieder zustößt, stöhnt er leise auf. Er küsst mich grob, und mit beiden Händen packt er fest an meine Brüste. Seine Berührungen sind alles andere als zärtlich oder sanft und ich merke, dass er sich in seiner Ekstase kaum zügeln kann.

Und so lasse ich mich tatsächlich von Kian auf Bones Waschmaschine entjungfern. Vielleicht ist es auch der Trockner.

Dann, ehe ich es überhaupt genießen kann, ist es auch schon wieder vorbei.

Wie lange ging das? Fünf Minuten? Nicht länger als sieben.

Und das ist jetzt die große Sache, über die alle Welt redet?

«Sorry, Lexie», murmelt Kian, als er mich küsst, wieder viel sanfter als zuvor. Sein Atem kommt jedoch immer noch stoßweise. «Wir holen das nach. Dann mit mehr Romantik.»

Ja, Kian weiß wahrscheinlich, dass das nicht das traumhafte erste Mal für mich war. Aber wer hat schon ein tolles erstes Mal? Vermutlich niemand.

Er hilft mir auf den Boden und ich ziehe mein Kleid herunter, nachdem ich meine Strumpfhose wieder angezogen habe. Kian legt den Arm um mich und drückt mir einen Kuss auf die Stirn, während ich versuche, meine Haare zu richten. «Alles in Ordnung?»

Ich nicke und verschiebe den Gedanken, was in den letzten Minuten passiert ist, erstmal aus meinem Kopf. So richtig realisiere ich das sowieso nicht. Ich stehe durch das Adrenalin, den Alkohol und die Drogen ohnehin neben mir. Dann gehen wir zurück ins Wohnzimmer. Eine ganze Weile unterhalte ich mich mit Bone, der mir von seiner Teilnahme in einer TV-Show berichtet. Irgendwann werfe ich einen Blick auf die Uhr und sehe, dass es schon kurz vor Mitternacht ist. Prompt wende ich mich Kian zu. Vor einiger Zeit hing er noch lachend mit seiner Bierflasche dort und hat sich mit seinem Kumpel unterhalten, aber jetzt hat er den Kopf ans Sofa gelehnt und schläft.

«Kian», seufze ich und versuche, ihn zu wecken. Sanft schüttle ich an seiner Schulter, aber mehr als ein Murmeln kommt nicht von ihm. «Hey, Kian!», versuche ich es nochmal energischer, aber es tut sich nichts. Er nuschelt irgendetwas, lässt den Kopf nach vorne fallen und schläft weiter.

Ich blinzle. Und mein Hochgefühl ebbt zunehmend ab. Schon vorhin, als wir aus dem Badezimmer kamen, war meine Stimmung anders als zuvor. Aber jetzt fühle ich ein richtiges Tief. Ich bin schon fast traurig. Keine Ahnung, ob die Wirkung der Pille nachlässt, mein Körper nochmal anders darauf reagiert oder der Alkohol eine Rolle spielt. Vielleicht zieht mich trotz allem auch einfach die Gesamtsituation runter.

«Wir müssen los, Kian», versuche ich es ein letztes Mal, aber ich weiß, dass ich keine Chance habe. Er ist wie weggetreten. Im Tiefschlaf. «Ich muss nach Hause. Du hast es mir doch versprochen.» Meine letzten Worte sind eher an mich selbst statt an ihn gerichtet. Mit einem Seufzen stehe ich auf und Bone sieht mich fragend an. Eine ganze Weile überlege ich, was ich machen soll, und es dauert wahnsinnig lange, bis ich einen klaren Gedanken fasse. Mein Gehirn funktioniert unglaublich langsam. Liegt das an dem Zeug? Aber dann, allmählich, fällt mir etwas ein: «Ich rufe mir ein Taxi.»

Wir sind irgendwo in der Nähe von Nashville und ich habe vielleicht 20 Dollar mit. Damit komme ich niemals nach Greywood. Egal. Ich muss ja erst am Ende bezahlen. Hauptsache erstmal weg von hier.

Damit es nicht so laut um mich herum ist, gehe ich in die Küche und versuche, Empfang zu bekommen. Dann, als ich ihn endlich habe, geht der Anruf raus.

Bis mir einfällt, dass ich keine Ahnung habe, wo ich überhaupt genau bin.

Als ich mich umdrehe, um zurück ins Wohnzimmer zu gehen, damit ich Bone nach seiner Straße fragen kann, steht er bereits vor mir.

«Bone», sage ich überrascht.

«Lexie.»

Stille zwischen uns. Irgendetwas ist komisch. Ich kann es fast greifen.

«Was machst du hier?», frage ich und verschränke die Arme vor der Brust.

«Ich wollte zu dir.»

«Wie passend.» Ich lache künstlich auf, um die Stimmung zu überspielen, die ich bereits fühle. «Ich wollte auch zu dir. Wie genau heißt die Straße, in der wir hier sind?»

Er antwortet nicht, dafür kommt er einen Schritt auf mich zu. Sofort gehe ich zurück, bis ich die Wand an meinem Rücken spüre. Mit seinen Fingern streift er über meine Schulter und alles in mir versteift sich.

«Was wird das?», frage ich knapp.

«Entspann dich, Lexie», murmelt er. «Kian muss das nicht erfahren.»

Er neigt den Kopf zu mir hinab und spitzt seine Lippen. Ich kann kaum glauben, was hier passiert. Prompt hole ich aus und scheuere ihm eine. Und zwar so fest, dass meine Handfläche brennt. Bone reibt sich über die Stelle und nuschelt irgendetwas Unverständliches vor sich hin, aber ich lasse ihn in der Küche stehen und gehe ins Badezimmer. Die Tür hinter mir verschließe ich und stelle fest, dass ich immer noch keine Ahnung habe, wie die Straße heißt. Erschöpft lasse ich mich an der Tür hinabgleiten und setze mich auf den kalten Boden.

Und mit einem Mal macht sich Verzweiflung in mir breit. Weil ich nicht weiß, wo ich bin, wie ich hier wegkomme, weil Bone mir zu nahekam, weil Kian nicht ansprechbar ist und ich ihm vertraut habe, dass er mich nach Hause bringt. Und nun sitze ich hier fest, wo auch immer das überhaupt ist.

Ich bin kurz davor zu heulen. Weil ich einfach nur wegwill. Nach Hause. Oder zu River.

River.

Ich folge meinem Impuls und ziehe das Handy hervor. Mittlerweile ist es schon nach Mitternacht. Meine Eltern haben mich nicht angerufen, was bedeutet, dass sie noch keinen Verdacht schöpfen. Sie denken sowieso, dass ich bei Adriana bin. Wie jeden Freitag. Hätte ich das auch heute mal lieber gemacht, das hätte mir einiges erspart.

Ich suche River in meiner Anrufliste, dann wähle ich seine Nummer. Wahrscheinlich schläft er schon, aber vielleicht kann er mir helfen. Irgendwie.

«Lexie», sagt River. Er räuspert sich und seine Stimme klingt belegt. Es ist nur ein einziges Wort, aber es klingt so verwirrt, dass ich keinen Zweifel habe, ihn aus dem Schlaf gerissen zu haben.

«Du hast mir gesagt, ich kann dich immer anrufen, wenn was ist», sage ich und meine Stimme bricht. Da ist wieder dieses Gefühl in mir, dass mir alles zu viel ist.

«Was ist los?», fragt er und klingt alarmiert. Weil er weiß, dass ich den Abend bei Kian verbringe und auch gewöhnlich nicht zu solchen Uhrzeiten anrufe. «Was ... Wo bist du?»

«Ich weiß es nicht.»

Kurz herrscht Schweigen zwischen uns.

«Bloody hell. Was soll das bedeuten, Lexie?» Da ist keine Müdigkeit mehr in seiner Stimme. Mit einem Mal klingt er wach.

«Ich bin auf einer Party. Mit Kian.»

«Und wo ist er?»

«Er schläft.» Kaum habe ich es ausgesprochen, schnappt River hörbar nach Luft, aber ich bin viel zu hektisch und panisch, um ihn zu beruhigen. «Und ich weiß nicht, wo ich bin ... Ich will hier weg, River.»

«Ich hole dich ab. Ich bin gleich da.»

«Du weißt doch gar nicht, wo ich bin. Nicht mal ich weiß es», erkläre ich ihm und klinge schon fast verzweifelt.

«Schick mir deinen Standort bei WhatsApp», sagt er trocken und mit einem Mal klingt die Welt so einfach.

Ich muss lachen – vor Erleichterung. Mit einem Mal fühle ich mich sicher, obwohl er nicht mal hier ist. Im Hintergrund fragt eine Mädchenstimme, wer am Telefon ist, aber er antwortet ihr nicht. «Ich bin gleich bei dir, Lexie.»

Dann legt er auf.

Er lässt sein Date sitzen. Um mich abzuholen. Ich glaube, ich fange gleich wirklich an zu heulen. Weil ich in diesem Moment so dankbar bin, River in meinem Leben zu haben und mich so auf ihn verlassen zu können.

Warum bin ich so emotional?

Als mein Blick auf die Waschmaschine fällt – es ist eine Waschmaschine und kein Trockner – muss ich an den Sex mit Kian denken. Ich bin über mich selbst verärgert, fast schon schockiert, dass ich mich hier tatsächlich entjungfern lassen und nicht einen etwas besseren Zeitpunkt abgewartet habe. So beiläufig hätte es ja wirklich nicht sein müssen.

Mir ist schlecht. So schlecht, dass ich das Gefühl habe, mich übergeben zu müssen. Die letzten Schritte krabble ich zur Toilette und dann muss ich auch schon kotzen. Meine Haare versuche ich mir noch im letzten Moment aus dem Gesicht zu streichen, aber es gelingt mir nur mäßig. Meine Atmung ist schwer und ich kralle mich am Klodeckel fest, weil mir schwindelig wird. Das liegt an dieser Pille. Oder am Alkohol. Oder an der Mischung aus beidem. Jedenfalls geht es mir dreckig. Mir wird warm, so heiß, dass ich denke, mir läuft der Schweiß übers Gesicht, und dann friere ich plötzlich. Ich weiß nicht, was mit meinem Körper los ist.

Das habe ich jetzt davon. Nur weil ich irgendeinen Scheiß ausprobieren wollte. Dafür habe ich meine Jungfräulichkeit auf einer Waschmaschine während einer Studentenparty verloren und hänge kotzend über dem Klo. Und niemand ist da, der mir die Haare aus dem Gesicht streicht. Adriana würde das machen. So, wie ich es auch bei ihr auf der Party gemacht habe, als sie kotzend am Gartenzaun hing.

Dieser Tiefpunkt sollte mir eine Lehre sein.

Es klopft an der Tür, immer wieder, und Bone ruft irgendwas, aber ich ignoriere das und bleibe auf dem Boden sitzen. Erst als mein Handy endlich klingelt und mein Display Rivers Namen anzeigt, raffe ich mich auf. Während ich aufstehe, nehme ich seinen Anruf entgegen.

«Ich komme raus», sage ich. Nachdem ich die Badezimmertür geöffnet habe, gehe ich auf wackeligen Beinen zur Eingangstür, ohne noch einmal nach Kian zu schauen. Da er auch nicht nach mir geschaut hat, schläft er wohl immer noch.

Als ich die Wohnungstür öffne, steht River bereits vor mir.

«Wo ist er?», will er prompt wissen, während er mir den Weg nach draußen versperrt.

«Was? Wer?»

River seufzt, dann berührt er mich an der Schulter und schiebt mich ein Stück zur Seite. Er geht mit zügigem Schritt an mir vorbei, geradewegs ins Wohnzimmer.

«River!», rufe ich ihn und laufe hinterher, aber er lässt sich nicht aufhalten.

Sobald er im Wohnzimmer ist, steuert er auf Kian zu, der mittlerweile wieder den Kopf an der Sofalehne liegen hat. River packt ihn grob am Kragen und zerrt ihn hoch, zwingt ihn auf beide Beine. Schlaftrunken öffnet Kian die Augen und scheint gar nicht so schnell zu realisieren, was hier vor sich geht. Auch die anderen Typen schauen nur irritiert.

«Du solltest auf sie aufpassen, du dummer Bastard!», schreit er Kian an. Und dann holt er aus und seine Faust landet in Kians Gesicht, so fest, dass er einige Sekunden nur taumelt. River dreht sich um und will mir wieder entgegenkommen, aber dann greift Kian nach ihm und sagt etwas, das ich nicht verstehe. Es dauert nur einen Moment, aber ich kann sehen, wie etwas in Rivers Augen aufblitzt. Wut. Pure Wut. Seine Kiefermuskeln sind angespannt, als er sich wieder zu Kian umdreht, der ihm ebenfalls eine verpassen will. Aber River ist schneller. Er packt Kian und schleudert ihn voller Wucht auf den Glastisch. Es knallt laut über die Musik hinweg und das Glas zerspringt in tausend Teile.

Wieder kommt River auf mich zu, dieses Mal lässt Kian ihn ziehen und auch die anderen rühren sich kein Stück. Ich glaube, keiner realisiert, was hier in den letzten Sekunden passiert ist. Ehrlich gesagt kann auch ich kaum glauben, wie viel Kraft River hat. Das habe ich ihm gar nicht zugetraut.

Ehe River mich aus dem Wohnzimmer schiebt, werfe ich noch einen Blick über die Schulter auf Kian, der sich wieder aufrafft und mit dem Ärmel einmal über sein Gesicht wischt.

«Hätte das mit dem Glastisch sein müssen?», frage ich River, als wir draußen sind. Sein Auto hat er quer auf der Straße abgestellt.

«Wenn der erste Schlag gesessen hätte, dann nicht», erklärt mir River. «Aber er hat nicht gesessen, sonst hätte Kian nicht so reagiert. Deswegen musste mein zweiter Schlag sitzen. Also, ja, der Glastisch musste sein.»

Als wir im Auto sitzen, zieht River die Augenbrauen zusammen und mustert mich. «Ich glaube, du hast noch nie so schlecht ausgesehen wie gerade, Cookie.»

«Danke. Jetzt fühle ich mich glatt besser.»

«Er hat dir die Pillen gegeben, oder?», will River wissen.

«Muss ich darauf antworten?»

«Zumindest würde das meinen Ausraster mit dem Glastisch noch mehr rechtfertigen.»

«Ja, hat er.»

River seufzt und streicht mit seinen Fingern über das Lenkrad. «Ich weiß, du magst ihn, Lexie. Aber er ist kein guter Umgang für dich. Das sage ich dir vom ersten Tag an. Schau dir das doch an. Ich hole dich von einer Party ab, weil dein Freund sich so wegschießt, dass er nicht mal auf dich aufpassen kann. Was ist das für ein Idiot?» Seine Hände krallen sich ums Lenkrad. «Wenn er meint, sich so ein Zeug einwerfen zu müssen, soll er das machen, aber er soll dich da gefälligst raushalten und es vor allem nicht machen, wenn du bei ihm bist! Ich kann dir nicht sagen, wie wütend ich auf ihn bin. Er kann sich glücklich schätzen, dass es nur der Glastisch war und nicht das Fenster. Nächstes Mal ist es das Fenster. Das garantiere ich dir.»

«River ...», setze ich an, um ihn zu besänftigen, aber er wirft mir einen so finsteren Blick zu, dass ich verstumme und weiß, dass es sowieso zwecklos ist.

Thema beendet.

«Wohin fahren wir?», frage ich stattdessen.

«Zu dir. Ich bringe dich nach Hause.»

«Wo habe ich dich weggeholt?» Ich versuche, beiläufig zu klingen, aber ich bezweifle, dass es mir gelingt.

«Von Miranda.»

Miranda. Aha. Ich wusste gar nicht, dass er eine Miranda datet.

«Tut mir leid», sage ich und meine es ehrlich.

«Muss es nicht. Sowas ist ja wohl selbstverständlich.»

Ja, das ist River.

Und so verbringen wir den Rest der Fahrt schweigend, während ich meine Beine angezogen habe und zusammengekauert neben ihm sitze und darauf hoffe, dass es mir auf wundersame Weise wieder besser geht.

Als wir angekommen sind, schleicht er sich zusammen mit mir ins Haus, in dem bereits alles still ist. Meine Eltern schlafen längst, ganz beruhigt, weil sie denken, dass ich bei Adriana, River und OJ bin. Während ich in meinen Pyjama schlüpfe und noch im Badezimmer versuche, meine Haare zu entknoten, hantiert River unten leise in der Küche und sitzt dann mit einem großen Glas Wasser bei mir auf dem Bett.

Stumm reicht er es mir, als ich mich zu ihm setze. Müdigkeit macht sich in mir breit, aber ich kämpfe gegen sie an, weil ich nicht will, dass River wieder weg ist.

Während ich einen Schluck trinke, hängen wir beide unseren Gedanken nach.

«Ich hatte Sex mit Kian», platzt es aus mir heraus.

«Okay.» Seine Stimme verrät nicht, was er darüber denkt. Ist er überrascht? Oder hat er damit bereits gerechnet?

«Heute Nacht. Ich hatte mein erstes Mal auf der Waschmaschine im Badezimmer in der Wohnung eines Typen, dessen richtigen Vornamen ich nicht mal kenne», fasse ich meine Glanzleistung zusammen.

«Und ... wie war's?», fragt River vorsichtig. Wieder verrät sein Tonfall nicht, was er darüber denkt.

«Keine Ahnung», sage ich ehrlich. Zu wenige Vergleichsmöglichkeiten. Ich sage nichts weiter, aber ich glaube, er kann meine Enttäuschung fühlen.

River sieht mich mitfühlend an und greift meine Hand. Seine Finger sind warm. «Mein erstes Mal war auch nicht toll. In einer Gartenlaube. Auch im Winter. Es war eisigkalt, sie war älter und ich hatte keinen Plan. So ist das halt.»

«In London?»

«Ja, in London. Seit ich hier bin, läuft es besser. Es gibt also noch Hoffnung, Lexie. Das nächste Mal wird bestimmt besser.» Bei seiner Frage verstärkt sich der Griff um meine Hand. «Wusste er, dass es dein erstes Mal ist?»

«Ja.»

River sagt nichts weiter, aber die Äderchen an seiner Schläfe pochen. Mit der freien Hand reibt er immer wieder über seinen Oberschenkel, schließlich formt sie eine Faust.

«Er kann sich glücklich schätzen, dass du mir das nicht schon am Telefon gesagt hast. Ich hätte mich nicht nochmal für den Glastisch entschieden.» River legt den Arm um mich und drückt mir einen Kuss auf den Scheitel. Es fühlt sich vertraut an, fast wie zu Hause, und ich schließe die Augen, weil ich mich sofort entspanne. «Trink das Glas aus und dann geh schlafen, Lexie», flüstert er. «Du bist müde.»

«Wohin gehst du?», frage ich, als er langsam die Umarmung löst und aufsteht.

«Ich fahre nach Hause», erklärt er mir und öffnet das Fenster. Dann steigt er aufs Dach. «Oder vielleicht nochmal zur Party. Je nachdem.»

An seinem Tonfall merke ich, wie es in River brodelt, und ich glaube, wenn ich ihm jetzt noch von Bone erzähle, fährt er den Weg tatsächlich nochmal zurück.

«Gute Nacht, River», sage ich. «Und danke.»

13. Kapitel

Als meine Mom die Tür zu meinem Zimmer nach einem kurzen Klopfen aufschiebt, weiß ich bereits, warum sie hier ist. Ich habe das Klingeln an der Haustür schon gehört, aber mich ganz bewusst nicht gerührt.

«Lexie ... Kian steht vor der Tür.» Mom klingt unsicher, ob sie jetzt den Boten zwischen uns machen soll. Sie weiß, dass wir Streit haben, auch wenn sie den Grund nicht kennt. Ich habe ihr nur gesagt, dass sie Kian vor der Tür stehenlassen soll, falls er sich zu uns verirrt. Sie war sichtlich irritiert über diese Anweisung, aber hat zum Glück nicht weiter nachgefragt.

«Meinst du, es wäre unhöflich, ihn dort stehen zu lassen?», frage ich, aber ich packe bereits meine angefangenen Notizen zu einem Artikel in der Schülerzeitung zur Seite und raffe mich auf. Ihn komplett zu ignorieren, erscheint mir doch etwas kindisch.

«Ein bisschen», meint meine Mom und ihre braunen Augen strahlen genauso voller Wärme wie sonst. «Egal, was zwischen euch vorgefallen ist, er wirkt niedergeschlagen. Irgendwie tut er mir leid. Kian ist doch immer so nett. Hat er das wirklich verdient?»

Als sie die Frage formuliert, muss ich mir fast das Lachen verkneifen. Wenn meine Mutter von der gestrigen Nacht wüsste, würde sie nicht so reagieren, sondern Kian ordentlich den Takt ansagen. Meine Eltern mögen Kian. Ich muss dazu sagen, dass er sich äußerst gut als charmanter und überaus freundlicher Jurastudent verkaufen kann, immer mit einem strahlenden Lächeln auf dem Gesicht und den glattgebügelten und knitterfreien Hemden, trotzdem immer locker und entspannt, und nicht so, als würde er einem eine Versicherung aufdrücken wollen. Ein kleiner Blender. Aber natürlich wissen meine Eltern auch nicht viel von Kian. Sie kennen nur die Oberfläche, den ersten Eindruck, den er vermittelt. Sie wissen nichts von den Drogen, nichts vom Diebstahl und auch nichts von gebrochenen Versprechen. Und es gibt auch nichts an Kian, das das erahnen lassen würde. Für meine Eltern ist er der nette Student mit den kleinen Schwestern, der Bücher genauso liebt wie ich.

Die Frage meiner Mama lasse ich unkommentiert, stattdessen nehme ich noch das Buch von meinem Nachttisch und drücke es meiner Mutter in die Hand: «Hier, lies das mal. Das ist gut. Wirklich gut.» Auch meine Mom liebt Bücher – es ist unschwer zu erkennen, woher meine Liebe zu Büchern kommt, und natürlich auch ihre Sympathien für Kian.

Meine Mom murmelt noch ein abwesendes Danke, während ich an ihr vorbeigehe, und ich weiß, dass sie bereits den Klappentext liest, was mir ein kleines Lächeln entlockt. Jedes Mal nimmt sie meine Buchempfehlungen an. Sie hat jedes einzelne Buch gelesen, das ich ihr ans Herz gelegt habe – selbst die, gegen die sie sich anfangs gesträubt hat. Wie zum Beispiel gegen Harry Potter. Wer sträubt sich bitte gegen Harry Potter? Meine Mom hat es jahrelang gemacht, und dann hat sie nachgegeben und war restlos begeistert.

Während ich die Treppe hinunterlaufe, denke ich an den Moment, als ich ihr Kian als meinen Freund vorgestellt habe. Es ist noch gar nicht so lange her, und trotzdem glaube ich, dass meine Mom überrascht war. Ich glaube, sie hat eher immer vermutet, dass sich etwas zwischen River und mir entwickelt, weil wir viel Zeit miteinander verbringen – entweder als Quartett oder auch als Duo.

Als ich die Tür öffne, steht Kian mit gesenktem Kopf und hängenden Schultern vor mir, die Hände in die Hosentaschen geschoben, während er nervös auf den Fußballen wippt. Meine Mom hat recht, dass er niedergeschlagen wirkt. Auf seinem Gesicht liegt ein trauriger Ausdruck und auch sein Seufzen klingt ergeben. «Lexie, es tut mir leid», sind seine ersten Worte, als wir uns anschauen. «Ich habe mich echt danebenbenommen.»

Die Tür ziehe ich ins Schloss, dann gehe ich an Kian vorbei und deute ihm an, mir zu folgen. Ich glaube zwar nicht, dass meine Mom lauscht, aber bei Eltern weiß man nie. Vermutlich steckt sie aber bereits ihre Nase in das Buch, das ich ihr zuvor gegeben habe.

Eine Weile gehen wir nur schweigend nebeneinander her. An der Einfahrt bleibe ich stehen und drehe mich fragend zu ihm: «Was genau tut dir leid, Kian?»

«Dass ich eingeschlafen bin. Ich habe nichts mehr mitbekommen. Es hat mich absolut weggehauen. Die Drogen tun mir leid ... Und es tut mir leid, dass ich mein Versprechen nicht gehalten habe.» Kurz hält er inne und atmet tief aus. «Und natürlich auch ... du weißt schon ... ich weiß, dass das kein tolles erstes Mal für dich war.»

«Das Schlimmste war, dass du dein Versprechen nicht gehalten hast, Kian», sage ich, und ich kann meine Enttäuschung nicht verbergen. Ich versuche es auch nicht mal, weil ich allen Grund dazu habe. So etwas trifft mich wirklich, weil ich auf sein Wort zählen können muss. «Ich habe mich auf dich verlassen. Du wusstest, dass ich um Mitternacht zu Hause sein muss.»

«Ich weiß», sagt er schwach und nickt. Ich verschränke die Arme vor der Brust und suche seinen Blick. Kian weicht ihm aus, aber er scheint zu wissen, dass ich nicht weiterreden werde, ehe er mich ansieht. Sein Verhalten ist ihm unangenehm. So unangenehm, dass er mir nicht mal in die Augen schauen kann. Die Reue ist echt. Und trotzdem fahre ich fort, sobald seine grünen Augen mich ansehen: «Und davon abgesehen, dass sich meine Eltern Sorgen gemacht hätten, weil ich mit ihnen etwas anderes vereinbart hatte ... war es für mich auch nicht gerade toll, auf einer Party zu sein, auf der ich sonst niemanden kenne, während du dich komplett wegschießt.»

«Es tut mir leid. Wirklich. Du hast jeden Grund sauer und enttäuscht zu sein.» Über seiner Augenbraue sieht man eine Schramme, eine Kruste, und es muss von der Auseinandersetzung mit River sein. Sofort sind meine Gedanken wieder bei ihm, wie er den Abend noch halbwegs für mich gerettet hat.

River.

Kian wird meine nächsten Worte nicht hören wollen, aber das ist mir egal. Da muss er nun durch: «Und du kannst dich jetzt auch wieder über River aufregen, aber er hat mir aus dem Mist geholfen, in dem ich deinetwegen saß. Du hast mich in diese Situation gebracht und er hat es ausgebadet.»

«Ja, ich erinnere mich wohl noch daran, wie der edle Ritter die Party gestürmt und mir eine reingehauen hat.» Sofort schwingt dieser abfällige Tonfall in Kians Stimme mit. Das Thema nervt ihn. Ich merke, wie es ihm widerstrebt, dass ich das Thema auf River lenke und sich das Gespräch um ihn dreht. Kian musste die Niederlage am Wochenende gegen ihn einstecken und vermutlich fühlt es sich nun wieder wie eine für ihn an. Aber Kian ist nicht nur verärgert. Da liegt auch ein verletzter Ausdruck in seinen Augen. Er presst die Lippen zusammen und atmet einige Male tief ein und aus. «Ich weiß, dass er für dich da war, als ich es nicht war. Und es tut mir leid, Lexie. Ich habe mich wie ein Idiot benommen und er hat genau das gemacht, was ich hätte machen sollen. Ich weiß das.»

Ich kann spüren, dass er um Einigung bemüht ist, und dass es ihn Überwindung kostet, diese Worte auszusprechen. Aber sie zeigen Größe. Er gesteht damit ein, dass River etwas richtig gemacht hat, während er versagt hat. Er gibt es zu. Und irgendetwas daran besänftigt mich.

«Okay», sage ich schließlich.

«Wie okay?» Sein Tonfall ist überrascht, so, als hätte er nicht damit gerechnet, die Wogen zwischen uns heute noch glätten zu können.

«Ist okay», wiederhole ich und zucke mit den Schultern. «Ich bin immer noch verärgert über das Wochenende, aber du kannst es nicht rückgängig machen.»

«Aber ich kann es besser machen das nächste Mal. Du hast mein Wort.» Kurz zögert er, dann nimmt er meine Hand und zieht mich an sich. Sein Duft hat normalerweise etwas Vertrautes, aber gerade erinnert er mich nur an die letzte Nacht. Mit gesenkter Stimme sagt er: «Ich habe mir auch etwas als Entschädigung überlegt. Eine Kleinigkeit.»

«Was denn?»

«Ich habe ein tolles neues Buch gefunden. Und ich leihe es dir nicht nur, sondern schenke es dir.»

Kians Geste bringt mich zum Lächeln, während mein Kopf an seiner Brust ruht und er mich umarmt. Ja, die Liebe zu Büchern verbindet uns definitiv. Aber manchmal frage ich mich, ob dieses Band stark genug ist.

14. Kapitel

Drei Wochen später verbringe ich den Freitagabend zusammen mit River, Adriana und OJ am Lagerfeuer. Wir sind extra zum See in Greywood gefahren und träumen davon, dass wir in Kalifornien studieren. In Stanford. Im Laufe der letzten Wochen hat sich dieser Gedanke in unsere Köpfe geschlichen und seitdem festigt er sich. All unsere Fachbereiche sind dort vertreten. Chemie für Adriana, Biologie für River und OJ, und Journalismus für mich. Wir träumen davon, wie wir uns jeden Tag unter einem Bogengang verabreden, der unser persönlicher Treffpunkt wird, an dem wir uns jeden Tag wiederfinden, weil wir morgens alle zu unterschiedlichen Fachbereichen aufbrechen. Wir träumen davon, wie wir nach den Vorlesungen auf der grünen Wiese der Uni sitzen und mit einem Haufen Bücher zusammen lernen und uns gegenseitig von unseren Hauptfächern erzählen, wie wir an den Wochenenden nach San Francisco fahren und eine gemeinsame Studenten-WG in Palo Alto beziehen und wie wir ...

«Okay, jetzt mal realistisch, Leute», holt OJ uns auf den Boden der Tatsachen zurück, als Adriana beschreibt, wie sie sich die Studentenpartys vorstellt. «Stanford ist auch elitär. Die Uni gehört zwar nicht zur Ivy League, aber zählt immer noch zu den besten Amerikas.»

Es ist wie ein dumpfer Schlag. So, als würde ich sehr unsanft zurück in die Realität zurückgeholt werden. Plötzlich sitze ich wieder in Greywood am See, weit weg vom sonnigen Kalifornien. Die ersten Sekunden muss ich erstmal blinzeln, um wieder in der Wirklichkeit anzukommen. Adriana hat entsetzt den Mund aufgerissen und wirkt genauso überrumpelt. Ich weiß genau, was sie denkt und sie weiß genau, was ich denke.

«Du bist so ein Spielverderber», meint Adriana zu OJ. Entmutigt lässt sie die Schultern sinken und wirft verärgert ihren Marshmallow ins Feuer.

«Das Träumen hat Spaß gemacht», pflichte ich ihr bei. «Du hättest uns ja wenigstens noch ein paar Minuten in unserer Traumwelt bleiben lassen können, OJ.» Ich schaue zu River, weil ich mir Unterstützung und Zuspruch erhoffe, aber er schlägt sich bereits auf OJs Seite.

«Er hat recht. Sorry, Mädels», erklärt River uns und hebt bereits ergeben die Hände, als wüsste er, dass uns seine Aussage nicht gefällt. «Wir dürfen uns darauf nicht verlassen. Es ist zwar schön, zu träumen, aber es bringt uns nicht wirklich weiter, wenn wir uns nur aufs Träumen verlassen. Sonst stehen wir im schlimmsten Fall ohne Uni da und dann war's das mit unserem gemeinsamen Studium. Ich habe mir daher was überlegt. Für uns stand doch fest, dass wir zusammen in Kalifornien studieren wollen. Richtig?»

Wir nicken und murmeln eine Zustimmung.

River zieht seinen Rucksack ein Stück zu sich und wühlt darin herum. «Ich habe vor ein paar Tagen mal ein bisschen recherchiert. Es hat ein wenig gedauert, aber ich glaube, ich habe eine passende Uni für uns gefunden. San Hills. Das liegt in der Nähe von L.A. Der Ort ist nicht groß, aber all unsere Fachbereiche sind vertreten. Die Uni ist öffentlich, klein und überschaubar, aber gründlich im Studium. Das ist eigentlich genau das Richtige für uns.»

River tippt auf seinem Tablet herum, dann reicht er es mir. Adriana lehnt sich prompt zu mir und schaut wie gebannt auf die Bilder der Universität, die River alle in einem Ordner auf dem Tablet gespeichert hat. OJ hängt mittlerweile über uns und starrt genauso aufs Tablet.

«Ich habe noch ein paar Alternativen rausgesucht, aber San Hills ist mein Favorit.» River hat mal wieder ganze Arbeit geleistet und alles Mögliche zusammengestellt, so dass wir einen perfekten Überblick haben.

«Ich finde, River hat recht», meint OJ, als seine Finger über das Tablet streichen und er ein Bild im Ordner vergrößert. Er quetscht sich zwischen Adriana und mir und sein Duft «Euphoria Men» von Calvin Klein steigt mir in die Nase. Das Tablet zeigt Bilder von gepflegten Rasen vor dem alten Universitätsgebäude. «Wir dürfen uns nicht auf Stanford verlassen. Lasst uns schauen, dass wir eine Uni finden, bei der wir eine realistische Chance haben, dort alle zu studieren und zusammen die Studienjahre zu verbringen. Das ist doch besser, als wenn wir am Ende über ganz Amerika verteilt sind.»

«Finde ich auch», stimmt Adriana ihm zu und ihre Stimme ist höher als sonst. Ein Zeichen der Aufregung bei ihr. «Wow, schaut euch mal die Mensa an ...»

OJ hängt mir immer noch im Nacken und ich gebe mich schließlich geschlagen und reiche ihm das Tablet. Er sagt etwas, woraufhin Adriana lacht, aber ich sehe zu River, der uns beobachtet. Das Feuer knistert und er lächelt mich an, dann wendet er den Blick ab und starrt auf den See. Der Wind weht durch meine dunklen Haare und ich kann gar nicht anders, als ebenfalls zu lächeln. All das zeigt mir, wie wichtig es River ist, dass wir an derselben Universität studieren. Dass keine Distanz zwischen uns kommt und wir uns in dieser Zeit womöglich aus den Augen verlieren. Er will das nicht riskieren, sondern möchte, dass wir diese nächste wichtige Phase in unserem Leben zusammen verbringen. Und das rührt mich.

River spießt einen Marshmallow auf und zwinkert mir zu. Er weiß genau, dass ich das denke. Ich bin mir sicher, auch ohne, dass ich ein Wort sagen muss.

«Lexie, was meinst du?», fragt mich Adriana. Sie entreißt OJ das Tablet, der sich lautstark beschwert, und reicht es mir.

Ich nehme es und schaue mir ein paar Bilder an. Adriana und OJ hängen sofort beide wieder bei mir und starren mit aufs Tablet, während ich mir weitere Bilder der Uni anschaue, obwohl meine Entscheidung längst gefallen ist. «Lasst es uns versuchen.»

«Dann steht es fest. Unser Ziel ist Kalifornien. Wir setzen unsere Hoffnung auf San Hills», erklärt River und wir alle nicken.

«Und wenn doch jemand von uns eine Zusage von der Ivy League bekommt?», fragt OJ, als wir bereits unsere Becher heben.

«Dann geht er dort hin. Solche Chancen darf man nicht verpassen», meint Adriana. «Und dafür lädt man die anderen zu den besten Partys ein. Das ist dann Pflicht.» Wir lachen alle, dann redet Adriana weiter. «Aber die Chance geht gegen Null. Darüber müssen wir uns keine Gedanken machen. Also, auf San Hills?»

«Auf unsere letzten Monate in Greywood», sagt OJ.

«Auf hoffentlich viele tolle Tage am Strand in Kalifornien», ergänzt River.

«Und auf unsere Freundschaft», beende ich unseren Toast.

Wir stoßen an und anschließend kämpfen Adriana und OJ wieder beinahe um das Tablet, woraufhin River und ich lachen. Es klingt sorglos, aber meine Gedanken sind abwesend.

River ist Jahrgangsbester. Ich wünsche ihm nur das Allerbeste dieser Welt. Wirklich. Und trotzdem ist in mir so etwas wie Angst. Angst, dass er an der Ivy League angenommen wird. Nicht, weil ich es ihm missgönne, da sie mich sicherlich nicht nehmen werden, aber weil er dann so weit weg von mir ist. Weil er am anderen Ende des Landes studieren würde. Er wäre im Nordosten von Amerika, ich im Westen. Wir wären unfassbar viele Meilen auseinander und dann würde vermutlich wirklich das eintreffen, was Kian mir prophezeit hat und sich unsere Wege trennen. Es ist egoistisch von mir, so zu denken und ich bin froh, dass niemand von meinen Gedanken weiß. Mir ist klar, dass ich meine Bedürfnisse hinten anstellen sollte, aber ich kann es nicht. Meine Angst überwiegt. Schon bei dem Gedanken, dass ich River verlieren könnte, spüre ich eine Leere in mir. So, als würde ich einen Teil von mir verlieren. Einen Teil, ohne den ich unvollständig bin.

15. Kapitel

Vor einer Minute war meine Welt noch in Ordnung.

Jetzt ist es fast so, als könnte ich den Tsunami sehen, der sich vor mir aufbaut und auf mich einzubrechen droht.

Plötzlich ist er da. So groß, so mächtig, in seiner vollen Wucht, und man hat keine Chance, ihn aufzuhalten.

Und trotzdem versucht man, alles zu retten, was möglich ist.

«Ich habe es dir schon immer gesagt, du bist brillant, Cookie», liest Kian vor und betont dabei jedes einzelne Wort. Und das ist nur einer der vielen Anmerkungen, die River in mein Skript geschrieben hat. Ich kann nicht genau zuordnen, was in Kians Stimme mitschwingt. Irgendetwas zwischen Abneigung und Fassungslosigkeit. Vor einer Minute haben wir noch zusammen herumgealbert, bis Kian das Skript auf dem Boden neben meinem Bett gesehen hat. Er kam so spontan vorbei, dass ich keine Möglichkeit mehr hatte, das Skript wegzupacken. Seitdem starrt er verdächtig lange darauf. Vor allem die erste Seite scheint es ihm angetan zu haben. «Warum nennt er dich überhaupt Cookie?», will er wissen, aber er wartet die Antwort nicht ab. «Hast du auch so einen bescheuerten Spitznamen für ihn?»

«Nein», lüge ich und verdränge Pumpkin.

«Du hast ihm das Skript gezeigt.» *Ihm.* Kian nennt River nicht mal beim Namen, als würde er sich weigern, ihn laut auszusprechen.

«Ja.»

«Mir hast du es nie gezeigt.»

«Ich weiß.» Meine Antworten waren schon mal ausführlicher.

Kian schluckt schwer. Nicht nur an seiner brüchigen Stimme merke ich, dass es ihn verletzt, dass er nie eins meiner Skripte lesen durfte. Oder überhaupt irgendetwas Kreatives von mir. «Wer hat es außer River noch gelesen?»

Ich seufze tief und weiß, dass ihn meine Antwort noch mehr verletzen wird, noch tiefer in die Wunde schneiden wird. «Niemand.» Ich wünschte, ich könnte ihm etwas anderes sagen. Dass es Adriana gelesen hat und am besten auch OJ, aber so merkt Kian, dass es etwas ist, das ich nur River gegeben habe. Und es tut mir unfassbar leid, dass ich für den Schmerz in seinen Augen verantwortlich bin.

«Liest er auch so viele Bücher wie ich?», fragt Kian und hebt provokant die Augenbrauen.

«Nein.»

«Redet ihr auch so oft über Bücher wie wir?», hakt er weiter nach, obwohl er die Antwort bereits kennt.

«Nein.»

«War er mit dir schon mal bei einer Lesung?»

«Nein.» Meine Antworten sind alles andere als überzeugend.

«Wow, er scheint ja wirklich ein starkes Interesse an Büchern zu haben», schnaubt Kian. Er wirft das Skript achtlos weg und die gedruckten Seiten verteilen sich quer auf dem Boden. Mittlerweile zittert seine Stimme leicht vor Wut, aber auch vor Enttäuschung. «Und du hast nie mal daran gedacht, es auch mir zu zeigen, wo wir uns so oft über Bücher unterhalten?»

«Kian ...»

Er hebt die Hand und deutet mir an, zu schweigen. «Ich habe immer damit leben können, dass du mir nichts zeigen wolltest. Weil du mir sagtest, du schreibst für dich und zeigst es niemandem. Aber das war wohl gelogen.»

Also, ausgesprochen klingt das jetzt etwas hart ...

Um ihn nicht länger anzuschauen, bücke ich mich und sammle die Seiten vom Boden auf. Ungeordnet packe ich sie zu einem Stapel zusammen. Als ich fertig bin, sieht Kian mich jedoch immer noch mit diesem abwartenden Blick an, als würde er auf eine plausible Begründung warten, die alles erklärt. Und vermutlich ist das sogar so. Mit einem Seufzen sage ich: «River hat mir auch etwas Persönliches von sich gezeigt.» Eigentlich wollte ich die Karte nicht ausspielen, weil es nicht wirklich zusammenhängt. Es war vielleicht der Anstoß, aber es war niemals ein Tausch, aber ich will Kians Schmerz dämpfen. Und dafür ist mir gerade auch so ein Mittel recht.

«Aha», entgegnet Kian gedehnt und er klingt alles andere als überzeugt. «Also, verstehe ich das richtig? Wir beide sind in einer Beziehung, küssen uns und haben Sex. Aber so etwas teilst du nicht mit mir. Aber mit River, mit dem du ja nur befreundet bist, teilst du so etwas. Habe ich das richtig verstanden?» Bei einem Teil seiner Frage hebt er die Finger in die Luft und deutet Gänsefüßchen an – und zwar bei «nur befreundet», was mir verrät, dass er bis heute annimmt, dass die Freundschaft zwischen River und mir zu tief ist. Immer habe ich versucht, es Kian nicht spüren zu lassen, und dass er das mit dem Skript mitbekommt, war sicher nicht meine Absicht.

Kian kennt keine Gnade. Als ich nicht antworte, seufzt er laut und fragt mich unverfroren: «Warum dann er und nicht ich?»

Ich bin unschlüssig, ob ich grenzenloses Verständnis für Kians Enttäuschung und Eifersucht haben soll, oder ob ich mich bei seinen Vorwürfen allmählich wie eine Schwerverbrecherin fühle.

«Es ist doch nur ein Skript ...», versuche ich mich rauszureden, aber ich merke, dass ich mit dem Rücken zur Wand stehe und meine Begründung mehr als dünn klingt.

«Es geht nicht um das Skript. Es geht um die Symbolik dahinter und das weißt du.»

«Da gibt es keine Symbolik.»

«Doch, die gibt es. Ich sehe sie und du auch.» Kian pustet angestaute Luft aus und massiert sich mit seinen Zeigefingern die Schläfen. Er kann mich nicht mal mehr ansehen. «Antworte mir, Lexie. Warum er und nicht ich?»

Weil es River ist. Das ist die Antwort, aber ich kann sie Kian nicht geben. Wenn das ausgesprochen ist, glaube ich nicht, dass das unsere Beziehung überlebt. Ich will es jedenfalls nicht darauf anlegen.

«Du hast es mir nicht mal erzählt», wirft er mir weiter vor, als ich wieder nichts erwidere und nur stumm mit dem Skript vor ihm stehe.

«Ich weiß.» Keinerlei Argumente habe ich.

«Warum?»

«Weil ich dachte, es hat keine Bedeutung für dich», lüge ich weiterhin. Natürlich war mir immer bewusst, dass es Kian verletzen würde, wenn er es erfahren würde. Aber ich war egoistisch, weil ich es mit River teilen wollte, und habe die Konsequenz dafür in Kauf genommen. Genau genommen habe ich einfach darauf gehofft, dass Kian es niemals erfährt. River war Kian schon immer ein Dorn im Auge und vielleicht beruht das sogar auf Gegenseitigkeit. Spätestens als Kian mich damals zur Lesung abgeholt hatte und mich auf der Fahrt so über die Freundschaft zu River ausgefragt hat, war mir klar, dass er von ihm alles andere als begeistert war. Seine Eifersucht habe ich immer gespürt, aber er hat es trotzdem akzeptiert, dass ich oft das Wochenende mit Adriana, OJ und River verbracht habe. Wobei ich glaube, es hat Kian immer besänftigt, dass wir als Quartett unterwegs waren und nie River und ich alleine. Und natürlich auch, weil Kian selbst oft arbeiten musste und ich mich somit nie direkt gegen ihn entschieden habe.

Aber der Stachel mit dem Skript sitzt nun zu tief. Ich verstehe ihn, und doch kann ich nicht anders.

«Gib mir das Skript», fordert er und deutet auf den Papierstapel in meinen Händen.

«Kian, dir geht es doch nicht mal darum.» Ich schlage einen versöhnlichen Ton an, als ich mich zu ihm aufs Bett setze und das Skript fest umfasse.

«Meinst du, mich interessiert nicht, was du schreibst?», herrscht er mich in einem ungewohnt scharfen Tonfall an. Er klingt verärgert, aber ich sehe auch die Enttäuschung in seinen glasigen Augen, und es tut mir im Herzen weh. «Meinst du das, Lexie?»

«Doch, aber gerade geht es dir darum, etwas zu haben, was zuvor nur River hatte.»

«Und das wirfst du mir vor?», entgegnet er bissig und deutet ungeduldig aufs Skript. Gleich reißt sein Geduldsfaden und ich bin mir nicht sicher, ob er mir die Seiten nicht einfach wegnimmt. «Gib es mir.»

«Bitte hör auf damit.»

«Gib es mir. Es sollte kein Problem sein, es auch mir zu geben.»

«Stell mich nicht vor die Wahl, Kian.» Meine Stimme klingt ruhig, aber in mir fängt es allmählich an zu brodeln. Er macht einen riesengroßen Fehler. Er drängt mich in die Ecke und macht mir Druck. Damit macht er alles falsch, was er in diesem Moment falsch machen kann. Jede Faser in mir sträubt sich, ihm das Skript zu geben. Es fühlt sich wie Erpressung an und doch spüre ich seine Verzweiflung und auch Enttäuschung. Deswegen versuche ich, es nicht an mich herankommen zu lassen und ignoriere seine herrische und zunehmend aggressive Art.

Kian schnaubt verächtlich und mir schlägt pure Fassungslosigkeit entgegen. «Weißt du noch, was ich dir damals im Auto gesagt habe?»

Ja. Jedes einzelne Wort. Unendlich oft habe ich über dieses Gespräch nachgedacht.

«Was denn?», stelle ich mich ahnungslos, um Zeit zu schinden. Jetzt kommt der letzte Angriff und ich weiß, worauf er abzielt. Und er wird treffen.

«So eine Freundschaft kann funktionieren. Aber sie darf nicht zu tief sein. Es geht nur so lange gut, wie der andere weiß, dass die dritte Person nicht dazwischensteht.»

Seine Worte treffen mich genauso wie erwartet. Ich fühle mich schon fast erwischt und seufze. Soll ich ihm das Skript einfach geben? Für eine Sekunde erwäge ich die Möglichkeit. Aber es fühlt sich an wie Zwang, wie Erpressung. Ich habe das Gefühl, ihm etwas beweisen zu müssen. Und abgesehen davon möchte ich es ihm nicht geben. Es ist etwas, das ich mit River teile. So wie er mir Aufnahmen von sich gezeigt hat, die sonst keiner kennt.

Also versuche ich auszuweichen. «Hängt unsere Beziehung jetzt wirklich von einem Skript ab?»

«Es geht nicht um das Skript. Das weißt du.»

«Das muss eine ziemlich wackelige Beziehung sein, wenn sie von einem Stapel Papier abhängt», versuche ich, die Sache noch zu retten, aber es ist zu spät. Ich weiß, was jetzt folgt. Kian wird es wieder machen – und den Kürzeren ziehen.

«Gib mir das Skript. Entscheide dich. Und zwar jetzt», zählt er mich an und macht mir noch mehr Druck.

«Stell mich nicht vor die Wahl. Bitte, Kian», flehe ich ihn regelrecht ein letztes Mal an.

«Doch. Ich muss. Es tut mir leid.»

Der Kloß in meinem Hals droht mir die Luft abzuschnüren und ich glaube, ich heule jeden Moment los. «Ja», sage ich und räuspere mich. Meine Stimme zittert verdächtig und bricht bereits bei diesem einzigen Wort. Kian seufzt und auch seine grünen Augen haben einen traurigen Glanz, als er meine Antwort bereits zu kennen scheint. «Ja, mir tut es auch leid, Kian.»

16. Kapitel

Niemand geht alleine zu seinem Abschlussball.

Das habe ich mir in den letzten Tagen oft angehört.

Und irgendwie ist ja auch etwas dran. Die ganze High School lang fiebert man diesem besonderen Abend entgegen und weiß aus unzähligen Filmen und Serien, wie toll und unvergesslich der Tag wird. Man hat schon eine gewisse Erwartungshaltung und die Realität kann einen nur enttäuschen. Bei meinem Abschlussball fiel zeitweise der Strom aus, die Musik wiederholte sich in Dauerschleife, das Essen war kalt, die Getränke dafür warm und auch sonst war es viel zu heiß, sowohl drin als auch draußen. Es war durchgehend ein Reinfall. Da kann man schon mal die Tatsache ignorieren, dass ich es geschafft habe, drei Tage vor dem Abschlussball meine Beziehung zu schrotten und ohne Date dort aufzutauchen, nachdem Kian und ich so lange zusammen waren.

Natürlich habe ich den anderen nicht gesagt, warum wir uns wirklich getrennt haben, sondern die Entfernung nach Kalifornien als Grund vorgeschoben. Die Zusage für uns vier in San Hills kam daher mehr als gelegen. Wir haben es tatsächlich geschafft, einen Platz an der gleichen Uni zu ergattern, und ich bin so froh, dass River die Idee hatte, auf diese kleinere Uni auszuweichen, um für uns die Chancen zu erhöhen, zusammenzubleiben, weil wir einander nicht loslassen wollen, sondern auch dieses Kapitel in unserem Leben gemeinsam bestreiten wollen.

Niemand geht alleine zu seinem Abschlussball. Nicht nur River hat es mir in den letzten Tagen gesagt. Doch, ich gehe alleine zum Abschlussball, habe ich den anderen gesagt und dabei fast schon trotzig die Schultern gestrafft. Adriana wollte ihren Freund mitbringen, mit dem sie seit ungefähr drei Monaten zusammen ist, und OJ wollte mit Isabella aus unserer Stufe kommen. Die beiden daten sich eher sporadisch und ich bin mir sicher, wenn Isabella wüsste, wie sehr er die Drummerin Amy aus der Hardrockband samstagabends von unserem Stammplatz im Hipz anhimmelt, wäre sie nicht mit ihm zum Prom gegangen. Vermutlich wäre OJ auch lieber mit Amy gegangen.

Und River ... er wollte Miranda mitbringen – oder Nathalie, ich habe bis zum Schluss nicht verstanden, was der letzte Stand war.

Am Ende kreuzte er auch ohne Date auf.

Und so kamen wir beide alleine zum Abschlussball.

Oder vielleicht auch zusammen.

Kurz nachdem alle Eltern und Lehrer verschwunden sind und somit die Party erst richtig beginnt, hauen River und ich allerdings ab.

«Verrate mir schon, wohin wir fahren», bettle ich River regelrecht an, während sich nur ein breites Grinsen auf sein Gesicht stiehlt und er den Wagen beschleunigt. Er wirft einen Blick über seine Schulter, ehe er den Fahrstreifen wechselt und an einem Toyota Camry vorbeizieht. Ich stelle währenddessen das Radio lauter, in dem *Let's Love* von David Guetta & Sia gespielt wird.

«Geduld ist nicht so deine Stärke, oder, Lexie?» River löst kurz den Blick von der Fahrbahn und zwinkert mir zu, dann schaut er wieder nach vorne. Auch ohne ein weiteres Wort von ihm weiß ich, dass er mir nicht mehr verraten wird. Ich habe keine Ahnung, wo wir sind, und finde es mal wieder ungerecht, dass ich mit einer weitaus schlechteren Orientierung als er ausgestattet bin.

Irgendwann kommt mir der Weg, den River einschlägt, bekannt vor. Er fährt zum See. Genau dorthin, wo wir schon so viel Zeit verbracht haben, egal ob warme Sommernächte oder kühlere Herbsttage, zusammen mit Adriana und OJ. Und obwohl wir ohne die beiden hier sind, fühlt es sich vertraut an. Vielleicht sogar auf ganz paradoxe Art vertrauter als sonst.

River stellt sein Auto auf dem kleinen Parkplatz ab, der um diese Zeit verlassen ist. Ohne ein weiteres Wort darüber zu verlieren, was wir hier machen, steigt er aus dem Wagen und ich tue es ihm gleich. Dann stehe ich auf dem spärlich beleuchteten Parkplatz, der von drei Laternen erhellt wird, wobei das Licht einer Laterne bereits flackert. In Filmen würde ich so eine Situation vermutlich unheimlich finden, hier in der Dunkelheit auf einem abgelegenen Parkplatz am Wald, aber neben River fühle ich mich wohl. Da ist kein Zeichen von Unruhe oder Angst in mir.

«Ich wusste nicht, dass wir eine Runde schwimmen gehen», versuche ich River den Grund zu entlocken, warum wir hier sind. «Ich habe gar keinen Bikini drunter gezogen.»

Er zuckt mit den Schultern und kommt um sein Auto herum geradewegs auf mich zu. Dann greift er nach meinem Handgelenk und zieht mich Richtung Wasser. «Kein Problem. Wir gehen sowieso nackt baden.»

«Was?», frage ich verdutzt, weil Rivers Tonfall so ernst ist, dass ich mir nicht sicher bin, ob er scherzt oder nicht.

Er lacht nur sein typisches Lachen, aber geht unbeirrt weiter, und wir laufen über das Gras, fernab vom eigentlichen Weg, runter zum See. Um uns herum ist es stockduster und in der Nähe ruft eine Eule. River legt den Arm um mich und ich blicke zu ihm hinauf. Das Mondlicht fällt auf sein Gesicht. Als er mich anlächelt, bleibt mein Blick an seinen markanten Eckzähnen hängen. «Kannst du das fassen, dass wir bald zusammen in Kalifornien sind? So weit weg von Tennessee?»

Ich schüttle den Kopf. «Nein, noch nicht so wirklich.»

«Ich auch nicht. Total verrückt. Das klingt wie ein anderes Leben.» Er lächelt mich an, so liebevoll, so glücklich, dass ich mich an seiner Seite geborgen und sicher fühle. Ich kann gar nicht anders, als sein Lächeln zu erwidern, und so hält er mich fest umschlossen in seinem Arm und wir laufen weiter über die Wiese. Erst an der Ausleihstelle für die Ruderboote bleibt River stehen. Er wirft mir einen Blick über die Schulter und als ich sein verschmitztes Grinsen sehe, ist mir bereits klar, was in seinem Kopf für eine Idee herumgeistert.

Oje. Hoffentlich geht dieser Abend glimpflich für uns aus.

«Das ist illegal», weise ich River fürs Protokoll hin, aber natürlich gefällt mir seine Idee, dass wir nachts alleine auf dem See sind. Trotzdem muss einer von uns beiden wenigstens für ein paar Sekunden vernünftig sein und den Spaßverderber machen, damit wir das Ganze nochmal kurz überdenken können. Good cop, bad cop, und die Rollen sind hier gerade klar verteilt. «Ich vermute, das fällt unter Diebstahl.»

«Warum das denn?», fragt er in einem gespielt entrüsteten Ton. Als hätte er meine Worte nicht gehört, steuert er bereits eins der Ruderboote an. Er geht in die Hocke und fummelt am Seil herum. «Wir klauen es nicht. Wir leihen es uns ja nur kurz aus ...»

Hilflos hebe ich die Hände. «Ach so. Dann geht's ja.»

«Außerdem ist heute Prom. Man hat nur einmal Abschlussball an der High School. Da ist alles erlaubt.»

«Ist das so?», frage ich mit einem Schmunzeln, während River das Seil löst. «Wer hat das Gesetz denn erfunden?»

«Ich. Und zwar gerade. Hier, halt mal, Cookie», weist er mich an und drückt mir das Seil in die Hand, sobald ich bei ihm stehe. «Ich besorge uns noch zwei Skulls. Der gute Mark lagert sie immer hinter der Hütte. Da habe ich letztes Mal ganz genau aufgepasst.»

Ist ja alles überaus gesichert hier. Aber vermutlich ist in einer Kleinstadt wie Greywood keiner so bescheuert, nachts eine Tour mit dem Ruderboot zu starten. Dafür braucht man schon einen River. Und eine Verrückte, die mitmacht. Ich in dem Falle.

Es dauert nicht lange, ehe River mit zwei Skulls zurückkommt. Er drückt sie mir in die Hand, dann zieht er das Ruderboot an den Steg, weg von den anderen Booten, und ohne groß darüber nachzudenken, steigt er ein.

Ich ziehe meine hohen Schuhe aus und werfe sie in den Innenraum, dann steige ich ebenfalls ins Ruderboot, das ziemlich wackelig ist. Als ich mich auf den Sitz niederlasse, ist mein Kleid an einigen Stellen sofort durchnässt, aber auch das ist egal.

«Bereit?», fragt River mich und drückt mir bereits einen Skull in die Hand. «Das Ziel ist unbekannt. Wir versuchen einfach, das Ganze hier unbeschadet zu überstehen.»

«Ja, das ist ein guter Anspruch.»

Eine ganze Weile rudern wir einfach nur stillschweigend und bewegen uns gar nicht so langsam wie erwartet fort. Allerdings merke ich die Ruderbewegung zunehmend in den Armen und vermutlich mache ich etwas falsch. Ich erinnere mich noch, dass River mir bei einer unserer Touren gesagt hat, dass die Kraft nicht nur aus den Armen kommt.

«Halt an», weist mich River schließlich an und sobald er seine Worte ausgesprochen hat, halte ich in meiner Ruderbewegung inne. «Hier bleiben wir.»

«Hier?», wiederhole ich ungläubig. «Wir sind mitten auf dem See.»

«Passt doch», meint River hinter mir. «Jetzt dreh dich noch zu mir um und dann ist es perfekt.»

«Okay», stimme ich zu und wende mich bereits mehr oder weniger elegant in meinem Abschlussballkleid im Boot. «Was mache ich mit meinem Skull? Oder wie auch immer man das Ding nennt?»

River zuckt planlos mit den Schultern. Sehr beruhigend, dass wir beide so unwissend sind und uns hier mitten in der Nacht alleine auf dem Wasser befinden. «Keine Ahnung. Leg es am besten ins Boot. Dann verlierst du es wenigstens nicht.»

«Ich bin mir nicht sicher, ob man das Skull wirklich loslassen sollte ...», erkläre ich noch kleinlaut, aber verstaue es bereits im Boot. In meine Schuhe bin ich zwischenzeitlich wieder geschlüpft, aber meine Füße sind immer noch pitschnass, was nicht verwunderlich ist, wenn ich den nicht gerade geringen Wasserstand im Innenraum des Boots betrachte.

Als ich meinen Blick hebe, grinst River mich an und mir ist klar, dass er weiß, was mir gerade durch den Kopf gegangen ist.

«Hast du dir deinen Abschlussball so vorgestellt?», spricht er es aus.

Seine Frage entlockt mir ein Schmunzeln und ich streiche mir eine dunkle Haarsträhne hinters Ohr, während ich mich umsehe. So habe ich mir den Abend meines Abschlussballs definitiv nicht vorgestellt, und gleichzeitig hätte ich mir keinen schöneren Abend vorstellen können. Nur mit River auf dem See, so ablegen, um uns herum nur Ruhe und Stille, über uns der Mond und ein paar vereinzelte Sterne, die nicht von den Wolken verdeckt werden. Hier, an einem Ort, an dem wir so viel Zeit während unserer High School verbracht haben. Eine Zeit, die nun zu Ende geht, aber gleichzeitig damit ein neues Kapitel, ein neuer Lebensabschnitt für uns beginnt und jetzt eine gemeinsame Zukunft in San Hills auf uns wartet. Kurz macht sich ein Gefühl der Melancholie in mir breit, aber es weicht schnell einem anderen Gefühl. Dem Drang, alte Pfade zu verlassen und neue Wege zu gehen. Mutig zu sein. Darauf zu vertrauen, dass es Zeit ist für ein neues Abenteuer. Den Zauber des Anfangs genießen.

«Es ist perfekt», sage ich wahrheitsgemäß.

Ein überraschter Ausdruck huscht über Rivers Gesicht. Er hat offensichtlich eine andere Antwort erwartet. «Ehrlich?»

«Ja. Ehrlich.»

«Jedenfalls wenn du deine nassen Füße ignorierst», zwinkert er mir zu und legt anschließend ebenfalls seinen Skull ab. Es wundert mich nicht, dass er von meiner Antwort ablenkt, mit der er nicht gerechnet hat. «Komm, wir spielen ein Spiel. Einverstanden?»

«Was für ein Spiel?»

«Wir stellen uns gegenseitig eine Frage und müssen ohne viel darüber nachzudenken antworten. Einfach so antworten, wie es uns spontan in den Sinn kommt. Okay?»

«Okay. Und wann hat man gewonnen?»

«Wenn man alle Fragen gestellt hat.»

«Super. Wie viele Jahre geht das Spiel?», frage ich.

River lacht und winkt ab. Wenn er so lacht, kann man ihm gar keinen Wunsch ausschlagen. «Komm schon. Mach mit.»

«Na gut.»

«Du darfst auch anfangen.»

«Ich darf alles fragen?», will ich wissen, um Zeit zu schinden. Nachdenklich runzle ich die Stirn und überlege nach einer guten Frage.

«Alles, was du willst.»

Und dann stelle ich einfach die erste Frage, die mir in den Sinn kommt: «Wenn du mich zu allem überreden könntest, zu was würdest du mich überreden?»

River verdreht die Augen und auch ohne seine Antwort zu kennen, weiß ich, dass er wohl auf diese Frage nicht vorbereitet war. «Das kann ich dir jetzt nicht beantworten. Aber ich weiß schon was und ich komme darauf zurück, wenn es so weit ist.»

«Aber ...»

«Nein, das ist nicht verhandelbar. Das muss in dem Moment passieren, sonst bist du bereits beeinflusst.»

«Mann, das Spiel fängt ja echt toll an», murmele ich und er stupst mich an den Oberarm.

«Du darfst nochmal», bietet er mir großzügig an.

Kurz überlege ich wieder. «Was war das schönste Geschenk, was du je von mir bekommen hast?»

«Deine angeknabberten Pizzastücke.» River lacht sein lautes Lachen, das ich so liebe und das seine Wangenknochen besonders betont, und ich muss einfach automatisch ebenfalls grinsen. «Nein, deine Freundschaft. Welches Geschenk hättest du gerne?»

«Von dir oder allgemein?»

«Allgemein.»

«Dass jemand einen Song für mich singt.»

«Auch von mir?»

«Vielleicht.»

«Warum?»

«Das ist romantisch.»

River verdreht die Augen, aber das tut meinem Grinsen keinen Abbruch und ich stelle ihm die nächste Frage: «Gibt es Leute, die dich als Freund ansehen, aber du sie gar nicht als Freunde empfindest?»

«Ja, fast alle», sagt er trocken. Er zuckt kurz mit den Schultern und ich weiß nicht, ob es ihm wirklich so gleichgültig ist, wie er vorgibt. «Hast du schon mal heimlich Nachrichten auf meinem Handy gelesen?»

Seine Frage erwischt mich eiskalt und ich verstoße mit der wahnsinnig langen Reaktionszeit definitiv gegen die Spielregel, spontan zu antworten. «Ähm ...»

«Ja?» Abwartend sieht River mich an und hebt fragend die Augenbrauen, obwohl ich glaube, er kennt die Antwort bereits.

«Ja, also, ähm, das könnte irgendwie sein ...», stammle ich und streiche mir verlegen durchs Haar. Vor allem die Nachrichten mit Stacey hatten es mir angetan ... wobei ich nie etwas Interessantes gefunden habe. Eher oberflächliches Geplänkel.

«Das könnte irgendwie sein?», wiederholt er ungläubig. Er ist um einen strengen Blick bemüht, aber seine Fassade bröckelt bereits und seine Stimme bebt bei seinen nächsten Worten leicht, während er ein Lachen unterdrückt. «Was soll das denn bedeuten?»

«Dass es durchaus sein könnte, dass es passiert ist ... irgendwie ...»

«Lexie!»

«Ja, was?» Beschwichtigend hebe ich die Hände. «Okay, ich habe es gemacht. Bist du sauer?»

Er schüttelt den Kopf und sein Gesicht ist plötzlich ungewohnt ernst. «Nein, schon okay.»

«Du wusstest es schon.»

«Ja. Es wäre klug, wenigstens die Chats zu schließen, in denen du zuvor geschnüffelt hast», stellt er unverfroren fest. «Vor allem wenn die schon Monate alt waren.»

«Dann musst du mir mal mehr Zeit zum Schnüffeln geben, damit ich mich nicht so hetzen muss und solche Anfängerfehler mache.»

River schüttelt belustigt den Kopf und ich mag es, dass er nicht mal ansatzweise sauer ist. Mir ist zwar klar, dass ich mit meinem Verhalten eine Grenze überschritten habe und mich das auch nichts angeht, was er mit irgendwelchen Mädchen schreibt, aber ich kann nicht leugnen, dass es mir gefällt, dass er mir nichts verheimlichen will.

«Was ist deine größte Angst?», frage ich.

«Dich zu verlieren», antwortet er, ohne zu zögern. «Etwas, das dich glücklich macht?»

«Essen. Vor allem Pizza und Schokolade. Und ich liebe Bücher ... auch Buchverfilmungen, aber die sind oft nicht so gelungen.»

«Und manchmal auch ich», ergänzt River.

«Woher willst du das denn wissen?», will ich von ihm wissen, aber natürlich hat er damit ins Schwarze getroffen.

«Weil du mich auch glücklich machst.»

Ich mag es, wie selbstverständlich und überzeugt er das sagt, aber ich lasse es mir nicht anmerken, sondern fahre mit der nächsten Frage fort. «In welchem Zeitalter hättest du gerne gelebt?»

«In gar keinem. Ich bin nur neidisch auf die Leute, die in der Zukunft geboren werden.»

«Warum das? Die meisten antworten mit Mittelalter oder Aufklärung oder so.»

«Nein, da hätte ich nicht gerne gelebt.» River verzieht nachdenklich den Mund. «Ich finde die Zukunft spannend.»

«Warum das?»

«Weil ich finde, dass sich vor allem in den letzten Jahren wahnsinnig viel verändert hat auf der Welt. Alles ist so vernetzt ... es gibt so viel Fortschritt in der Wissenschaft ... Ich möchte gerne wissen, auf welchem Stand die Menschheit in 500 Jahren ist. Das bringt mich zu einer guten nächsten Frage.» Er legt den Kopf schief und der Mond spendet genug Helligkeit, um Rivers blaue Augen zum Leuchten zu bringen. «Wenn es ein Buch geben würde, in dem steht, wie die Menschheit endet, aber du gleichzeitig auch lesen würdest, wie und wann du sterben wirst ... Würdest du es lesen?»

«Ja ich glaube schon», ist mein erster Impuls, ohne wirklich die Frage abzuwägen.

«Warum?»

«Weil ich neugierig wäre, zu wissen, wie die Menschheit endet.»

«Und, was meinst du, wie wird die Welt enden?»

«In einer Zombie-Apokalypse», antworte ich voller Überzeugung.

Er legt den Kopf in den Nacken und lacht laut auf. «Bloody hell. Dann bleib besser an meiner Seite, damit ich ein Auge auf dich habe.»

«Was hat Kian damals zu dir gesagt?», rutscht es mir heraus und sobald ich es ausgesprochen habe, bereue ich die Frage. Und trotzdem ist da diese Neugier in mir, weil ich es damals schon wissen wollte, aber ich nie wusste, wie ich es ansprechen soll.

River rollt die Augen und er scheint nicht begeistert von dem Thema zu sein. Sobald man von Kian spricht, sinkt seine Laune merklich. «Wann?»

«Auf der Party. Kurz bevor du ihn auf den Glastisch geschleudert hast ... da hat er etwas zu dir gesagt und dann wurdest du wütend», erkläre ich ihm, wobei ich denke, er weiß genau, von welcher Situation ich spreche. So oft haben sie nicht miteinander geredet.

«Ja.»

«Wie ja?»

«Ja, ich wurde wütend», sagt er schwammig und bleibt mir eine Antwort schuldig.

«Was hat Kian gesagt?»

River atmet laut aus und ich merke, wie es ihm widerstrebt, es mir zu verraten. «Dass ich dich niemals haben werde, solange er da ist.»

«Oh», sage ich lahm. Ich habe Kian so einen Kommentar nicht zugetraut. Lange war ich mir nicht sicher, wie ernst er die Freundschaft zwischen River und mir einschätzt. Die Eskalation zwischen den beiden fand genau an dem Abend statt, als ich Kian von Kalifornien erzählt habe. Vielleicht wurde ihm zunehmend bewusst, dass er sie unterschätzt hat und sie tiefer geht, als er dachte.

«Er hat mich provoziert», erklärt River knapp und sein Tonfall klingt gereizt. Allein die Erinnerung scheint zu reichen. «Ich will mich da jetzt nicht reinsteigern. Frag mich noch etwas anderes.»

Ich hänge gedanklich noch bei dem Abend, aber überlege mir eine weitere Frage, damit die Stimmung nicht kippt. «Woran merkt man, dass du verliebt bist?»

River schnaubt und schüttelt den Kopf. Seine nächsten Worte klingen belustigt. «Na, wie kommst du denn jetzt bloß auf dieses Thema?»

«Warum?»

«Denk nach.»

«Versuchst du etwa, abzulenken?»

River zuckt mit den Schultern, weicht jedoch meinem Blick aus. «Vielleicht.»

«Also?»

«Schau mal genauer hin ...», sagt er mit gesenkter Stimme, so leise, dass ich ihn kaum verstehe.

Die Worte hängen in der Luft, irgendwie zwischen uns. So, als wäre etwas unausgesprochen, obwohl die Worte doch gerade laut ausgesprochen wurden.

Wieder kämpft sich dieses Gefühl an die Oberfläche, genau das, was ich immer versuche, zu verdrängen. Ich dachte die ganze Zeit, dass es nur mir so geht. Aber vielleicht ist das doch nicht so. Ich kann es nicht einschätzen. Rivers Berührungen sind mittlerweile so vertraut geworden. Jedes Mal, wenn er mir einen Kuss auf den Scheitel drückt. Jedes Mal, wenn er den Arm um mich legt. Jedes Mal, wenn seine Hand auf meinem Oberschenkel ruht. Alles ist so selbstverständlich. Es gehört zu uns. Ich kenne es nicht anders, und trotzdem habe ich immer versucht, nicht so viel hineinzuinterpretieren. Und selbst jetzt, traue ich mich nicht mal, den Gedanken zu Ende zu spinnen, aus Angst, dass mich die Realität gleich unsanft einholt und mir dieses Gefühl, das ich dann zulassen würde, wieder wegnimmt.

«Frag mich noch was», fordert River mich auf und reißt mich aus meinen Gedanken. Ich merke ihm an, dass er das Thema wechseln will.

«Aber du bist dran», versuche ich abzulenken, weil ich kaum einen klaren Gedanken fassen kann. In meinem Kopf herrscht Chaos.

«Frag mich was. Ich kann nicht klar denken gerade.»

«Warum?»

«Zu viel gesagt», murmelt er, so leise, dass ich nicht mal sicher bin, ob ich es richtig verstanden habe. Er beißt sich auf die Unterlippe und weicht meinem Blick aus. «Mach weiter. Bitte, Cookie.»

Kurz lasse ich meinen Blick über den dunklen See gleiten. «Was würdest du machen, wenn ich es morgen wieder vergessen hätte?»

Der Mondschein fällt auf Rivers Gesicht und ein kleines Lächeln umspielt seine Mundwinkel, während er immer noch auf den See schaut. Ich bemerke ein kurzes Zögern, dann beugt er sich zu mir und legt seine Lippen sanft auf meine. Rivers Finger wandern in meinen Nacken und er zieht mich ein Stück näher zu sich. Ganz zaghaft spüre ich seine Zunge, als würde er erst meine Reaktion abwarten wollen, und als sich unsere Zungenspitzen berühren, fühlt es sich an, als würde ein Stromschlag durch meinen Körper jagen. Irgendetwas passiert in meiner Bauchgegend, auch mein Herz pocht schneller und jede von Rivers Berührungen ist elektrisierend.

Als ich die Augen wieder öffne, ruht auf seinem Gesicht ein so zufriedener und glücklicher Ausdruck, dass ich noch mehr strahlen muss als zuvor.

Aber dann passiert etwas. Seine Gesichtszüge verhärten sich. Das Lachen verschwindet allmählich und als er die Augen öffnet, sieht er eher panisch aus. Er schluckt einmal tief und weicht meinem Blick aus, dann drückt er mir grob das Skull in die Hand. «Hier, wir rudern zurück.»

«River, was ...?», frage ich noch schwach, aber er fängt bereits an zu rudern und ignoriert mich. Ich bin wie vor den Kopf gestoßen von seiner Reaktion und verstehe nicht, was passiert ist. Vor ein paar Sekunden lag noch dieser glückliche Ausdruck auf seinem Gesicht, jetzt weicht er nur hektisch meinem Blick aus. Sein abweisendes Verhalten verletzt mich und ich überlege, was ich sagen kann, um Zugang zu ihm zu finden. Ich öffne schon den Mund, aber dann halte ich inne. Keine Ahnung, ob es etwas bringt, wenn ich versuche, in dieser Situation mit ihm zu reden. Er könnte das gleiche Gefühl haben wie ich bei Kian, als er mich in die Ecke gedrängt hat. Also schlucke ich meinen Schmerz herunter, drehe mich um und beginne ebenfalls zu rudern, aber ich fühle mich eher kraftlos und niedergeschlagen.

Es hätte echt romantisch sein können. Und das war es auch. Nur River und ich nach dem Abschlussball auf dem See. Über uns die Sterne und der Mond, alles stockduster, absolute Stille auf dem Wasser. Und dann River, der sich langsam zu mir gelehnt und mich geküsst hat ...

Ich wäre zu gerne in dem Moment geblieben, aber stattdessen rudert River wie besessen zum Ufer.

Außerdem wird mein Kleid immer nasser und die Kälte steigt mir bis ins Mark, was aber auch an der plötzlich unterkühlten Stimmung zwischen River und mir liegen könnte.

Ganz toll alles ...

Während ich rudere, versuche ich mir seine Reaktion zu erklären, die keinen Zweifel daran lässt, dass er den Kuss bereut. Aus welchen Gründen auch immer. Aber nach wie vor tappe ich im Dunkeln.

Sobald wir am Ufer angekommen sind, springt River aus dem Ruderboot. Unschlüssig bleibe ich vor ihm sitzen und bin mit der Situation und vor allem seiner Reaktion nicht weniger überfordert als er. Er streicht sich mit beiden Händen durch die blonden Haare, die daraufhin in alle Richtungen abstehen, und blickt sich hilflos um, als würde hier irgendwo am Ufer die Lösung herumliegen. Dann schüttelt er den Kopf und reicht mir die Hand, um mir aus dem Boot zu helfen. Seine Hand umfasst meine und er achtet darauf, dass ich sicher aus dem Boot steige, aber er ist abwesend und ich frage mich, welchen Kampf er gerade in sich austrägt.

Als ich neben ihm stehe, sieht er mich für den Bruchteil einer Sekunde an. Dann bindet er halbherzig das Boot an den Steg. Ich wünsche mir, dass er mir sagt, dass alles in Ordnung ist und er überreagiert hat, mich umarmt und vielleicht sogar nochmal küsst.

Aber nichts davon wird passieren. Gar nichts.

Er bereut den Kuss. Da bin ich mir sicher, ohne dass er es laut aussprechen muss.

«Komm, wir gehen zum Auto und ich fahre dich nach Hause», beschließt River dann und schlägt bereits den Weg zu seinem Auto ein, den wir vorhin auch gekommen sind. Mit angespannten Schultern läuft er durch das Gras und ich folge ihm. Schließlich räuspert er sich. «Ich bereue den Kuss nicht, falls du das denkst. Ich wollte das ja so.»

Kurz denke ich über seine kryptische Aussage nach, aber ich kann sie nicht entschlüsseln. «Wo ist dann das Problem? Dass du es wolltest?»

«Nein. Das Problem ist, dass es nicht hätte passieren dürfen, obwohl ich es so wollte.»

«Ich sehe das Problem nicht.»

Er winkt ab und seufzt so tief, als hätte er eine Katastrophe losgetreten. Und vermutlich denkt er das auch. «Das ist nicht schlimm. Du musst es nicht sehen. Es reicht, wenn ich es sehe. Es ist kompliziert genug.»

Am liebsten würde ich genauer nachhaken, aber ich spare mir die Mühe, weil River nicht gerade in der Stimmung zu sein scheint, darüber zu reden. Also versuche ich, bei seinem beschleunigten Schritt mitzuhalten und folge ihm zum Auto. Immer noch ist es der einzige Wagen hier. Um diese Zeit, weit nach Mitternacht, ist hier niemand mehr unterwegs.

Schon von Weitem entriegelt River sein Auto und steigt ohne ein weiteres Wort ein. Voller Wucht knallt er die Tür zu und ich tue es ihm gleich, nachdem ich mich auf dem Beifahrersitz fallen gelassen habe. Rivers Blick ist mittlerweile nicht mehr so abwesend wie vorhin, dafür hat er ihn starr nach vorne gerichtet. Er startet den Wagen und während er Gas gibt, hat er mit beiden Händen das Lenkrad fest umkrallt. Seine Kiefermuskeln sind angespannt und erst das permanente Signal, das ihn darauf hinweist, sich anzuschnallen, lässt ihn schließlich genervt aufseufzen und nach dem Gurt fassen.

Eine ganze Weile hüllen wir uns in Schweigen und die angespannte Stimmung zwischen uns ist nicht nur spürbar, sondern wird auch zunehmend unerträglicher.

Erst als wir wieder auf der Hauptstraße sind und River den Wagen beschleunigt, ergreift er wieder das Wort – kaum ausgesprochen, wünsche ich mir jedoch schon fast wieder das Schweigen zurück. «Vergiss es, Lexie. Was immer du denkst, es wird nicht passieren. Niemals. Schlag dir das ganz schnell aus dem Kopf.»

Und damit bekommen seine Worte von vorhin eine völlig neue Bedeutung.

Was war das schönste Geschenk, was du je von mir bekommen hast?

Deine Freundschaft.

Was ist deine größte Angst?

Dich zu verlieren.

Während River an einer Ampel abbremst, ergänzt er: «Mir ist unsere Freundschaft wichtiger als eine Beziehung mit dir.»

Die Worte mögen einen schönen Kern haben, aber es gibt keine Worte, die in solchen Momenten mehr schmerzen. «Das ist die typische Korb-Floskel. Gleich nach dem Schlussmacher-Slogan: Lass uns Freunde bleiben ...»

«Klingt schlimm, hm?»

«Ja, sehr.»

«Aber es ist wahr. Ich werde unsere Freundschaft nicht riskieren und das, was wir haben, aufs Spiel setzen. Für eine Beziehung, die ich eh an die Wand fahren würde.»

«Weißt du doch gar nicht», wende ich ein.

«Doch, das weiß ich», beschließt River ohne zu zögern. «Und selbst wenn ich es nicht wüsste, würde ich es nicht riskieren.»

Warum denkt er nur so von sich?

«Ich denke das, weil ich mich kenne», beantwortet er meine Frage, obwohl ich sie nicht laut ausgesprochen habe.

Ich nicke nur stumm und wünsche mir im Stillen, dass er anders von sich denken würde und mehr Vertrauen in sich hätte. Oder in uns. Ich bin mit der Gesamtsituation überfordert. Mit diesem ganzen Abend. Der Kuss hat einiges in mir durcheinandergewirbelt und zum ersten Mal habe ich dieses Gefühl zugelassen, das ich so lange verdrängt habe. Und dann ist genau das eingetreten, wovor ich Angst hatte: dass es wehtut.

Meine Gedanken fahren Achterbahn.

«Es ist mir wichtig, dass du das verstehst. Denk nicht mal daran. Es wird nicht passieren. Niemals. Hast du das verstanden?» Sein Tonfall ist streng und mir wird bewusst, dass er jedes einzelne Wort ernst meint.

«Ja.» Was soll ich auch sonst sagen? Ganz sicher will ich nicht needy rüberkommen und ihn zu irgendetwas überreden. Und außerdem glaube ich, jeder Schritt, den ich jetzt auf ihn zugehe, lässt ihn zwei Schritte zurückgehen.

Immer noch hat er mit beiden Händen das Lenkrad fest umklammert, so fest, dass die Venen aus seinen Armen hervortreten. «Und ist das okay für dich?»

«Spielt das eine Rolle?»

«Ja, spielt es. Und eigentlich ist das auch schon die falsche Antwort auf meine Frage. Denn wenn es für dich nicht okay ist, dann sag es mir auf der Stelle. Dann studieren wir beide in unterschiedlichen Teilen des Landes, damit das zwischen uns nicht noch mehr wird. Also, kommst du damit klar?» Als ich nicht innerhalb einer Sekunde antworte, stöhnt River laut auf und ich merke, wie angespannt er ist. «Antworte mir bitte, Lexie.»

«Kommst du denn damit klar?»

«Das spielt keine Rolle», entgegnet River knapp.

«Ach, das darf plötzlich keine Rolle spielen?»

«Ja, ganz genau. Wenn es mir weh tut, dann komme ich damit klar. Mir geht es um dich.»

«Ich komme auch damit klar.»

«Sicher?»

Nein, ich bin mir überhaupt nicht sicher. Eigentlich müsste er es für uns beide beenden. Weil ich es nicht kann. Aber ehrlich gesagt weiß ich nicht mal, ob er es selbst könnte.

Vielleicht ist es sogar schon zu spät, um auszusteigen.

Meine Antwort kommt so zweifellos, dass sie mich schon beinahe selbst überzeugt: «Ganz sicher komme ich damit klar.»

Ich weiß nicht, ob das die Wahrheit ist, aber ich weiß, dass das die einzig richtige Antwort ist.

17. Kapitel

Wir haben es geschafft.

Wir haben die High School überlebt.

Jede nervige Hausaufgabe, jedes lästige Referat, jeden nervenaufreibenden Test.

Ich habe tolle Lehrer kennengelernt, die mich motiviert haben und von denen ich viel gelernt habe, aber auch von fürchterlichen Lehrern blieb ich nicht verschont, die uns immer zu Ordnung und Pünktlichkeit erziehen wollten, und stets selbst mit gutem Vorbild vorangingen, indem sie jede Stunde zu spät mit dem Unterricht anfingen, weil sie Sachen im Lehrerzimmer liegen gelassen hatten.

Ich hatte einen unvergesslichen Abschlussball, der so anders war, als ich ihn mir immer vorgestellt hatte, und trotzdem genauso war, wie ich ihn mir gewünscht hätte.

Wir haben unzählige Stunden damit verbracht, uns auf unsere Abschlussprüfungen vorzubereiten, hatten all unsere Bücher in unserem Bett verteilt und bis spät in die Nacht darin geblättert und immer wieder Dinge nachgelesen, nur um dann irgendwann völlig übermüdet darauf einzuschlafen.

Bis uns der Wecker am nächsten Morgen viel zu früh weckte und das Startsignal gab, uns erneut durch diesen Tag zu schicken.

Ein Kreislauf, den man nie zu durchbrechen schien, egal, wie sehr man es versuchte und sich wehrte, aber es schlussendlich doch geschafft hat.

Was bleibt, ist ein Sommer.

Ein letzter Sommer in Tennessee.

Ein Sommer, in dem wir uns von unserer Heimat verabschieden und einen neuen Weg in einem für uns noch fremden Bundesstaat einschlagen werden. Weg aus dem sogenannten «Dixieland», den Südstaaten der USA, hin an ein anderes Ende von den USA, an die Westküste zum «Golden State» Kalifornien. 2000 Meilen trennen uns von unserem Ziel – und jede Menge Arbeit für unseren Umzug liegt noch dazwischen.

Noch ein Wochenende wollen wir einfach nur die Seniors Adriana, OJ, River und Lexie sein, als ob wir noch unseren Abschluss machen, bevor wir ab Montag alles andere in Angriff nehmen. Dieses ganze Erwachsenenzeug, von dem wir in diesem Moment noch nichts wissen wollen. Wir wollen noch dieses eine Wochenende haben und das werden wir auch nicht hergeben. Diesen einen Samstagabend, an dem River und OJ wieder auf der Bühne im Hipz stehen und die Leute begeistern. Zum vorerst letzten Mal.

«Irgendetwas ist heute anders», stellt Adriana fest. Sie stützt den Kopf auf ihre Hand und legt fragend die Stirn in Falten. «Liegt das daran, dass wir ab Montag sozusagen Erwachsene sind?»

«Ja, vielleicht.» Die Antwort ist eine halbe Lüge. Adriana mag zwar recht haben, aber die Stimmung ist nicht nur aus dem Grund anders.

«River wirkt in den letzten Tagen auch so distanziert und kühl. Mich hat er schon ein paar Mal angefaucht, aber auch dir gegenüber ist er anders. Habt ihr Streit?», will Adriana wissen, der meine Antwort offenbar nicht reicht.

Ja, es dauert nicht lange, bis sie auf der richtigen Fährte ist, ohne es zu ahnen. Auch ich nehme eine Veränderung in Rivers Verhalten wahr und ich habe Angst, dass die Dinge zwischen uns anders sind und bleiben, vor allem wenn er auch noch drei Wochen zurück bei seinen Freunden in England sein wird. Bisher habe ich Adriana immer noch nicht erzählt, was beim Abschlussball zwischen River und mir passiert ist, weil ich ihre Reaktion nicht einschätzen kann. Aber ich glaube nicht, dass ich mich noch länger drücken kann und ein Teil von mir will es ihr auch erzählen, weil sie meine beste Freundin ist.

«River und ich haben uns geküsst. Nach dem Abschlussball», falle ich dann ohne große Umschweife mit der Tür ins Haus.

«Alto belli.» Adrianas Kiefer klappt nach unten. Ich liebe es, wenn sie «Alto belli» sagt. Da weiß ich immer, dass sie etwas wirklich berührt. «Ich wusste es. Ich wusste es von dem Moment an, als du mit River ins Auto gestiegen bist. Der ganze Abend ... beim Abschlussball ... er hat dich immer so angeschaut.»

«Wie angeschaut?»

Adriana atmet tief aus und hebt die Hände. Einige Male blinzelt sie und ich glaube, sie ist geschockt. Sie zieht ihre Tasche auf den Schoß und nimmt sich einen Schokoriegel raus. Ungeduldig reißt sie das Papier auf und stopft ihn sich in den Mund. «Ich weiß nicht.» Sie klingt atemlos zwischen ihren Bissen und redet sogar mit vollem Mund weiter, was sie sonst nie macht: «Da lag immer dieser sehnsüchtige Blick in seinen Augen. Und er ist dir auch den ganzen Abend nicht von der Seite gewichen. Okay, macht er sonst oft auch nicht, aber irgendwas war anders an diesem Abend.»

«Bist du überrascht?», frage ich zögernd.

«Ich bin nicht überrascht, dass ihr euch geküsst habt. Nur über den Zeitpunkt. Seit zwei Jahren seid ihr schon zugange ...»

«Seit zwei Jahren?», wiederhole ich ungläubig. «Ach bitte. Das ist nicht wahr. Wir waren immer nur Freunde. Das sind wir ja immer noch.»

«Oh, ja. River und du seid eindeutig nur Freunde.» Kurz hält sie inne und schaut zur Bühne, wo OJ gerade ein Gitarrensolo spielt. Sie lächelt und ich weiß, dass sie die Stelle im Song am meisten mag, dann ist sie wieder bei mir. «Die Story erzählst du mir seit zwei Jahren, Lexie, und manchmal habe ich mich gefragt, ob du sie tatsächlich selbst glaubst.» Sie lehnt sich zu mir herüber, damit ich sie über die Musik überhaupt verstehe. «Es war schon immer River, oder?»

«Ich weiß nicht. Irgendwie waren wir ja wirklich immer nur Freunde. Und trotzdem war da auch immer mehr. Schwer zu beantworten.» Seit der ersten Begegnung ist es immer besonders mit River gewesen. Seit unserem ersten Gespräch mit diesem dämlichen Hamster und dem heruntergespülten oder auch nicht heruntergespülten Marihuana. Zum ersten Mal machte sich dieses Gefühl in mir breit, als River mit dem Mädchen auf der Party ins Zimmer verschwunden ist. Damals konnte ich das alles aber noch nicht richtig einordnen, und natürlich habe ich auch versucht, es zu verdrängen – vor allem als Kian in mein Leben getreten ist. Leider hat das nicht immer so gut geklappt.

Adriana lächelt mich mitfühlend an. Ihre Augen sehen ein bisschen traurig aus. Ich kenne diesen Ausdruck auf ihrem Gesicht. Diesen Blick hat sie mir schon öfter zugeworfen, immer dann, wenn River mit einem anderen Mädchen unterwegs war oder auf einer Party mit ihr abgehauen ist. Adriana hat es nie thematisiert oder mich darauf angesprochen, aber gerade wird mir mal wieder klar, dass sie immer gespürt hat, dass es mich stört oder mir in irgendeiner Form weh tut. Heute kann ich ihren Blick deuten.

Und das mag ich an unserer Freundschaft so sehr. Dass solche Dinge einfach klar sind, ohne es jemals auszusprechen, weil wir uns so gut kennen. Und dass wir auch einfach zusammen schweigen können, wenn man nicht reden will.

«Ich habe es immer gemerkt. Wenn du ihn anschaust, ist da etwas in deinen Augen, was bei Kian nie der Fall war», erklärt sie mir und ihre Worte lösen ein beklemmendes Gefühl in mir aus. Und trotzdem liebe ich Adriana dafür, dass sie nicht urteilt. Da ist kein vorwurfsvoller Ton in ihrer Stimme.

«Ich mag Kian gerne», sage ich und denke an unsere gemeinsame Zeit zurück. Er fehlt mir auch auf eine Weise und es tut mir im Herzen weh, dass es so zwischen uns geendet hat. «Aber es war immer anders mit ihm. Nie so wie mit River. Auch schön ... aber anders.»

«Ich weiß.» Adriana nickt und ihre braunen Augen strahlen so viel Wärme aus, dass ich mich verstanden fühle. Sie seufzt und ihre nächsten Worte formuliert sie mit Vorsicht: «Und dann ... Was war nach dem Kuss mit River? Willst du mir das erzählen?»

Ich winke ab und muss fast lachen, obwohl es so eine Katastrophe war. In dem Moment hätte ich am liebsten geheult, heute finde ich es schon wieder typisch River und kann es ihm nicht einmal verübeln. «Frag nicht.»

«Ich kann es mir denken. Danach ist er ausgetickt, oder?»

«Ja. Es hätte echt romantisch sein können. Wir saßen da auf unserem Boot, über uns ein sternenklarer Himmel und Vollmond. Wir haben uns geküsst.» Während ich es Adriana erzähle, nickt sie und hat diesen verträumten Blick in den Augen, und ich liebe meine beste Freundin in diesem Moment noch ein bisschen mehr, weil sie so dabei ist. «Aber dann gab es leider kein Happy End. River hat kein Wort mehr gesagt, ist völlig hysterisch wie ein Weltmeister zum Ufer gerudert, während meine Füße komplett nass waren, weil immer mehr Wasser ins Boot geflossen ist.»

Adriana legt den Kopf in den Nacken und lacht kehlig auf, was so kennzeichnend für sie ist. Ihr Lachen ist so echt und natürlich. «Ja, der Inbegriff von Romantik.»

Ich nehme mir einige Reese's Dipped Pretzel und während ich kaue, überlege ich mir, ob das vorerst genug an Informationen ist, oder ob ich Adriana die schonungslose Wahrheit präsentieren soll. Ich entscheide mich für Letzteres. «Und im Auto hat er mir dann klar gemacht, dass wir niemals mehr als Freunde sein werden, weil er es sowieso kaputt machen würde, und wenn ich das nicht akzeptieren könne, wir besser getrennte Wege gehen und woanders studieren.»

«Dramatisch.»

«Allerdings.»

Adriana verdreht theatralisch die Augen. «Eins muss man ihm lassen: Er weiß wirklich, wie man einen romantischen Moment kaputtmacht. River war wohl leicht panisch. Dabei ist es wohl jedem klar, dass er ebenfalls Gefühle für dich hat.»

«Er hat das so angedeutet, ja», sage ich schwammig. Irgendwie habe ich Angst, dass ich da etwas fehlgedeutet habe, deswegen halte ich mich lieber zurück.

«Er hat das so angedeutet?», wiederholt sie unglaubwürdig. «Alto belli, Lexie, das sieht man doch. Also, manchmal habe ich das Gefühl, dass jeder weiß, dass River Lexie liebt. Und dass Lexie auch River liebt. Nur ihr beiden selbst checkt das nicht so ganz.»

Ihre Vermutung lässt ein warmes Gefühl durch meinen Körper strömen, aber ganz zufrieden stellt mich ihre Antwort auch nicht. Weil sie mich nicht richtig weiterbringt und mir ein Gefühl von Hilflosigkeit gibt. «Aber warum macht er es dann so kompliziert, Adriana?»

«Weil Liebe kompliziert ist. Und ich glaube auch nicht, dass er es aus böser Absicht macht. Vielleicht würde er gerne anders, aber er kann nicht.»

Ich lasse die Schultern sinken und seufze, auch wenn Adriana das über den Lärm um uns herum sowieso nicht hört. Als ich mich nach hinten lehne, sehe ich zu River auf die Bühne und für einen kurzen Moment denke ich, dass sich unsere Blicke treffen, aber dann schaut er in eine andere Richtung. «Meinst du, er würde anders handeln, wenn er könnte?»

Adriana schweigt eine ganze Weile und ich frage mich schon, ob meine Worte bei der Lautstärke untergegangen sind, aber dann entgegnet sie: «Das ist eine gute Frage. Ja, ich denke schon. Aber er kann nicht anders.»

«Warum?»

«Angst», sagt sie schlicht, als wäre damit alles gesagt.

«Vor was?»

«Ich glaube, es ist so, wie er es dir gesagt hat. Er hat Angst davor, etwas falsch zu machen und dich zu verlieren.»

«Also ist das keine Floskel? Diese Lass-uns-Freunde-bleiben-Floskel?», will ich wissen. Eigentlich weiß ich gar nicht, auf welche Antwort ich hoffen soll, weil ich nicht weiß, was davon besser ist.

«Nein, ich denke nicht. Ich glaube, er hat Angst, etwas falsch zu machen, und deswegen macht er einfach gar nichts. Keine Veränderung. Dann kann er auch nichts verlieren. Ich weiß nicht, wie tief so eine Angst sitzen und wie man sie überwinden kann, aber ich denke, so etwas kann dauern ... wenn er sie überhaupt jemals überwindet.» Adriana ist so schlau. Ich weiß gar nicht, wie sie es so schnell hinbekommt, ihre Gedanken zu ordnen und so etwas zu analysieren. Ich fühle mich unglaublich verstanden und wünschte mir, ich hätte schon viel eher mit ihr über den Kuss gesprochen. Adriana sollte Psychologie studieren und nicht Chemie. «Okay, Lexie. Du bist meine beste Freundin und ich versuche dir, so gut zu helfen, wie ich kann. Ich werde dir jetzt zwei Ratschläge geben. Einmal den, den ich dir geben sollte, weil es das Klügste ist. Und einen von Herzen, der dir zeigen soll, wie ich damit umgehen würde ... was aber nicht richtig sein muss.»

«Okay.» Mir ist klar, dass mir Adriana auch etwas sagen wird, was mir nicht passen wird. Etwas, das ich nicht hören will, und am liebsten würde ich den Teil überspringen. Wer will sowas schon hören?

«Im Prinzip hat River recht. Wir könnten eine andere Richtung einschlagen, Lexie. Wir könnten getrennte Wege gehen und weit wegziehen. Kalifornien ist groß genug, um sich aus dem Weg zu gehen. Oder wir ziehen ans andere Ende von Amerika. River und OJ könnten nach Kalifornien ziehen, wir beide in den Osten der USA. Oder andersherum. Dann könntest du ganz von vorne anfangen.»

Ja, jetzt fällt mir wieder ein, warum ich Adriana bisher nichts von dem Kuss erzählt habe. Ich wollte es so lange hinauszögern, bis wir alle in Kalifornien sind. Dann wäre es nämlich zu spät für den Ratschlag gewesen.

Auch ohne ein weiteres Wort zu verlieren, weiß Adriana, dass ich nicht begeistert von ihrem Vorschlag bin. Vermutlich braucht sie dafür nicht mal in mein Gesicht schauen, obwohl ich bemüht bin, keine Miene zu verziehen.

Sie zuckt ratlos mit den Schultern. «Aber die Frage ist: Würdest du ein Leben ohne River wählen, wenn du könntest?»

«Nein.»

«Obwohl es manchmal schwer ist und weh tut? Und es vielleicht auch so bleibt? Trotz allem?»

«Trotz allem.»

Adriana nickt ein paarmal, und ich glaube, sie würde an meiner Stelle genauso antworten. Was auf allen Ebenen unlogisch ist, ich weiß. Es ist eine Entscheidung aus dem Herzen. Das können vielleicht nur Menschen verstehen, die lieben. «Stell dir mal kurz ein Leben ohne ihn vor. Was siehst du?»

Kurz versuche ich es, und dann habe ich auch meine Antwort: «Nichts. Leere. Ich kann es mir nicht vorstellen. Ich kann es mir wirklich nicht vorstellen. Er gehört einfach zu meinem Leben.»

«Ich helfe dir dabei, es dir vorzustellen. Kleiner Spoiler: dein Leben wäre wahrscheinlich einfacher.»

«Ja, vielleicht ist das so, aber irgendwie wäre es dann auch nicht mehr wirklich mein Leben. River gehört dazu.» Und das meine ich wirklich so. Ich entscheide mich ganz bewusst für River, obwohl ich jetzt schon weiß, dass ich mit der Entscheidung zu kämpfen haben werde. Jeden Tag. Jeden verdammten Tag. Es war schon vorher nicht immer einfach – und ich bezweifle, dass der Kuss es einfacher machen wird. Jetzt, wo wir einmal diese Grenze überschritten haben und auch ungefähr wissen, wo wir beim anderen emotional stehen.

«Es wäre vermutlich am klügsten, damit sich der Kontakt reduziert und nicht noch intensiviert. Jeder Ratgeber würde dir das sagen, weil es sich vielleicht nicht in die Richtung entwickeln wird, auf die du hoffst, aber deine Gefühle vielleicht stärker werden», erklärt mir Adriana. Vielleicht sollte sie statt Psychologin lieber Richterin werden. Sie klingt völlig sachlich und neutral. Da ist kein Vorwurf, aber auch keine Verteidigung. Das sind die knallharten Fakten, nüchtern vorgetragen, fast schon ohne Emotionen oder Mitgefühl. Nicht die Dinge, die ich hören will, und trotzdem verschont sie mich damit nicht.

«Ich weiß.» Ich weiß das tatsächlich. Stattdessen teilen wir uns bald ein Zuhause. Manchen Leuten ist eben auch echt nicht mehr zu helfen ... «Aber er ist mein bester Freund und mir trotzdem sehr wichtig.»

Adriana nickt und ihr Blick wird weicher, so, als könnte sie das nachvollziehen. «Ja, ich verstehe das schon. Du willst und kannst nicht auf ihn verzichten. Und, um ganz ehrlich zu sein, ich könnte es vermutlich auch nicht. Deswegen sage ich dir ja, dass es vielleicht das Klügste ist, aber ich selbst nicht weiß, ob ich danach handeln würde.»

«Ich bin zu schwach», finde ich.

Eine ganze Weile schweigt Adriana und ich wüsste zu gerne, was in ihrem Kopf vorgeht.

«Was überlegst du?», will ich wissen, als ich es nicht länger aushalte.

«Ich denke nach.»

«Worüber?»

«Ob es wirklich was mit Schwäche zu tun hat. Manchmal sagt man, Kämpfen erfordert Stärke. Dann sagt man, Loslassen erfordert das. Bei euch ist es weder Kämpfen noch Loslassen. Vielleicht sind es die Momente, in denen Festhalten Stärke erfordert. Festhalten an einer Person um ihrer selbst willen. Aus Liebe. Auch wenn das Leben ohne sie einfacher wäre. Ja, vielleicht erfordert das sogar die größte Stärke.»

Sie zuckt unschlüssig mit den Schultern und ich fühle mich nach ihren Worten gar nicht mehr schwach, sondern stark, weil ich an River trotz aller Schwierigkeiten festhalte – obwohl ich jetzt schon weiß, dass es nicht einfach sein wird.

«Jetzt gebe ich dir noch einen Ratschlag, der von Herzen kommt. Gib River Zeit. Das ist das Einzige, was du machen kannst. Warte ab, wie sich die Dinge entwickeln. Für ihn war das ein großer Schritt. Alles, was passiert ist in der Nacht. Aber eins will ich dennoch von dir.» Sie macht eine bedeutungsvolle Pause, während ihr Blick klar und auf mich fixiert ist. Ich rutsche schon fast nervös auf meinem Stuhl herum bei ihrem strengen Ausdruck. «Ich will, dass dein Herz trotzdem offen für etwas Neues ist. Ich erwarte nicht, dass deine Gefühle für ihn verschwinden ... so etwas kann man nicht lenken oder beeinflussen. Das bedeutet nicht, dass du ihn aus deinem Herzen werfen musst. Aber du darfst nicht permanent hoffen, dass er seine Meinung ändert. Das mit der Hoffnung ist immer so eine trügerische Sache, deswegen musst du sie loswerden. Es darf dich nicht belasten, Lexie. Lass es sich einfach entwickeln, wie es kommt, ohne zu hoffen. Verstehst du?»

«Ja, ich verstehe, was du meinst.»

«Das ist mir wichtig. Dazu musst du bereit sein. Und wenn du das nicht kannst, dann treffe ich die Entscheidung für dich und wir ziehen woanders hin. Dann entscheide ich es mit Gewalt für dich.» Ihre braunen Augen beobachten mich aufmerksam und ich weiß nicht, ob das ihr Ernst ist und sie das wirklich übers Herz bringen würde, aber in einem Moment, in dem ihr italienisches Temperament übernimmt, wäre ihr das zuzutrauen. «Also, kriegst du das hin?»

«Ja», sage ich, ohne zu zögern. Ich denke schon, dass ich das hinbekomme. Irgendwie. Ihrem prüfenden Blick halte ich stand und ich bin äußerst stolz auf mich, mir nichts von meiner Unsicherheit anmerken zu lassen.

«Also geht es für uns nach Kalifornien?»

«Es geht nach Kalifornien.»

OJ und River verabschieden sich währenddessen auf der Bühne vom Publikum und bedanken sich für den Applaus, wodurch mir klar ist, dass das Thema jetzt vorerst beendet sein wird. Genau wie das heute der vorerst letzte Auftritt von OJ und River gewesen ist, jedenfalls hier im Hipz.

«Und wir sind echt so wahnsinnig, dass wir unter das gleiche Dach mit denen ziehen? Die machen bestimmt ständig Party dort», prophezeit Adriana und deutet auf die Bühne.

«Das klingt schwer nach uns.»

Adriana lacht auf, dann greift sie nach meiner Hand. OJ und River bahnen sich bereits ihren Weg an unseren Tisch zurück, aber Adriana lehnt sich noch einmal zu mir und sieht mich eindringlich an. «Ich verrate dir jetzt schnell noch was, Lexie.»

«Was denn?»

«Ich glaube an Schicksal. Ich glaube daran, dass nichts zufällig passiert. Und ich glaube daran, dass alles so kommt, wie es sein soll. Und wenn etwas zusammengehört, dann wird es auch seinen Weg finden.»

Ihre Worte haben gerade ihren Mund verlassen, als sich OJ und River zu uns setzen. Sofort übernimmt Adriana das Ruder und nichts lässt erahnen, worüber wir vorher gesprochen haben und wie es mich emotional aufgewühlt hat. Immerhin scheint sich Rivers Stimmung nach dem Auftritt verbessert zu haben. Vielleicht hat er sich durch die Musik abreagiert. Woran auch immer es liegt, er ist auf jeden Fall nicht mehr so distanziert wie zuvor, und nippt sogar wieder an meiner Pepsi. Es ist ein Stück Normalität und meine Angst, dass sein England-Aufenthalt etwas zwischen uns verändert, ebbt zunehmend ab.

Irgendwann, als Adriana River etwas von einem Song erzählt, den sie letztens im Radio gehört hat, sehe ich, wie OJ von der Toilette kommt. Und kurz danach verlässt die Drummerin Amy die Toilette, die versucht, ihre langen, schwarzen Haare zu richten.

Ohne ein einziges Wort, dafür mit einem breiten Grinsen, lässt sich OJ zurück auf seinen Sitz fallen. Ich glaube, ihm gefällt der Gedanke, dass ich es mitbekommen habe. Er scheint es jedenfalls nicht verheimlichen zu wollen.

«Hattest du gerade Sex mit Amy?», platzt es aus mir heraus. Ich weiß nicht, ob die Frage dreist ist und in eine Kategorie fällt, die mich nichts angeht, aber ich habe auch keine Zeit, sie zu überdenken. Mein Mund spricht die Worte schneller aus, als mein Hirn sie nochmal überdenken kann.

Sofort stellen River und Adriana das Gespräch ein und starren zwischen OJ und mir hin und her. Meine Frage hat gereicht, um ihre ganze Aufmerksamkeit auf uns zu ziehen.

«Yepp», bestätigt OJ meine Vermutung, ohne mit der Wimper zu zucken.

«Auf der Toilette?»

«Vielleicht.»

«Du hattest Sex mit Amy?», schaltet sich nun auch Adriana ein und ich bin froh, dass sie genauso irritiert klingt, wie ich mich fühle.

«Ja.»

«Mit der Drummerin? Mit der Amy?» Adriana kann es gar nicht fassen. Ich glaube, wenn sie die beiden aus der Toilette kommen gesehen hätte, wäre sie in Ohnmacht gefallen.

«Genau mit der.»

«Ist das überhaupt legal?», frage ich.

«Was? Sex auf der Toilette?», kontert OJ, woraufhin River laut lacht und den Arm auf meine Lehne legt. Wenigstens einer, der das Ganze hier amüsant findet.

«Nein, mit ihr natürlich. Sie ist doch ... ähm ... », stammle ich, als ich die Antwort nicht weiß. «Wie alt ist sie überhaupt?»

OJ zuckt mit den Schultern und trinkt entspannt einen Schluck von seinem Getränk, ehe er sich zu einer Antwort hinreißen lässt. «Keine Ahnung. 25? 28? Nicht älter als 30, schätze ich.»

Tolle Eingrenzung, wie ich finde.

«Weiß sie, dass du noch nicht mal 20 bist?», will Adriana wissen.

«Wir hatten Sex, Adriana. Kein Date oder sonstiges Geplänkel. Also, wollt ihr einen Drink? Die nächste Runde geht auf mich.»

Kurz danach bringt uns der Kellner die Getränke und wir reden über unsere Highlights aus unserem letzten Schuljahr. Wir wissen alle, dass das einer der letzten Abende im Hipz ist, vielleicht sogar der letzte. Und das schlägt sich auch auf die Stimmung nieder, die heute anders ist. Es ist so, als würde immer mal wieder eine bleischwere Wolke über uns vorbeiziehen und unsere Welt für einen kurzen Moment dunkler machen. Nicht stockduster. Da ist auch ganz viel Licht, das sich immer wieder sofort durch die dunkle Wolke kämpft. Aber ein bisschen Wehmut schwingt heute mit. Die Stimmung hat etwas Melancholisches. So wie eine ganz kleine Last, die zwar nicht zu schwer ist, aber dessen Gewicht man merkt. Und den anderen geht es genauso. Ich merke es daran, wie Adriana nachdenklich die Augenbrauen zusammenzieht. An Rivers starrem Blick, den er immer hat, wenn er in Gedanken versunken ist. Und an OJ, der sich auffällig oft in der Bar umsieht, als würde er versuchen, sich jedes Detail einzuprägen.

Wir haben hier so viele unvergessliche Abende verbracht und so viel zusammen gelacht. OJ und River haben hier immer mehr ihren Weg zur Musik gefunden, während Adriana und ich so viele Reese's Dipped Pretzel gegessen haben, wie vermutlich kein anderer Mensch auf diesem Planeten. Auch das Hipz, mit all seinen Postern von verschiedenen Musikern an den Wänden, hat dazu beigetragen, dass sich so eine Freundschaft zwischen uns entwickelt hat. Eine Freundschaft, die so tief und innig ist, dass man selbst nach der High School immer noch nicht genug voneinander hat, sondern auch den nächsten Schritt zusammen gehen will. Aber es sind nicht nur die Abende im Hipz, die ich vermissen werde. Mir wird es auch fehlen, dass wir Freitagabend zusammen bei Adriana auf der Veranda sitzen und so herzlich von ihren Eltern versorgt werden, als würden wir zur Familie gehören. Und natürlich werde ich die heißen Sommertage hier in Tennessee vermissen, die wir oft am See verbracht haben und uns gegenseitig vom Ruderboot ins Wasser geworfen haben. Ich werde vieles vermissen und gerne an die Zeit zurückdenken, wohlwissend, dass wir immer mal wieder hierher zurückkehren werden, und gleichzeitig neugierig sein, was das Leben noch für uns bereithält.

In Kalifornien, in der Nähe von Los Angeles. Ein wahres Biest, von dem ich noch gar nicht wirklich weiß, wie wir es zähmen und bändigen wollen, und das verglichen mit dem fast schon gemütlichen und idyllischen Greywood in Tennessee voller Gegensätze ist.

Ein neuer Lebensabschnitt beginnt.

Es ist Zeit für Veränderung. Das wissen wir alle.

Manchmal tun Veränderungen weh. Vertrautes zu verlassen, kann wehtun. Wachsen kann wehtun. Loslassen kann wehtun, genau wie Festhalten. Manchmal machen Veränderungen auch Angst. Weil es Mut braucht, dieses Risiko einzugehen. Immer. Weil man einen bekannten Weg verlässt. Aber so funktioniert das Leben. Veränderung bedeutet Bewegung. Ohne Bewegung gibt es keine Veränderung. Und ohne Veränderung gibt es auch keine Bewegung. Alles, was sich bewegt, ist im Fluss. Das lebt. Das ist lebendig. Das ist das Leben.

Mir wird Tennessee sehr fehlen. Und trotzdem habe ich keine Angst vor diesem Schritt. Weil ich diese drei wunderbaren, mutigen Menschen um mich herumhabe. Und das ist fast so, als würde ich ein Stück Heimat mitnehmen.

Mittlerweile haben wir unsere Gläser erhoben, aber keiner scheint zu wissen, was er sagen soll, damit wir anstoßen können. Auf der Bühne spielt die Band von Amy wieder ihre Hardrock-Musik und ich bin mir sicher, dass die anderen drei auch wissen, dass die Band damals gespielt hat, als wir zum ersten Mal das Hipz betreten haben.

So schließt sich der Kreis.

«Los, Lexie», fordert mich OJ und alle Augen sind prompt erwartungsvoll auf mich gerichtet.

«Warum ich?»

Adriana macht eine ausfahrende Handbewegung, die mir wohl andeuten soll, mir schnell etwas einfallen zu lassen. «Du bist sozusagen verheiratet mit Worten. Du musst nur das aussprechen, was wir alle fühlen.»

«Ich liebe es, wenn ihr so niedrige Ansprüche habt.»

«Schaffst du, Lexie. Mach schon. Du bist die Meisterin der Worte», meint River.

Ich verdrehe die Augen und trotzdem ehrt es mich ein bisschen, dass ich soeben diesen Titel verliehen bekommen habe. Für einen Moment erhöht es den Druck, die passenden Worte zu finden. Aber dann fallen sie mir ein.

So kurz, so einfach. Und doch so aussagestark.

«Leb wohl, Nashville.»

18. Kapitel

Der Sommer ist in Kalifornien noch heißer als in Tennessee. Jedenfalls empfinde ich das so, aber das kann auch daran liegen, dass wir die meiste Zeit damit beschäftigt sind, Kisten zu schleppen, unser Zeug auszupacken und alles Mögliche für unseren Start zu besorgen. Wir kommen mit buchstäblich nichts hier an, abgesehen von unseren Koffern, vollgepackt mit Träumen und Hoffnungen. Aber für den ersten eigenen Haushalt haben wir nichts und wenn man nichts hat, ist der Bedarf bekanntlich groß. Also lassen wir unsere Kreditkarten glühen und kaufen die Dinge, die man im Alltag braucht. Dinge, von denen man als Schüler an der High School nie etwas wissen wollte, die aber immer einfach da waren. Man hat sie für selbstverständlich gehalten und plötzlich sind sie weg. Unsere Liste an Dingen, die wir brauchen, wird länger und länger. Mittlerweile scheint sie sogar ins Endlose zu gehen und ich wünschte, von unserem Kontostand könnte man das Gleiche sagen, aber da gehen nur die Abzüge ins Unendliche: Vom Staubsauger, Tassen, Besteck, Spülmittel bis hin zum Wäschekorb. Und Teller und Pfannen. Auf Adrianas Liste stand sogar noch ein Nudelsieb und Messbecher, aber wir haben das gestrichen und auf den nächsten Monat verschoben. Also, ernsthaft, wer denkt denn an so etwas? An ein Nudelsieb? Geht ja wohl auch ohne. Leider waren das auch die billigsten Gegenstände, aber egal. Wir fanden die Kochlöffel wichtiger und irgendwo muss man ja Prioritäten setzen und fünf Dollar sparen. Ja, ich gebe es zu, wir haben das Finanzielle noch nicht ganz im Griff und sind bereits auf der Suche nach einem Nebenjob, aber das ändert nichts an unserem derzeitigen

Tagesablauf: raus aus den klimatisierten Geschäften, rein in die pralle Mittagssonne, immer mit irgendwelchen Dingen unter den Armen geklemmt und der Gefahr nahe, alles fallen zu lassen.

Aber es macht Spaß. Irgendwie auch lästig, sich mit diesem Erwachsenenzeug herumzuschlagen, aber ich liebe es, wie wir abends bei uns zu Hause völlig übermüdet und fertig in einer der gefühlt tausend Kisten herumwühlen und nach irgendetwas suchen, während der nächste beinahe über eine leere Kiste stolpert, die nur noch dort steht, weil niemand weiß, wohin der leere Karton soll.

Willkommen in unserer WG. Ein Hoch auf das Chaos.

Sesshaft geworden sind wir in der Kleinstadt San Hills. Wir leben ungefähr eine Stunde von Los Angeles entfernt, aber bisher hat es uns dort noch nicht hingezogen. Dafür fühlen wir uns in San Hills viel zu wohl. Wir haben ein kleines Haus auf einem Hügel gemietet und damit einen tollen Blick über die Stadt. Es ist eher außerhalb und wir wären näher an der Uni gewesen, wenn wir ein Studentenwohnheim am Campus bezogen hätten, aber das Haus hat uns direkt verzaubert. Es ist nicht hochmodern, an manchen Stellen etwas in die Jahre gekommen und wir führen untereinander Wettkämpfe, wer es schafft, die Treppe hochzugehen, ohne Knarzgeräusche zu hinterlassen, aber das Haus ist gemütlich. Wir haben einen großen Wohnbereich mit Küche, zwei Badezimmer und oben noch vier separate Zimmer. Es passt perfekt und wir waren happy, als die Vermieter, ein älteres Ehepaar, uns zugesagt haben.

Und heute, einen Tag vor Semesterbeginn, sind wir mit unserem ersten eigenen Auto zum Strand gefahren, ungefähr zwanzig Minuten von unserem Zuhause entfernt. Weil die Wege doch etwas weit sind, haben wir uns zu viert ein Auto gekauft, einen dunklen Hyundai Sonata. Wir haben anfangs überlegt, darauf zu verzichten und stattdessen mit Bus und Bahn zu fahren, aber es war nur ein kurzer Gedanke, den wir schnell wieder verworfen haben – vermutlich haben wir deswegen auch kein Geld mehr für ein Nudelsieb.

Ich weiß nicht, ob es wirklich Zufall ist, dass wir am heutigen Abend zum Strand gefahren sind und zusammen am

Lagerfeuer sitzen. Obwohl wir zum ersten Mal hier sind, hat die Stimmung etwas Vertrautes. Es erinnert mich an den Tag, als wir am Lagerfeuer am See in Greywood saßen und uns zusammen dazu entschieden haben, in San Hills zu studieren. Es ist ein bisschen symbolisch, dass wir vorhin unsere Absagen der Elite-Unis ins Feuer geworfen haben, damit sie gemeinsam verbrennen. Columbia, Harvard, Princeton, Yale – keiner wollte uns haben und die Standardabsagen trudelten langsam nach und nach bei uns ein. Aber das zählt nicht mehr und vielleicht ist es auch alles gut so, wie es gekommen ist. Denn das Einzige, was jetzt zählt, ist unser gemeinsames Leben in San Hills, und die aufregende und ungewisse Zukunft, die vor uns liegt.

«Es war unser Traum, hier gemeinsam zu studieren. Wir haben ihn uns erfüllt», sagt Adriana, als sie ihr Marshmallow aufspießt und ins Feuer hält. «Morgen geht es los. Ich kann es noch gar nicht glauben, dass wir dann studieren. An einer richtigen Uni.»

«Es ist Zeit für neue Träume», spreche ich einen spontanen Gedanken aus. Meine Flip-Flops habe ich mittlerweile abgestreift und fahre mit meinen Zehen Muster durch den Sand, der sich immer noch warm unter meinen Füßen anfühlt, obwohl die Sonne bereits untergegangen ist.

«Finde ich auch», stimmt Adriana mir zu. «Lasst uns überlegen, welche Träume wir haben und was wir in unserem Leben erreichen wollen. Und irgendwann sitzen wir dann wieder zusammen, an welchem Ort auch immer, und überlegen uns neue Träume, weil wir die anderen erfüllt haben oder sie sich geändert haben.»

Während Adriana ihr Marshmallow immer noch ins Feuer hält, verliert keiner von uns ein Wort. Ich muss keine Gedanken lesen können, um zu wissen, dass wir alle bereits über unsere Träume nachdenken. Wir wissen, wie unglaublich wichtig es ist, Träume im Leben zu haben. Sie treiben uns an, motivieren uns und sorgen dafür, dass wir nicht im Stillstand verbleiben, sondern uns weiterentwickeln und voranbringen.

«Also, welche Träume habt ihr?», will Adriana wissen.

«Noch ein Instrument zu lernen», sagt OJ sofort und ohne zu zögern.

«Noch eins?», fragt Adriana. Auch ich bin verwundert über seine Antwort, schließlich spielt er bereits Klavier, Gitarre und Schlagzeug – und das alles ziemlich gut.

«Ja.» OJ nickt und schiebt sich ein Marshmallow in den Mund. Zwischen seinen Bissen erklärt er: «Ich will lernen, wie man ein Didgeridoo spielt.»

«Ah, diese lange Flöte von den Ureinwohnern?», frage ich und bin stolz, dass ich das Didgeridoo sofort zuordnen konnte.

River lacht neben mir auf und ich werfe ihm einen verwirrten Blick zu.

«Lange Flöte ...», wiederholt OJ und ich scheine offenbar etwas falsch gesagt zu haben, denn auch er klingt belustigt.

«Ist das keine Flöte?»

«So ähnlich», meint OJ und nickt. «Hauptsache, du weißt, was ich meine.»

«Na klar», sage ich überschwänglich.

«Ah, das Didgeridoo kommt von den Ureinwohnern aus Afrika?», fragt Adriana, während sie ihren Pappbecher in den Sand stellt. Kurz warten wir darauf, dass sie grinst und es als Scherz auflöst, aber ihr Blick ist todernst.

«Aus Australien, nicht Afrika», stellt OJ klar. Laut lachend legt er den Kopf in den Nacken und entblößt seine weißen Zähne. Und dann müssen wir alle einstimmen, weil Adriana wieder mit ihren geographischen Kenntnissen glänzt. Ich mag es an Adriana so gerne, dass sie über sich lachen kann, weil sie weiß, dass sie die absolute Niete in Erdkunde ist. Sie ist ein Genie in Chemie und könnte mir wahrscheinlich sofort aufzählen, wie sich Hyaluronsäure zusammensetzt, aber Geographie ist ein großes Fragezeichen für sie. Manchmal frage ich mich, ob sie überhaupt alle Kontinente aufzählen könnte – auf der Weltkarte könnte sie die sicherlich nicht einordnen.

«Wie kommst du denn gerade auf ein Didgeridoo?», will ich von OJ wissen, als wir uns wieder beruhigt haben.

Er zuckt mit den Schultern und räuspert nicht. «Weiß nicht. Ich dachte, das ist irgendwie ausgefallener als Geige oder Klarinette. Mal etwas anderes.»

Ich nicke, während ich mir vorstelle, wie OJ das Instrument spielt. Im Hipz hat er nicht nur mich auf der Bühne restlos überzeugt. «Passt zu dir. So exotisch.»

«Und was willst du noch in deinem Leben?», fragt Adriana und lehnt sich ein Stück nach vorne. Sie stützt ihren Ellbogen auf dem Bein ab. «Jeder darf zwei Träume sagen.»

«Wurzeln schlagen», sagt OJ und er klingt nachdenklich. «Heimisch werden. Sich angekommen fühlen. Sich zu Hause fühlen, und nicht nur dort leben. Das Gefühl zu haben, dazuzugehören.»

Adriana sieht ihn abwartend an. Für sie scheint es noch zu vage als Antwort zu sein. «Willst du eine Familie haben?»

«Ja, vielleicht», sagt er schlicht. «Aber das sind ja eher äußere Umstände, die dazu beitragen können. Ich möchte innerlich angekommen sein. Innere Zufriedenheit, nicht auf der Suche sein oder diese Leere in mir haben. Dieses Gefühl, am falschen Platz zu sein. Oder einen Platz zu haben, und trotzdem nicht dazuzugehören. Es ist verwirrend. Ich hatte das mein ganzes Leben. Ihr wisst doch, ich bin ein Hybrid. Überall zu Hause, nirgendwo daheim.» Er grinst, aber da liegt auch etwas anderes in seinem Blick. Irgendetwas zwischen Traurigkeit und Sehnsucht. «Es ist manchmal so, als würde man irgendwo rastlos auf dem Meer herumtreiben, ohne einen Anker, und die Orientierung verloren haben, wo genau der nächste Hafen ist. Man hält sich zwar über Wasser, weil man schwimmen kann, aber man lässt sich immer nur treiben, weil man nicht weiß, wo man hinmuss. Weil man den Weg nicht kennt. Weder den Weg noch das Ziel.»

Eine ganze Weile schweigen wir alle und das Einzige, was zu hören ist, ist das Knistern des Feuers vor uns. Wir alle wissen von OJs wechselnden Wohnorten und dass er in vielen Ländern aufgewachsen ist, sich immer wieder an neue Kulturen und Lebensverhältnissen anpassen musste. Trotzdem ist es für uns drei schwer vorzustellen, wie so ein Leben sein muss. Ein Leben, ohne feste Wurzeln zu haben, immer wieder neu anzufangen und sich auf das Unbekannte einzulassen.

Ich gehöre halt nirgendwo richtig hin.

Ich erinnere mich noch daran, dass OJ diesen Satz gesagt hat, an dem Abend, als wir uns kennengelernt haben. Damals habe ich ihn dafür beneidet, schon so viel von der Welt gesehen zu haben und herumgekommen zu sein. Ich habe nur die Oberfläche gesehen. Heute weiß ich, dass das nicht nur Segen ist, sondern für OJ lange Zeit eine Herausforderung war und es vielleicht auch schwieriger gemacht hat, sich selbst und seinen Platz zu finden.

«Fühlst du dich immer noch so, als würdest du nirgends dazugehören?», frage ich vorsichtig.

OJ lächelt mich an und ich weiß, dass er meine Frage verstanden hat. «Seit ich euch kenne, hat sich das tatsächlich geändert. Das mag für euch komisch klingen, aber ihr bedeutet Beständigkeit für mich. Ich hatte so etwas nie.»

«Nein, das klingt gar nicht komisch», meint Adriana. Es ist eher untypisch für OJ, so über seine Gefühle zu reden. Sie wartet noch, ob er etwas ergänzt, aber er spießt bereits das nächste Marshmallow auf. Es wundert mich nicht, dass Adriana es dabei belässt und geschickt die Aufmerksamkeit von ihm lenkt, um das Thema nicht auszureizen. «Und was ist mit dir, River? Wovon träumst du?»

«Ein Herz in der Hand zu halten.» Er schmunzelt, als er es laut ausgesprochen hat, und prostet uns mit seinem Becher zu.

«Du klingst wie ein Freak», werfe ich ein und muss lachen.

«Wäre es besser, wenn ich sagen würde, ich möchte Menschen am Kopf herumbohren und das Gehirn in der Hand halten?» Er stupst mir lachend an die Schulter, dann bemüht er sich um einen ernsten Gesichtsausdruck. «Ich will nach meinem Studium in die Kardiologie gehen. Dieses Gefühl, wenn man ein Herz in der Hand hält ... es muss unglaublich sein.»

«Warum gerade das Herz?», will Adriana wissen.

«Ich weiß nicht. Das ist wie der Motor bei einem Auto.» Kurz hält er inne und ich muss bei dieser romantischen Metapher fast die Augen verdrehen. «Wir brauchen es, um zu leben. Es schlägt unser ganzes Leben lang, ohne Pause, bis es irgendwann müde wird und aufhört. Der Herzschlag steht für Leben. Ein wirklich interessantes Organ.»

Ich lächle schwach, als ich auf die Pepsi in meinem Becher schaue. Es ist fast schon ironisch, dass sich River so für das Herz interessiert, und es bei ihm gleichzeitig das größte Problem ist. Metaphorisch gesehen.

«Und dein zweiter Traum?», hakt OJ nach und sieht River an. Ich frage mich, ob er bereits wusste, dass sich River so für das Herz interessiert – vermutlich war es nichts Neues für ihn, denn beide wollen später in der Medizin arbeiten.

«Einen eigenen Song schreiben.»

«Warum machst du es nicht?», fragt Adriana.

«Ich habe es schon so oft versucht.» River winkt ab. «Aber ich habe dann eine Blockade oder am Ende steht dort etwas, was sich nicht richtig anfühlt.»

OJ boxt River an die Schulter und hebt fragend eine Hand. «Wir haben doch schon zusammen welche geschrieben, Mann.»

Er nickt und überlegt einige Sekunden. «Ja, mit dir geht das immer, weil wir uns gegenseitig Impulse geben und zusammen daran arbeiten. Aber ich hätte schon den Wunsch, mal einen eigenen Song alleine zu schreiben. Und dass es sich dann auch richtig anfühlt, so richtig, dass man es anderen zeigen kann.»

Ich verstehe River. Ich weiß genau, wovon er spricht. Es ist etwas Persönliches. Man sagt das immer so salopp, einfach drauflos schreiben. Aber oft steht man sich selbst im Weg. Ich kenne dieses Gefühl zu gut. Manchmal stehen da zwar Worte, aber man fühlt sie nicht, und wenn Worte so eine wichtige und entscheidende Bedeutung haben, wird man gehemmt und hat das Gefühl, es ist nie gut genug oder man kann nicht das ausdrücken, was man damit sagen will.

«Was ist mit dir, Adriana?», will OJ wissen und seine hellen Augen beobachten sie aufmerksam.

Sie verzieht den Mund und scheint einige Zeit über die Frage nachzudenken. «Ich würde gerne mal etwas Wichtiges für die Welt machen. Krebsbekämpfung mit Nanotechnologie, dort die Wissenschaft voranbringen und einen Beitrag für die Menschheit leisten. Davon träume ich wirklich.»

Ich kann mir Adriana dort perfekt vorstellen, wie sie forscht. Seit wir die High School beendet haben, trägt sie diese große Brille. Adriana sieht total schlau damit aus. Anfangs hat sie die Brille nur aufgesetzt, wenn sie etwas in der Ferne nicht sehen oder lesen konnte, aber mittlerweile gehört die Brille zu ihr und ohne sieht sie schon fast nicht mehr aus wie Adriana.

«Und als zweiten Traum ...», setzt Adriana an und seufzt. Wieder überlegt sie einige Zeit. «Ich weiß nicht, wie ich das genau ausdrücken soll, aber ich möchte nie das Aktive verlieren. Ich möchte immer voller Tatendrang und Wissensdurst sein, neue Dinge zu entdecken und mich weiterentwickeln. Ich würde mir wünschen, diesen Trieb nie zu verlieren.» Dann sieht Adriana mich erwartungsvoll an. «Jetzt du, Lexie.»

«Ich möchte Menschen mit meinen Worten erreichen und berühren», sage ich und es ist etwas, das ganz tief aus meinem Herzen kommt. Ich glaube, der Wunsch überrascht niemanden hier. Zumindest nicht mein erster. Die drei kennen meine Liebe zu Worten.

«Das reicht uns noch nicht», meint OJ und die anderen beiden murmeln eine Zustimmung.

Ich lächle und trinke einen Schluck aus meinem Becher. «Das kann bedeuten, dass ich als Journalistin Fuß fasse. Oder aber auch, dass ich vielleicht mal eins meiner Skripte veröffentliche. Das Wie ist für mich nicht entscheidend. Viel wichtiger ist, dass meine Worte etwas in den Menschen auslösen.»

«Und dein zweiter Traum, Lexie?», fragt River mich und legt seine Hand auf meinen Oberschenkel. Die Berührung kommt überraschend. Den ganzen Sommer, seit unserem Kuss, hat River das nicht mehr gemacht, und mir ist klar, dass er mir keine falschen Signale senden wollte. Und dennoch gab es immer wieder Momente, nur ein paar Sekunden, in denen ein sehnsüchtiger Blick in seinen Augen lag, als wir dicht nebeneinandersaßen. Ich glaube, es hat ihm gefehlt, und trotzdem ist er dabei geblieben – bis jetzt. Entweder er hat es schlichtweg vergessen oder er gibt nach. Wie dem auch sei, seine Hand auf meinem Oberschenkel fühlt sich sofort wieder vertraut an. So, als wäre es die ganze Zeit nie anders gewesen.

Nachdenklich fahre ich mit dem Finger über den Rand des Pappbechers. Aus dem Augenwinkel erkenne ich, dass River mich beobachtet und ich versuche, ihn möglichst gut auszublenden, aber meine Gedanken kreisen um ihn, wenn ich an einen Wunsch oder Traum denke. «Etwas Unmögliches erleben.»

«Was meinst du genau?»

Wieder überlege ich einige Zeit, was ich darauf am besten antworten soll. Man sagt, jeder Mensch hat ein «Forever Maybe». Ein *Für immer vielleicht.* Diesen einen Menschen, der einen nicht loslässt und den das Schicksal auf eine ganz besondere Weise ins Leben geworfen – und trotzdem nie mehr zugelassen hat. Zwei Menschen, die füreinander bestimmt sind, aber nie zusammenfinden. Und ich werde manchmal das Gefühl nicht los, dass River mein «Forever Maybe» ist. Er ist wie ein Geschenk, das ich nie haben wollte, aber dann nie mehr abgeben konnte. River macht alles so kompliziert und gleichzeitig ist es so einzigartig, diese besondere Bindung zu ihm zu haben, dieses unsichtbare und wahnsinnig starke Band, das ich zu sonst niemandem habe.

«Etwas Unmögliches erleben», wiederhole ich noch einmal. Immer noch streichen Rivers Finger über meinen Oberschenkel. Er wird es nicht ansprechen, aber ich bin mir sehr sicher, dass er diesen Wunsch versteht. Ich wäge kurz ab, ob ich die nächsten Worte wirklich laut aussprechen soll, aber dann folge ich meinem Herzen: «So etwas wie ... Dass aus einem *Für immer vielleicht* ein *Für immer* wird. Ohne *vielleicht*.»

19. Kapitel

Allmählich zieht der Herbst in San Hills ein. Es ist immer noch warm hier im Westen der USA, in Kalifornien, aber manchmal, wenn wir früh morgens auf unserer Veranda sitzen, dann, wenn die Sonne gerade am Horizont aufgeht, ist es frisch. Es ist unser Rückzugsort geworden, ein Ritual von uns, das sich bereits nach den wenigen Wochen hier eingespielt hat. Und obwohl wir noch die ganze Studienzeit vor uns haben, weiß ich bereits, dass mir diese Momente fehlen werden, wenn wir irgendwann woanders sein werden. Diese Momente, wenn wir hier frühmorgens zusammensitzen, dann, wenn wir gemeinsam unser erstes Getränk trinken und der Tag über uns hereinbricht, oder abends, wenn wir nach dem Essen wieder hier sitzen und die Dunkelheit allmählich das Tageslicht ablöst. Ja, ich liebe diese Momente und sie gehören zu den Highlights meiner Tage. In den letzten Wochen haben sie uns in dem neuen Lebensabschnitt immer wieder einen gemeinsamen Anker gegeben, in einer Zeit, in der so viele neue Eindrücke auf uns eingeprasselt sind. Raus aus Dixieland, dem Südstaat Tennessee, und rüber in den Westen, dem Golden State Kalifornien. Hier haben wir in den letzten Wochen unser Haus zu unserem Zuhause gemacht, viele neue Leute kennengelernt, seien es andere Studenten, Dozenten oder die überaus nette Verkäuferin in unserem Lieblingssupermarkt, einen Einblick in verschiedene Kurse und Vorlesungen bekommen und bereits jetzt schon jede Menge gelernt. Ja, die ersten Wochen waren sehr chaotisch, ich habe mich unzählige Male an der Uni verlaufen, obwohl sie gar nicht so groß ist, und wir hatten alle Tage, an denen wir überfordert waren, aber mittlerweile sind wir hier angekommen. Es ist ein anderes Leben als das, was wir in Tennessee hatten. Aber es ist gut. So anders, und mit den dreien um mich herum trotzdem so vertraut und gleich.

Man lernt einander nochmal anders kennen, wenn man zusammenlebt, so dicht auf engem Raum. Ich habe herausgefunden, dass Adriana ein richtiger Morgenmuffel ist, dass OJ zu allen Tageszeiten seine Instrumente spielt – ja, auch nachts – und dass River jeden Morgen Tee trinkt. Ich musste zugegebenermaßen ziemlich lachen, als ich das festgestellt habe, weil es so typisch britisch ist. Ich wusste zwar immer, dass er Tee trinkt, aber dass er es jeden Morgen macht, war mir nicht klar. Er füllt ihn sich sogar ab und schleppt ihn mit zur Uni, weil er meint, der Tee am Campus würde nicht schmecken. Adriana und OJ trinken auf der Veranda morgens ihren ersten Kaffee, während ich die Einzige bin, die Eiskaffee trinkt. Ich mag keine warmen Getränke. Gar keine. Egal, zu welcher Tageszeit. Getränke müssen kalt sein. Immer. Früher mochte ich keinen Kaffee, aber Adriana hat das nie akzeptiert. Wir haben alle möglichen Kaffee-Getränke durchprobiert, in allen Variationen, aus allen Ländern, bis ich Eiskaffee gefunden habe. Es war eher ein verzweifelter, letzter Versuch, aber es hat sofort gefunkt. Liebe auf den ersten Blick sozusagen und seitdem bin ich besessen von Eiskaffee.

Morgens bin ich oft die erste, die hier vor unserem Haus sitzt und die Stille genießt. Jeden Tag schaue ich mir das Farbenspiel der Morgendämmerung am Himmel an, wenn langsam der Tag über San Hills einbricht. Ich liebe unser Zuhause. Ich liebe es wirklich und fühle mich nach den wenigen Wochen vollkommen heimisch und angekommen.

Trotz der Entfernung kann ich sehen, wie eine Person auf unser Haus zugelaufen kommt, und ich weiß sofort, dass es River ist. Er ist als erster von uns vieren wach und hat, seit wir hier sind, mit dem Laufen angefangen. Dreimal in der Woche läuft er vor der Uni bereits 13 Kilometer im Morgengrauen. OJ brennt zwar für Basketball und spielt sogar im Team von der Uni, aber laufen liegt ihm nicht. 10 Kilometer sind sein Maximum und deswegen laufen sie laut River auch immer nur eine «kleine Runde», wie er sie nennt. Aber heute scheint einer der Tage zu sein, an denen OJ lieber im Bett liegen geblieben ist.

«Cookie!», ruft mir River zu und winkt, als er immer näherkommt. Ich liebe es an River, dass er morgens schon so gute Laune hat. Er steht auf und ist sofort da, ansprechbar und bestens drauf. Es ist toll. Er trägt sein Guinness-T-Shirt, das er schon bei unserer ersten Begegnung in der Schule getragen hat, und das mittlerweile schon etwas verwaschen aussieht. Auch liegt es heute enger an seinem Körper als damals, weil sein Kreuz breiter geworden ist. Immer noch hält River sein hohes Tempo und klingt bei seinen Worten nicht mal atemlos. Allein bei dem Gedanken, wie Adriana und ich uns wohl neben River und auch OJ machen würden, breche ich beinahe in hysterisches Gelächter aus. Wir würden vermutlich nach so einer Strecke um Gnade hecheln – während wir auf dem Boden liegen. Aber River wirkt mit seinem gutgelaunten Grinsen eher so, als hätte er das Warm-up hinter sich: «Gut geschlafen?»

Ich muss lächeln, als er die Frage ausspricht. Gestern saß ich nach der Uni so lange an einer Hausarbeit, dass ich abends beim Schauen unserer Lieblingsserie *Supernatural* eingeschlafen bin. Irgendwann habe ich so halb mitbekommen, dass River mich vom Sofa hochgehoben hat und in meinem Bett abgelegt hat. «Ja. Danke, dass du das gemacht hast.»

River bleibt vor der Veranda stehen und winkt nur knapp ab. Wie immer nicht der Rede wert für ihn. Während er sich dehnt, fallen mir seine trainierten Beine auf, was definitiv vom Laufen kommen muss. Sein Körper hat sich verändert, aber als ich River kennengelernt habe, war er 16 Jahre. Natürlich verändert er sich, genau wie wir alle. Wir werden erwachsen. Mit seinem typischen Grinsen verrät er mir: «Du hast leider verpasst, wie Dean sein T-Shirt ausgezogen hat. Tja, Pech für dich.»

Laut lachend lege ich den Kopf in den Nacken und verschütte dabei fast meinen Eiskaffee. Dean ist Adrianas Lieblingscharakter aus *Supernatural* und sie ist hoffnungslos verknallt in den Schauspieler. Oder in Dean. Keine Ahnung. In einen von beiden. Vermutlich sogar in beide. «Hat Adriana keine Schnappatmung bekommen?»

«Bloody hell, sie ist fast kollabiert. Es wundert mich, dass du das nicht mitbekommen hast. Wir mussten sie fast wiederbeleben», berichtet River mir trocken.

«Toll. Und jetzt?»

«Wie und jetzt?», fragt er irritiert.

«Ich habe verpasst, wie Dean sein T-Shirt ausgezogen hat», fasse ich die Krisensituation nochmal fürs Protokoll zusammen.

«Tja», sagt River gedehnt und zuckt mit den Schultern. Irgendwie habe ich den Eindruck, ihm passt das sogar ganz gut, dass mir das entgangen ist. «Musst du nächstes Mal nicht auf meinen Oberschenkeln einschlafen.»

«Du könntest mich ruhig mal trösten, anstatt wieder nur den Klugscheißer raushängen zu lassen. Klugscheißer mag nämlich keiner, falls du das noch nicht wusstest», informiere ich ihn, ehe ich einen Schluck Eiskaffee trinke.

«Ich bitte um Verzeihung», meint River in einem übertrieben theatralischen Tonfall. Kurz unterbricht er seine Dehnübungen, um sich tief zu verbeugen.

«Ich verzeihe dir.»

«Wie gnädig.»

«So kennt man mich. Gnädig und großherzig.» Ich versuche, ernst zu bleiben, aber kann bei diesem unsinnigen Gespräch mein Grinsen nicht gänzlich verbergen.

River lacht, dann fragt er: «Also, wie kann ich hilfreicher sein und dich trösten, Cookie?»

«Zieh doch mal dein T-Shirt aus», rutscht es mir raus.

Kurz herrscht Stille zwischen uns und River hält sogar verwundert in seiner Bewegung inne. Selbst aus der Entfernung entgeht mir sein irritierter Gesichtsausdruck nicht und auch ich bin überrascht, dass mir das über die Lippen gekommen ist. Ich bin kurz davor, das Ganze als Scherz aufzulösen, obwohl es mein voller Ernst ist, aber dann geht River schon darauf ein.

«Wenn du das willst.»

«Ja», sage ich und räuspere mich. «Das will ich.»

Eine ganze Weile beobachtet River mich, ohne mich für den Bruchteil einer Sekunde aus den Augen zu lassen. Schließlich lächelt er und wendet den Blick ab. Ich weiß nicht, ob er verlegen ist oder schlichtweg denkt, dass ich scherze. Bei seinen nächsten Worten klingt seine Stimme belegt: «Dann machen wir das. Irgendwann.»

«Irgendwann?»

«Ja. Irgendwann», wiederholt River. «Betrachte es als eine Art Gutschein.»

Na toll. Ich glaube, er ist sich wirklich nicht sicher, ob ich scherze, und man kann es ihm nicht verübeln, nachdem er sich schon tief verbeugt hat und ich erzählt habe, wie gnädig ich sei, ihm seinen Klugscheißermodus zu verzeihen. Memo an mich selbst: Weniger Unsinn erzählen, Lexie.

River legt den Kopf schief und wechselt geschickt das Thema, was mir zeigt, dass er nicht weiß, wie er damit umgehen soll: «Du hast mir gestern gar nicht mehr deinen Artikel für die Unizeitung gezeigt. Ich habe das nicht vergessen, Miss Lewis.» Mahnend hebt er den Finger. «Heute Abend. Keine Ausreden. Du entkommst meiner Neugier genauso wenig wie ich deiner.»

Seit knapp zwei Wochen schreibe ich für die Unizeitung. Es war gar nicht so leicht, als Student im ersten Jahr dort einen Platz zu ergattern, aber ich habe einen Probe-Essay geschrieben, veröffentlichte Artikel aus der High School Zeit vorgelegt und mich dann im persönlichen Gespräch gegen ein paar andere Studenten aus höheren Jahrgängen durchgesetzt – wie auch immer ich das gemacht habe. Jedenfalls habe ich den Job, der zwar vor allem im ersten Jahr kaum bezahlt wird, aber sich gut in meinem Lebenslauf macht. «Ich wusste gar nicht, dass dich die Entwicklung des Mensa-Essens an der Uni so interessiert.»

River lacht leise in sich hinein, während er sein Bein dehnt. Er senkt kurz den Blick, was er oft macht, wenn er sich erwischt fühlt. Natürlich weiß ich, dass er den Artikel niemals lesen würde, wenn ich ihn nicht geschrieben hätte, aber das tut seiner Geste keinen Abbruch. Im Gegenteil. Dann sieht River mich wieder an und zwinkert mir zu. «Zufällig mein Lieblingsthema. Darüber muss ich alles wissen. Ich denke, wir sind uns einig, dass es kaum etwas Wichtigeres als Essen gibt, oder?»

«Absolut», sage ich und meine es sogar ernst, auch wenn River scherzt. Aber ich liebe Essen.

«Siehst du. Gut, dass du darüber schreibst.»

Die Tür öffnet sich und Adriana kommt heraus. Wie so oft läuft sie barfuß über die Veranda zu mir. Gerade bewegt sie sich eher wie ein Zombie und sie ist noch so schlaftrunken, dass sie River gar nicht wahrnimmt, an dem sie wortlos vorbeigeht. Adriana kann ihre braunen Augen kaum aufhalten. River beobachtet das Ganze mit einem Grinsen, dann salutiert er kurz, indem er sich zwei Finger an die Schläfe legt, und verschwindet ins Haus. Mit einem tiefen Seufzen setzt sich Adriana auf das Lounge-Sofa neben mir. Mich hingegen hat es wieder zur Schaukel gezogen und wir sitzen alle lustigerweise immer genau so, wie wir es damals auf Adrianas Veranda gemacht haben – auch ein Ritual, das wir aus Tennessee mitgenommen haben. Adrianas Haare haben heute noch keine Bekanntschaft mit einem Kamm gemacht, denn sie sind vom Schlaf immer noch zerzaust. Ich mag ihren Pyjama, auf dem eine große Eule mit einer XXL-Brille zu sehen ist. Passt zu Adriana und ihrer Brille. Damit sieht sie direkt hundertmal schlauer aus. Nicht dass sie vorher nicht schlau aussah, aber ihre dunkelumrahmte Brille hat schon einen gewissen intellektuellen Touch – vielleicht sollte ich mir auch eine besorgen.

«Alto belli», brummt Adriana und ihre Stimme klingt belegt. «Hast du gesehen, was mit unserer Kaffeemaschine passiert ist?»

Ich weiß nicht, woran es liegt – entweder, weil ich es wieder bildlich vor Augen habe, oder weil Adriana es so trocken sagt – aber ich spucke beinahe vor Lachen meinen Eiskaffee aus. Kurz muss ich husten. «Ja, OJ war da durchaus kreativ.»

«Der Kaffee läuft jetzt direkt in die Tasse. Wozu braucht man auch eine Kanne?», murmelt Adriana, während sie sich die Schläfen reibt und erstmal Zeit braucht, um wach zu werden und in den Tag starten zu können. Ja, sie ist definitiv ein kleiner Morgenmuffel.

OJ kommt raus zu uns und drückt Adriana eine Tasse in die Hand. «Frisch aus der Kaffeemaschine», verkündet er feierlich, woraufhin Adriana laut auflacht. Allein der Geruch von Kaffee reicht aus, um ihre Laune zu heben. Von drinnen ertönen Geräusche und ich bin mir sicher, dass River in der Küche zugange ist. Vermutlich trinkt er jetzt erstmal einen Liter Wasser, wie immer nach dem Laufen, und macht sich dann seinen morgendlichen Tee.

«Was hast du mit der Kanne gemacht?», will sie wissend, als sie ihren Kaffee entgegennimmt und OJ dankbar anlächelt.

«Ach ...» OJ winkt nur ab, als er sich auf den Sessel fallen lässt. «Das wird noch der ganz große Renner. So spart man sich das Umfüllen in die Kaffeetasse. Und das wiederum spart Zeit. Rechne das mal auf ein ganzes Leben um.»

«Man muss nur aufpassen, dass die Tasse nicht überläuft», gibt Adriana mit einem Augenzwinkern zu bedenken, ehe sie an ihrem Kaffee nippt. Sie schließt die Augen und scheint ihren ersten Schluck am Morgen zu genießen.

Beschwichtigend hebt OJ seine freie Hand. «Okay, die Erfindung ist noch nicht ganz ausgereift, aber ich arbeite dran. Bisher ist es nur der Testlauf, der Rest wird folgen.»

Ein Handy klingelt und bereits am Ton erkenne ich, dass es OJs ist. Er holt es heraus und scheint kurz die Nachricht zu lesen, dann lässt er es wieder in seiner Tasche verschwinden, ohne eine Antwort zu tippen.

Adriana lehnt sich nach vorne und hebt fragend die Augenbrauen. Sie spricht das aus, was ich mich auch frage: «Na, welches Mädchen hast du diese Nacht um den Schlaf gebracht?»

OJ grinst nur, dieses schelmische Grinsen, was mir verrät, dass Adriana ins Schwarze getroffen hat, aber er lässt sich zu keiner Antwort hinreißen. Stattdessen zuckt er nur geheimnisvoll mit den Schultern und trinkt einen großen Schluck aus seiner Tasse. OJ ist ein richtiger Frauenmagnet geworden. Er kam schon an der High School bei den Mädels an, aber nicht in dem Maße. Vielleicht hat ihm der Sex mit Amy einen Ego-Boost gegeben. Er hat während des Sommers ordentlich an Muskelmasse zugelegt und nicht nur seine Arme sind definiert – das weiß ich nicht nur, weil er immer während des Zähneputzens mit nacktem Oberkörper durch die Wohnung latscht. Nein, manchmal, wenn wir bei seinem Basketballtraining sitzen, zieht er sein T-Shirt aus und Adriana und ich haben jedes Mal unseren Spaß, wenn die Mädchen um uns herum nach Luft schnappen und uns für unseren «heißen Mitbewohner» beneiden. Es könnte sein, dass ich dann ab und zu mal übertreibe und sage, dass OJ «ständig» zu Hause so herumläuft und die Mädchen dann fast kollabieren. Mittlerweile könnte OJ River den Rang ablaufen und ich frage mich, wie er das wohl findet. Ich glaube, er nimmt es mit Humor.

Eine ganze Weile beobachte ich OJ und er sieht glücklich aus. Richtig zufrieden und angekommen. Und so geht es uns auch allen, obwohl die ersten Wochen definitiv Stress pur waren. Aber es hat sich gelohnt. Bisher macht sich kein Zweifel in uns breit, ob das der richtige Weg war, sondern wir sind alle überzeugt, dass wir das richtige Studienfach gewählt haben. Adriana geht in der Chemie natürlich völlig auf und ich bin mir sicher, dass sie mal großartige Beiträge für die Wissenschaft leisten wird. River und OJ verbringen den ganzen Tag zusammen an der Uni. Sie haben exakt den gleichen Stundenplan. Obwohl sie beide Biologie studieren, habe ich in ihrem Stundenplan auch Kurse in Chemie, Physik, Genetik und sogar Neurowissenschaften gefunden. Und nach ihren Abschlüssen müssen River und OJ sogar noch zur Medical School. Ganz schön kompliziert, in der Medizin Fuß zu fassen und Arzt zu werden. Und auch ich verspüre jeden Tag Wissensdurst an der Uni und bin begeistert über all die Dinge, die mir mein Journalismus-Studium beibringt und wie breit es gefächert ist. Ich habe Kurse zum Thema Schreiben, sogar kreatives Schreiben, aber auch über Berichterstattung, Medienrecht und Ethik.

Dann gesellt sich River zu uns und, wie erwartet, trägt er eine Tasse Tee raus. Keine Ahnung, was bei ihm nicht stimmt, dass er kurz nach seinem 13-Kilometer-Lauf sogar noch ein warmes Getränk runterbekommt. Er lässt sich neben mich auf die Schaukel fallen und wuschelt mir, wie jeden Tag, einmal durch die Haare. Mit dem Handrücken streicht er einmal über seine rechte Schläfe, an der ein Tropfen Schweiß herunterläuft, und auch seine Haare sind an den Spitzen feucht. Ich hoffe, River kommt niemals auf die Idee, nach dem Joggen erstmal unter die Dusche zu springen, ehe er seinen Tee mit uns morgens auf der Veranda trinkt. Ahnungslos rührt River in seinem Tee herum und irgendwie macht es ihn noch anziehender, dass er seine Wirkung auf mich so unterschätzt. So bescheiden.

Wahrscheinlich ist er sich darüber wirklich nicht bewusst und denkt sich nichts dabei, schließlich hat er noch sein T-Shirt an.

Der Tee in seiner Tasse dampft und ich werfe einen fragenden Blick hinein, um etwas erkennen zu können.

River schmunzelt, dann hält er sie mir entgegen. «Drei Versuche. Ansonsten schuldest du mir was.»

Wir beide haben einen seltsamen Deal – jeden Morgen versuche ich, seine Teesorte zu erraten, weil River beschlossen hat, dass ich alle unbedingt kennen muss. Schließlich würde ich mit einem Briten zusammenleben, und außerdem wolle ich doch immer nach England und da sei ein bestimmtes Wissen über Tee sowas wie eine Grundvoraussetzung. Anfangs dachte ich, das kann ja wohl nicht so schwer sein, schließlich gibt es nur zwei oder drei Teesorten. Oder jedenfalls nicht mehr als fünf. Dachte ich. Aber wir haben bereits eine ganze Schublade voll mit unterschiedlichen Teesorten und River hat sogar ein genaues Ordnungssystem dafür.

Ich nehme seine Tasse entgegen und nippe einmal dran. Merklich runzle ich die Stirn und versuche, hochkonzentriert auszusehen, aber in mir herrscht vor allem eins: Ahnungslosigkeit.

«Weißer Tee», verkünde ich siegessicher.

«Nein.»

«Orientalischer Froschlöffelerdspross», rate ich, einfach nur, um es zu sagen. Letztens habe ich den Namen auf irgendeiner Packung gesehen und ich wollte ihn seitdem unbedingt laut aussprechen.

River runzelt zuerst fragend die Stirn und ich wette, er ist überrascht, dass ich mir den Namen gemerkt habe. Dann entspannen sich seine Gesichtszüge und er lacht auf, weil er mich bereits durchschaut. Es klingt ein bisschen kratzig und jagt mir für einen Moment Gänsehaut über den Körper. «Den habe selbst ich noch nicht probiert, der ist sogar noch original verpackt. Letzte Chance.»

«Früchtetee.»

«Nein. Pu-Erh Tee.»

«Pu-Erh Tee, ach so», wiederhole ich gedehnt und nicke überschwänglich. Ich wette, die Teesorte gibt es gar nicht und

River will nur den Sieg einstreichen. Was soll das für ein Name sein?

Er zwickt mir lachend in die Seite. «Gewonnen.»

«Ja, ja», winke ich ab. «Ich lass mir was einfallen.» Der Gewinner bekommt jeden Tag vom Verlierer eine Süßigkeit zur Pause auf dem Campus – ich denke, es ist klar, dass das mein Vorschlag war, schließlich geht es um Essen.

«Don't hate the player. Hate the game», leiert er seine typische Floskel herunter, die er immer bringt, genau wie das triumphierende Grinsen, das sich auf sein Gesicht stiehlt, wenn die Runde an ihn geht. Also fast immer. Meine Siegerrunden sind nach all den Wochen ziemlich überschaubar und man kann sie an einer Hand abzählen.

«Hast du Adriana und Lexie schon von dem Auftritt erzählt?», will OJ wissen.

Sofort werfe ich ihm einen fragenden Blick zu, weil meine Neugier geweckt ist. River hebt seine dampfende Tasse. «OJ und ich haben am Wochenende einen Auftritt in einer Bar.»

Ich muss lächeln und Adriana ebenso. Mir ist klar, dass ihr das Gleiche durch den Kopf geht. Es erinnert uns an all unsere Abende, die wir in Nashville verbracht haben, in unserem Place-to-be, dem Hipz. Vielleicht ein weiteres Ritual, das wir aus Tennessee mitgenommen haben, und das uns immer zusammengehalten hat – und an dem auch wir immer noch festhalten, weil wir es gar nicht loslassen wollen. River legt seine Hand auf mein Bein. Er sieht mich an, seine blauen Augen haben diesen besonderen Glanz und ich habe das Gefühl, dass sie nach dem Aufstehen in diesen frühen Morgenstunden besonders leuchten. Auch er lächelt mich an. Vielleicht gehört das zum Leben dazu – gewisse Dinge loszulassen, aber auch an gewissen Dingen festzuhalten.

20. Kapitel

Hollywood. La-La Land. City of Flowers and Sunshine. Where the stars live. Lost Angeles. The big orange. Die Stadt der Engel ... Los Angeles hat ungefähr so viele Namen wie Straßen. Wenn man aus einer Kleinstadt wie Greywood kommt, wird man von L.A. regelrecht erschlagen. San Hills ist für uns als kleinere Stadt der perfekte Einstieg, um von Tennessee an der Westküste anzukommen. Hier, wo das Leben anders ist. Obwohl es entspannt ist und man jeden Tag die California vibes spürt, ist es hektischer und kurzlebiger als im Süden der USA. Selbst in San Hills ticken die Uhren schneller und Los Angeles ist nochmal eine andere Hausnummer.

Mittlerweile haben wir uns im Sunshine State eingelebt, konnten die vielen ersten Eindrücke von San Hills verarbeiten und haben auch unseren Platz an der Uni gefunden. Deswegen steht jetzt endlich Los Angeles auf dem Plan. Kaum einer von uns will Ende des Jahres über die Weihnachtsfeiertage nach Greywood zurückkehren und allen beschämt gestehen, dass wir noch keinen Tag in Los Angeles verbracht haben, obwohl wir so dicht daran wohnen. Und natürlich steht es außer Frage, dass es uns nach L.A. zieht und wir neugierig auf diese kalifornische Metropole sind, bei der allein der Name schon Kult ist.

Es ist das erste Wochenende, das wir in Los Angeles verbringen. Selbstverständlich wollen wir auch den gemeinsamen Sonnenuntergang mitnehmen. Wir haben zwar nicht darüber gesprochen, aber jeder von uns erinnert sich noch zu gut daran, dass wir uns auf der Brücke in Nashville versprochen haben, diese Liste von Städten abzuarbeiten. Los Angeles – die Stadt hatte River genannt.

Vorhin sind wir bereits den Hollywood Boulevard entlanggelaufen und wie wahrscheinlich jeder Mensch, der jahrelang von L.A. geträumt hat und die Stadt immer nur in Filmen und Serien bewundern konnte, haben wir unsere Finger auf die Sterne verschiedener Prominente gelegt, die am *Walk of Fame* verewigt worden sind. Es war spannend und aufregend, diesen Weg zu laufen, der genau genommen nicht mehr als ein Gehweg ist. Und dennoch kann ich verstehen, dass es ein Touristenmagnet ist, denn es ist faszinierend, plötzlich Teil von Hollywood zu sein, einer Kulisse, die man sonst immer nur aus dem Fernsehen kennt. Danach sind wir noch durch ein paar Geschäfte geschlendert, auch wenn wir nicht wirklich viel kaufen konnten. Finanziell kommen wir zwar über die Runden, aber L.A. ist wirklich ein unverschämt teures Pflaster, auch wenn uns das nichts ausmacht und keiner von uns daran denkt, sich über irgendetwas zu beschweren. Wir sind trotzdem bester Laune und genießen den sonnigen Tag, aber das ist auch kein Wunder bei der wunderschönen Location. Hier am Pazifik reiht sich ein Sandstrand an den nächsten und Kalifornien ist ein wahrer Traum. Der Wind weht durch meine langen Haare und hinterlässt ein kühles Gefühl auf meiner überhitzten Haut. Ich bin nur in Top und Shorts unterwegs – und natürlich in Flip-Flops – und dennoch ist jeder Zentimeter an Stoff auf meinem Körper noch zu viel. Obwohl mittlerweile der Herbst in Kalifornien angekommen ist und die Tage nicht mehr so heiß wie im Sommer sind, knallt die Sonne an diesem Wochenende besonders und ich bin mir sicher, dass wir uns den heißesten Tag des Monats Oktobers ausgesucht haben. Meine Haut ist immer noch gebräunt und jeden Morgen, wenn ich nach dem Aufwachen in den Spiegel schaue, sehe ich gesünder und entspannter aus, als es zu Zeiten der High School der Fall war – und das, obwohl die Uni um einiges anstrengender ist. Also muss es wohl am kalifornischen Flair liegen.

Wir laufen einen langen Weg entlang, umgeben von jeder Menge Palmen unter dem klarblauen und wolkenlosen Himmel, genau dem Hollywood-Schriftzug entgegen, der in weiter Ferne auf dem Hügel zu sehen ist. Ich habe keine Ahnung, wo genau wir in L.A. sind und Adriana brauche ich gar nicht erst fragen. Aber River und OJ scheinen ungefähr zu wissen, wo es langgeht.

«Ihr wisst, wo wir sind?», versichere ich mich bei den beiden, die ein Stück vor uns laufen und sich über eine Gitarre von Gibson unterhalten.

«Na klar», kommt es mir zeitgleich von beiden entgegen, so selbstverständlich, als hätte ich mir die Frage auch selbst beantworten können. Adriana schiebt sich währenddessen ihre Sonnenbrille ins dunkle Haar, das sie zu einem Zopf gebunden hat.

«Es gibt auch eine *Hall of Fame* am Venice Beach. Wusstet ihr das?», fragt OJ, als er den Schritt verlangsamt und sich zu uns umdreht. Dort am Strand wollen wir heute den Abend ausklingen lassen. Venice ist mit den künstlich angelegten Kanälen in der Nähe vom Strand das kleine Venedig in Los Angeles und damit ein beliebtes Ziel, sowohl für Einheimische als auch für Touristen.

«Nee.»

«Das ist eine weltbekannte Graffiti-Wand, sozusagen. Überhaupt sind dort viele Betonwände, Häuser und Mauern am Strand mit Graffiti besprüht», erzählt uns OJ. «Street Art ist ja schon in L.A. ein großes Thema, aber Venice soll nochmal hervorstechen.»

«Ich will unbedingt diese Skaterbahn sehen», meint Adriana. «Dazu habe ich schon oft was im Fernsehen gesehen.»

«Versuch doch auch mal einen Kickflip», schlägt OJ grinsend vor, als er Adriana zuzwinkert. «Ich spendiere auch das Skateboard.»

«Natürlich. Ein Krankenhaus von L.A. von innen zu sehen, steht ganz oben auf meiner Agenda», entgegnet Adriana ironisch und muss selbst schon grinsen bei der Vorstellung.

«Für dich gibt's da auch was, Cookie», sagt River und lässt sich zu mir abfallen. Seine blonden Haare wirken noch ein ganzes Stück heller, seit wir in Kalifornien sind. Vor allem die Spitzen sind ausgebleicht. «Weißt du, was Venice nämlich noch sein soll?»

Ich schüttle ahnungslos den Kopf. «Was denn?»

«Das Foodie Mekka. Tacos, Burritos, Pizzen, Schokocroissants ... da soll es alles geben.» Er legt den Arm um mich und sieht fragend zu mir hinab. «Wie klingt das?»

«Wie ein Deal.»

River lacht und seine markanten Eckzähne kommen zum Vorschein, aber dann wird sein Blick plötzlich ernst. Mit einem Mal ist es so, als würde seine Laune umschlagen. Er bleibt stehen und seufzt so laut, dass es sogar OJ zu hören scheint, der ein gutes Stück vor uns läuft und ebenfalls stehenbleibt, ohne sich überhaupt zu uns umzudrehen.

«Was ist?», frage ich River, aber er schaut nur starr nach vorne. Dann löst er den Griff um meine Schultern.

«Mir reicht das jetzt», informiert er uns. Das sind seine letzten Worte, ehe er regelrecht in das Geschäft stürmt, das wir gerade passiert haben, und uns verwirrt zurücklässt.

Unschlüssig, ob ich ihm folgen soll oder nicht, bleibe ich erstmal stehen und blicke fragend zwischen Adriana und OJ hin und her. Als sich keiner rührt oder das Wort ergreift, will ich River in den Laden folgen, um herauszufinden, was los ist, aber dann schüttelt OJ kaum merklich den Kopf. «Lass den mal. Der kommt schon gleich wieder zurück.»

«Hat River jetzt einen Sonnenstich?», fragt Adriana verwirrt, während sie die Hände in die Hüften stemmt. Einige Strähnen, die sich aus ihrem Zopf gelöst haben, werden durch den Wind durcheinandergewirbelt. «Was ist denn los?» Sie sieht genauso ratlos aus wie ich und hebt fragend die Augenbrauen.

OJ räuspert sich und schiebt sich die Hände in seine Hosentasche, während er auf den Fußballen in seinen Nike-Schuhen auf- und abwippt. Er sieht weit weniger irritiert aus als Adriana und ich zusammen. Ich will ihn fragen, was er weiß, aber dann folge ich seinem Blick. OJ beobachtet einen obdachlosen Mann, der neben dem Geschäft auf einer dünnen Decke sitzt.

Er sitzt einfach nur dort. Bettelt nicht. Sagt nichts. Beschwert sich nicht. Er ist nur da und starrt durch die Gegend. Ich weiß nicht, ob er viel von der Welt um sich herum mitbekommt. Er wirkt eher wie in seiner eigenen Welt gefangen.

Unweigerlich muss ich an den Hollywood Boulevard von vorhin denken. Ja, es war spannend und aufregend, auf diesem Gehweg zu laufen, und gleichzeitig war ich schon fast ein wenig desillusioniert, weil es mich schockiert hat, wie viele Obdachlose in L.A. leben. In San Hills habe ich nie so viele homeless people auf einer Stelle gesehen und aus Greywood, dieser behüteten Kleinstadt, kenne ich so etwas überhaupt nicht. Adriana war genauso schockiert, sie musste es nicht mal aussprechen. Ich habe es ihr vom Gesicht ablesen können. Und dennoch habe ich mich gefragt, ob River und OJ das ebenfalls so wahrgenommen haben, oder ob sie solche Dinge schon öfter erlebt haben. OJ hat bestimmt schon viel Armut gesehen, bei all den verschiedenen Wohnorten. Und in Rivers Heimat London führt bestimmt auch nicht jeder Mensch ein privilegiertes Leben.

OJ geht auf den Obdachlosen zu und deutet auf die Gitarre, die der Mann fest umklammert. «Hey, spielst du auch?»

Der Obdachlose zuckt zusammen, scheint fast schon überrascht, dass ihn jemand angesprochen hat. Er mustert OJ kritisch von oben bis unten, als hätte er Angst, dass er ihm seine Gitarre klauen will. Schließlich nickt der Mann, während er ihn immer noch missmutig anstarrt. Alles an ihm wirkt zögerlich und ich frage mich, ob er schlechte Erfahrungen gemacht hat. Ja, vermutlich hat er das. Es gibt immer wieder so Berichte von widerlichen Leuten, die obdachlosen Menschen auch noch ihren letzten Besitz wegnehmen.

«Ich bin OJ», sagt er gutgelaunt, als er sich im Schneidersitz zu dem Obdachlosen auf den Boden setzt. «Ich spiele auch Gitarre. Allerdings kann ich keine Noten lesen. Ich spiele nur nach Gehör. Deswegen dauert es eine gefühlte Ewigkeit, bis ich einen Song nachspielen kann.»

Ich muss lächeln, weil OJ so tiefstapelt. Es dauert alles andere als eine Ewigkeit. Ich habe eher das Gefühl, er hört den Song dreimal und dann kann er ihn einwandfrei nachspielen – aber was weiß ich schon.

Die Gesichtszüge des Mannes entspannen sich und ein kleines Lächeln zupft sogar an seinen Lippen. Seine kurze Hose ist aufgerissen, genau wie seine Haut, die an einigen Stellen verkrustete Wunden zeigt. Auch die Mütze, die neben ihm auf dem Boden liegt, hat die besten Tage bereits hinter sich. «Ich kann Noten lesen. Ich bewundere eher die Musiker, die ohne all das spielen können. Das ist wirklich musikalisch.»

«Nee», sagt OJ voller Überzeugung und zeigt sein typisches Grinsen, das ihn so sympathisch macht. Spätestens jetzt müsste der Mann Vertrauen zu ihm gefasst haben. «Ich kann ja gar nicht alles spielen. Das ist so, als würde man nie nach Rezept kochen, sondern es einfach probieren. Wenn man Glück hat, kommt etwas Anständiges bei raus, aber meistens eher nicht.»

Der Mann lacht, dann blickt er in die Runde und scheint zu merken, dass wir zusammen gehören, obwohl Adriana und ich ein ganzes Stück wegstehen. Völlig sicher stellt er fest: «Ihr seid neu in L.A.»

«Woher weißt du das?», fragt Adriana. Der Mann scheint seine skeptische Haltung abgelegt zu haben, weswegen wir ebenfalls einen Schritt auf ihn zugehen. Jetzt, wo wir ihm so nah gegenüberstehen, fallen mir seine dreckigen und langen Fingernägel auf. Tiefe Falten auf dem Gesicht zeigen mir, dass er in seinem Leben einiges an Sorgen und Kummer durchgemacht haben muss.

«Man merkt es daran, wie ihr durch die Straßen geht. Ihr beachtet uns noch. Die meisten blenden uns einfach aus.» Er zuckt kurz mit den Schultern. Sein langer und krauser Bart sieht ungepflegt aus. «Wo kommt ihr her?»

«Wir leben in San Hills», erzähle ich ihm.

«Schöne Stadt.» Einige Male nickt er anerkennend. «Ich war mal dort. Vor ungefähr zehn Jahren. Seitdem nie wieder. Aber ihr kommt nicht aus Kalifornien.»

«Was hat uns verraten?»

«Der Südstaatenakzent.»

Wir lachen und der Mann tut es uns gleich.

«Habe ich recht?»

«Ja. Aus Tennessee.»

«Ah», macht der Mann und wirft OJ einen vielsagenden Blick zu. Seine Stimme ist tief und beruhigend. «Nashvegas. Daher auch das Musiktalent.» Nashvegas. Ich muss ein bisschen schmunzeln, dass die Leute für Nashville genau solche Spitznamen haben wie wir für Los Angeles. «Ich bin nie dort gewesen. Schade eigentlich», erzählt uns der Mann. Sein Tonfall ist nüchtern, nicht einmal ansatzweise verbittert, und dennoch scheint keiner von uns zu wissen, was er darauf in der Situation erwidern soll. Typische Floskeln wie *Vielleicht irgendwann mal* scheinen hier mehr als unangebracht, wenn man bedenkt, dass der Mann auf der Straße lebt und vermutlich jeden Tag ums Überleben kämpft. Er hat ganz andere Sorgen, als irgendwann mal Nashville zu sehen.

Als wüsste River, dass niemand von uns eine Ahnung hat, was er darauf erwidern soll, kommt er schnurstracks aus dem Geschäft auf uns zu. Er sieht nicht mal überrascht aus, dass wir hier zusammenstehen, dafür bin ich umso mehr überrascht von der Tüte, die er fest umklammert hält.

Und mit einem Mal ergibt alles Sinn.

Mir reicht das jetzt.

Dann sein schneller Abgang, zurück ins Geschäft. Eher untypisch für ihn, uns so stehenzulassen. Aber ihm ging es genauso wie mir am Hollywood Boulevard. Auch ihm sind die Obdachlosen dort aufgefallen und ich bin mir sicher, dass er mit OJ darüber bereits geredet hat. Deswegen sah er auch nicht so verwirrt aus wie Adriana und ich. Die beiden haben wirklich schon weitaus mehr gesehen, als wir, die selten über die Grenzen des idyllischen Greywood hinausgekommen sind.

«Hier», sagt River knapp und stellt eine Tüte vor ihm ab. «Vielleicht kannst du etwas davon gebrauchen.»

Der Mann blickt auf die Tüte, ohne sie anzurühren, dann wandert sein Blick langsam zwischen uns hin und her. «Ah. Ihr vier gehört zusammen.» Er tippt sich mit dem Zeigefinger nachdenklich ans Kinn und beobachtet River. Fragend legt er den Kopf schief: «Kommst du auch aus Tennessee?»

«Eigentlich aus London. Aber wir führen jetzt eher eine Fernbeziehung.»

«Hört man. Brite. Durch und durch. Und ihr seid zusammen von Tennessee hierher gezogen?»

«Ja.»

«Dann müsst ihr schon lange befreundet sein», schließt der Mann.

«Seit der High School.»

Er nickt einige Male. «Das macht es zu etwas Besonderem, denn an der High School sind viele komische Gestalten. Da ist man doch eher froh, wenn man die nie wieder sehen muss, weil man schon genug Zeit seines Lebens mit denen verbracht hat», erzählt er so trocken, dass wir schmunzeln müssen.

«Was für komische Gestalten?», will OJ wissen. Immer noch sitzt er im Schneidersitz neben ihm auf dem Boden.

«Na ja ...», sagt der Mann und denkt kurz nach. «Es gibt doch immer die gleichen schrägen Typen in der Schule: Der leise Streber, der angeberische Streber, der Klassenclown, der Schleimer, der Stille, der Planlose ... und dann gibt es noch den Heuler. Kennt ihr den? Meistens sind es Mädels.» Entschuldigend hebt er kurz die Hände, als er Adriana und mich anschaut. «Das ist diese Streberin, die meistens vor und nach jedem Test heult, weil sie angeblich nichts kann, und dann als Klassenbeste abschneidet. Kennt ihr die?»

«Ja!», rufen wir fast zeitgleich und uns allen kommt sofort eine Person in den Sinn: «Melissa Richardson!»

Wir fangen laut an zu lachen und ich glaube, jeder von uns hat Melissa vor Augen, die bereits zwei Wochen vor jedem Test angefangen hat, alle zu nerven und sich ständig in Selbstmitleid gesuhlt hat, und am Ende als Zweitklassenbeste – immer knapp hinter River – von jedem Lehrer gelobt wurde. Sie wollte ständig von jemandem die Materialien haben, als hätte sie irgendein Detail im Unterricht verpasst, nur selbst wollte sie nie etwas abgeben. Manche Leute machen es einem leicht, sie nicht zu mögen. Melissa gehörte dazu.

Als wir uns wieder beruhigt haben, beobachtet uns der Mann mit wachsamem Blick. Einige Sekunden liegt nur ein nachdenklicher Ausdruck auf seinem Gesicht, dann lächelt er. «Das meine ich mit komischen Gestalten. Die High School wimmelt davon. Aber wenn man danach immer noch nicht genug voneinander hat, und sich sogar entscheidet, zusammenzubleiben, ist das etwas Besonderes. Familie kann man sich nicht aussuchen. Aber Freunde. Und Freunde sind wie eine Familie, die man sich aussucht. Vielleicht würde es mir heute besser gehen, wenn ich solche Freunde gehabt hätte. Freunde wie eine Familie.» Wieder kein verbitterter Tonfall. Er klingt nicht mal traurig oder niedergeschlagen. Nur sachlich und nüchtern. Und seine Worte berühren etwas in mir. Der Mann wirkt alles andere als dumm. Vielleicht hat er in seinem

Leben viel Pech gehabt und hätte sich aus der Situation retten können, wenn ihm jemand die Hand gereicht hätte. Irgendwer. Familie oder Freunde.

«Was ist passiert?», fragt Adriana vorsichtig, als würden wir in ein unbekanntes Terrain eintreten und möglicherweise eine Grenze überschreiten.

Die braunen Augen des Mannes strahlen sie an, als wäre er froh, dass ihn das mal jemand fragt. «Ich habe mein Geschäft verloren und konnte meine Miete nicht mehr bezahlen. Also bin ich obdachlos geworden. Dazu Spielsucht und Drogen und eine hohe Arztrechnung. Der amerikanische Albtraum.» Er atmet aus und deutet auf die Gitarre, die neben ihm liegt. «Das Einzige, was mir noch geblieben ist. Das Leben hat es eine Zeitlang nicht gut mit mir gemeint.» Dann zuckt er mit den Schultern und versucht, zu lächeln. Er wirkt tapfer und ich frage mich, ob es ihm schwerfällt. «Kommen auch wieder bessere Zeiten. Irgendwann.»

Nicht schlecht. Im wahrsten Sinne des Wortes auf der Straße sitzen und trotzdem nicht die Zuversicht verloren. Und dann noch so weise Worte von sich geben. Irgendetwas an ihm wirkt tiefsinnig. Und vermutlich ist er tatsächlich froh, dass ihn mal jemand so etwas fragt. Viele stempeln ihn bestimmt ab: Selbst verschuldet. Pech gehabt. Versager.

«Wir wünschen es dir», sagt OJ dann stellvertretend für uns alle.

«Danke für eure Zeit. Ich habe schon lange nicht mehr mit fremden Menschen geredet.» Er lächelt uns dankbar an und seine Freude wirkt so aufrichtig, dass ich gerührt bin. Für uns waren es nur ein paar Minuten unserer Zeit, aber ich glaube, für ihn war es viel mehr. «Dann schaue ich mal, was du mir für eine Wundertüte zusammengestellt hast. Danke dafür. Und bleibt zusammen. Freunde sind so wichtig. Nur leider findet man sie viel zu selten. Aber wenn man sie gefunden hat, soll man sie nicht mehr loslassen.»

Wir verabschieden uns und als wir weitergehen, kann ich nicht anders, als noch einen Blick über meine Schulter zu werfen. Der Mann lächelt vor sich hin und als er die Tüte öffnet, die River ihm gegeben hat, wird das Strahlen auf seinem Gesicht noch breiter. Einige Male blinzle ich gegen meine feuchten Augen. Dann gehe ich nochmal die wenigen Meter zurück und ich kann die fragenden Blicke der drei förmlich auf meinem Rücken spüren.

«Wie heißt du?», frage ich den Mann, weil ich soeben realisiert habe, dass ich nicht mal seinen Namen kenne.

«Paul.»

«Ich bin Lexie. Vielleicht bis irgendwann, Paul.» Dann drehe ich mich wieder um und laufe zu den anderen zurück.

«Was war in der Tüte drin?», frage ich River, als ich zu ihm aufschließe und wir den Weg zurück zu unserem Auto gehen. Adriana läuft währenddessen ein Stück vor uns mit OJ und fragt ihn, ob er öfter mit Obdachlosen redet, was er bejaht.

River winkt ab. «Ach ... nur ein bisschen Zeug.» Typisch River. Er spielt es runter und ich glaube, es ist ihm schon fast ein bisschen unangenehm, dass ich frage.

«Was denn?», will ich wissen, als ich zu ihm aufblicke. Starr schaut er geradeaus und weicht meinem Blick aus. Irgendwie süß, dass ihn das verlegen macht.

«Rasierer. Wasser. Sandwiches. Obst. So ein Zeug halt.»

«Du hast ihm jede Menge gegeben», finde ich.

«Ihr habt ihm viel mehr gegeben», sagt River.

«Was meinst du?»

River lacht auf, dann schüttelt er belustigt den Kopf. «Ach, Cookie.»

«Was?», frage ich und klinge genauso irritiert, wie ich mich fühle.

«Ihr habt ihm eure Zeit gegeben und ihm zugehört.» River legt den Arm um mich und zieht mich zu sich heran. Dann stoppt er langsam unseren Schritt und wir drehen uns noch einmal um. Sein Kinn streicht meinen Kopf und ich spüre seine Bartstoppel. «Schau auf sein Lachen. Er ist zufrieden. Und glaub mir, wenn ich dir sage, Lexie, dass das nicht an der Wundertüte liegt.»

Paul lächelt. Und es ist ein echtes Lachen, als er die Sachen aus der Tüte auf dem Boden vor sich verteilt und nochmal dankend salutiert. Es ist übrigens auch ein Deo dabei – hat River gar nicht erwähnt.

Als wir weitergehen, erzählt OJ Adriana etwas von Slums, auch wenn ich mir durch die wenigen Wortfetzen nicht erschließen kann, um welchen Ort es genau geht.

Aber gedanklich bin ich eh woanders.

«Ehrlich gesagt bin ich überfordert mit der Armut hier», gestehe ich River, während wir durch eine traumhafte Kulisse voller Palmen laufen, die nie erahnen lassen würde, dass es in L.A. auch so andere Ecken gibt. Und zwar an ganz vielen Stellen, wenn man genau hinschaut. «Ich kenne so etwas aus Greywood nicht. Und auch in San Hills gibt es Obdachlose nicht in dem Maße.»

«Obdachlosigkeit ist ein großes Problem in Kalifornien», sagt River. «Hier gibt es viel mehr Obdachlose als in anderen Bundesstaaten. Ich glaube sogar am meisten.»

«Warum?»

River zuckt mit den Schultern und hält kurz inne. «Na ja, wenn ich obdachlos wäre, würde ich auch lieber ins milde Kalifornien statt ins kalte Alaska gehen.»

Ich nicke, weil seine Erklärung sinnig und nachvollziehbar ist. Das hätte ich mir auch selbst erschließen können. «Vorhin war ich unsicher, wie ich mit den Obdachlosen umgehen soll, als wir am Hollywood Boulevard waren.»

«Was meinst du mit unsicher?», will River wissen.

«Ich weiß nicht, ob man die Obdachlosen ansehen soll oder nicht. Das eine hat etwas von Ignoranz, wenn man dann ohne einen Blick an ihnen vorbeigeht, aber wenn man von oben auf sie hinabsieht während sie vor dir in dreckigen Klamotten auf der Straße sitzen, hat es etwas von Arroganz.»

«Ist schwierig», stimmt River mir zu. «Es sind ja auch nicht alle friedlich. Manche sind aggressiv. Jeder ist anders. Wie immer bei Menschen.»

«Nach was entscheidest du?», frage ich ihn. «Warum bist du gerade für Paul in den Laden gegangen?»

River lächelt. Ich weiß nicht, ob es an meiner Frage liegt. Viel eher denke ich, dass er lächelt, weil ich den Namen des Obdachlosen kenne. «Intuition. Danach habe ich gerade entschieden. Ansonsten sagt meine Mom oft, seid freundlich und nett zueinander. Das ist selten der falsche Ansatz. Und ich denke, damit hat sie gar nicht so unrecht. Wie das so ist bei Müttern. Irgendwie haben sie meistens recht.»

Während wir die letzten Minuten zu unserem Auto laufen, fällt mir noch ein anderer Spitzname für Los Angeles ein: Die Stadt mit den zwei Gesichtern. Arm und Reich liegen hier ganz nah beieinander. Die einen sind unvorstellbar reich, und die anderen unglaublich arm. Stinkreich und bettelarm auf einem Fleck. Dicht an dicht. Immer wieder erinnern uns Leute daran, dass es den amerikanischen Traum noch gibt. Aber nicht für alle. Manche leben den amerikanischen Traum, aber für andere ist er tot. Einige wenige schaffen es, aber viele bleiben auch auf der Strecke. Amerika ist nicht immer das Land der unbegrenzten Möglichkeiten, sondern kann auch ganz anders sein: brutal, unfair und gnadenlos.

21. Kapitel

Vor ein paar Monaten, im Sommer, genau zwischen Schulabschluss und Unibeginn, ist etwas passiert. Ich war glücklich, dass wir vier eine Zusage an der gleichen Uni in Kalifornien bekommen haben, was es uns ermöglicht hat, diesen Schritt in den neuen Lebensabschnitt gemeinsam zu gehen und so zusammen Erfahrungen, Erinnerungen und Erlebnisse sammeln und teilen können. Ich war voller Vorfreude auf mein Studium und neugierig, was ich alles lernen würde. Voller Elan, mich meiner Leidenschaft widmen und so gleichzeitig meinem Traumjob näher kommen zu können. Natürlich war ich auch euphorisch, als wir die Zusage für unser Haus bekommen und den Mietvertrag unterschrieben haben. Ein Glücksmoment jagte den nächsten.

Und dann, an einem verregneten Dienstagnachmittag im Sommer, als ich eine Kiste in meinem Zimmer in Tennessee für unseren Umzug packte, fiel mir eins meiner Skripte in die Hände. Ich erinnere mich noch ganz genau an diesen Tag. River war bei mir und er ermutigte mich, wie so oft, meine Texte auch Adriana und OJ zu zeigen. Bisher war River der Einzige, der etwas von mir gelesen hatte, aber immer wieder stupste er mich an, mehr Menschen meine Zeilen lesen zu lassen. Ich war so zufrieden mit allem und eine unglaubliche Aufregung und Spannung durchströmte meinen Körper bei dem Gedanken an die Zukunft, die vor uns lag – und so hallten den ganzen Tag Rivers Worte in meinem Kopf und abends, als wir mal wieder zusammen auf der Veranda saßen, gab ich Adriana und OJ eins meiner Skripte.

Sie haben es beide gelesen, und zwar unfassbar schnell – selbst OJ, der eigentlich nie Bücher liest und bei dem ich mich mit einem Schmunzeln gefragt habe, ob er es wohl über das erste Kapitel hinausschafft. Aber es war für beide selbstverständlich, diesen Berg an Seiten zu lesen, und ich hatte auch nicht das Gefühl gehabt, dass sie sich durchgequält und es als einen Freundschaftsdienst gesehen haben, den sie machen mussten, weil sie aus der Nummer nicht mehr rauskamen. Im Gegenteil. Das Tempo, in dem sie das Skript gelesen haben, bestätigte die euphorischen Reaktionen. Vor allem aus Adriana sprudelten die Emotionen raus und sie konnte sich kaum mehr halten, endlich mal etwas von mir gelesen zu haben. Nach all den Jahren hatte ich sie eindeutig genug gequält, obwohl sie mich nie gedrängt hat.

Und so erinnere ich mich noch zu gut an den ersten Abend, den wir in unserem neuen Zuhause in Kalifornien verbracht haben. Wir hatten keine Stühle und auch kein Sofa, also saßen wir zusammen auf dem Boden, zwischen all dem Chaos und Kisten und Koffern, und redeten über mein Skript. Man könnte auch sagen, wir haben es auseinandergenommen. Stundenlang, bis spät in die Nacht, und es hat so viel Spaß gemacht, sich über die Geschichte auszutauschen, vor der ich so lange Zeit immer nur alleine saß. Wir haben gemeinsam gebrainstormt, Lücken aufgedeckt, wieder geschlossen und geplottet. Und weil wir alle so viele Ideen hatten und die Gefahr zu groß war, dass wir sie vergessen, haben wir sie schriftlich festgehalten – auf einer Tapetenrolle, weil wir nichts anderes hatten. Wir saßen im Durcheinander, aber unser Denken hatte Struktur und so wurden in Adrianas schöner, schnörkeliger Schrift alle Ideen aufgeschrieben, die uns im Laufe des Abends gekommen sind. Mit all den Pfeilen und Kreisen sah es schon fast aus, als würden wir versuchen, einen Mordfall aufzurollen – genau wie diese großen Wände voller Infos, Fotos und Stecknadeln, vor denen Ermittler hocken, um einen Kriminalfall zu klären. Ja, so ungefähr sieht es bei uns aus, wenn wir gemeinsam brainstormen. Also habe ich mich in den letzten Monaten drangemacht, die Änderungen in mein Skript einzuarbeiten. Vor ein paar Tagen habe ich den dreien das überarbeitete Skript gegeben. Ich war mir nicht sicher, wie lange sie brauchen werden, um es zu lesen, aber nun sitzen wir drei Tage später bereits vor der Tapetenrolle und diskutieren, ob das Skript jetzt so passt oder wo es noch hakt.

Es ist Donnerstag. Und der Donnerstagabend steht für gemeinsames Kochen. Ein Ritual, das sich mittlerweile auch schon so eingeschlichen hat: Jeder besorgt eine Zutat, ohne dass wir sie miteinander absprechen, und dann versuchen wir, irgendetwas Essbares daraus zu zaubern. Aber heute ist nicht nur irgendein Donnerstag. Heute ist Thanksgiving. Und zusammen haben wir blind folgende Zutaten zusammengeworfen: Süßkartoffeln, Auberginen, Truthahn und Pfirsiche. Adriana hat sich mit dem Truthahn wenigstens an Thanksgiving orientiert, meine Süßkartoffeln schneiden auch gar nicht so schlecht ab, die Auberginen befinden sich noch irgendwo im Mittelfeld des Ertragbaren, aber was hat sich OJ bei den Pfirsichen gedacht? Jedoch macht nicht nur das Essen den Tag zu einem einzigartigen Thanksgiving, das ohnehin schon besonders ist, weil es das Erste ist, das wir hier gemeinsam verbringen. Vielmehr ist es das Gespräch nach dem Essen, während wir alle vor der Tapetenrolle sitzen.

«Du solltest es bei einem Verlag einreichen, Lexie», findet Adriana, während mir allein bei dem Gedanken schon warm wird.

«Ich weiß nicht ...»

«Unbedingt.»

«Finde ich auch.»

«Was soll denn passieren?», ermutigt mich OJ und hebt fragend die Hände. «Im schlimmsten Fall lehnen die dich ab. Na und? Dann hast du es wenigstens versucht.»

«Und selbst wenn die dich ablehnen ... dann machst du trotzdem weiter», meint River. «Was wissen die schon?»

Ich muss auflachen, weil River das ständig zu mir sagt. Für ihn haben immer alle Menschen keine Ahnung, wenn sie etwas anders sehen als er – jedenfalls dann, wenn er von etwas überzeugt ist. Manchmal ist es schon nervig, wie rechthaberisch er dann sein kann.

«Das Skript ist genau richtig so», sagt Adriana und nickt einige Male, während sie noch einmal einen Blick auf die gesammelten Notizen auf der Tapetenrolle wirft. «Du hast alles eingearbeitet und abgeändert. Jetzt ist es Zeit, dass du das Buchbaby auf große Reise schickst.»

Die Worte hängen in der Luft und offenbar scheint niemand mehr etwas ergänzen zu wollen.

Wie so oft liegt Rivers Hand auf meinem Oberschenkel und mit seinen Fingern streicht er über meine Haut. Das Gefühl hat etwas Beruhigendes und Vertrautes. «Mach es, Cookie», flüstert er, so leise, dass ich nicht weiß, ob Adriana und OJ es überhaupt gehört haben, während sie nochmal in meinem Skript herumblättern.

Durch meinen Kopf strömen so viele Erinnerungen. Ich erinnere mich daran, wie viel Zeit und Mühe ich in diesen Text investiert habe, und auch wie die anderen drei sich reingekniet haben und sich dafür begeistern konnten, als wäre es ihr eigenes Skript und würde aus ihren Federn stammen. Wie wir gemeinsam überlegt haben, wie wir es auf ein besseres Level bekommen und wie ich versucht habe, alles umzusetzen. Ja, vielleicht ist die Zeit gekommen, meine Texte auch anderen Menschen zu zeigen. Und obwohl es erstmal nur an einige Verlage geht und es nur, wenn überhaupt, ein paar mehr Menschen lesen werden, ist es ein großer Schritt für mich. Vor ein paar Jahren wäre das undenkbar gewesen, ja vielleicht sogar zu Beginn des Jahres. Aber jetzt fühlt es sich richtig an und ich fühle mich mutig genug, die Geschichte mit anderen zu teilen. Es ist so, als wäre der erste Damm gebrochen, als ich meine Zeilen mit den dreien geteilt habe.

«Okay», willige ich ein und sobald ich die Worte ausspreche, schnellen die Blicke zu mir. Ein überraschter Ausdruck macht sich auf den Gesichtern breit. Ich glaube, niemand hat damit gerechnet, dass ich mich bereits heute Abend dazu entschließe – sie sind mit meiner großen Skepsis beim Schreiben nach all den Jahren durchaus vertraut.

«Echt?», sagt OJ, aber er gibt mir keine Zeit, darauf zu antworten, fast schon so, als hätte er die Befürchtung, ich würde es mir wieder anders überlegen. Er springt bereits auf und läuft zur Treppe. Während er nach oben sprintet, ruft er noch: «Ich hole schnell meinen Laptop! Dann können wir ein paar Verlage raussuchen ...»

«Wir können auch mein Tablet nehmen!», ruft Adriana ihm hinterher, als sie anfängt, es unter all den Kissen zu suchen. Achtlos wirft sie Decken und Kissen auf den Boden und es erinnert mich an das Chaos von damals, in dem wir an unserem ersten Abend hier saßen. «Es muss hier irgendwo sein ... Ich finde es schon ...»

Ich muss lächeln, weil die beiden sofort unter Strom stehen und mir helfen wollen, alles startklar zu machen. Hektisch wuseln sie um uns herum, nur River bleibt ruhig bei mir sitzen.

«Ich bin stolz auf dich, Lexie. Wirklich. Egal, was die Verlage sagen werden», murmelt er, dann drückt er mir einen Kuss auf die Haare. Ja, River wurde nie müde mir zu sagen, dass ich mich trauen soll, nach den Sternen zu greifen.

Zusammen tüten wir die Leseproben zu meinem Skript ein, die der Drucker pausenlos ausspuckt. Die Umschläge adressieren wir mit verschiedenen Verlagen, deren Anschrift wir uns gegenseitig diktieren oder vom Display abschreiben. Während Adriana immer wieder OJ anschnauzt, er soll gefälligst ordentlich schreiben, und ihm dann energisch den Stift entreißt, um es selbst zu machen, halte ich für einen Moment inne und beobachte die drei. Muss man sie nicht einfach lieben? Es ist Thanksgiving, und ich fühle Dankbarkeit. Ja, es gibt vermutlich viele Dinge, für die ich dankbar sein kann, und doch hält man sich das im Alltag nicht jedes Mal vor Augen. Ich kann mich davon nicht freisprechen. Aber in diesem Moment wird mir bewusst, wie viel ich habe und vor allem, wie viel es wert ist, solche Freunde zu haben. Ich bin dankbar dafür, solche Menschen um mich herum zu haben, die mich lieben, wie ich bin, und die mich unterstützen, egal, welchen Weg ich einschlage. Menschen, die mich unterstützen in meinen Träumen, Hoffnungen und Wünschen, und nicht von meiner Seite weichen, völlig egal, was ist. Menschen, auf die ich zählen und denen ich blind vertrauen kann. Ich glaube sogar, ich bin für nichts dankbarer als für diese Menschen in meinem Leben.

22. Kapitel

River und OJ haben an der Uni jemanden kennengelernt, der in San Hills ein kleines Tonstudio hat, und seitdem verbringen sie dort immer den Montagabend, um Musik aufzunehmen. Das bedeutet, dass Adriana und ich zu Hause freie Bahn haben und daher haben wir den Abend zum Mädelsabend erklärt. Meistens essen wir ungesunde Dinge, setzen uns nur mit Bademantel bekleidet mit Augenpads und Gesichtsmaske auf das Sofa und quatschen über alles, was uns beschäftigt, während im Hintergrund «Sex and the City» in Dauerschleife läuft.

Wenn man uns beide so sieht, könnte man nicht glauben, dass wir gerade ernsthafte Gespräche führen, aber das machen wir und sie sind eigentlich selten ernster, als in diesen Momenten.

«Wie ist es für dich, mit River hier auf so engem Raum zu wohnen?», fragt mich Adriana schließlich und ich bin irritiert über ihren abrupten Themenwechsel. Gerade haben wir uns noch darüber unterhalten, dass wir nächste Woche um diese Zeit bereits in Tennessee sein werden, um dort Weihnachten zu verbringen. Und dass wir die Wohnzimmerwand nächstes Jahr in einer anderen Farbe streichen wollen, und zwar am besten an einem Montagabend, ehe River und OJ noch ihr Veto gegen unsere konkreten Farbvorstellungen einlegen: Mintgrün oder Flieder – ja, sehr ähnliche Farben, ich weiß.

Um Zeit zu schinden, trinke ich etwas von meinem Eiskaffee, aber Adriana hat bereits abwartend die Augenbrauen hochgezogen und wirft mir durch ihre dunkelumrahmte Brille einen neugierigen Blick zu. Die Möglichkeit, dass ich von ihrer Frage ablenken kann, ist damit gestrichen. Ehrlich gesagt weiß ich nicht ganz, was ich auf ihre Frage erwidern soll. Ich wusste ja vorher schon, dass es nicht leicht wird und dass es schon fast an Sabotage des eigenen Glücks grenzt, mit River auch noch in das gleiche Haus zu ziehen. Und trotzdem gab es für mich keine Alternative. Es war für mich von Anfang an klar, dass wir diesen Weg einschlagen werden, auch wenn er nicht leicht sein wird. Ich wusste, dass es Tage geben wird, an denen es wehtun wird und ich immer wieder mit Situationen konfrontiert werde, in denen ich an meine persönliche Grenze kommen werde ... trotz alldem ist es immer noch besser als ein Leben ohne River. Dann nehme ich diesen steinigen Weg lieber in Kauf.

Ich seufze, als ich die Schultern sinken lasse, und aufhöre, in meinem Hirn nach einer Erklärung suche, die meine Welt rosarot darstellt. Denn so ist es nicht, ganz sicher nicht, aber es gibt auch keine dunklen Wolken. Jedenfalls nicht permanent. «Es ist in Ordnung. Manchmal ist es schwierig, wenn ich ihn wieder mit anderen Mädels sehe, aber es war ja in der High School auch nie anders.»

Adriana atmet laut aus und streicht einige Male über ihren Bademantel. Ich bin mir sicher, dass sie nach den passenden Worten sucht, aber sie weiß selbst, wie verzwickt das alles zwischen uns ist. «Du tust mir leid. Ehrlich. Ich würde nicht mit dir tauschen wollen. Deine Situation ist einfach scheiße.» Adriana fängt bei ihrem letzten Satz an zu lachen und ich muss einfach einstimmen, weil wir schon wieder über dieses Thema sprechen und irgendwie wird sie nie müde, mir zuzuhören, obwohl ich immer das Gleiche erzähle und ich liebe sie dafür, dass sie so verständnisvoll und geduldig ist. «Du hast dir vermutlich auch einen der kompliziertesten Männer auf diesem Planeten ausgesucht. Die Wahrscheinlichkeit, an so einen zu geraten, geht gegen null. Die meisten würden es einfach drauf ankommen lassen und es probieren. Aber nicht mit River. Er macht es lieber kompliziert ...» Adriana verzieht nachdenklich den Mund und schiebt sich ihre Brille ein Stück höher. «Vielleicht solltest du Lotto spielen. Und dann knackst du den Jackpot und wir beide brennen durch. Den Rest unseres Lebens verbringen wir dann am Strand und trinken leckere Cocktails, während wir heiße Surfer beobachten.»

Ich muss lachen bei der Vorstellung, aber bei meinen nächsten Worten klingt meine Stimme wieder ernst. «Ja, ich wünsche die Situation auch niemandem.» Es ist nicht leicht, aber ich will nicht jammern, schließlich habe ich mich für diesen Weg entschieden – obwohl ich manchmal gar nicht sicher bin, ob ich eine Wahl gehabt habe, weil ich immer mit dem Herzen gehe.

Adriana sieht mich mit gerunzelter Stirn an. «Wie machst du das bloß, Lexie? Wie machst du jeden Tag weiter? In deiner Situation würde ich ihn ständig anfassen und küssen wollen. Stattdessen macht er das mit anderen Mädchen.»

Ratlos zucke ich mit den Schultern. So genau weiß ich das selbst nicht, wenn sie mich so direkt danach gefragt. «Ich weiß nicht. Man steht einfach auf und macht weiter.»

Einatmen. Ausatmen. Dann entscheiden. Immer wieder dafür entscheiden, weiterzumachen. Jeden Tag.

«Ich bin mir nicht sicher, ob ihr gesegnet oder verflucht seid. So nah mit ihm zu leben, jeden Tag, seit Jahren, Seite an Seite. Alles teilen, Liebe, Freude, Zweifel, Schmerz. Eins sein, aber immer ohne Hoffnung, jemals eins zu sein oder zu werden. Das ist der Inbegriff von Verdammnis.»

Im ersten Moment bleibt mir bei Adrianas Worten glatt die Luft weg, weil sie es so treffend formuliert hat. Sie fühlt, was ich fühle. Ja, sie ist wirklich meine beste Freundin und es sagt unglaublich viel über sie aus, dass sie es so nachfühlen kann, obwohl sie nicht in meiner Situation ist.

«Ja. Fluch und Segen zugleich», stimme ich Adriana knapp zu. Und das ist wirklich so. Keine Ahnung, was mehr überwiegt. Segen an Tagen, an denen rosa Wolken da sind, und der Fluch, wenn diese Wolken aufziehen, die meine Welt verdunkeln.

Adriana lehnt sich nach vorne und nimmt sich eine Handvoll M&Ms aus der Tüte. Fragend hält sie mir sie entgegen und natürlich nehme ich mir ebenfalls welche heraus. «Manchmal frage ich mich wirklich, wie du das schaffst. Du bist so stark, Lexie. Ich würde verzweifeln. Ich würde nur heulen und Wein trinken. Oder Whiskey. Deswegen liebe ich mein Raketenabwehrsystem.»

Kaum hat sie es ausgesprochen, muss ich über das Wort schmunzeln und verschlucke mich beinahe an meinen M&Ms. «Dein was?»

«Du weißt doch, ich kann jede Menge auffangen. Aber ich merke, wenn meine Seele angegriffen wird. Dann kommt mein System ins Spiel und schießt den Angreifer kaputt. Ich schieße die Person dann einfach aus meinem Leben.» Adriana wirft sich einige M&Ms in den Mund und im Gegensatz zu uns dreien, die immer mit vollem Mund sprechen, redet sie erst weiter, sobald sie es heruntergeschluckt hat. Vermutlich die Einzige von uns, die gutes Benehmen hat. «Ich konfrontiere den Menschen dann und sage, dass ich keinen Kontakt mehr möchte, und erkläre mich einmal. Manchmal auch zweimal. Aber dann bin ich weg und die Tür ist zu. Und dann bleibt sie auch zu. Das System habe ich mittlerweile Raketenabwehrsystem getauft.»

Genau so war es auch mit ihrem Ex-Freund, den sie zu unserem Abschluss an der High School gedatet hat. Sie wollten ihrer Beziehung trotz der Entfernung sogar während der Uni eine Chance geben, aber Noah hat sich ihr gegenüber respektlos verhalten. So etwas macht man genau einmal mit Adriana, denn danach beendet sie die Sache, während die meisten Menschen viel zu gutmütig sind, auf eine Verbesserung hoffen und unzählige Male verzeihen. Nein, nicht mit Adriana. Sie ist da eisenhart und ganz anders. Es geht dabei nicht um Lappalien, sondern um Dinge, die eine Linie überschreiten, und jeder Psychologe würde wahrscheinlich begeistert klatschen und sagen, dass es gesund sei, solche Grenzen zu ziehen. Abgrenzung, um sich selbst zu schützen. Schon während der Schulzeit hat Adriana immer mal wieder Freundschaften oder Bekanntschaften aufgelöst. Und ich weiß, dass das auch unser ganzes Leben so bleiben wird. Es passiert nicht oft, aber doch immer mal wieder. Anfangs hatte ich Angst, dass es mich auch eines Tages treffen wird, aber mit mir ist sie erstaunlich geduldig und mittlerweile wähne ich mich in Sicherheit.

Adriana scheint wie so oft meine Gedanken lesen zu können, oder vielleicht macht sich auch einfach ein entgeisterter Ausdruck auf meinem Gesicht breit, während der Gedanke in meinem Kopf herumwuselt. «Keine Sorge, dich trifft es nicht.

Du weißt doch, du bist meine beste Freundin. Außerdem ... dich wird man eh nicht los. Das sehe ich doch an River. Ich habe mich meinem Schicksal schon ergeben», zwinkert sie mir zu.

Ich lächle sie dankbar an, obwohl ich im Herzen bereits weiß, dass uns nichts trennen kann. «Ich will auch ein Raketenabwehrsystem», entscheide ich dann.

«Nein. Willst du nicht», sagt Adriana ohne Zögern. «Du bist zu soft. Du behältst lieber dein warmes Herz. Daran ist nichts verkehrt. Das ist eine gute Eigenschaft. So tief und aufrichtig. Du bist hoffnungsvoll und glaubst an das Gute im Menschen.»

«Aber du bist tough.»

Adriana schüttelt den Kopf. «Nein, ich bin kalt und geradlinig. Du bist tough und zäh, weil du das alles durchziehen kannst. Behalt dein warmes Herz.» Sie greift nach meiner Hand. «Du liebst, obwohl es so kompliziert ist. Und manchmal frage ich mich, ob du überhaupt weißt, was das über dich aussagt, Lexie Lewis.»

23. Kapitel

Es war schön, Weihnachten bei unseren Familien in Tennessee zu verbringen und wir haben die Zeit dort alle sehr genossen, aber pünktlich zum Jahreswechsel sind wir wieder zurück in Kalifornien. Für uns stand von Anfang an fest, dass wir in dem Bundesstaat auch den Jahreswechsel erleben wollen. Hier, wo vor wenigen Monaten ein neuer Lebensabschnitt angefangen und so viel Veränderung für uns gebracht hat. Es ist unser erstes Silvester in Kalifornien, in unserem Freshman-Jahr, und natürlich ist es daher ein besonderer Tag für uns.

Wir haben uns dazu entschieden, mit anderen Studenten an der Uni zu feiern. Jedes Wohnheim schmeißt hier eine Party oder vielleicht ist es auch eine große Party zusammen, jedenfalls verbringen wir New Year's Eve am Campus und fiebern so mit den anderen zusammen Mitternacht entgegen.

Es ist früher Nachmittag, als ich mir meinen Weg durch die Menschen auf der Party bahne, die bereits seit einigen Stunden inoffiziell läuft, wohingegen manche Vorbereitungen immer noch getroffen werden. Während ich an den Studenten vorbeiziehe, höre ich River und OJ mit ihren Kommilitonen über die überdurchschnittlich hohe Durchfallquote bei einer Klausur reden. Obwohl wir gerade einige Tage Winterferien haben, scheinen vor allem die Biologie-Studenten an einer anstehenden Prüfung zu knabbern haben, die nach den Ferien im Januar auf dem Plan steht. Ich merke River und OJ die Anspannung vor der Prüfung an, auch wenn sie immer versucht haben, es zu verbergen. Mittlerweile versuchen sie nicht mal mehr, es abzustreiten. Sie haben sogar ihre Bücher mit nach Tennessee geschleppt und auch die Weihnachtstage haben sie nicht davon abgehalten, sich zu treffen und den Lernstoff zusammen durchzugehen.

«Und, hast du etwas Brauchbares gefunden?», frage ich Adriana, als ich mich zu ihr auf die Decke mitten auf der Wiese fallen lasse und ihr einen Pappbecher in die Hand drücke.

Weiterhin starrt sie auf mein Handydisplay und nimmt mir den Becher ab, ohne den Blick für eine Sekunde abzuwenden, als hätte sie die Befürchtung, etwas zu verpassen.

«Hm», macht sie und nippt einmal an ihrem Cocktail. Ja, Cocktail im Becher. Richtiges Uniniveau. Aber diese wunderbaren Pappbecher sind so unscheinbar, dass keiner erahnen würde, dass ich darin zuvor Alkohol gemixt habe, als ich im Studentenwohnheim war.

«Was soll mir das verraten?», frage ich, nachdem ich einen Schluck getrunken habe. Der Alkohol fühlt sich warm in meiner Kehle an.

«Das soll bedeuten, dass ...» Sie seufzt laut, während sie die Profile durchgeht. Swipe, swipe, swipe. Kein Profil scheint ihren Ansprüchen für mich gerecht zu werden. «Irgendwie ist sehr viel Schrott in diesen Dating-Apps unterwegs.»

«Habe ich dir doch von Anfang an gesagt.» Ein triumphierendes Lächeln umspielt meine Lippen. Kaum waren wir hier in Kalifornien richtig angekommen, hatte Adriana mich mehr oder weniger gezwungen, diese App auf meinem Handy zu installieren. Seitdem verstaubt sie da jedoch und ich bin jeden Tag kurz davor, sie zu löschen – sofern ich daran überhaupt denke. «Dann kann ich die App ja endlich von meinem Handy schmeißen.»

«Nein, nein», sagt sie sofort und studiert bereits weitere Profile, so hoffnungsvoll, als könnte man dort tatsächlich vernünftigen Menschen begegnen. «Mindestens ein Jahr bleibt die auf deinem Handy.»

«Ein Jahr?», wiederhole ich ungläubig. «Muss ja eine sehr tolle App sein, wenn sie mich nach Monaten nicht überzeugt und immer noch eine Schonfrist hat.»

«Wie ist der?», fragt mich Adriana und hält mir das Handy entgegen. Kurz scrolle ich durch die Fotos von dem Typen namens Mike und ich muss zugeben, dass er gut aussieht.

Wirklich gut. Alles in mir sträubt sich, meine Meinung über diese Portale zu revidieren, und als ich die ersten drei Zeilen in Mikes Profil lese, weiß ich auch, warum das so ist.

«Der ist raus. Der kann ja keinen fehlerfreien Satz schreiben.» Ich glaube, ich habe in dem Punkt eine gewisse Störung. Sobald jemand sprachliche Fehler in seine Texte einbaut, verliere ich das Interesse. Da kommt wohl meine Liebe zu Worten durch und wenn sie so verhunzt werden, kann ich das nicht mit ansehen.

Adriana seufzt, aber das hält sie nicht davon ab, durch weitere Profile zu scrollen.

«Und der?», fragt sie und hält mir mein Handy wieder unter die Nase. Neugierig beobachtet sie mich, während sie einen Schluck aus ihrem Becher trinkt.

Bei dem Profil reicht mir bereits das erste Foto und ich verziehe angeekelt das Gesicht. «Der hat vermutlich mehr Muskeln als Hirn. Next, please.»

«Vielleicht kann der ja einigermaßen schreiben. Du hast sein Profil gar nicht gecheckt», grummelt Adriana leise vor sich hin, aber dann höre ich ein enttäuschtes «Oh», und mir ist klar, dass seine Rechtschreibung alles andere als überzeugend ist.

River kommt währenddessen auf uns zu geschlendert und begrüßt auf seinem Weg noch ein paar Unikollegen, die ebenfalls auf der Party angekommen sind, dann sitzt er neben mir auf der Decke.

«Armer OJ», sage ich nur, während ich beobachte, wie er sich eine Zigarette anzündet, als er mit seinen Kommilitonen redet. Ohne, dass River ein Wort sagen muss, halte ich ihm meinen Drink entgegen.

«Was meinst du?»

«Die Prüfung im Januar stresst ihn.»

«Woran merkst du das?», will River wissen, nachdem er an meinem Drink genippt hat. Fragend hält er mir seinen Becher entgegen, aber ich schüttle den Kopf. Ich wette, dort ist doppelt so viel Alkohol drin wie in meinem, und noch ein paar Stunden will ich hier möglichst nüchtern durchhalten. Die Sonne ist schließlich noch nicht mal untergegangen.

«Ihr lernt viel zusammen. Adriana fragt ihn oft auf der Veranda ab. Morgens, mittags, abends. Ständig. Und OJ raucht immer nur, wenn ihn etwas stresst. Wenn ein wichtiges Spiel ansteht oder kurz vor einer Klausur.»

River schmunzelt, während er den Blick senkt und das Getränk in seinem Becher kreisen lässt. Ein paar blonde Haarsträhnen fallen ihm ins Gesicht. «Und gerade reicht es schon, wenn OJ nur davon redet. Ich glaube, wir sind beide froh, wenn wir die Prüfung abhaken können.» Nachdem er einen Schluck getrunken hat, lehnt er sich zu Adriana, die immer noch in ihrer Aufgabe als Amor vertieft ist. «Hey, was machst du da? Ist das nicht Lexies Handy?»

Adriana hebt die Hand, was River wohl signalisieren soll, dass er sie nicht stören soll. «Ich bin auf der Suche nach Lexies Herzblatt.»

Sofort setzt River sich aufrechter hin und er zieht missbilligend die Augenbrauen zusammen. «Glaubst du etwa immer noch daran, da jemanden finden zu können?»

In seiner Stimme schwingt jede Menge Unglauben mit, genau wie vor ein paar Wochen, als er erfahren hat, dass diese App auf meinem Handy schlummert.

«Ja, wo denn sonst, River?», fragt sie ihn und sieht kurz vom Display auf. Sie macht eine ausfahrende Armbewegung, während sie mit ihren Fingern immer noch ihren Becher umklammert. «Meinst du, der Typ steht einfach irgendwann vor ihrer Tür?»

«Nö, da müsste er ja an mir vorbei», zwinkert River mir zu und zwickt mir kurz in die Seite, woraufhin ich viel lauter quiecke, als mir lieb ist. «Ernsthaft, Adriana, ganz sicher findet man da nichts in dieser App.»

«Ja, viele sind fuckboys», erklärt Adriana und klingt so sachlich, als würde sie eine naturwissenschaftliche Theorie erklären. «Da stimme ich dir zu. Aber wo denn sonst, River?»

«Keine Ahnung.» Er zuckt mit den Schultern. «Auf einer Party vielleicht.»

Im Hintergrund würgt irgendwo jemand, so laut, dass es sogar die lauten Musikbeats übertönt.

«Ja, Party hat Potenzial. Kann man nicht anders sagen», kommentiere ich Rivers Idee.

«Okay, vielleicht nicht gerade auf dieser Party. Gib mir mal das Handy.» River streckt Adriana die Hand entgegen und sie scrollt noch ein paar Sekunden durch die Profile, dann reicht sie es ihm. Gut, dass mir kaum etwas egaler ist, als mein Account in dieser App. Man merkt mir an, dass mir die Ernsthaftigkeit dafür fehlt. Meinetwegen können sie bei allen Typen nach links oder rechts swipen oder mein Profil schlichtweg löschen.

Während aus den Musikboxen *Levitating* von Dua Lipa läuft, ist River neben mir alles andere als begeistert von den Kandidaten in der App und schafft es kaum, ein Profil mal nicht abfällig zu kommentieren. Mittlerweile sitzt auch OJ bei uns auf der Decke und unterhält sich mit irgendwelchen Unileuten, die schon mal zusammen mit uns in der Bibliothek saßen. Sie haben sich uns auch vorgestellt, aber ich habe ihre Namen vergessen.

«Sag mir Bescheid, wenn ich zuerst schreiben soll?!», liest River vor und versucht nicht mal, seinen abschätzigen Tonfall zu verbergen. «Ich meine: seriously? Was sind das für Idioten? Oder der hier ... Bloody hell ...» River lacht so laut, dass ich mir die nächsten Worte nur mit viel Mühe erschließen kann: «Tomatensaft oder Traubensaft? Soll das lustig sein? Oder meinen die das ernst? Und was soll überhaupt dieses Feuerwerk an Emojis?»

Ich lehne mich zu River, genau wie Adriana, und wir diskutieren schon fast über die Profile. Und mit jedem Swipe muss ich River immer mehr zustimmen, dass die Wahrscheinlichkeit tatsächlich zunehmend gegen Null geht, in der App fündig zu werden – nicht, dass ich ernsthafte Hoffnungen darauf gesetzt hätte.

Und dann leuchtet plötzlich oben eine Meldung auf.

«Oh, du hast ein Match», verkündet Adriana. «Bestimmt der süße Tierarzt ...» Sie reißt River das Handy aus der Hand und ihre Finger fliegen schnell über das Display, was mir zeigt, wie gut sie sich auf der Plattform bereits auskennt. «Ja, der ist es. Der part-time-Bücherwurm.» Sie grinst zufrieden und wackelt vielsagend mit dem Handy. «Den fandest du doch echt ganz süß. Und schreiben konnte er auch. Keine Rechtschreibfehler im Profil.»

Überschwänglich nicke ich. «Ja, Minimalkriterium erfüllt ...»

«Part-time-Bücherwurm ... was für ein Blödsinn», murmelt River und er klingt verärgert, als er prompt aufsteht. «Ich hole mir noch einen Drink. Den braucht man hier wohl bei so viel Mist.»

Das ist sein letzter Kommentar, ehe er davon stapft, und irgendwie finde ich seine impulsive und unkontrollierte Art süß, die in manchen Momenten aufflackert. Adriana lehnt sich zu mir und flüstert: «Damit muss er klarkommen ... Muss er halt mal vorankommen.» Sie zwinkert mir zu und ich frage mich, ob sie ihn absichtlich ein bisschen provozieren wollte, auch wenn ganz sicher nicht böswillig, aber ehe ich sie das fragen kann, winkt sie jemandem zu und rafft sich auf. «Ich muss mal eben rüber zu Sally. Bin gleich wieder da, Lexie.»

Während Adriana zielstrebig auf Sally zugeht, winke ich ebenfalls zwei Kommilitoninnen, die erstmal einen Abstecher ins Wohnheim machen, und dann rutscht OJ zu mir auf. Seine Unikollegen sind mittlerweile nicht mehr bei uns auf der Decke.

«Manchmal hat er sich echt nicht im Griff. Was ist denn jetzt schon wieder sein Problem?», will OJ wissen und deutet mit seinem Becher in Rivers Richtung, der das Wohnheim ansteuert, aber auf dem Weg dorthin bereits von einigen Kommilitonen aufgehalten wird, die sich wie immer um ihn herum scharen. OJ muss etwas von unserem Gespräch gerade mitbekommen haben. Jedoch gibt er mir keine Zeit, auf seine Frage zu antworten, und ich weiß auch nicht, ob er eine Antwort erwartet hat. «Soll ich dir was verraten, Lexie?»

«Was denn?»

«Ich habe eure Beziehung lange nicht verstanden. Und, um ganz ehrlich zu sein, manchmal verstehe ich sie immer noch nicht.»

Vor lauter Überraschung bleibt mir kurz die Luft weg. Nicht, dass ich es verheimlichen oder leugnen will, aber es ist ungewohnt. Solche Konfrontationen kenne ich bisher nur von Adriana, und OJ hat sich auch nie etwas anmerken lassen, dass er überhaupt etwas von uns mitbekommen hat.

«Die Beziehung zwischen River und mir?», frage ich, eher, um Zeit zu schinden.

«Ja», sagt OJ knapp. «Offensichtlich ist es mehr als Freundschaft.»

«Wie kommst du darauf?» Ich weiß nicht, warum mir so warm wird, aber Hitze steigt in mir auf und es fühlt sich an, als würden wir den kalifornischen Hochsommer haben statt den letzten Tag des Jahres. Hat OJ sich das alles selbst erschlossen? Oder hat River mit ihm darüber gesprochen? Weiß OJ sogar vom Kuss beim Abschlussball?

«Ach, Lexie ...» Er schmunzelt und es klingt belustigt, als würde ich etwas Offensichtliches fragen. «Mir reicht schon, wenn ich sehe, wie ihr bei *Supernatural* zusammen auf dem Sofa liegt. Machst du das mit anderen auch? Oder River mit einem anderen Mädchen? Ich sehe das nur bei euch beiden.»

«Ja, vielleicht, aber ...», setze ich an.

«Nichts aber», unterbricht er mich und stupst mir an die Schulter. «Ich liege da ja auch manchmal mit Adriana zusammen oder sogar mit dir, aber nicht so.»

«Wie ... so?»

«So halt. So eng und dicht.» OJ zieht seine Zigarettenschachtel aus der Hosentasche hervor und hält sie mir fragend entgegen, woraufhin ich den Kopf schüttle. Er zuckt mit den Schultern und schiebt sich eine Zigarette zwischen die Lippen, dann kramt er sein Feuerzeug hervor. Das Rauchverbot am Campus scheint zumindest heute niemanden zu interessieren. Während das Feuer flackert, frage ich mich, ob OJ das Thema so aufwühlt, dass er dafür eine Zigarette braucht oder ob er sich gerade einfach von der Partystimmung um uns herum mitziehen lässt.

«Stresst dich das Thema?», frage ich daher mit einem Grinsen.

«Warum?» OJ lacht auf und lässt das Feuerzeug wieder verschwinden. «Weil ich dabei rauche?»

«Genau.»

«Ein wenig. Weil ich allmählich das Gefühl bekomme, es ist kompliziert. Und trotzdem beneide ich euch. Gleichzeitig tut ihr mir leid. Ich weiß nicht, was überwiegt, aber es ist eine seltene und interessante Kombination.»

«Was meinst du?», frage ich und versuche, neutral zu klingen. Und trotzdem fühle ich mich schon fast erwischt und ahne bereits, worauf er hinauswill.

OJ zieht an seiner Zigarette und es dauert einige Sekunden, bis er mir antwortet. «Ich beneide euch, weil ihr so eng miteinander seid und so vieles teilt. Dass ihr einander blind vertraut, euch ergänzt und immer auf den anderen achtet. Ihr habt so viel. Und trotzdem frage ich mich manchmal, ob das alles wirklich reicht. Oder ob ihr nicht gerne ... mehr hättet.»

Unweigerlich muss ich an Adrianas Worte denken, als wir kurz vor unserer Abreise nach Tennessee zusammen auf dem Sofa saßen und wir das gleiche Thema hatten.

Ich bin mir nicht sicher, ob ihr gesegnet oder verflucht seid. So nah mit ihm zu leben, jeden Tag, seit Jahren, Seite an Seite. Alles teilen, Liebe, Freude, Zweifel, Schmerz. Eins sein, aber immer ohne Hoffnung, jemals eins zu sein oder zu werden. Das ist der Inbegriff von Verdammnis.

«Habe ich recht?», hakt OJ nach. «Manchmal ist es kompliziert, oder?»

«Ja, schon», gebe ich zu.

Aus dem Augenwinkel kann ich erkennen, dass er mich ansieht. «Sorry. Du musst mir das nicht erzählen, Lexie.»

«Alles gut», sage ich und es rührt mich, dass OJ denkt, er ist mir zu nahegetreten. «Wir versuchen, Freunde zu sein.»

«Und wie klappt das?», fragt er zögernd.

«Mal so, mal so», resümiere ich und denke an Rivers Abgang zuvor.

OJ lacht und wahrscheinlich denkt er an das Gleiche. «Ihr würdet übrigens nicht den Kodex brechen.»

«Wovon redest du? Was für einen Kodex?»

«Na, du weißt schon ... unseren Kodex, dass niemand von uns Leute mit nach Hause schleppt, mit denen man Sex hat. Kein Männer- oder Frauenbesuch bei uns zu Hause in der WG. Ich glaube nicht, dass ihr Sex miteinander habt. Das würde ich vermutlich mitbekommen, so eng an eng, wie wir leben ...» Kurz hält er inne, als wäre er unsicher, mit der Aussage eine unsichtbare Grenze überschritten zu haben. «Aber theoretisch dürftet ihr Sex miteinander haben, ohne den Kodex zu brechen, schließlich lebt ihr auch zusammen dort. Heute weiß ich auch, warum River diesen Kodex vorgeschlagen hat. Damals fand ich es etwas schräg, aber jetzt ist es mir klar. Wahrscheinlich würde er vor Eifersucht durchdrehen, wenn du da mit deinem Typen wärst.»

«Ich weiß nicht, ob er das wirklich deswegen vorgeschlagen hat», wende ich ein.

«Klar», sagt OJ und zieht an seiner Zigarette. «Wenn ihm so eine dämliche Dating-App schon so gegen den Strich geht ...»

Mir gefällt OJs Theorie zwar, aber ich glaube, es ist aus einem anderen Grund entstanden. Und zwar, damit er mir nicht wehtut. Das wäre typisch River. Das Wohl des anderen an erste Stelle stellen.

«Weißt du, Lexie, ihr müsst das alles unter euch klären. Ich halte mich da raus. Aber ich wollte dir eins dennoch sagen. Es sagt so viel über euch und eure Bindung aus, dass ihr so eng seid, obwohl es nicht um Sex geht. Dass ihr die Seite des anderen nicht verlasst, obwohl es so zwischen euch ist. Ich beneide euch wirklich. Es ehrt euch beide sehr, viel mehr, als du dir vorstellen kannst.» Dann sehen mich OJs grüne Augen unvermittelt an und auf seinem Gesicht liegt ein nachdenklicher Ausdruck. «Ich wünschte, ich hätte auch ein Mädchen wie dich, das mich so liebt, wie du River. So bedingungslos. Denn das ist es wirklich.»

Seine wertschätzenden Worte lassen ein warmes Gefühl durch meinen Körper strömen und ich fühle mich verstanden. «Ich bin sicher, du wirst auch mal so ein Mädchen finden.»

Er lächelt, dann zuckt er etwas ratlos mit den Schultern, als wäre er sich nicht sicher, so jemanden zu finden. «So etwas ist selten. Das weiß River auch. Und wenn er schlau ist, lässt er dich nie gehen.»

«Das ist lieb. Danke.» In dem Moment empfinde ich wirklich Dankbarkeit, weil OJ in unserer Beziehung so viel Positives sieht.

«Wofür bedankst du dich?»

«Weil du River und mich nicht dafür verurteilst, dass unsere Beziehung etwas ... anders ist. Kompliziert. Nicht immer leicht, und vermutlich auch nicht immer verständlich für Außenstehende. Manchmal verstehe ich sie ja selbst nicht.»

«Vielleicht ist es manchmal wichtiger, dass es sich einfach richtig anfühlt. Und heute weiß ich zumindest, warum ich eure Beziehung nicht immer verstehe.»

«Warum denn?», wage ich zu fragen, obwohl ich die Antwort schon ahne.

«Weil ich so etwas nicht kenne. Denn oft sind Leute weg, wenn sie nicht das bekommen, was sie wollen: Wenn die Frauen bei mir merken, es gibt keine Beziehung oder keinen Sex, suchen sie sich den nächsten. Es ist sehr ...» OJ hält inne und scheint nach dem passenden Wort zu suchen. «Oberflächlich. Ersetzbar. Austauschbar. Such dir was aus.»

«Verletzt dich das?»

«Ja, manchmal», gibt er zu und seine Ehrlichkeit überrascht mich. Es ist eher selten, dass OJ über so etwas spricht. In manchen Momenten wirkt er schon fast unnahbar. Und dennoch weiß ich, dass er eine verletzliche und tiefgründige Seite hat. Allein sein Wunsch, als Hybrid irgendwo anzukommen, verrät das und sagt so viel über ihn aus.

«Und trotzdem nimmst du so vieles an Erfahrungen mit.» Es ist kein Angriff und auch keine Provokation. Eher eine Feststellung, ganz ohne Wertung, von der ich weiß, dass OJ sie einordnen kann.

«Yepp», sagt er trocken. «Aus Spaß. Aber es hat keine Bedeutung für mich. Und vielleicht auch, weil ich manchmal ein Arsch bin.» Plötzlich steht er auf und irgendetwas erweckt den Anschein, dass er das Gefühl hat, zu viel gesagt zu haben. «Tust du mir einen Gefallen und trommelst Adriana und River zusammen? Ich habe was vor mit euch. Gib mir nur ein paar Minuten. Ich muss es noch schnell organisieren.»

«Schnell organisieren? Was denn?», hake ich verwirrt nach, als ich neben ihm stehe. Kaum zu glauben, dass wir vor ein paar Sekunden noch bei einem anderen Thema waren.

«Wart's ab», sagt OJ und macht eine ausfahrende Handbewegung. «Die Party hier ist echt lahm. Hoffentlich wird die noch besser. Oder meinst du, die wird später besser, wenn ich Alkohol trinke? Vielleicht sollte ich damit mal anfangen.» Er wirft einen Blick in seinen Becher und leert ihn mit einem schnellen Zug, ehe er damit auf den Mülleimer zielt, der ziemlich weit entfernt steht – und trifft. «Wir treffen uns in fünf Minuten wieder hier. Bis gleich.»

Mit diesen Worten lässt OJ mich zurück und bahnt sich zielstrebig seinen Weg durch all die Studenten um uns herum, als wüsste er genau, wo er hinmuss. Ich hingegen stehe einige Sekunden noch ratlos herum, ehe ich mich auf die Suche nach River und Adriana begebe, die ich beide schnell finde. Sie sind genauso verwirrt über OJs Ankündigung, aber folgen mir zum vereinbarten Treffpunkt und nach ein paar Minuten kommt OJ auf uns zu.

Auf seinem Gesicht macht sich sein typisches Grinsen breit, genau das, was er immer hat, wenn er beim Basketball einen Korb wirft. Ein bisschen siegessicher und gerade so an der Arroganz vorbei. Während er sich die letzten Meter nähert, wedelt er mit einem Autoschlüssel.

«Von wem hast du den abgezogen?», scherzt River.

«Von meinem Teamkollegen Oliver.»

«Sag nicht, das ist der schwarze Ford Mustang.» River ist definitiv schon einen Schritt weiter als Adriana und ich, die nur die Hälfte des Gespräches blicken.

«Es ist der schwarze Ford Mustang», verkündet OJ, fast schon feierlich.

«Bloody hell, den darfst du fahren?» River lacht auf und haut OJ an die Schulter.

«Ganz genau. Und das machen wir jetzt. Auf geht's.»

Wir laufen über das Unigelände zum Parkplatz und OJ sicherer Schritt verrät mir, dass er genau zu wissen scheint, wo der Wagen abgestellt ist.

«Ich mache den DJ», beschließt Adriana, als wir uns dem dunklen Auto nähern.

«Oh nee», tut River seine Begeisterung kund. «Bitte nicht so viele 90er.»

Lachend wirft Adriana den Kopf in den Nacken, dann stehen wir auch schon vor dem Wagen. Es ist mir völlig egal, wer uns mit Musik versorgt. Ich habe ernsthafte Sorgen. Denn ich traue mich kaum, in das Cabrio einzusteigen, geschweige denn darin zu atmen, aus Angst, irgendetwas kaputt oder dreckig zu machen. Die dunkle Lederausstattung sieht sündhaft teuer und edel zugleich aus, und wenn ich so etwas wie eine imaginäre Wunschliste habe, dann setze ich dieses Auto mit sofortiger Wirkung darauf.

Irgendwie schaffe ich es ins Auto, ohne eine Vollkatastrophe loszutreten, und das mit dem Atmen klappt auch einigermaßen. Noch.

«Buckle up, buttercup», sagt OJ, während er die Seitenspiegel einstellt. «Es wird schnell. Ich habe nicht umsonst bisher keinen Schluck Alkohol getrunken. Und wie ihr wisst, habe ich einen Bleifuß.»

Ja, es stimmt, dass OJ die Tachoanzeige bei unserem Auto gerne nach oben treibt, und gleich werde ich herausfinden, wie dieser Sportwagen OJ dazu anspornen wird, noch mehr aufs Gas zu drücken.

«Wie viel PS?», fragt River und ich weiß gar nicht, ob ich die Antwort wissen will. Schon beim Start des Motors fängt der Mustang an, ungeduldig zu schnurren.

«449.»

«Alto belli. Ich glaube, mir wird gerade schlecht», sagt Adriana, die vor mir sitzt, und spricht dafür stellvertretend für uns beide, während sie sich anschnallt und zur Sicherheit nochmal an ihrem Gurt zieht.

«Denk daran, dass auf unserer bucket list noch ein paar Sonnenuntergänge stehen. Ich möchte auf jeden Fall einen in London miterleben», erinnere ich OJ, als ich mich ein Stück nach vorne zum Fahrersitz lehne. «Es wäre schön, wenn du das berücksichtigen könntest.»

Er wirft einen Blick über seine Schulter. «Ein guter Zeitpunkt für schwarzen Humor.» Das sind seine letzten Worte, ehe er aufs Gas drückt und wir vom Parkplatz düsen.

Und, ja, es macht Spaß, dabei sitze ich nicht mal hinter dem Steuer. Adriana ist noch zugange, ihr Handy mit dem Auto zu verbinden, aber kurz danach erklingt «Teenager Dream» von Katy Perry und der Song passt zum kalifornischen Lebensgefühl.

«Nicht ganz 90er, aber auch schon ein paar Jahre alt», meint OJ mit einem Augenzwinkern, als er den Wagen runter vom Unigelände, rauf auf die Hauptstraße, lenkt. Und dann, als wir dort angekommen sind, gibt er richtig Gas. Der Motor heult auf und der Wind weht meine Haare nach hinten. Es ist das erste Mal, dass ich in einem Cabrio mitfahre und ich genieße den freien Himmel über mir. Es hat ein Gefühl von Freiheit.

Während San Hills an uns vorbeizieht und wir die Stadt zunehmend hinter uns lassen, wird mir klar, worauf OJ zusteuert.

Highway 1.

Genau der Highway, der an der Küste des Pazifischen Ozeans verläuft.

Wir fahren die Straße der Träume entlang, während sich neben uns das Meer erstreckt. Allmählich geht die Sonne unter, aber es wird noch eine Weile dauern, bis sie vollständig hinter dem Horizont verschwunden ist. Die Wolken am Himmel sind mit einem hauchzarten Rosa durchzogen, das sich an manchen Stellen in ein intensives Lila verwandelt. Das Wasser des Pazifiks leuchtet durch die Sonnenstrahlen in einem ganz besonderen Blauton, der mich an die Farbe von Rivers Augen erinnert.

Es wird laut, als OJ das Auto beschleunigt, und trotzdem hören wir den Song *Carry On Wayward Son* von Kansas mehr als deutlich. Während wir anfangen, vor Begeisterung über die Songauswahl zu jubeln, wirft Adriana uns ein zufriedenes Lächeln zu.

«Das Lied erinnert mich immer an uns», schreit sie gegen den Wind und die Lautstärke an. Dann hebt sie den Arm in die Luft und singt lautstark mit, auch wenn alles krumm und schief ist. Adriana schiebt sich ihre Sonnenbrille zurück ins dunkle Haar, das durch den Wind in alle Richtungen flattert, obwohl sie weitaus windgeschützter sitzt, als River und ich hinten.

Ich weiß genau, wovon Adriana spricht. Das Lied begleitet nicht nur unsere gemeinsame Lieblingsserie *Supernatural,* wodurch wir überhaupt auf den Song gestoßen sind, sondern ich verbinde auch unsere Freundschaft damit. Vermutlich, weil wir es schon unzählige Male zusammen gehört haben.

Heute, an New Year's Eve, ist es ungewohnt leer auf den Straßen. Uns kommt kaum ein Auto entgegen. Immer wieder fahren wir an Haltebuchten vorbei, aber wir stoppen nicht. Heute nicht. Am Strand versammeln sich vereinzelt Menschengruppen, und trotzdem sind viele Abschnitte unberührt.

In dem Moment fühlt es sich eher so an, als wären wir die einzigen Menschen hier auf dem Highway 1. Vielleicht sogar in ganz Kalifornien. Oder zumindest in unserer Welt.

Ich weiß nicht, wohin ich zuerst schauen soll. Darauf, wie die Wellen immer wieder vor die Felsen prallen und dort brechen, auf den Nebel über dem Meer, auf die traumhafte Dünenlandschaft, auf den Sonnenuntergang am Horizont, oder auf das Farbenspiel am Himmel. Eine filmreife Kulisse jagt die nächste und jeder Anblick ist atemberaubend.

Manchmal ist es so surreal, dass ich kaum glauben kann, dass ich, das Mädchen, das in Tennessee aufgewachsen und nie über diesen Bundesstaat hinausgekommen ist, jetzt Kalifornien ihr Zuhause nennen darf und tatsächlich das Leben an so einem einzigartigen Ort verbringt.

Plötzlich löst River seinen Gurt und steht neben mir auf. Ich kann gar nicht anders, als ihn mit offenem Mund anzustarren, und ich wette, mein Blick spricht Bände.

«Bist du wahnsinnig?», frage ich entgeistert.

Er grinst und es dauert nur eine Sekunde, ehe er mit festem Stand dort steht und mir seine Hand reicht.

«Los, komm», fordert er mich auf. «Nur ein paar Sekunden. Ich halte dich, Cookie. Versprochen.»

Einen Moment zögere ich, dann folge ich meinem Impuls und strecke ihm meine Hand entgegen, die er sofort umfasst. Er gibt mir Zeit, aufzustehen und mich an das Tempo zu gewöhnen. Das Herz in meiner Brust schlägt übermäßig schnell und mir ist wackelig zumute, aber River steht völlig sicher neben mir. So, als würden wir auf festem Boden stehen und nicht in einem Cabrio, das über den Highway düst. Wie ein sicherer Felsen, den nichts und niemand von der Stelle bewegen kann. River zieht mich ein Stück zu sich, um mich besser zu halten, und seine blauen Augen haben diesen ganz besonderen Glanz, wie immer, wenn die Sonne tief steht und ihre letzten Strahlen auf sein Gesicht wirft. Seine Hand ist warm, genau wie sein Lächeln, und es wirkt wie so oft vertraut. So wie seine Finger um meine.

Die Sekunden vergehen und ich will ihn nicht loslassen. Stattdessen genieße ich es, so dicht an River zu stehen und mit solch einer Geschwindigkeit über den Highway zu fahren, während das Meer an uns vorbeizieht und der Wind immer wieder durch meine Haare weht.

Es laufen die letzten Töne von *Carry on Wayward Son* und Adriana performt mittlerweile regelrecht auf ihrem Sitz. OJ wirft ihr einen belustigten Blick zu, während er entspannt hinterm Lenkrad sitzt und mit seinen Fingern immer wieder darauf herumtrommelt. Er beschleunigt das Auto und mittlerweile gibt er so viel Gas, dass meine Augen schon tränen.

Aber das ist egal.

In diesem Moment zählen so viele andere Dinge.

River verstärkt den Griff um meine Finger und meine freie Hand hebe ich gen Himmel. Der Wind hinterlässt ein kühles Gefühl auf meiner Haut, während durch meinen Körper so viele Eindrücke und Gefühle strömen. Ich spüre Freiheit, Grenzenlosigkeit, unendliche Weite, Leben, Freundschaft, Liebe.

Ich fühle mich zu Hause. Angekommen.

Manche Tage sollten wirklich immer so sein. So voller Gold. Denn für genau solche Tage leben wir.

24. Kapitel

Zuerst denke ich, dass ich geträumt habe. Oder vielleicht auch, dass ich es mir eingebildet habe. Aber dann höre ich es nochmal, ganz deutlich, ein Klopfen an meiner Tür, wenn auch etwas zaghaft. Innerhalb einer Sekunde sitze ich senkrecht im Bett und runzle die Stirn, während ich versuche, zu realisieren, was los ist. Welcher Tag ist es? Ist es Wochenende? Oder habe ich verschlafen und muss längst zur Uni?

Meine Decke werfe ich nach hinten und dann taumle ich, so gut es geht zur Tür, während ich immer noch im Halbschlaf bin und versuche, einen klaren Gedanken zu fassen.

Als ich die Tür öffne, steht River vor mir. Seine blonden Haare stehen in alle Richtungen ab und auch das zerknitterte T-Shirt deutet an, dass er sich schon einige Zeit im Bett gewälzt haben muss. Obwohl mein Gehirn noch im Sparmodus arbeitet, ist mir klar, dass ihn etwas beschäftigt.

«Was ist los, River?», frage ich ihn, während ich mir über die Wange streiche. Mal wieder ganz toll, so verschlafen und zerknautscht vor ihm zu stehen, wahrscheinlich voller Kissenfalten im Gesicht. Meine zerzausten Haare versuche ich nicht mal zu bändigen, aber ich räuspere mich, weil meine Stimme belegt klingt.

Als River nichts weiter sagt, winke ich ihn in mein Zimmer.

«Bist du aufgeregt wegen deines Praktikums?», will River wissen, ohne auf meine Frage einzugehen. Etwas ratlos bleibt er im Zimmer stehen und schiebt seine Hände in die Taschen seiner Shorts. «Bald geht es ja schon los.»

Ich ignoriere Rivers holprigen Einstieg ins Gespräch. Allein das zeigt mir, dass er heute Nacht wegen etwas anderem hier ist. Nachdem ich die Tür zu meinem Zimmer geschlossen habe, setze ich mich aufs Bett und deute ihm an, zu mir zu kommen. «Ja, schon. Aber es ist ja noch fast eine Woche, bis es losgeht.» Eine typische Floskel, die ich mir selbst immer wieder sage, um meine Nervosität zu dämmen. Natürlich bin ich aufgeregt, mein erstes Praktikum zu machen. Es sind nur sechs Wochen und ich habe noch ein weiteres mehrmonatiges Praktikum während des Studiums, aber das sind immerhin meine ersten Erfahrungen in der Arbeitswelt. Das Praktikum werde ich bei einer Tageszeitung in San Hills absolvieren. Kurz habe ich überlegt, es bei Zeitungen in Los Angeles zu versuchen, aber das erschien mir doch als zu ambitioniert, vor allem für eine Studentin im ersten Jahr. Ich wollte nicht direkt in die Höhle des Löwen und dachte mir, eine kleine bis mittelgroße Zeitung wäre ein guter Start für mich.

«Ich mache mir da keine Sorgen», meint er zuversichtlich, als er sich zu mir setzt, aber ich merke, dass er nicht bei der Sache ist. Seine blauen Augen strahlen nicht wie sonst und auch wenn er versucht, zu lächeln, erreicht es seine Augen nicht. Irgendetwas bedrückt ihn. Dann geht sein Blick ins Leere und er wirkt in Gedanken versunken.

«Was beschäftigt dich?», will ich wissen, als ich ihm meine Hand aufs Bein lege. Meist ist es umgekehrt und seine Hand ruht auf meinem Oberschenkel. Und dennoch ist die Berührung zwischen uns so vertraut, dass sein Blick sofort aufmerksamer und wacher wird.

«Ich hatte schon wieder einen Albtraum», sagt er, ohne lange drum herum zu reden.

«Willst du ihn mir erzählen?»

«Du kennst ihn.»

«Derselbe wie sonst auch?», frage ich und erinnere mich daran, dass er mir schon in der High School öfter davon erzählt hat.

«Genau. Immer wieder hänge ich an diesem Gebäude, um mich herum nur Dunkelheit. Die ganze Zeit klammere ich mich fest und versuche mich zu halten. Aber dann schaffe ich es irgendwann nicht mehr und lasse los. Und dann stürze ich in die Tiefe.»

Ich nicke. Es ist wirklich immer das gleiche Muster. «Es ist das erste Mal, dass dich der Traum heimgesucht hat, seit wir in Kalifornien sind.»

«Woher weißt du das?», fragt River und klingt verwundert.

Ich zucke lächelnd mit den Schultern und weiß selbst nicht, woher ich diese Sicherheit nehme. Aber sie ist da. Mir fällt nur eine Erklärung ein: «Weil du es mir sonst erzählt hättest.»

Seine Finger streichen über meine Hand, die immer noch auf seinem Bein liegt. «Da hast du recht. Und trotzdem ist es genauso gewesen wie immer.»

«Danach lagst du wieder im Bett und warst unfähig, dich für ein paar Sekunden zu bewegen?» Ich formuliere es wie eine Frage, aber eigentlich kenne ich die Antwort.

«Ja. Genau das.» River seufzt tief, als er sich auf mein Bett fallen lässt. «Ich schlafe in letzter Zeit nicht gut, Lexie. Mich beschäftigen viele Dinge.»

«Was denn?», frage ich, als ich mich zu ihm wende.

«Ach ... was mit einem Freund aus England.»

«Was fehlt ihm?»

River verzieht ratlos den Mund und seine Schultern deuten ein Zucken an. «Schwer zu sagen, aber ich kann ihm nicht helfen.»

«Weil du nicht da bist?»

«Ja, auch», sagt er knapp, aber ich glaube nicht, dass es nur daran liegt. Was ich aber weiß, ist, dass River damit nicht umgehen kann, dass er seinem Freund nicht helfen kann. Und das sagt so viel mehr über River aus, als ihm bewusst ist. «Im Sommer fliege ich rüber. Für zwei Wochen.»

«Weiß er, dass du kommst?»

«Nein.»

«Sag es ihm.»

«Warum?»

«Vielleicht geht es ihm dann besser.»

River lächelt und in seinen Augenwinkeln bilden sich kleine Lachfältchen. Zum ersten Mal in dieser Nacht wirkt das Lachen unbefangen und echt. Seine Hand greift nach meiner, dann zieht er mich zu sich aufs Bett und umarmt mich. «So funktioniert das in Lexies Welt», murmelt er in meine Haare. «Das mag ich so an dir.»

«Kein guter Rat?», will ich wissen, während ich mich auf seiner Brust abstütze und seinen Blick suche. Ich bin ihm so nah, dass ich jede einzige Bartstoppel zählen könnte.

«Doch. Ich sage es Will morgen.»

Und dann, als er den Namen ausspricht, kann ich ihn prompt zuordnen. «Ah. Will. Der Typ, mit dem du mal zusammen geklaut hast.»

«Genau der.»

«Und mit dem du erwischt wurdest.»

«Danke für die Erinnerung.»

River versucht, keine Miene zu verziehen, aber seine Fassade bricht und ich merke, dass meine Neckerei seine Laune aufbessert, also mache ich weiter: «Und ihr habt beide Hausarrest bekommen. Vier Wochen. Und seitdem hast du nie wieder geklaut.»

«Ja», sagt River gedehnt und verdreht schmunzelnd die Augen. «Ein paar Details könntest du ruhig mal vergessen.»

«Pokémon Karten. Dafür lohnt es sich», nicke ich überschwänglich. «Kosten-Nutzen-Faktor stimmt zweifellos. Oder war es Digimon?»

«Ich gehe gleich.» Er schnaubt und zwickt mir in die Seite, woraufhin ich kurz auflache, weil es unerwartet kommt. Mein Lachen ist so schallend, dass es mich nicht wundern würde, wenn Adriana und OJ nun auch wach sind. «Da hätte ich wohl noch etwas von Kian lernen können.»

«Wovon redest du?» Sofort verschwindet mein Lachen und das Herz in meiner Brust klopft, so laut, dass ich das Gefühl habe, River müsste meinen Herzschlag hören, der mich verrät. Ich muss mich bemühen, Rivers intensivem Blick nicht auszuweichen.

Auch das Lachen auf Rivers Gesicht ist weg. Der Gedanke an Kian scheint zu reichen, seine Stimmung innerhalb einer Sekunde zu ändern. «Er hat das Handwerk doch besser beherrscht.»

Ich schlucke tief und versuche, mir nichts anmerken zu lassen, aber ich frage mich, woher er all das weiß. Nie habe ich River davon erzählt. Natürlich habe ich mit keinem Wort erwähnt, dass ich mit Kian diesen hübschen Kaschmirschal geklaut habe. Oder dass wir aus diesem überteuerten Restaurant abgehauen sind, ohne die Rechnung zu bezahlen. Kian war River ohnehin nie geheuer, ein Dorn im Auge, und ich wollte nie, dass er sich Sorgen macht.

Bei seinen nächsten Worten klingt River verärgert und sie lassen keinen Zweifel übrig, wie wenig er immer noch von Kian hält. «Ich weiß, was er für einen Mist mit dir gemacht hat. Vielleicht wäre das Fenster damals doch die bessere Alternative gewesen. Verdient hätte er es.»

«Muss ich dazu was sagen?»

«Nein, brauchst du nicht. Ich war jedenfalls froh, als ihr beide getrennt wart. Und bestimmt nicht nur, weil ich eifersüchtig war», rutscht es ihm heraus.

Stille.

Kaum ausgesprochen, räuspert er sich und weicht meinem Blick aus. Der letzte Teil verrät mir, dass er damit auch zu kämpfen hatte. Ich weiß noch, wie eifersüchtig ich damals auf Lindsay war, als wir zusammen am See waren, auch wenn ich es damals noch nicht richtig einordnen konnte. Aber dieses Gefühl war so oft da, auch wenn er mit anderen Mädchen unterwegs war. Mittlerweile habe ich meine Eifersucht etwas besser im Griff, weil sie so schnell wechseln, dass die Beziehungen immer nur kurzlebig sind, ohne dass sich etwas Tieferes entwickelt. Und trotzdem ist es nicht immer leicht. Kurz schweifen meine Gedanken zu Kian ab und ich frage mich, wie er dann wohl für River war. Wir waren immerhin ein paar Monate zusammen und haben viel Zeit miteinander verbracht. Kian hat mich nie losgelassen, obwohl er gespürt hat, dass River zwischen uns stand. Ja, rückblickend bin ich mir sicher, dass er es gespürt hat, auch wenn ich die Freundschaft zwischen uns heruntergespielt habe. Aber ich erinnere mich zu gut an den Schmerz in seinen grünen Augen, als ich ihm mein Skript nicht gegeben habe und er gemerkt hat, dass es etwas ist, das ich nur mit River teile. Der Moment, in dem er realisiert hat, dass er an das, was ich mit River habe, nicht herankommt und sich in diesem Wettlauf die Füße blutig läuft. Und das Schlimme ist, dass Kian es von Anfang an geahnt und mir so prophezeit hat – und ich ihn immer versucht habe, in Sicherheit zu wähnen, nur um mich am Ende doch gegen ihn zu entscheiden.

«Und komm ja nicht auf die Idee, den Typen zu verteidigen», schiebt River nach und ich weiß, dass er vom Thema Eifersucht ablenken will. «Er hat dich auf einer Waschmaschine entjungfert, was wirklich low ist, selbst für jemanden wie ihn. Er hat dich auf dieser Party im Stich gelassen, zwischen all den zugedröhnten Typen, dich in seine kriminellen Machenschaften gezogen und dir Drogen verabreicht. Also, was genau soll da nicht schlecht dran gewesen sein? Natürlich war ich froh, als zwischen euch Schluss war.»

Ja, jedes Laster von Kian kann River vermutlich im Schlaf herunterbeten, und natürlich lässt er keine Gelegenheit aus, gegen ihn auszuteilen. Ich kann ihn verstehen, und trotzdem war Kian nicht nur schlecht. Seine Liste spricht vielleicht nicht gerade für ihn, ich kann es nicht leugnen, und trotzdem hatte er was. Dieses Rebellische, dieses Furchtlose, manchmal fast schon Leichtsinnige, immer auf der Jagd nach dem nächsten Nervenkitzel und immer wieder eine Grenze sprengen. Wir haben die Liebe für Bücher und Geschichten geteilt. Und er sah wahnsinnig gut aus. Fast so gut wie River.

«Warum grinst du so?», blafft River mich in einem ungewohnt rauen Tonfall an und klingt mit einem Mal genervt. «Denkst du an Kian oder was?» Allein der Gedanke scheint ihn schon wieder aufzuregen und ich muss bei seiner Reaktion unweigerlich noch mehr grinsen.

«Ich denke eher daran, dass du eifersüchtig warst. Oder immer noch bist», kann ich mir nicht verkneifen.

«Ja, ja», sagt River gedehnt. Er versucht, ernst zu bleiben, aber immer wieder zucken seine Mundwinkel belustigt. Er hat sich schon wieder gefangen und der Drücker in der Stimmung, als kurz sein Reizthema Kian angesprochen wurde, ist verschwunden. Insgesamt wirkt River viel entspannter als noch vorhin, als er so bedrückt in meinem Türrahmen stand. «Ich bin froh, dass du wieder über mich lachen kannst und dich mein Leid erfreut.»

Ich werfe lachend den Kopf in den Nacken, weil River es so dramatisch formuliert. Er ist ganz still, während seine blauen Augen mich aufmerksam beobachten und ich versuche, mich wieder zu beruhigen.

Und dann, als ich seinen Blick erwidere, versteckt er es nicht länger, sondern lächelt mich offen an. Seine markanten Eckzähne kommen zum Vorschein und wie so oft, wenn er nachdenkt, streicht er mit der Zunge drüber.

«Woran denkst du?»

«An dich», sagt er, ohne mich aus den Augen zu lassen. Und dann, für den Bruchteil einer Sekunde, wandert sein Blick auf meine Lippen. Als er mich wieder ansieht, muss ihm klar sein, dass ich es bemerkt habe. Zwischen uns herrscht ein bedeutungsvolles Schweigen, und auch die Stimmung zwischen uns verändert sich. Mit einem Mal ist sie irgendetwas zwischen angespannt und aufgeladen. Immer noch beobachtet River mich, ohne zu blinzeln, als würde ihm sonst etwas entgehen. Ich beuge mich ihm ein Stück entgegen und seine Hand drückt mich ebenfalls näher an sich heran, aber dann hält er inne und wendet den Blick ab. Mein Herz beschleunigt sich und ich wünschte, er würde es tun. Vielleicht sollte ich es für uns entscheiden und ihn küssen. Aber ich habe Angst, dass ich ihn dann wieder in die Situation bringe, in der er nach dem Abschlussball war. Und das ist das Letzte, was ich will, also muss der Schritt von ihm ausgehen. Dieser letzte Schritt.

Aber dann, als River ausatmet und sich seufzend durch die Haare streicht, weiß ich, dass der Moment vorbei ist. Er räuspert sich, während er sich aufsetzt und so Distanz zwischen uns bringt.

«Mach es mir nicht so schwer, Lexie», murmelt River, während er mit dem Rücken zu mir sitzt. «Für mich ist das auch nicht leicht. Ich bin immer bei dir und trotzdem immer ohne dich.»

Ein paar Sekunden bleibt er noch sitzen, ohne sich zu rühren, und das Einzige, was ich höre, ist, wie er tief ein- und ausatmet. Dann springt River plötzlich auf. Fast schon panisch lässt er seinen Blick durch den Raum gleiten, ganz unruhig und rastlos. Mit einem Mal wirkt er so, als wäre er auf der Flucht. Und vermutlich ist er das auch. Auf der Flucht vor allem. Und am meisten vor sich selbst. «Ich gehe jetzt. Gute Nacht, Lexie. Und danke.»

25. Kapitel

Seit zwei Wochen bin ich im Praktikum und ich liebe es. Ich liebe die ganze Atmosphäre auf der Arbeit. Ich weiß nicht, ob das meine eigenen Vibes sind, aber es fühlt sich immer so an, als würde eine gewisse Spannung in der Luft liegen, welche Nachrichten wohl noch im Laufe des Tages eintreffen werden, über die wir berichten können. So empfinde ich es jedenfalls.

Die Sonne strahlt an diesem Frühlingstag in San Hills und ich bin froh, als Mia das Fenster öffnet und die warme Luft in das Büro strömt. Angenehm warm, nicht so heiß, dass man direkt die Klimaanlage anwerfen muss, die an den heißen Sommertagen hier in Kalifornien bestimmt ununterbrochen läuft. Ich sitze zusammen mit Mia und Elijah im Büro. Elijah ist gerade bei einer Pressekonferenz, weswegen wir das Büro für uns haben, was nicht verkehrt ist. Die beiden kümmern sich immer um die Praktikanten, wie man mir gesagt hat, und deswegen sitze ich auch bei ihnen im Büro, aber es ist fast zu klein für drei Personen. Egal. Ich beschwere mich nicht.

Ich bin derzeit die einzige Praktikantin hier. Es gab noch einen Praktikanten, dem ich an meinem ersten Tag hier kurz begegnet bin, aber er hatte anscheinend zeitgleich seinen letzten Tag. Da ich den ganzen Tag unterwegs war und mir alles gezeigt wurde, haben wir uns leider verpasst und konnten uns nicht austauschen. Vielleicht war es auch so gewollt, denn mit vier Leute in diesem Büro könnte es wirklich sehr eng sein.

«Lexie, liest du diesen Artikel nochmal Korrektur?», fragt mich Mia, als sie mit einem Blatt Papier wedelt, das der Drucker neben ihr zuvor ausgespuckt hat. «Dann kann ich den gleich in den Druck geben.»

«Na klar», sage ich sofort und stehe auf, um den Artikel entgegenzunehmen. Kurz schaut Mia vom Bildschirm auf und wirft mir ein kleines Lächeln zu, als ich vor ihr stehe. Nächste Woche findet ein Interview mit einer Politikerin aus San Hills statt, die für ein Amt kandidieren möchte, und Mia hat mir gesagt, dass ich mitfahren darf. Ich werde keine eigenen Fragen stellen dürfen, das weiß ich bereits, aber immerhin darf ich dabei sein.

Gerade als ich mich wieder auf meinen Platz setzen will, um den Artikel zu lesen, räuspert sich Mia und sagt: «Kannst du vielleicht doch erst ein paar Unterlagen kopieren? Ich habe gerade eine Mail von Belinda bekommen, dass sie darauf wartet.»

«Okay.» Prompt stehe ich auf und sehe mich fragend um: «Welche denn?»

Mia hebt verschiedene Mappen und Ordner auf ihrem Schreibtisch hoch, auf dem ein einziges Chaos herrscht. Überall kleben bunte Post-it-Zettel und die Kaffeetassen stapeln sich bereits wieder, obwohl es erst kurz nach zehn Uhr ist. Mia ist kaffeesüchtig. Sie spricht kein einziges Wort morgens im Büro, ehe sie nicht ihre Ration Kaffee zu sich genommen hat. «Hier!», sagt sie und reicht mir einen ganzen Stapel Unterlagen. «Und dann bitte direkt zu Belinda bringen, okay?», erinnert sie mich nochmal.

Gut, dass sie es nochmal erwähnt. Hätte ich fast vergessen in den zehn Sekunden. Den ironischen Kommentar verkneife ich mir, stattdessen nicke ich knapp und nehme das Papier entgegen. Als ich an der Tür bin, erklingt schon wieder Mias Stimme.

«Lexie!» Wenn sie ihre Stimme anhebt, wird sie sofort schief.

«Ja?», frage ich und drehe mich um.

«Tust du mir einen Gefallen und bringst mir noch einen Kaffee mit?» Sie deutet auf ihre leere Kaffeetasse und lächelt mich entschuldigend an, während sie sich eine feuerrote Haarsträhne aus dem Gesicht streicht.

Irgendetwas an ihrer Frage missfällt mir. Dieses Gefühl ist nicht immer da, aber manchmal widerstrebt es mir, wenn sie möchte, dass ich ihr einen Kaffee hole oder mitbringe. Aber ich gebe dem Gefühl keinen Raum oder denke weiter darüber nach, weil Mia immer freundlich zu mir ist und ich meinen Platz als Praktikantin kenne. Daher nicke ich es ohne Diskussion ab. «In Ordnung.»

«Aber schwarz», erinnert sie mich, als hätte ich ein Erinnerungsvermögen wie ein Sieb, und flötet weiter: «Kein Zucker, keine Milch! Purer Kaffee!»

Ehe ihr noch mehr einfällt, verlasse ich das Büro und steuere den Kopierraum an. Während ich das Papier durch das Gerät jage, checke ich mein Handy. In dem Gruppenchat von Adriana, OJ, River und mir sind schon wieder jede Menge sinnloser Nachrichten, Emojis und GIFs geschickt worden, aber die letzte Nachricht von River beinhaltet die wichtigste Information. Wenigstens einer, der ab und zu mal ernst ist: «Wir sind gegen 12 Uhr da, Cookie.»

Heute ist Dienstag. Das bedeutet, dass die drei mich in der Mittagspause abholen und wir zusammen in dem chinesischen Restaurant essen gehen, das hier direkt um die Ecke ist. Dort gibt es Mittagsschnellgerichte, die täglich im Angebot sind. Sparen lautet unsere Devise. Wir sind zwar nicht kurz vor dem Bankrott und der Gerichtsvollzieher hat sich auch noch nicht angemeldet, aber unsere Einrichtung in unserem neuen Zuhause hat doch jede Menge Geld gekostet und Kalifornien ist auch nicht gerade das billigste Pflaster. River und OJ haben Einnahmen durch ihre Auftritte, Adriana gibt zwei Schülern von der San Hills High School Nachhilfe in Chemie und ich verdiene etwas Geld bei der Unizeitung. Wir können uns damit über Wasser halten, manchmal kurz vor dem Ertrinken, aber wir leben noch. Ich bin optimistisch, dass sich das nach ein paar Monaten einpendeln wird. Im ersten Jahr geht es ja immer chaotisch zu.

Während der Kopierer immer noch auf Hochdruck arbeitet, gehe ich zum Fenster. Die Sonne kitzelt in meiner Nase, während ich die perfekte Aussicht über San Hills genieße. Wir sind im achten Stock des Bürokomplexes und von hier oben wirkt alles winzig klein. Jeder Mensch, jedes Auto, jedes Geschäft, einfach alles. Und ganz hinten sehe ich das Meer, das durch die Sonne in einem tiefen Blau strahlt.

Ein warmes Gefühl durchflutet meinen Körper. Ich liebe es, hier zu sein. In Kalifornien. In San Hills. An der Uni. Bei dem Praktikum. In der WG mit Adriana, OJ und River. Einfach alles. Es fühlt sich so an, als würde ich auf dem richtigen Weg sein, weil alles passt. Und das ist ein verdammt gutes Gefühl.

26. Kapitel

«Miss Lewis, setzen Sie sich doch», fordert mich der Chefredakteur Mr. Campbell freundlich auf, als er mich zwei Wochen später gegen Mittag zu sich ins Büro bittet, um mein bisheriges Praktikum zu besprechen. Er reicht mir die Hand und deutet mir an, mich an den Besprechungstisch zu setzen.

Sobald ich sitze, holt er noch einen Ordner von seinem Schreibtisch, auf dem jede Menge Papierstapel liegen, dann setzt er sich zu mir. «Wie geht es Ihnen?», startet er das Gespräch. Er blättert in seinem Ordner herum, in dem ein einziges Chaos herrscht, weil viele Seiten nicht eingeheftet sind.

«Mir geht es gut, danke. Ich hoffe, Ihnen auch», antworte ich höflich. Mr. Campbell trinkt nebenher einen Schluck von seinem Kaffee, ohne mich anzusehen oder auf meinen Satz einzugehen. Seine dunklen Haare glitzern in der Sonne. Ich habe schon einige Artikel von ihm gelesen und will nicht leugnen, dass mich seine Laufbahn beeindruckt und ich ein wenig zu ihm aufsehe. Er ist vielleicht Anfang 30 und hat eine steile Karriere hinter sich: Studium in Boston, Auslandsjahr in Portugal, mehrere Praktika in New York und Washington, jetzt Chefredakteur in San Hills. Wahrscheinlich der typische Workaholic.

«Miss Lewis ...», setzte Mr. Campbell an und pausiert. Er überfliegt die Unterlagen, dann heftet er sie aus und sieht mich an. «Sie sind jetzt seit vier Wochen hier bei uns. Und Sie bleiben noch ... weitere zwei Wochen. Stimmt das so?»

Ich nicke. «Ja, das stimmt so.» Nervös streiche ich mir über meine Jeans und zupfe meine Bluse zurecht. Man sitzt schließlich nicht jeden Tag dem Chefredakteur gegenüber.

«Zeit für einen Zwischenstand», meint er und lächelt mich an. «Entschuldigen Sie, dass wir das nicht schon letzte Woche gemacht haben. Eigentlich führen wir so ein Gespräch immer zur Halbzeit des Praktikums, aber ich hatte so viele Termine.»

Verständnisvoll nicke ich und streiche mir eine dunkelbraune Haarsträhne hinters Ohr. «Das ist kein Problem.»

Er räuspert sich und lässt sich an die Stuhllehne fallen. «Miss Lewis, was mir sehr positiv bei Ihnen auffällt, ist Ihre Arbeitseinstellung.»

«Danke, das freut mich sehr», sage ich und versuche, mein Strahlen zu unterdrücken. Natürlich freut es mich, dass ihm das so aufgefallen ist und er mich so einschätzt. So eine Anerkennung von der Person in dem höchsten Posten hier zu bekommen, ist etwas Besonderes.

Mr. Campbell nickt einige Male. «Ja, das kann ich nicht anders sagen. Sie sind fleißig, motiviert, zuverlässig, pünktlich und gründlich.» Er hält inne und verzieht nachdenklich den Mund, während er mich beobachtet. «Sie schreiben für die Unizeitung der San Hills Universität?»

«Ja, das stimmt so.»

«Von was träumen Sie, Miss Lewis?», will er wissen. Aufmerksam beobachtet er mich, während er sich mit seinem Stuhl hin- und herdreht. Seine persönliche Frage überrumpelt mich. Als ich zögere, ergänzt er: «Wollen Sie eines Tages nach Los Angeles und dort schreiben? Für eine große Tageszeitung? Daily L.A., L.A. & more, Close to L.A.? Da gibt es ja genug.»

Das ist eine Fangfrage, oder? Egal, was man antwortet, man kann es einem negativ auslegen. Wenn man es verneint, heißt es, man träume nicht groß genug. Und wenn man es bejaht, dann könnte man sagen, man überschätze sich und sei größenwahnsinnig.

«Es wäre jedenfalls ein großer Traum von mir, für so eine große Zeitung schreiben zu dürfen», formuliere ich es halbwegs diplomatisch. Nicht zu arrogant, aber auch nicht voller Selbstzweifel. Biss ist immer gut, aber keine Überheblichkeit. Das mag niemand.

«Sie haben also Ambitionen?», fragt er mich geradeheraus und sein Blick scheint mich zu röntgen, als er sich wieder zu mir lehnt. Keine einzige Falte ist auf seinem dunklen Hemd zu sehen.

«Ja», antworte ich knapp. Immer noch sieht er mich abwartend an, als würde er mehr hören wollen, also spreche ich meinen Wunsch noch einmal deutlicher aus: «So eine große Tageszeitung wäre schon das, wo ich irgendwann landen will.»

«Lassen Sie das.»

Im ersten Moment denke ich, ich habe mich verhört. «Bitte?»

«Miss Lewis, lassen Sie das», wiederholt er noch einmal eindringlich. Sein Tonfall ist nüchtern und abgeklärt. «Sie werden da gnadenlos untergehen.»

Ich verstehe seine Worte, aber mein Gehirn möchte sie noch nicht wahrhaben. Vielleicht hat es auch Probleme, die Bedeutung davon wirklich zu erfassen. «Was meinen Sie damit?»

«Ich meine damit, dass Sie nicht in dieser Branche mithalten können. Sie werden dort nicht überleben. Nicht lange jedenfalls.»

«Oh», ist alles, was ich hervorbringe, und es fühlt sich an, als hätte mir jemand etwas vor den Kopf gehauen. Jedes einzelne Wort trifft mich. Es tut wirklich weh und ich spüre Schmerz in mir aufsteigen. Mit meinen Händen umgreife ich meine Knie, um mich an etwas festhalten zu können. Mit einem Mal fühle ich mich vollkommen orientierungslos.

«Es tut mir leid, Ihnen das so sagen zu müssen, aber Sie haben kein Talent. Ich habe Ihre Artikel durchgelesen. Sie sind sprachlich gut, verstehen Sie mich nicht falsch. Aber Sie haben kein Talent. Jedenfalls keins, das herausragt. Sie sind durchschnittlich auf allen sprachlichen Ebenen. Und so leid es mir tut, eine durchschnittliche Journalistin will die Welt nicht lesen», erklärt er mir mit ruhiger Stimme und festem Blick. Da ist kein Mitleid in seinem Tonfall. Er klingt nur professionell und distanziert und ich frage mich, wie er so abgeklärt sein kann, wo seine Worte gleichzeitig meine Welt so ins Wanken bringen. «Das bedeutet nicht, dass Sie nicht in diesem Bereich arbeiten können. Das können Sie. Aber Sie werden nie für große Zeitungen schreiben oder jemand werden, über dessen Artikel die Welt spricht. Das wird niemals passieren, Miss Lewis. Das müssen Sie wissen und es ist nur fair, Ihnen das jetzt zu sagen, falls Sie noch einen anderen Weg einschlagen wollen und das Studienfach wechseln möchten.»

Stumm sitze ich einfach nur vor ihm und versuche die Worte zu verstehen, die mich so unvorbereitet treffen. Aus dem Nichts. Mit so einem Gespräch habe ich nicht gerechnet. Ich bin davon ausgegangen, dass man mit meiner Arbeit hier zufrieden ist – bisher habe ich nichts Gegenteiliges gehört. Ich war in den letzten Wochen wie in einer magischen Blase gefangen und so glücklich mit allem – umso härter der Aufprall jetzt. Alles um mich herum fühlt sich dumpf an, als ich allmählich in der Realität ankomme. Den nächsten Satz sage ich eher für mich selbst als für Mr. Campbell, um es besser zu realisieren: «Ich bin nicht gut genug.»

Er sieht mich an, jetzt fast schon mitleidig, und ich habe das Gefühl, ich fange jede Sekunde an zu heulen. Ich will sein Mitleid nicht. Wenn ich eins nicht will, dann ist es das, nur weil er denkt, dass mein Talent nicht reicht und meine Träume zu groß für mich sind. «Miss Lewis, wie ich bereits gesagt habe, sind Sie sprachlich gut. Sie können gut als Korrektorin arbeiten oder für kleine Zeitungen schreiben, die wöchentlich oder monatlich erscheinen. Sie können dann die Rezepte schreiben oder das Horoskop. Oder vielleicht mal über ein Sportspiel am Wochenende berichten ... Natürlich nicht die großen Spiele, aber wenn mal eine High School ein besonderes Spiel bestreitet. Immerhin müssen Sie nicht am Spielfeldrand im Regen stehen, denn in Kalifornien scheint doch fast immer die Sonne.» Er lacht auf, als wären wir bei einer Comedy-Show, und ich glaube, ich heule gleich wirklich. Ich fühle mich belächelt von ihm und nicht ansatzweise ernstgenommen. Es fühlt sich so an, als hätten meine Träume keine Berechtigung. «Wissen Sie, diese Artikel muss auch jemand schreiben. Das muss nichts Schlechtes sein. Und wenn das für Sie in Ordnung ist, dann ist das wunderbar. Es wird nur zum Problem, wenn Sie nicht zufrieden sind und andere Ziele haben. Ziele, die Sie nicht erreichen werden. Ich prophezeie Ihnen keine großen Chancen. Und es tut mir wirklich leid, Ihnen das so sagen zu müssen, weil ich gerne mehr in Ihnen sehen würde. Sie bringen viele Dinge mit, die ich schätze, aber für mehr reicht es nicht. Leider.» Als ich weiterhin nichts sage, seufzt er tief und ich glaube, mittlerweile wäre es mir lieber, wenn er nichts weiter sagen würde. «Manche fangen auch mit diesen Jobs an, nutzen sie als Sprungbrett und schlagen dann einen anderen Weg ein. Aber bei Ihnen ...» Mr. Campbell verstummt und vielleicht ist das auch besser so.

Ich versuche, mir nicht anmerken zu lassen, wie sehr mich seine Aussagen treffen und gleichzeitig auch verunsichern. Stimmt es, was er sagt? Es hat sehr lange gedauert, bis ich mich getraut habe, anderen meine Texte zu zeigen, und mit meinen Worten selbstbewusster umgegangen bin. Ich war immer kritisch mit mir selbst. Vielleicht bin ich gerade deshalb davon ausgegangen, dass ich mich realistisch einschätze und nicht maßlos überschätze. Ich strotze nicht vor Selbstbewusstsein. Ganz sicher nicht. Aber es gibt diese eine Sache, von der ich überzeugt bin. Und zwar, dass ich schreiben und Menschen mit meinen Worten erreichen kann. Ich glaube daran, dass Worte meine größte Waffe sind und ich damit vielleicht sogar etwas verändern kann.

Ich bin so in Gedanken versunken, dass ich regelrecht zusammenzucke, als das Handy auf Mr. Campbells Schreibtisch klingelt. Er steht auf, wirft einen kurzen Blick auf den Bildschirm, dann drückt er den Anruf weg. Als er mir wieder gegenübersitzt, sieht er mich abwartend an.

Ich erinnere mich daran, dass ich vor dem Chefredakteur sitze und straffe meine Schultern. Es ist seit Ewigkeiten mein Traum, mit Worten zu arbeiten, und ich bin nicht bereit, ihn so kampflos aufzugeben. Mit möglichst fester Stimme frage ich: «Kann ich mich nicht verbessern?»

Mr. Campbell seufzt tief und irgendwie klingt es ergeben. So, als hätte er diese Frage erwartet, weil sie ihm nicht zum ersten Mal gestellt wird. «Miss Lewis, wenn es an bestimmten Bereichen liegen würde, dann würde ich sagen, eine Verbesserung ist möglich. Aber darum geht es nicht. Ich erkläre Ihnen, was ich meine. Schreiben ist ein Handwerk. Man kann viel lernen. Verstehen Sie?»

Ich nicke.

«Aber wissen Sie, was man nicht erlernen kann?»

Langsam schüttle ich den Kopf und streiche nervös über meine Jeans. «Was denn?»

«Mit Worten so umzugehen, dass es die Menschen berührt. Emotionen vermitteln ... das kann man nicht trainieren oder anerziehen oder erlernen. Das ist eine Gabe, ein Talent, es ist gegeben. Und da können Sie so viele Ratgeber lesen, wie Sie möchten, oder unzählige Fortbildungen besuchen ... Wer Ihnen sagt, er bringt Ihnen bei, wie man Emotionen transportiert, der lügt. Das ist eine Lüge, um den Menschen Hoffnungen zu machen und mit ihnen Geld zu verdienen.» Mr. Campbell macht eine kurze Pause und rührt seinen Kaffee um. «Entweder Ihre Worte sind mit Ihrem Herzen verbunden oder nicht.»

«Aber ich schreibe von Herzen. Es kommt aus meinem Herzen», wende ich ein. Und das stimmt auch. Egal, ob ich Artikel oder Skripte schreibe – ich stehe hinter jedem Wort. Wenn mich etwas wütend macht, dann spiegelt sich das in meinem Text wider, genau wenn mich etwas begeistert. Ich fühle es. Das lasse ich mir nicht nachsagen.

«Vielleicht schreiben Sie von Herzen», gesteht Mr. Campbell mir zu. «Aber es erreicht die Menschen nicht. Es berührt sie nicht. Und das können Sie nicht erlernen. Niemals. Sie können Texte Korrektur lesen und sie dadurch verbessern, aber Sie werden niemals den Text verfassen, der etwas in den Menschen auslöst oder sie mitreißt. Andererseits gibt es Menschen, die können andere erreichen, würden aber niemals einen Text ohne fremde Hilfe veröffentlichen können, weil er voller sprachlicher Fehler wäre. Und das können Sie auffangen und diese Lücken stopfen. Aber wenn Sie selbst diejenige sein wollen, die die Leute berührt ... das wird nichts. Es tut mir leid.» Seine verschränkten Hände legt er auf dem Tisch ab. Bei seinen nächsten Worten weiß ich, dass er fertig mit mir ist und auch das Gespräch zum Punkt bringen will: «Wenn Sie wollen, können Sie Ihr Praktikum hier beenden. Sie können aber auch jederzeit gehen. Wir schreiben Ihnen ein durchschnittliches Zeugnis für den gesamten Zeitraum, auch wenn Sie sich dazu entschließen, nicht mehr zu kommen. Wir wollen Ihre Zeit nicht verschwenden ... und ich weiß nicht, ob Sie unsere Zeit weiterhin verschwenden wollen. Sie stören zwar nicht, aber natürlich ist ein Praktikant, der keinerlei Potential verspricht, nicht wirklich das, wonach wir suchen.»

Vor allem der letzte Teil löst ein beklemmendes Gefühl in mir aus und trifft mich mit voller Wucht. Ich weiß gar nicht, wie das möglich ist, dass er den Satz so gefühllos sagen kann, und er mir gleichzeitig den Halt damit unter den Füßen wegreißt. Spätestens jetzt wird mir etwas sehr schmerzlich bewusst. Mr. Campbell meint es ernst und ist überzeugt davon, dass ich kein Talent habe. Er sieht kein Entwicklungspotential bei mir – sonst würde er mir die Chance geben, denn andere Dinge bringe ich für ihn mit.

«Okay», sage ich schwach und muss erstmal tief ein- und ausatmen. Es fühlt sich an, als hätte ich einen Boxkampf hinter mir, bei dem ich gnadenlos verloren habe. Vermutlich durch einen K.o.-Schlag. Ich würde gerne mehr sagen, entweder etwas, das mich stark wirken lässt, oder dass ich das Gesagte wenigstens mit Fassung trage. Aber in meinem Kopf herrscht nur Leere. Ich bin so überrannt von diesem Gespräch und der Kritik, dass ich keinen klaren Gedanken fassen kann. Mein ganzes Weltbild scheint in diesem Moment einzubrechen. Ich nehme meine Tasche und stehe auf, um zur Tür zu gehen. Meine Beine fühlen sich wackelig an.

Als ich die Hand schon am Türknauf habe, höre ich nochmal Mr. Campbells tiefe Stimme: «Ich habe ein geschultes Auge, Miss Lewis. Nicht umsonst arbeite ich bereits in so einer Position. Ich finde es jedes Mal schade, wenn ich den Leuten sagen muss, dass es nicht für mehr reichen wird. Ich finde es wirklich schade. Denn die Welt braucht grandiose Journalisten.» Er atmet laut aus und ich wünsche mir, dass er endlich schweigt, aber sein nächster Satz trifft noch ein letztes Mal volle Wucht in mein Herz: «Aber leider gibt es nicht viele grandiose Journalisten und wenn ich eins weiß, dann, dass auch Sie nicht dazugehören.»

27. Kapitel

Dumpf höre ich Rivers sanfte Stimme. So dumpf, dass ich nicht einschätzen kann, wo genau er steht. «Adriana meint, du bist schon den ganzen Tag in diesem dunklen Zimmer.»

Gestern konnte ich mich um das Gespräch drücken, weil er mit OJ im Studio war und wir uns nicht mehr begegnet sind. Aber spätestens heute war dann klar, dass Adriana ihn nicht länger von meiner Tür fernhalten kann.

Ich ziehe mir die Bettdecke noch ein Stück mehr über den Kopf und nuschle: «Und dazu gibt es allen Grund. Mein Leben ist ja auch zu Ende. Ein für alle Male. Aus und vorbei.»

Das Bett gibt an einer Stelle nach und ich spüre durch die Decke, wie River mit seiner Hand über mein Bein streicht. Er seufzt und dennoch entgeht mir sein kleines Schmunzeln bei seinen nächsten Worten nicht: «Meinst du nicht, das ist etwas zu theatralisch?»

«Nein. Das ist die schonungslose Wahrheit», murmele ich weiter, ohne mich aus meiner Höhle zu befreien.

River schweigt eine ganze Weile nur. Man könnte denken, er ist nicht mehr im Raum, so still ist es um uns herum, aber ich kann seine Anwesenheit förmlich spüren.

«Was ist passiert?», will er schließlich mit leiser Stimme wissen und seine Hand liegt mittlerweile ruhig auf meinem Bein über der Decke. «Erzähl es mir.»

Ich atme tief aus und schlage mühsam die Decke nach hinten. Der Raum ist immer noch stockduster. Es fällt auch kein Tageslicht mehr durch die Jalousien, was mir verrät, dass draußen bereits die Sonne untergegangen sein muss. Kaum zu glauben, dass ich den ganzen Tag im Bett verbracht habe.

Außer Adriana, die mir ab und zu Verpflegung ins Zimmer gebracht hat, habe ich nichts und niemanden gesehen. Und ich hatte nicht mal Appetit. Das bedeutet, mir geht es wirklich nicht gut.

Trotz der Dunkelheit scheint River zu wissen, dass ich ein Stück aus meinem Schneckenhaus gekommen bin. Mit seinen Fingern streicht er mir sanft durch die Haare, ohne ein weiteres Wort zu sagen oder mich zu einer Antwort zu drängen.

«Ich hatte ein Gespräch mit dem Chefredakteur», erzähle ich River, nachdem ich eine Weile geschwiegen habe. Immer noch streicht er mir mit den Fingern durchs Haar, was mich innerlich allmählich beruhigt und gleichzeitig einiges in mir durcheinanderwirbelt. Eine wirklich seltsame Kombination. «Er hat mir gesagt, dass ich kein Talent habe.»

Kurz hält River in seiner Bewegung inne. Er wirkt schon fast überrumpelt von meiner Aussage, aber dann hat er sich wieder gefangen und macht weiter. «Ich glaube kaum, dass er das so gesagt hat.»

«Doch, hat er», erkläre ich wahrheitsgemäß. «Der Redakteur hat gesagt, ich kann schreiben, aber ich habe kein Talent.»

«Was soll das denn bedeuten?»

«Dass ich Textverständnis habe, aber kein Talent. Und dass ich grammatikalisch richtige Sätze schreiben kann, die aber leider niemanden erreichen. Mein Können ist zu dünn, um damit wirklich hervorzustechen», resümiere ich Mr. Campbells Worte, die mir seit gestern immer wieder im Kopf herumschwirren. Ich bin davon ausgegangen, dass es irgendwann besser wird, aber das stimmt nicht. Es wird nicht besser.

River schnaubt und scheint dem Satz nicht viel abgewinnen zu können. «Wie kommt der Typ denn auf so einen bullshit?»

«Der Typ kommt darauf, weil er Ahnung hat.»

«Offensichtlich hat er keine Ahnung, sonst würde er so etwas nicht sagen.»

«River, ich glaube, der Typ hat mehr Ahnung, als wir beide zusammen», stelle ich fest und kann meinen traurigen Tonfall nicht verbergen. Meine Stimme zittert, weil es mir wehtut. Es tut mir weh, dass mir jemand so etwas sagt. So schonungslos, so nüchtern, so abgeklärt, und meine Welt damit komplett dunkel werden lässt. Das Schreiben hat mir immer so viel Spaß gemacht, so viel bedeutet. Und mit einem Mal ist es, als wäre es weg. Da ist nur noch Leere und mir fehlt die Orientierung. Natürlich fühle ich mich verloren. Ich war in den letzten Monaten so glücklich und voller Überzeugung, dass ich auf dem richtigen Weg bin – und dann entpuppt es sich als eine Sackgasse.

River scheint entweder meine zitternde Stimme zu bemerken oder er spürt meine Verzweiflung. Was immer es ist, er schaltet die Nachttischlampe an. Kurz blinzle ich, weil ich das Gefühl habe, zum ersten Mal seit Ewigkeiten wieder Licht zu sehen. Dann legt River sich zu mir ins Bett und schließt mich in seine Arme. Beruhigend streicht er mir mit seiner Hand durch die Haare, über den Hinterkopf, über den Rücken. Unsere Körper berühren sich und ich lege meinen Kopf auf seine Brust. Mit meinen Fingern fahre ich über den Stoff seines T-Shirts und River ist mir so nah, dass ich seinen Herzschlag nicht nur spüre, sondern auch höre.

Eine ganze Weile hält er mich nur fest, ehe er mit gesenkter Stimme weiterspricht: «Du beherrschst Worte. Es wird immer Leute geben, die das Gegenteil behaupten. Aber du bist etwas nicht, nur weil Menschen von dir behaupten, du seist es. So läuft das nicht. Lass dir von anderen nicht sagen, wer du bist, was du kannst oder erreichen wirst. Das ist deine Aufgabe. Du sagst den Leuten, wer du bist. Nicht andersherum. Nur du. Niemand sonst. Das war nur irgendein Typ, Lexie. Irgendein Typ und irgendeine Meinung. Davon kannst du nicht alles abhängig machen.»

«Es ist aber nicht irgendein Typ. Er ist ein hohes Tier. Er ist jung, arbeitet in so einer Position und schreibt grandiose Artikel.»

River zeigt sich davon nicht beeindruckt. «Und ich verspreche dir, dass es andere hohe Tiere gibt, die dir etwas anderes sagen werden. Ich verspreche es dir. Und das nicht nur, weil du mein Cookie bist, sondern weil ich von deinem Talent überzeugt bin. Du bist Lexie Lewis. Das wird mal eine Marke. Glaub mir.»

Es dauert nicht lange, bis ich es nicht länger zurückhalten kann und anfange zu weinen. Seit gestern hat sich alles in mir angestaut und ich hatte mir vorgenommen, nicht zu heulen.

Ich wollte nicht, dass Mr. Campbell es schafft, mich zum Weinen zu bringen. Aber jetzt, wo River hier bei mir ist, ist es so, als müsste ich nicht länger stark sein. Unter Schluchzen erzähle ich ihm eher zusammenhangslos von dem Gespräch. Und es tut wahnsinnig weh, zu wiederholen, was Mr. Campbell gesagt hat: Dass meine Worte nicht mit meinem Herz verbunden sind, sie die Menschen nicht erreichen, ich das auch niemals erlernen werde, und große Jobs für mich außer Reichweite sind. Es tut körperlich weh, es auszusprechen. Es ist sogar schlimmer, es selbst wiederzugeben, als es gesagt zu bekommen. Immer wieder zittert meine Stimme.

River hört die ganze Zeit zu. Er unterbricht mich nicht und stellt keine Fragen, obwohl er vermutlich nicht mal alles versteht, weil ich mittlerweile kaum mehr atmen kann und jeder Satz nur noch abgehakt klingt.

«Mein Traum war es immer, mit Worten zu arbeiten. Im Journalismus oder beim kreativen Schreiben oder irgendwas. Ich wollte immer schreiben», erkläre ich River unter Tränen, während ich mit dem Ärmel einmal über mein Gesicht wische. «Aber ich habe das Gefühl, ich bin total weit weg davon. Viel weiter, als ich es noch vor der Uni war. Dabei sollte es mich doch näher daran bringen.»

Und dann schweigen wir. Rivers Griff hat sich verstärkt und er hält mich fest in seinen Armen. So fest, dass ich mich langsam wieder beruhige, weil ich das Gefühl habe, hier passiert mir nichts.

«Du stehst erst am Anfang, Cookie», flüstert er beinahe. «Und trotzdem bist du schon so weit gekommen. Natürlich hast du dich schon entwickelt.»

«Es fühlt sich nicht so an.»

«Ich weiß», sagt er mit leiser Stimme. Seine Finger streichen sanft über meine Wange. «Weil du das Gefühl hast, versagt zu haben. Aber das hast du nicht. Es war ein Rückschlag, ja, natürlich war das ein Rückschlag. Aber das gehört dazu, Lexie. Solche Rückschläge wird es immer geben. Die haben wir alle. Weil das Leben manchmal unfair und gemein und hart ist.» Er drückt mir einen Kuss auf den Scheitel und ich spüre seinen Atem auf meinen Haaren. Seine Bartstoppel berühren meine Kopfhaut. «Ich bin auch schon an solchen Punkten gewesen.

Mich haben Leute ausgebuht. Mir haben Leute gesagt, ich sei nicht musikalisch, weil ich kein Instrument spielen kann. Oder weil ich keine Noten lesen kann. Weil ich nicht tanzen kann. Die Leute finden immer irgendetwas.» River legt seinen Zeigefinger unter mein Kinn und zwingt mich, ihn anzuschauen. Ich hebe den Kopf, aber weiche seinem Blick aus. Er wartet geduldig, ohne mich zu drängen, und ich weiß, dass er nicht weitersprechen wird, ehe ich ihn anschaue.

Dann blicke ich in seine blauen Augen.

Seine Stimme ist kaum mehr als ein Flüstern: «Mach weiter, Lexie. Wenn irgendwas nicht klappt, versuche es nochmal. Und wenn es dann immer noch nicht klappt, versuche es nochmal anders. Das Wichtigste ist doch, dass du nicht aufgibst. Mach einfach weiter. Es ist nicht wichtig, woran du scheiterst oder worin du einen Rückschlag erleidest. Es ist nur wichtig, was du danach daraus machst. Du hast eine Leidenschaft. So etwas haben die meisten Leute nicht, weil sie so ein Feuer nicht in sich tragen. Oder ihr ganzes Leben danach suchen, aber es nie finden. Und du hast deine Leidenschaft gefunden. Das ist so viel wert. Mach was draus.»

Am liebsten würde ich wieder etwas darauf erwidern, aber mir fällt nichts ein. Also lasse ich Rivers Worte sacken, während er mich immer noch in seinen Armen hält. Es war ein derber Rückschlag, von einem Chefredakteur gesagt zu bekommen, dass man kein Talent hat. Es hat mich im Innersten getroffen. Aber vielleicht hat River recht und meine Leidenschaft zählt so viel mehr, als dass ich sie einfach wegwerfen sollte. Vielleicht hat er recht und andere Menschen könnten an mich glauben. So wie River es auch macht. Vielleicht schaffe ich es, andere Leute von mir zu überzeugen. Und vielleicht überzeuge ich sogar Mr. Campbell, dass er sich geirrt hat.

Aber natürlich bleibt die Angst. Die Angst, nochmal so abgelehnt zu werden.

Nachdenklich fahre ich mit meinem Finger über Rivers Bauch, dann richte ich mich ein Stück auf und blicke zu ihm. «Was ist, wenn ich scheitere?»

«Dann versuchst du es nochmal. Aber das ist sowieso die falsche Einstellung.» River lächelt mich aufmunternd an und ich glaube, er merkt, dass er mit seinen Worten bei mir etwas erreicht. «Frag dich lieber, was ist, wenn es klappt? Denn du scheiterst erst, wenn du aufhörst, es zu versuchen.»

Wenn River das so sagt, klingt es alles viel einfacher. Weitermachen, einfach weitermachen, und nicht aufgeben. Fallen, wieder aufstehen.

Fall down seven times, stand up eight ...

Ich lasse meinen Kopf wieder auf seine Brust sinken und murmele: «Danke, Pumpkin.»

«Wofür?»

«Dass du mir das sagst.»

«Ich dachte für mein T-Shirt, das du als Taschentuch missbrauchst», überspielt River die Situation. Es ist so typisch für ihn, dass er damit nicht umgehen kann.

Ich war so in dieses Loch gefallen, dass ich vorhin nicht mal bemerkt habe, wie viele Tränen ich vergossen habe und wie nass der Stoff ist. Und erst jetzt bemerke ich auch, welchen seltsamen Aufdruck das T-Shirt hat: *«less thinking, more drinking»*. Der Preis für die bescheuertsten T-Shirts geht zweifelsfrei an River. Ich weiß nicht, ob er es extra angezogen hat, aber ich kuschle mich schmunzelnd an River und ignoriere den nassen Stoff unter meiner Haut. «Was mache ich denn jetzt?»

«Was meinst du?»

«Mr. Campbell hat gesagt, ich muss das Praktikum nicht beenden. Man schreibt mir trotzdem ein Zeugnis für die Zeit, in der ich dagewesen sein soll.»

River lacht so laut auf, dass seine Brust unter mir vibriert. Voller Überzeugung, als würde es keine andere Möglichkeit geben, meint er: «Natürlich gehst du weiter dorthin.»

«Aber man braucht mich da nicht. Das hat er mir klar und deutlich gesagt.»

«Na und?», entgegnet River. «Aber du brauchst die. Das sind praktische Erfahrungen. Natürlich nimmst du das alles mit. Wenn die dich loswerden wollen, müssen die dich feuern. Du wirst dort alles vorbildhaft zu Ende bringen. Daraus wird man dir nie einen Vorwurf machen können.»

«Ja, das stimmt schon», stimme ich kleinlaut zu. «Heute habe ich mich krankgemeldet.»

«Dann meldest du dich morgen wieder gesund und marschierst bester Laune am bloody Büro des Chefredakteurs vorbei.» River zwickt mir in die Seite, woraufhin ich laut auflache und er zufrieden vor sich hin grinst. «So, und jetzt schauen wir einen Zombie-Film bei dieser apokalyptischen Stimmung. Da kannst du gleich mitspielen.»

«Ich weiß es zu schätzen, dass du mir schon einen anderen Job suchst.»

Er greift lachend nach meinem Tablet, das bei mir auf dem Nachttisch liegt, und ich bin froh, dass er mich nicht in den Wohnbereich zerrt. So weit kann ich dann doch noch nicht aus meinem Schneckenhaus rauskommen und ich weiß, dass er das spürt. Während River Netflix startet, steigt mir sein vertrauter Duft in die Nase und ich spüre ganz viel. Es fühlt sich an wie zu Hause. Ich fühle mich akzeptiert, geliebt und verstanden.

Es tut immer noch weh, dass Mr. Campbell mir diese Dinge gesagt hat. Es war ein mächtiger Dämpfer. Aber ich werde weitermachen.

Ich will besser werden. Ich werde besser werden. Und in diesem Moment verspreche ich mir selbst etwas: Ich werde das Beste aus dem Talent machen, das ich habe.

28. Kapitel

Der Regen prasselt laut vor unser Fenster. Es regnet gefühlt nie in Kalifornien, aber heute schon, und zwar heftig. Die dunklen Wolken am Himmel hängen schon den ganzen Tag bleischwer über San Hills. Triste Stimmung. Passt zu den betrübten Gesichtern, die vor mir sitzen. Adriana, OJ und River starren auf den Brief, den ich mit meinen Händen fest umklammert halte, während wir zusammen auf dem Sofa im Wohnbereich sitzen.

Es ist Monate her, seit wir die Leseproben verschickt haben. Ich weiß nicht, wie lange es dauert, bis sich Verlage zurückmelden. Die ganze Zeit war ich entspannt, weil ich mir bewusst bin, dass dort viele Zusendungen eingehen. Aber nun, nachdem ich so einen Rückschlag im Praktikum erlebt habe, sehe ich auch meine Chance bei der Schreiberei wie bei einem Kartenhaus zusammenfallen.

Es ist die erste Rückmeldung. Und es ist eine Absage.

Die Erste. Und es werden ganz viele folgen.

Ich weiß es. Ich muss den Brief dafür nicht mal öffnen.

Ich wusste es in dem Moment, als ich ihn aus dem Briefkasten genommen habe. Es ist fast so, als könnte das Schreiberherz in mir das fühlen.

«Schau doch erstmal rein», sagt Adriana schon wieder. Ich glaube, den Satz hat sie in den letzten zehn Minuten bestimmt fünfmal gesagt.

Ich zucke mit den Schultern, aber mache keine Anstalten, ihn zu öffnen – was unsinnig ist, weil es sowieso nichts ändert, aber so fühlt es sich so an, als wäre die schonungslose Wahrheit noch ein Stück mehr in der Ferne. «Wenn es keine Absage wäre, würden sie mir einen Vertrag schicken. Und zwar in einem großen Umschlag, denn der passt kaum in so einen winzigen Brief.»

«Vielleicht wollen sie einen Termin mit dir vereinbaren», wendet Adriana hoffnungsvoll ein, und ich frage mich, ob sie daran tatsächlich glaubt oder mich nur trösten möchte. «Fürs Telefonieren oder so.»

«Klar», sage ich gedehnt. «Per Post. Warum nicht gleich per Rauchzeichen? Sie könnten auch einfach anrufen und wenn sie interessiert wären, würden sie das auch machen, weil sie dann keine Zeit verlieren wollen würden.»

Ein Hoch auf den Konjunktiv ...

Seit wir hier zu viert sitzen, sagt River nichts mehr. Er hat nur nachdenklich die Stirn in Falten gelegt und ich weiß, dass er besorgt ist. Er weiß, dass ich noch so einen Rückschlag nicht gebrauchen kann. Ich hatte mich gerade erst wieder aufgerappelt. Rücken gerade, Schultern zurück, Kopf hoch. Endlich stehe ich wieder, mehr oder weniger fest auf zwei Beinen, und jetzt gibt es die nächste Klatsche.

Der Regen läuft an unserem Fenster herunter und ist das Einzige, was man gerade hört, hier im Wohnbereich, in dem so vieles angefangen hat: unser gemeinsames Brainstorming und auch das Verpacken meiner Kapitel für die Verlage.

«Soll ich den Brief öffnen?», fragt Adriana vorsichtig. Sie versucht die ganze Zeit, die Stille zwischen uns zu unterbrechen. Ich bin dankbar, dass sie das macht, weil ich ihre Geste verstehe, aber sie müsste es nicht. Das Schweigen von ihnen reicht, um mich nicht alleine zu fühlen. Adrianas Stimme klingt bei ihrer Frage zaghaft und vorsichtig, als wäre sie unsicher, ob das nicht zu persönlich ist oder sie mir einen besonderen Moment wegnehmen würde.

Ich halte ihr den Brief entgegen und nach kurzem Zögern nimmt sie ihn mir ab. Adriana presst die Lippen zusammen und ihre braunen Augen haben einen glasigen Schimmer. Während sie den Brief öffnet, habe ich das Gefühl, alles in dem Raum hält den Atem an und sogar die Zeit steht still. Einen letzten Funken Hoffnung haben wir alle irgendwo noch. OJ schielt bereits zu Adriana herüber, die das Blatt aus dem Umschlag nimmt und entfaltet.

«Oh», sagt Adriana knapp, als sie ihn kurz überflogen hat. Es ist nur ein Wort, und doch klingt sie traurig, während sie den Brief sinken lässt.

Ja. Oh.

Sie muss nichts weiter sagen. Mir ist es bereits bewusst.

River sitzt dicht neben mir und irgendwann im Laufe der letzten Sekunden muss er seinen Arm um mich gelegt haben. Seine Finger streichen immer wieder leicht über meine Schulter und meinem Oberarm.

OJ räuspert sich und er ist der Erste, der wieder das Wort ergreift. «Es gibt da so einen Spruch ... Der Teufel scheißt immer auf den größten Haufen.»

«Unser kleiner Poet», meint Adriana trocken und rollt die Augen. Ich muss schon fast lachen und ich würde es machen, wenn meine Welt gerade nicht untergehen würde und die dunklen Wolken so einnehmend wären.

«J.K. Rowling, Stephen King, William Golding ... sie wurden alle abgelehnt, Cookie.» Es rührt mich, dass River schon wieder im Vorfeld recherchiert haben muss, damit er genau weiß, was er sagen kann, falls es zu einer Absage kommt. «Und sie haben einfach weitergemacht und es geschafft.»

«Das ist wie, wenn du in einem Callcenter anrufst. Entweder, du hast jemanden Kompetentes an der Leitung oder du kannst es vergessen. Ist ein bisschen wie beim Roulette», holt OJ den nächsten Vergleich hervor. Rhetorisch immerhin besser als der Vorgänger.

«Glück und Timing», versucht Adriana mich zu trösten. «Das gehört beides dazu. Es muss eben auch die richtige Person das Manuskript in die Hände bekommen.»

River nickt und sieht mich mit seinen blauen Augen eindringlich an. «Es gab sogar mal jemanden, der unter einem Pseudonym Kapitel aus Klassikern der Weltliteratur eingereicht hat. Und die Verlage haben es nicht mal erkannt und abgelehnt.»

Ja, er war wirklich fleißig bei der Recherche. Kann man nicht abstreiten.

Allmählich dämmert es mir, dass die Anzahl meiner Fans doch sehr überschaubar ist. Adriana, OJ und River. Und das sind alles Leute, die mir nahestehen. Vermutlich können sie nicht mal objektiv sein. Mr. Campbell hat mich abgelehnt. Der erste Verlag lehnt mich ab und es werden weitere folgen. Ich muss zugeben, dass es nicht gerade rosig für meine Leidenschaft aussieht. Schwer, da überhaupt noch Licht zu sehen bei all den dunklen Wolken.

Vielleicht habe ich mich doch überschätzt. Ja, ich war in der High School bei der Schülerzeitung und im Debattierclub, wurde sowohl für meine Wortwahl als auch für meine Argumentation immer gelobt und habe schnell eine Stelle bei der Unizeitung bekommen, obwohl ich erst wenige Monate in San Hills bin, aber vielleicht bedeutet das nichts. Vielleicht ist «gut» einfach nicht gut genug. Vielleicht reicht das nicht, um aus der Masse hervorzustechen. Vielleicht reicht meine Leidenschaft nicht aus. Vielleicht liebt man manchmal etwas und es reicht trotzdem nicht. Vielleicht ...

«Denk nicht mal daran», reißt mich River aus meinen apokalyptischen Gedanken.

«Hm?», frage ich möglichst ahnungslos, aber ich fühle mich erwischt.

«Denk nicht mal daran», sagt er mit mahnender Stimme. «Denk nicht mal zu Ende, was du denkst.»

Die Worte hängen so in der Luft, während zwischen uns ein beklemmendes Schweigen herrscht. Fast so, als wäre jemand gestorben. Na ja, stimmt ja auch irgendwie. Die Hoffnung ist gestorben, denke ich verbittert und muss trotzdem fast ein bisschen schmunzeln, als die drei so mit gesenkten Blicken und hängenden Schultern hier sitzen. Ich bin schon gerührt, dass sie so mit mir leiden – genau wie sie so euphorisch waren, als wir die Kapitel verschickt haben. Sie fiebern mit, als wäre es ihr eigenes Buchbaby.

Welcher Sturm will mich da noch in die Knie zwingen?

Ich erinnere mich an all das, was River mir gesagt hat, als er vor gerade mal drei Wochen bei mir im dunklen Zimmer saß. Und dann erinnere ich mich an das Versprechen, das ich mir selbst gegeben habe. Ich werde das Beste aus dem Talent machen, das ich habe.

Ich weiß nicht, ob es daran liegt, dass ich mittlerweile schon etwas abgehärtet bin, aber tatsächlich trifft mich die Absage nicht so stark wie das Gespräch mit Mr. Campbell.

Abhaken. Weitermachen. Das wird nicht der letzte Rückschlag in meinem Leben sein. So ist das eben. Das Leben ist wie eine Reise, manchmal wird es ruckelig und stürmisch, aber nach einem Sturm kommt auch wieder Sonnenschein. Vielleicht sogar mit einem Regenbogen.

Also stehe ich auf und ernte dafür überraschte Blicke von den anderen.

«Was machst du?», will River wissen, als ich in die Küche gehe und in einer Schublade wühle.

Statt ihm zu antworten, befestige ich die Absage an der Wand. Genau an der, die Adriana und ich an einem Montagabend vor zwei Wochen in einem Fliederton gestrichen haben. River und OJ waren alles andere als begeistert. OJ hat noch ein entsetztes «Fuck» hervorgebracht, während Rivers Gesicht Bände gesprochen hat, aber insgesamt haben sie es stillschweigend über sich ergehen lassen.

«Hier werde ich alle Absagen sammeln», verkünde ich den dreien und obwohl ich mit dem Rücken zu ihnen stehe, weiß ich, dass sie mich gerade entgeistert beobachten. Vermutlich so, als hätte ich meinen Verstand verloren. «Sie bekommen auch noch einen schönen Rahmen.»

«Aber dann siehst du sie jeden Tag, Lexie», gibt Adriana zu bedenken und sie klingt besorgt. Ein bisschen so, als wäre ich masochistisch unterwegs.

«Ich weiß.» Ich stemme beide Hände in die Hüften, als ich die Absage an der Wand betrachte. Ich habe es tatsächlich geschafft, sie schief aufzuhängen, und bin fast beeindruckt von meinem Talent. «Sie gehört zu mir. Genau wie alle anderen Absagen, die noch kommen werden. Und trotzdem werde ich weitermachen.» Ich zeige mit dem Finger auf das Schreiben. «Die kennen mich noch nicht. Ich bin stur. So schnell werden die mich nicht los.»

Und dann, als die anderen drei anfangen zu lachen und vor allem Adrianas schrilles Lachen alles übertönt, weiß ich, dass die dunklen Wolken wieder verschwinden werden und sich meine Welt weiterdrehen wird.

29. Kapitel

Rivers Arm berührt meinen. Es ist fast schon ungewohnt, nur mit River in San Hills unterwegs zu sein. Vorhin waren wir zu zweit thailändisch essen und nun laufen wir vom Parkplatz auf die Kirmes, die jedes Jahr in den Sommermonaten ihre Pforten in der Stadt öffnet. Die Uni nimmt uns doch sehr ein und die Zeit, die wir noch haben, verbringen wir oft zu viert. Zwischen River und mir ist alles in Ordnung, keine Frage. Es ist nicht so, dass er mir aus dem Weg geht. Ich glaube insgeheim sogar, dass er denkt, mir ist es nicht mal aufgefallen. Aber das ist es. Und ich weiß sogar, warum er das macht.

Es ist so, seit er bei mir nachts vor der Tür stand und es diesen Moment zwischen uns gab, als er auf meinem Bett saß. Genau den Moment, in dem sein Blick für eine Sekunde zu lang auf meinen Lippen hängen blieb.

Mach es mir nicht so schwer, Lexie. Für mich ist das auch nicht leicht. Ich bin immer bei dir und trotzdem immer ohne dich.

Seitdem hat sich irgendetwas in ihm versperrt und er versucht, die Dinge zwischen uns nicht zu intensivieren. Er macht es so geschickt und clever, dass es mir tatsächlich erst nicht aufgefallen ist. Denn es ist alles wie immer zwischen uns. Unverändert. Genauso vertraut wie sonst, harmonisch und entspannt. Wir sitzen genauso eng beieinander und fühlen uns in der Nähe des anderen wohl. Und dennoch sind meist Adriana und OJ wie eine Barriere dabei. Wie ein Garant, dass sich dieser Moment aus meinem Zimmer nicht wiederholt.

Ich war deswegen schon fast ein bisschen nervös, als River vorgeschlagen hat, dass wir heute Abend nur zu zweit etwas unternehmen, und ich frage mich, ob es ihm auch so ging.

Kurz hatte ich Bedenken, dass es nun vielleicht doch anders zwischen uns ist, wenn wir nur alleine sind. Aber meine Sorge war unbegründet. Es ist wie immer. So, als wäre es nie anders gewesen. Kein betretenes Schweigen oder angespannte Stimmung. Jede Berührung fühlt sich natürlich zwischen uns an und ich habe es vermisst, mal wieder nur Zeit mit ihm zu verbringen. Und nicht nur dann, wenn wir eine halbe Stunde morgens zusammen auf der Veranda sitzen, nachdem River vom Laufen kommt und ich meinen Eiskaffee trinke. Nicht nur dann, wenn wir beide noch im Wohnbereich herumwuseln, während Adriana und OJ bereits schlafen gegangen sind. Nicht nur dann, wenn wir abends auf dem Sofa zusammensitzen und lernen. Sondern diese andere Zeit. Intensivere Zeit. Wir-Zeit. Ein Date miteinander zu haben, auch wenn es kein wirkliches Date ist. Und deswegen ist es schön, ihm wieder so nah zu sein, obwohl er nie weg war. Er war immer da. Es ist genau, wie sonst auch immer, und trotzdem ein wenig anders. Wir gehen ein bisschen enger nebeneinander her als gewöhnlich und er berührt auffällig oft meine Schulter oder meine Hand, so dass ich mich irgendwann frage, ob es wirklich noch zufällig ist. Aber ich hinterfrage es nicht weiter, sondern genieße die unbeschwerte und ausgelassene Stimmung zwischen uns.

Gut gelaunt schlendern wir über den Jahrmarkt und halten an einem Stand an, um uns Zuckerwatte zu kaufen. Ich bin hin und weg von den Farbexplosionen der Zuckerwatte, denn hier gibt es welche in Grün, Blau, Rot, Gelb, Türkis und natürlich Rosa. In Greywood gab es immer nur rosa Zuckerwatte. Und auch wenn ich fasziniert von all den bunten Farben bin, bestehe ich leider darauf, dass wir an unserer Greywood-Tradition festhalten, weil ich ein Foto mit rosa Zuckerwatte von uns beiden haben will. River rollt zwar die Augen, aber gibt sich geschlagen und latscht dann mit einer rosa Zuckerwatte mit mir über den Jahrmarkt. Dass er da drüber steht, merke ich auch daran, dass er das gemeinsame Foto von uns in seinen WhatsApp-Status lädt.

«Ich mag es, dass du dich nicht so ernst nimmst», sage ich zu River, ehe ich die Zuckerwatte in meinen Mund schiebe und sie augenblicklich schmilzt. Ich kann förmlich spüren, wie der

Zucker auf meiner Zunge zerfällt. Irgendwie schmeckt es ein bisschen nach Greywood, und gleichzeitig hat die kalifornische Zuckerwatte einen eigenen Geschmack. Sie schmeckt süßer, obwohl das bei Zuckerwatte vermutlich gar nicht möglich und meiner Einbildung geschuldet ist, weil ich schon mindestens ein Jahr keine mehr gegessen habe.

River zuckt mit den Schultern. «Ich sehe es positiv: Viel peinlicher kann der Abend für mich nicht werden, als hier mit rosa Zuckerwatte herumzulaufen.»

Nachdem wir so viel Zuckerwatte in uns gestopft haben, dass mir tatsächlich schon ein wenig schlecht ist, sieht River mich lange und nachdenklich an.

«Wie geht es dir, Cookie?», fragt er mich und da ist etwas an seinem Tonfall, das mich aufhorchen lässt. Das ist kein saloppes Wie-geht-es-dir, das man nebenbei aus Höflichkeit in die Runde wirft. Es ist ein Wie-geht-es-dir, das aufrichtig ist. So, wie man nur ganz selten gefragt wird, viel zu selten, weil die Leute diese Frage meist einfach nur so stellen, obwohl sie die Antwort nicht wirklich interessiert. Aber River fragt mich anders. So eindringlich und interessiert.

«Warum fragst du?» Obwohl ich seine Frage nicht beantworte, muss ich lächeln, und ich frage mich, ob mich etwas verraten hat.

«Weil es mir wichtig ist, wie es dir geht», erklärt er mir. Kurz zögert River, dann ergänzt er mit vorsichtiger Stimme, als wäre er unsicher, wie er das Thema anschneiden soll: «Und du hast in deinem ersten Jahr hier einige Rückschläge einstecken müssen.»

«Ja, das stimmt», gebe ich zu und seine Sorge rührt mich. «Vermutlich hätte ich mir mein erstes Jahr hier anders vorgestellt, aber es war trotzdem kein schlechtes Jahr. Ganz im Gegenteil. Mir geht es gut soweit. Aber ja, es gibt auch mal schlechtere Tage.»

Wenn ich an meine Zeit in Kalifornien zurückdenke, flackern sofort viele tolle Erinnerungen auf: unser gemeinsames Sitzen auf der Veranda jeden Morgen, unser gemeinsames Kochen jeden Donnerstag, unsere gemeinsamen Tage am Strand, unser gemeinsames Kennenlernen von fremden Ecken und das gemeinsame Zurückkehren an mittlerweile vertraute Orten hier in Kalifornien. All die Erinnerungen sind vor allem an eins geknüpft: an das Zusammenleben mit Adriana, OJ und River. Natürlich denke ich auch an das Rauschen der Wellen, an den erfrischenden Wind am Meer, an den warmen Sand unter meinen Füßen, an meinen wahrgewordenen Traum vom Tragen bequemer Flip-Flops zu jeder Tages- und Jahreszeit, an die hochgewachsenen, schlanken Palmen am Straßenrand und an den Geruch von Sommer auf meiner Haut. Und ich denke auch an all die Dinge, die wir in unserem ersten Jahr als unabhängige Erwachsene lernen und um die wir uns kümmern mussten, und an diesen eigenen Rhythmus, an dem wir uns erst einmal gewöhnen mussten. Und, ja, das Jahr hat auch einige Herausforderungen für uns bereitgehalten, an denen wir gewachsen sind: enggesetzte Abgabefristen für Essays an der Uni, viel zu viel Stoff zum Lernen für Prüfungen und Klausuren, und natürlich auch meine persönlichen Rückschläge – und dann denke ich wieder daran, dass ich mir selbst das Versprechen auferlegt habe, das Beste aus meinem Talent zu machen. An manchen Tagen klappt das gut, aber es gibt auch immer wieder Tage, an denen ich zweifle, ob ich auf dem richtigen Weg bin. Dann schleicht sich der Gedanke in meinen Kopf, vielleicht doch lieber einen anderen Weg einzuschlagen, was ich dann aber wieder verwerfe, weil ich das, was ich mache, zu sehr liebe. Insgesamt ein sehr facettenreiches erstes Studienjahr. Man lernt viel über sich selbst und natürlich auch über die Menschen, mit denen man so eng zusammenlebt. Man lacht zusammen, teilt Erinnerungen, tröstet bei schlechten Phasen und nimmt Rücksicht, weil man nicht nur weiß, dass es dem anderen gerade nicht gut geht, sondern es sogar fühlt. Man wächst zusammen und wir sind in diesem Jahr noch enger geworden.

Ich bin so in Gedanken versunken, dass ich erst nach einer Weile merke, wie River mich beobachtet. Auf seinem Gesicht liegt ein Lächeln und ich bin mir sehr sicher, dass er weiß, welche Momente sich gerade nochmal vor meinen Augen abgespielt haben – vermutlich habe ich sogar ebenfalls dabei gelächelt.

Aber dann verschwindet das Lächeln wieder und seine blauen Augen sehen mich auffallend ernst an. Ein besorgter

Ausdruck tritt auf Rivers Gesicht und seine Stimme ist bei den nächsten Worten so sanft und leise, dass sie in dem Lärm um uns herum nahezu untergehen: «Manchmal liegt da dieser abwesende Blick in deinen Augen, Cookie. Gestern erst wieder, kurz bevor wir vier zusammen *Supernatural* geschaut haben, und da habe ich mich gefragt, ob das an der Verlagsabsage lag, die du gestern bekommen hast.»

«Ja, die tapezieren langsam unsere Wand neu», sage ich und seine Aufmerksamkeit überrascht mich immer wieder. Überschwänglich nicke ich, als ich an die gestrige Absage denke, die ich zu den anderen an die Wand gehängt habe. «Gefällt es dir? Du mochtest doch die Farbe an der Wand doch überhaupt nicht», will ich mit einem Augenzwinkern wissen.

«Toll, dass die Absagen eine nützliche Verwendung finden.»

«Bei mir ist eben alles durchdacht.»

«Wird es einfacher oder schwieriger?»

«Du meinst, dass gefühlt jeden Tag Verlagsabsagen zu meinem Skript kommen?»

«So dramatisch ist es nicht, aber ja.»

«Es fühlt sich aber so an», resümiere ich die letzten Wochen, als ich immer wieder zum Briefkasten gegangen bin und einen weiteren Umschlag für mich herausgenommen habe. Rückblickend habe ich das Gefühl, dass ich nur noch Absagen erhalten habe und keinerlei andere Post mehr, so viele sind es mittlerweile. Ich atme einmal tief aus, während ich übers Rivers Frage nachdenke. «Schwer zu sagen. Es wird normaler. Der Schlag fühlt sich nicht so heftig an wie beim ersten Mal, und dennoch tut jede Absage weh.»

River nickt und ich spüre, dass er mich versteht. «Das kann ich mir vorstellen. Und trotzdem machst du weiter und lässt dich nicht entmutigen. Ich bin wirklich stolz auf dich, Lexie.»

«Danke», sage ich knapp und presse nachdenklich meine Lippen zusammen. Es bedeutet mir wirklich viel, das von River zu hören. Weil er der Erste war, der meine Sachen gelesen hat, immer an mich geglaubt hat und mich auch jetzt noch ermutigt, weiterzumachen – weil er von meinem Können überzeugt ist. Ich weiß auch, dass er versuchen würde, mich auf einen anderen Weg zu lenken, wenn er sehen würde, dass ich in eine Katastrophe schlittere – auch, und vor allem dann, wenn ich es selbst nicht sehen würde. Es ist schön, so einen Menschen an meiner Seite zu wissen.

Ich blicke fragend zu River auf und als wüsste er es, sieht er zu mir hinab und unsere Blicke treffen sich. «Und wie geht es dir?»

«Gut. Wie immer.» Die Standardantwort bei ihm und sie kommt so schnell, dass ich weiß, dass er die Frage automatisch so beantwortet, wie er es immer macht, wenn irgendwer ihn fragt.

«Du schläfst besser», versuche ich es daher auf anderem Wege. Mit dieser dünnen Antwort gebe ich mich nicht zufrieden, genauso wenig wie er.

Ein überraschter Ausdruck huscht über sein Gesicht. «Woher weißt du das?»

«Keine nächtlichen Besuche mehr. Keine nächtlichen Nachrichten.»

«Ja, geht. Ich denke, ich bin abends eher kaputt von dem Unizeug», gibt River zu. Auch er muss hier ab und zu mal in ein Buch schauen und den Unistoff durchgehen. Alles fällt ihm auch nicht in den Schoß. Die High School hat er als Jahrgangsbester abgeschlossen und da hat es tatsächlich gereicht, dass er im Unterricht aufgepasst und uns ab und zu mal etwas erklärt hat. Aber hier, an der Uni, muss er auch das ein oder andere nacharbeiten.

«Du kannst gerne mal wieder rüberkommen. Zum Lernen», biete ich ihm an, weil er schon ein paar Mal mit seinen Unterlagen auf meinem Bett saß, sowohl hier als auch während der High School in Tennessee. Er lernt nachts, dann, wenn es ruhig ist und die Sonne untergegangen ist, genau wie ich.

«Wenn du das willst.» Auch ohne ihn anzusehen, weiß ich, dass er lächelt.

Keine Ahnung, warum meine Stimme bei meinen nächsten Worten belegt klingt: «Ja, das will ich.»

«Auch mal so?», hakt er nach kurzer Pause nach. «Zum Nicht-Lernen?»

«Wenn du das willst», spiele ich den Ball zurück. Er merkt es. Sein Lächeln verrät es mir, das er mir zuwirft und ich aus dem Augenwinkel erkenne.

«Ja, das will ich.»

Unsere Blicke treffen sich, als ich ihn ebenfalls anlächele. Er sieht mich an, dann wendet er den Blick ab und schüttelt den Kopf. River sieht sich auf der Kirmes um, ehe er wie selbstverständlich meine Hand greift, um den Kurs zu wechseln und mich in eine andere Richtung zu lenken. «Komm, wir gehen etwas gewinnen», beschließt er.

«Ich finde, Gewinnen klingt wie eine gute Idee», pflichte ich ihm bei und wir schlendern an den Ständen vorbei. Meine Aufmerksamkeit zieht der Stand mit den buntesten Stofftieren auf sich. Mit einem Grinsen stupse ich unsere verschränkten Hände vor seinen Körper. «Schau mal, River. Der Stand ist doch was für dich. Voller Pokémon.»

Schmunzelnd verdreht River die Augen und er versteht meine Anspielung auf den Diebstahl der Pokémon-Karten sicher sehr gut. Und trotzdem glaube ich, er ist angetan von meinem Vorschlag. «Welches willst du haben?»

«Das ist doch eher dein Gebiet.»

«Sag schon. Welches magst du?»

«Das da», sage ich und deute auf ein grünes, süßes Etwas. Es ist winzig und es hat auf dem Rücken etwas, das wie ein Beutel aussieht, und vermutlich eine wichtige Funktion hat. Auch wenn ich Pokémon nie verfolgt habe, habe ich es schon mal irgendwo gesehen.

«Das ist Bisasam. Aus der ersten Generation. Ein richtiges Retro-Pokémon», informiert mich River und er klingt dezent wie ein Freak. «Ja, okay, ist abgesegnet. Nicht mein Favorit, aber ganz süß. So, wie funktioniert das Spiel jetzt?»

Ein Mann kommt auf uns zu, nachdem er zwei andere Leute verabschiedet hat. «Lust zu spielen?»

«Lust zu gewinnen», entgegnet River.

Der Mann lacht, dann drückt er River eine Kugel in die Hand. «Du musst die Kugel auf das Kugelfeld werfen. In eins der Löcher», meint er und deutet auf das silberne Gitternetz vor uns. «Wenn du Glück hast und die richtige Farbe triffst, gewinnst du ein Stofftier. Jede Runde kostet drei Dollar.»

«Und woher weiß ich, welche Farbe welches Feld ist?», fragt River, während er schon das Gitternetz genauer betrachtet und die Kugel einige Male in seiner Hand auf- und abwirft.

«Das siehst du, sobald du eine Kugel irgendwo versenkt hast», erklärt der Mann. «Dann leuchten die Farben auf. Natürlich ändern sich die Farben danach, sonst wäre es ja zu einfach.»

«Aha», sagt River gedehnt. Er wittert Betrug. Ich merke es daran, wie er das Wort ausspricht, nämlich alles andere als überzeugt von diesem Konzept, und ich wette, es widerstrebt ihm, mitzumachen, aber er ist viel zu ehrgeizig und hat sich jetzt in den Kopf gesetzt, ein Pokémon-Stofftier zu gewinnen. Seine Stirn hat er in Falten gelegt, während er die Lippen zusammengepresst hat und immer noch auf das Gitternetz starrt. Ich habe keine Ahnung, welche Theorie er sich im Kopf zusammenlegt, denn so wie ich es verstanden habe, hat das Spiel nicht wirklich eine Strategie.

«Willst du?» Fragend hält er mir den Ball entgegen.

«Nach dir.»

River nickt, dann wirft er den Ball und als er ihn versenkt, gehen die Lichter an, aber das Loch leuchtet nicht auf.

River streckt dem Mann die offene Hand entgegen, der ihm daraufhin eine weitere Kugel in die Hand drückt. Er räuspert sich, dann gibt er mir die Kugel.

Ich werfe, treffe ebenfalls ein Loch, aber wieder leuchtet kein Licht auf.

«Das ist Verarsche», meint River mit gesenkter Stimme, als er sich zu mir lehnt. «Ich glaube, hier kannst du hundert Runden spielen und entweder gar nichts gewinnen oder so einen Schrott, den keiner haben will.» Er deutet auf die Schlüsselanhänger, die eine kleine Pokémon-Figur am Bund befestigt haben. «Oder nur so einen Trostpreis.»

«Dann lass uns doch gehen.»

River streckt dem Mann bereits die offene Hand wieder entgegen, um sich die nächste Kugel geben zu lassen. «Niemals. Das soll der mir statistisch gleich mal erklären.»

Und so stehen wir einige Minuten am Stand und immer wieder hält er mir fragend eine Kugel vor die Nase, aber ich schüttele den Kopf, weil ich nicht jedes Mal diejenige sein will, die die drei Dollar bei jedem neuen Wurf verschleudert. River hingegen scheint das nichts auszumachen. Wir werden die Kirmes nicht eher verlassen, bis wir etwas gewonnen haben, aber das könnte noch dauern, denn River versenkt zwar jeden Wurf im Loch, aber nie leuchtet das Licht drum herum auf.

«Pumpkin, ich glaube, man kann die Sachen sogar kaufen», merke ich an, als mir die Preisschilder irgendwann mal auffallen, aber er ist viel zu sehr damit beschäftigt, neben mir zu schnauben, als es nicht so funktioniert, wie er es sich vorstellt.

«Nein, ich will ein Pokémon *gewinnen*», sagt River bockig und muss selbst schon lachen, während er sich die nächste Kugel geben lässt. Sein Ehrgeiz ist längst durchgekommen. «Das kann doch nicht so schwer sein, so ein bloody Bisasam zu gewinnen! Wir spielen so lange, bis wir das verfluchte Ding gewonnen haben, auch wenn wir dafür bankrott gehen!»

Voller Wucht schleudert River die Kugel in das Gitternetz. Und dann, plötzlich, leuchten die Lichter auf. Ganz bunt, nacheinander, nebeneinander, und alles erinnert mich an einen Regenbogen. Schräge Musik ertönt, die irgendwas von Pokémon trällert.

«Bloody hell, geht doch!», ruft River zufrieden neben mir und zwinkert mir zu.

«Glückwunsch, Mann, du kriegst den XXL-Preis», informiert uns der Verkäufer, als er vor uns auftaucht. Er sieht beeindruckt aus und vermutlich passiert es nicht oft, dass jemand einen Preis gewinnt ... oder überhaupt so viel Geld in dieses Spiel investiert.

«Wir nehmen Bisasam», verkündet River ihm und deutet auf das süße, grüne Pokémon, das oben in einer Reihe neben anderen interessanten Geschöpfen steht.

«Bisasam? Nee», sagt der Mann und lacht. «Du hast den XXL-Gewinn.»

«Können wir nicht einfach Bisasam haben?», fragt River irritiert. In seiner Stimme schwingt jede Menge Unglauben mit, als könnte er es nicht fassen, gewonnen zu haben, und gleichzeitig doch nicht gewonnen zu haben.

«XXL Gewinn. XXL Pokémon», erklärt der Mann uns logisch und hebt beschwichtigend die Hände. Bei seinen nächsten Worten klingt er schon fast geheimnisvoll: «Wartet ab. Ihr werdet es lieben. Viel besser als Bisasam.»

Kurz verschwindet der Mann in einer Kabine und als er zurück zu uns kommt, lege ich lautlachend den Kopf in den Nacken.

«Hier, Relaxo!», verkündet uns der Mann gutgelaunt. Seine Stimme wird von dem Stofftier gedämpft, das so groß ist, dass er es kaum tragen kann. Mit Mühe reicht er es River, der es ihm abnimmt. Das Pokémon hat eine dunkle Farbe, irgendwas zwischen dunkelblau und dunkelgrün, aber der Bauch ist beige. Es hat kurze, dicke Arme und zwei spitze Ohren. Die Augen sind geschlossen und es sieht aus, als würde es schlafen. Ich habe keine Ahnung von der Serie, aber es sieht süß aus. Mächtig und stark, aber hilflos zugleich. Wie ein Riesenbaby.

«Bloody hell», murmelt River, als er einen Blick auf das XXL-Stofftier wirft. Er ist riesig, größer als ich, und dreimal so breit wie ich. Mindestens. Kaum peinlich, mit so einem großen Stofftier über die Kirmes zu laufen. Vielleicht sogar ein bisschen peinlicher als die rosa Zuckerwatte ...

«Ein eher dickes Pokémon», stelle ich belustigt fest.

«Das dickste überhaupt», klärt River mich auf. «Das kann nichts außer schlafen und fressen.»

«Es ist mir schon sympathisch.»

River schaut auf Relaxo und nickt schließlich, was wohl bedeutet, dass er sich damit zufriedengibt. Dann deutet er mit dem Kinn auf Bisasam und sagt zu dem Verkäufer: «Das nehmen wir auch noch.»

River bezahlt seine gespielten Runden und natürlich auch das zweite Stofftier, was er mir anschließend in die Hand drückt, und so laufen wir gemeinsam über die Kirmes. Immer wieder ernten wir amüsierte Blicke von den Leuten, was vermutlich an diesem überdimensional großen Relaxo-Stofftier liegt, das River unter seinen Arm geklemmt hat – so gut es eben geht bei der Größe. Aber auch darüber scheint River zu stehen, denn er erwähnt nicht mal, dass wir es zum Auto bringen könnten.

«Ich würde ja vorschlagen, wir gehen mal ins Riesenrad, aber ...» Ich breche den Satz ab und muss mir das Lachen verkneifen, als ich einen Blick auf River werfe, der sich seinen Weg durch die Menge mit Relaxo kämpft und dabei immer wieder den Leuten ausweichen muss. Bisasam hingegen macht sich wunderbar auf meinem Arm. Herrlich unkompliziert.

«Willst du?», fragt River, aber bleibt bereits stehen und starrt hoch zum Ende des Riesenrads, hinauf bis zum Horizont. «Ja, sehr gute Idee. Wir haben gerade die perfekte Zeit abgepasst.» Kaum ausgesprochen, marschiert er auch schon ans Ende der Schlange, um sich anzustellen.

«Wir können doch nicht mit diesem Riesenstofftier da reingehen», meine ich schmunzelnd, aber ich weiß, dass River genau das bringen wird.

«Klar.»

«Passt das überhaupt in die Gondel?», frage ich beiläufig, als wir beide beobachten, wie die Leute dort ein- und aussteigen.

«Das mache ich gleich passend. Keine Sorge», meint River. Mit zusammengezogenen Augenbrauen begutachtet er Relaxo und drückt einige Male gegen den Stoff. «Ich mache mir eher Gedanken, ob wir da drin nicht Platzangst mit dem Ding bekommen. Riskieren wir es.»

Es dauert nicht lange, bis wir in der Schlange vorankommen, und als wir fast an der Kasse angekommen sind, sieht River mich belustigt an: «Ich muss dir noch etwas erzählen, Lexie. Als wir am Montag im Studio waren, habe ich mich am Klavier versucht, aber ich bin leider kein Naturtalent. Alles andere als das. Vermutlich sollte ich beim Singen bleiben.» Er lacht auf und wir werden nach vorne gerufen. Freundlich nicken wir der Verkäuferin zu und River deutet ihr an, dass wir zwei Tickets brauchen. Mein Blick bleibt an der Verkäuferin hängen. Mir entgeht nicht, wie sie River beobachtet. Sie spitzt die Lippen und ich bin mir sicher, dass sie sogar ihre Brüste ein Stück zusammenschiebt, aber River scheint das entweder nicht zu bemerken oder es interessiert ihn nicht. Unbeirrt redet er weiter: «Aber weißt du, das wäre doch echt praktisch, wenn OJ und ich einen Song komponieren und er an der Gitarre ist und ich gleichzeitig etwas am Klavier ausprobieren könnte.»

«Karte oder Cash?», unterbricht uns die Verkäuferin.

«Was?», fragt River und wendet den Kopf in ihre Richtung. Er ist sichtlich irritiert, dass er aus dem Gespräch gerissen wurde.

«Karte oder Cash?» Sie setzt ihr schönstes Lächeln auf, als sie die Frage wiederholt.

«Karte», sagt er knapp und kramt mit der freien Hand sein Portmonee hervor. Als ich meins ebenfalls herausholen will, hebt er vielsagend die Augenbrauen an und ich lasse mein Portmonee in meiner Tasche. Dann erzählt er an mich gewandt weiter: «Aber das wird vermutlich nichts. Also instant love war das zwischen dem Klavier und mir jedenfalls nicht.» Er lacht wieder auf und nimmt es mit Humor und das ist auch so eine Sache, die ich unglaublich an River mag, dass er nicht alles so verbissen sieht und auch zu den Dingen steht, die er nicht kann. Die Verkäuferin verkündet den Preis und River hält ihr die Karte entgegen, ohne sie weiter zu beachten. Ich weiß nicht, ob ich es mir einbilde, aber mittlerweile kommt es mir vor, als würde die Verkäuferin mir bitterböse Blicke zuwerfen, während sie die Karte entgegennimmt und durch das Lesegerät zieht. Erst jetzt scheint sie das große Stofftier unter Rivers Arm zu bemerken, denn sie runzelt fragend die Stirn, aber sagt nichts weiter, dass wir uns damit in die Gondel quetschen wollen.

Ein weiterer Mitarbeiter deutet uns an, vorzutreten und ich gehe zuerst in die Gondel. Wie bereits erwartet, gestaltet es sich schwierig, Relaxo in die Gondel zu bekommen und ich muss unweigerlich lachen, als wir versuchen, das Stofftier durch den Eingang zu schieben, während River drückt und ich ziehe – all das, während die Gondel sich weiterhin bewegt. Gedanklich sehe ich mich schon eine Runde alleine mit dem Riesenrad fahren, aber im letzten Moment rutscht Relaxo durch.

«War doch ein Kinderspiel», sagt River gutgelaunt, als er in die Gondel springt, ehe sie vom Boden fortbewegt. Punktlandung. Er setzt das Stofftier auf die gegenüberliegende Sitzbank, dann lässt er sich neben mich fallen. Ein belustigter Ausdruck huscht über sein Gesicht, als er auf das Bisasam-Stofftier schaut, das ich auf meinem Schoß abgelegt habe.

Die Gondel fährt immer weiter nach oben und unser Blick über San Hills wird mit jedem Meter, den wir uns vom Boden entfernen, besser. Obwohl wir nicht mal den höchsten Punkt erreicht haben, können wir bereits die Kirmes überblicken und dann auch die ganze Stadt. Und dann, als wir oben angekommen sind, können wir sogar das Leuchten des Wassers hinten sehen und das scheinbar unendlich weite Meer. Die Sonne taucht den Himmel in ein atemberaubendes Farbenspiel zwischen Orange, Rot und Lila. Und irgendwie auch Gold.

Ich lehne mich ein Stück zu River, um eine bessere Aussicht auf das Meer zu haben. Sein Atem streift meine Haut, so nah bin ich ihm, als er den Arm um mich legt und ich eine Berührung an meiner Schulter merke, während er mich näher an sich drückt.

«Schau da», flüstert er und deutet auf den Himmel. Die eigentlich weißen Wolken sind mit einem Rosa durchzogen und werden am Ende zunehmend violett.

«Wow. Das sieht toll aus.»

«Ich wusste, dass du das magst.» Hier oben ist es so ruhig, dass seine gesenkte Stimme unverhältnismäßig laut ist.

«Woher?», frage ich lächelnd, als ich immer noch auf die rosa Wolken starre. Rivers vertrauter Duft steigt mir in die Nase und ich spüre seinen Körper an meinem, was es mir allmählich schwer macht, mich auf den Anblick vor mir konzentrieren. In diesem Moment wird mir bewusst, wie sehr er mir in letzter Zeit gefehlt hat, obwohl er immer da war. Trotzdem war ich ihm schon lange nicht mehr so nah. Viel zu lange.

«Weil ich dich kenne.» Seine Stimme klingt kratzig, irgendwie belegt.

Als ich meine Augen vom Horizont löse, treffen sich unsere Blicke. Ein warmer Wind weht durch meine Haare, während Rivers Finger sanft über meinen Arm streichen. Die letzten Sonnenstrahlen des Tages fallen auf sein Gesicht und lassen wie jedes Mal die blauen Augen besonders leuchten. Er seufzt und sein Blick bleibt für den Bruchteil einer Sekunde auf meinen Lippen hängen. Es erinnert mich an die Situation bei mir im Schlafzimmer. Ich glaube, River scheint das Gleiche zu denken, denn er lächelt, ein bisschen verlegen, dann wendet er den Blick ab und streift sich mit seiner freien Hand durch die Haare, während er einige Male tief ein- und ausatmet. Am liebsten würde ich ihm die Entscheidung abnehmen und meine Lippen auf seine legen, aber es geht nicht. Ich will ihn nicht in eine blöde Situation bringen – und mich übrigens auch nicht. Dieser letzte Schritt muss von ihm ausgehen. Seine Hand verweilt immer noch auf meiner Taille und er macht keine Anstalten, mich loszulassen oder Distanz zwischen uns zu bringen. Einen Moment zögere ich, dann folge ich meinem Impuls und lehne meinen Kopf an Rivers Brust. Kaum berühre ich seinen Körper, zieht er mich noch ein Stück näher an sich, während wir beide die Aussicht und die Fahrt in der Gondel genießen. Fast schon romantisch, wenn man dieses XXL-Pokémon-Stofftier vor uns ausblendet, das die komplette gegenüberliegende Bank einnimmt.

Immer noch sitzen River und ich eng beieinander und ich will mich nicht von ihm lösen. Ich will es wirklich nicht und ich wünschte, irgendwer könnte die Zeit anhalten, aber die Gondel steuert schon den Weg Richtung Boden an. Viel schneller als es mir lieb ist, sind wir bereits unten angekommen und ein Mitarbeiter läuft umher, um den Leuten bei Bedarf aus den Gondeln zu helfen. Als er Relaxo sieht, versucht er professionell zu sein und ein Schmunzeln zu unterdrücken, aber es gelingt ihm nicht.

Ich will mich von River lösen, weil wir unten angekommen sind, aber er hält mich fest und zieht mich sanft wieder ein Stück zurück.

Irritiert sehe ich ihn an, aber ich komme nicht mehr dazu, ihn zu fragen, warum wir nicht aussteigen. River lehnt sich nach vorne und zückt sein Portmonee, um dem Mitarbeiter, der genauso irritiert aussieht wie ich, einen Schein in die Hand zu drücken – vielleicht auch zwei. «Wir fahren noch ein bisschen. Der Rest ist für dich.»

Eigentlich erwarte ich, dass der Typ eine Szene macht und uns rauswirft, aber er nickt nur zufrieden und wünscht uns noch eine gute Fahrt.

«Wir lassen uns doch nicht entgehen, wie die Sonne untergeht», meint River. Er lacht leise, während er wieder zu mir rutscht und seinen Arm um mich legt. Sein Kinn streicht über meinen Kopf und ich spüre seine Bartstoppel.

Ich lächle bei seinen Worten und murmele eine Zustimmung. Vermutlich würde ich sogar hier sitzen bleiben wollen, wenn es stürmt oder eine Apokalypse ausbricht. Hier, mit River in dieser Gondel, so eng zusammen wie in einem Kokon, fühlt es sich an, als wäre der Rest der Welt verschwunden. Rivers Finger streichen durch meine Haare, während er nichts weiter sagt, sondern mich wortlos festhält.

Wir werden in der Gondel wieder gen Himmel gezogen. Irgendwann stöhnt River genervt auf und holt mit einem tiefen Seufzen sein Handy heraus, das zuvor hartnäckig in seiner Hosentasche vibriert hat. Neugierig wie ich bin, werfe ich einen Blick auf das Display. Ein Mädchenname, der mir nichts sagt, erscheint auf dem Display, und ehe ich den Eindruck verarbeiten kann, drückt er den Anruf weg – dafür erscheinen dann auf dem Display viele eingegangene WhatsApp-Nachrichten und ich frage mich, wie viele Leute er eigentlich kennt. River macht kein Geheimnis daraus, aber präsentiert mir die aufblinkenden Mädchennamen auch nicht. Seine Brust vibriert, während er spricht: «Nicht wichtig. Ehrlich», murmelt er leise in meine Haare und damit scheint für ihn alles gesagt zu sein. Er schaltet sein Handy in den Flugmodus. Jetzt fühlt es sich wirklich so an, als hätten wir die Welt draußen gelassen. Dann räuspert er sich und wechselt das Thema: «Weißt du, was mir wirklich fehlt aus Tennessee?»

«Was denn?», frage ich und spüre wieder seinen Atem auf meiner Wange.

«Das Hipz. Ich hätte das vorher nicht gedacht, aber das fehlt mir tatsächlich am meisten.»

«Warum das?»

«Ich mag die Atmosphäre dort und das Publikum war jedes Mal genial. Man hatte immer so eine bestimmte Verbindung zu den Leuten, wenn man dort auf der Bühne stand. Schwer zu beschreiben. Ich erinnere mich noch an jeden Auftritt und es hat immer unglaublich viel Spaß gemacht.»

«Wir haben unser kalifornisches Hipz noch nicht gefunden», stimme ich River zu. Ich weiß genau, was er meint. OJ und River haben schon einige Bars und Clubs durch, weil sie immer mal wieder Auftritte geben, und wir haben sie oft begleitet, aber wir haben unsere Stammbar hier noch nicht gefunden. Wir hatten hier schöne Abende, keine Frage, aber der Funke ist noch nicht übergesprungen. Es war noch nichts dabei, wohin es uns zurückgezogen hat.

«Aber zum Ende des Semesters haben wir noch etwas in Aussicht, das richtig gut werden könnte. Auch finanziell, weil da einige Sponsoren hinterstehen.»

«Was denn?», will ich wissen und suche seinen Blick.

«Etwas am Strand», erklärt River mir knapp. «Aber erstmal müssen die uns dafür nehmen. Ich will dich nicht enttäuschen, also verrate ich dir noch keine Details.»

«Warum enttäuschen?»

«Falls es doch nicht klappt, meine ich.»

«Deswegen bin ich doch nicht enttäuscht.»

«Gib uns noch ein paar Tage. OJ und ich wollten es Adriana und dir zusammen sagen.»

«Okay», gebe ich mich geschlagen, aber meine Neugier ist geweckt. Ein letztes Mal versuche ich ihm ein paar Details zu entlocken: «Scheint etwas Größeres zu sein, denn sonst habt ihr es auch immer erzählt.»

«Na ja, so groß auch nicht», meint River und ich muss schon fast lachen, weil er so bescheiden ist und nicht hoch stapeln möchte. «Was fehlt dir aus Tennessee?»

Einige Sekunden denke ich über seine Frage nach, während ich mich wieder auf Rivers Brust niederlasse und er über meinen Arm streicht. «Wahrscheinlich auch das Hipz, weil ich so viele Erinnerungen an die Abende dort habe. Manchmal auch die Jahreszeiten. Ich mag Jahreszeiten und hier gibt es irgendwie nur eine.» Rivers Brust vibriert, als er leise auflacht. «Aber sonst nicht so viel. Ich würde nicht tauschen wollen, dafür liebe ich es hier zu sehr.»

«Ich auch. Es war die richtige Entscheidung, nach Kalifornien zu gehen.»

Mittlerweile sind wir wieder am höchsten Punkt im Riesenrad angekommen und die Sonne verschwindet am Horizont und der Himmel verfärbt sich weiterhin in den schönsten Farben.

«Denkst du, wir bleiben hier?» Wir. Ich rede im Wir. Ich merke es selbst und River auch. Bei seinen nächsten Worten muss ich ihn nicht mal ansehen, um zu wissen, dass er grinst.

«Ich denke schon. Oder zieht es dich woanders hin?»

«Nein. Adriana auch nicht. Aber vielleicht OJ», flüstere ich beinahe. Natürlich versteht River meine Anspielung. New

York war OJs Traum – und er hat für uns darauf verzichtet. Sofort hallen seine Worte durch meinen Kopf, die er damals gesagt hat, als wir auf der Brücke in Nashville standen.

Seit ich denken kann, will ich in New York leben. Na ja, oder zumindest, seitdem ich New York kenne. Ich kann mich nicht erinnern, dass ich mal irgendwann woanders leben wollte. Die Stadt hat Flair. Leben. Bewegung. Multikulti.

Rivers Bartstoppel streichen über mein Haar und ich bin mir sicher, dass er den Kopf schüttelt. «Ich glaube, er fühlt sich hier sehr wohl. OJ hat nie erwähnt, dass er lieber dorthin gegangen wäre.»

«Vermisst du England?» Jetzt, da wir über Orte reden, frage ich mich, ob in Rivers Brust vielleicht zwei Herzen schlagen und es ihn doch in seine Heimat zurückzieht.

«Ja, manchmal. An manchen Tagen sogar den Regen», gibt er zu. Auch er mag Jahreszeiten, vermutlich, weil wir damit aufgewachsen sind und es so kennen. «Ich freue mich auch schon darauf, bald wieder rüber zu fliegen und meine Freunde dort im Sommer zu besuchen. Und auf das schlechte britische Essen und auf Leute, die nicht so ein komisches Englisch sprechen», lacht er auf, woraufhin ich ihm leicht gegen die Brust haue.

«Vermisst du deine Freunde von dort?», frage ich ihn, als ich mich näher an ihn kuschele. Mittlerweile ist die Sonne vollständig untergegangen.

«Ja, schon. Aber die meisten waren nie solche starken Freundschaften. Nicht das, was ich mit euch habe.»

«Wie war es mit den Freundschaften in England?»

«Anders. Oberflächlicher. Nicht so tief. Ihr habt mir meinen Start hier wirklich sehr leicht gemacht. Meine Eltern hatten damals schon Sorge ... weil sie mich so aus meinem Umfeld gerissen haben. Aber mein Dad hatte dieses einmalige Jobangebot und deswegen sind wir gegangen ... weißt du ja.»

Wie so oft ruht Rivers Hand auf meinem Oberschenkel und ich blicke fragend zu ihm auf, als ich meine Hand daneben ablege. «Also fühlst du dich hier zu Hause?»

Ohne ein Zögern nickt er. «Ja, absolut. Mein Zuhause ist jetzt hier und ich möchte auch auf Dauer nicht mehr nach England zurück.» Kurz hält er inne und streicht nachdenklich mit seinen warmen Fingern über meinen Handrücken. Er öffnet den Mund, um etwas zu sagen, dann hält er inne und scheint zu überlegen, wie er es formulieren soll. «Mir ist etwas aufgefallen, Cookie.»

«Was meinst du?»

«Seit wir weg aus Tennessee sind, hat mir nie etwas so richtig gefehlt. Ich habe das zuerst nicht gemerkt. Es ist mir erst bewusst geworden, als wir einige Monate hier waren und ich nie etwas vermisst habe. Weil ich dich mitgenommen habe. Oder du mich. Oder wir zusammen gegangen sind. Du weißt schon. Ich glaube, ich könnte mich überall auf der Welt zu Hause fühlen, wenn du da bist. Verstehst du, was ich meine?»

«Ja», sage ich sofort, während meine Finger über sein Bein streichen. Ich weiß genau, wovon River spricht. Vielleicht ist es gar nicht so wichtig, an welchem Ort man genau ist, vielmehr, mit welchen Leuten man dort ist. «Für mich ist das auch so. Zu Hause ist für mich, wo du bist.»

River lächelt. Ich kann es spüren. «Das Wichtigste habe ich ja mitgenommen.» Er zieht mich näher an sich und drückt mir einen Kuss auf die Stirn.

Wir genießen noch den Blick über San Hills und als die Gondel am Boden angekommen ist, wirft River mir einen fragenden Blick zu, woraufhin ich nicke. Schließlich stehen wir auf, quetschen Relaxo durch den engen Eingang der Gondel und spüren wieder festen Boden unter unseren Füßen, der sich im ersten Moment fremd anfühlt. Ungewohnt, nachdem man so lange irgendwo in der Luft herumgeschwebt ist und die Wolken zum Greifen nah waren.

Unter einen Arm klemmt River sich wieder das überdimensionale Stofftier, mit der anderen Hand greift er nach meinen Fingern. Ein vertrautes Gefühl durchströmt mich, als sich seine Finger mit meinen verschränken. «Kannst du das glauben, dass unser erstes Jahr an der Uni schon fast vorbei ist?»

Ich schüttle den Kopf und denke an die letzten Monate zurück. So vieles ist anders, aber so vieles ist auch gleich. Verwirrend. «Nein. Es ist so schnell vergangen, als wären wir erst vorgestern hier angekommen. Und gleichzeitig wirkt Tennessee wie ein anderes Leben, so weit weg irgendwie, dass ich kaum glauben kann, dass unser Leben vor einem Jahr noch dort stattgefunden hat.»

«Verrückt, oder?», stimmt River mir zu. «Eine Farbe, die du wählen würdest, wenn du das Jahr beschreiben müsstest?»

«Gold.»

Er lacht. So herzlich und unbefangen, dass ich weiß, dass wir denselben Gedanken haben: die Sonnenuntergänge.

Manche Tage sollten einfach immer so sein ... so voller Gold.

«Und ein bisschen Rosa», ergänze ich.

«Warum das?»

«Weil meine Welt immer rosa ist.» Vor allem gerade. Meine Hand in Rivers Hand, während wir gemeinsam durch die Abenddämmerung laufen. Von so vielen Leuten umgeben, die hier auf der Kirmes herumlaufen, und doch ist es so, als gäbe es nur uns zwei. Wie in einer eigenen kleinen, magischen Blase.

River blickt zu mir und lächelt mich schief an. Dann legt er den Arm um mich und zieht mich näher an sich heran. Es ist laut um uns herum und bei seinen nächsten Worten ist seine Stimme gesenkt, und doch höre ich sie so klar, als wären wir die einzigen Menschen hier: «Lass uns gehen.»

«Wohin?»

«Lass uns nach Hause gehen.»

Nach Hause ... Es ist kein Ort. Es ist ein Gefühl. Und es bedeutet, angekommen zu sein und zu wissen, wohin man gehört und in dieser schnellen, sich immer verändernden Welt seinen Platz zu kennen.

30. Kapitel

Unser erstes Jahr an der Uni neigt sich dem Ende zu. Übermorgen werden wir für vier Wochen zurück nach Tennessee fliegen und dort einen Teil des Sommers verbringen. Zuletzt war ich Weihnachten bei meinen Eltern und ich freue mich darauf, sie wiederzusehen. Und ich freue mich darauf, an vertraute Orte in Tennessee zurückzukehren. Vielleicht treffe ich auch ehemalige Mitschüler aus der High School wieder, die entweder ebenfalls den Sommer in der Heimat verbringen oder dort geblieben sind. Natürlich bin ich neugierig, wie sich das Leben von den Menschen, mit denen ich immerhin die Schulzeit verbracht habe, verändert hat.

Die Wellen zerschellen vor meinen Füßen und ich fahre mit den Zehenspitzen durch das Wasser, das hier am Santa Monica Beach wie immer kalt ist, obwohl heute eine glühende und fast schon tropische Hitze herrscht. Wir waren schon mal hier am Strand, und mittlerweile fühlt sich der Sand unter meinen Füßen vertraut an. Eigentlich mag ich den weißen Sandstrand hier, aber der Ort ist meistens überlaufen, so dass wir eher an abgelegenere Stellen fahren, wenn wir Zeit am Wasser verbringen. Aber wir sind heute auch nicht aus diesem Grund am Strand.

Hier, direkt neben dem Santa Monica Pier, wo der Pacific Park mit seiner Achterbahn und dem Riesenrad ist, wurde für die Strandparty extra eine Bühne aufgebaut. Seit heute Mittag dröhnt Livemusik aus den Boxen und Studenten aus allen Teilen Kaliforniens finden sich hier zusammen, um das Semester gemeinsam ausklingen zu lassen – genau wie wir es machen, bevor es für uns vier in den Flieger nach Tennessee geht. Auch River und OJ werden hier heute auftreten und damit OJs Geburtstag zu einem ganz besonderen Tag für ihn machen.

«Ist Matt heute auch hier?», frage ich Adriana, während sie mir ihre Tüte mit Weingummis entgegenhält und selbst ihre Füße ins Wasser taucht. Wir sind ein ganzes Stück abseits von der Bühne, und obwohl die Musik immer noch laut ist, versteht man wenigstens sein eigenes Wort und kann sich unterhalten, ohne den anderen anschreien zu müssen.

«Nee, der ist raus», verkündet Adriana mir knapp. Sie hat ihn in einer Dating-App kennengelernt und seitdem haben die beiden viel getextet, aber das heißt nichts. Sie schreibt da mit vielen Leuten. Nicht mal flirty, sondern ich glaube, sie spielt da auch für viele die Psychologin und ich frage mich, was das über diese Plattform aussagt. Der eine Typ wurde von seiner Frau verlassen und scheint sich nach einem Jahr immer noch in einem absoluten Tief zu befinden, denn er schickt Adriana oft Sprachnachrichten, in denen er heult. Und ein anderer Typ ist schwul, zumindest behauptet Adriana das felsenfest, denn er hat seine Freundin mit einem anderen Typen betrogen – mehrmals –, scheint sich aber nicht outen zu wollen, geschweige denn es seiner Freundin zu beichten.

Ich kann diesen Hype um Dating-Apps immer noch nicht verstehen. Nachdem Adriana mich in den ersten Wochen in San Hills überredet hatte, mal eine zu installieren, habe ich die App mittlerweile wieder gelöscht.

«Warum das?», frage ich sie. Eine kühle Brise vom Pazifik weht durch meine Haare und hier, so nah am Wasser, liegt ein typischer Meeresgeruch in der Luft. «Ich dachte, ihr hattet ganz gute Gespräche.» Manchmal liest Adriana mir Dialoge vor, aber es sind so viele verschiedene Typen, dass ich den Überblick verliere. Ich habe auch das Gefühl, jeder Zweite dort heißt Matt. Jeder kennt einen Matt, oder? Oder einen Mike.

«Ich habe ihn El Schwanzo getauft», erzählt mir Adriana und lacht. «Erst war er ganz cool, aber dann hat er angefangen, mir Fotos von seinem Ding zu schicken ... also, nein, weg mit dem. Abstand. Mit so einem kannst du dich ja gar nicht treffen. Da packt der bestimmt auch sofort alles aus, ohne dass es passt.» Fragend hebt sie die Hände und ich muss schmunzeln, weil sie es so trocken erzählt. «Was ist mit ihm? Denken Männer echt, Frauen finden so etwas toll?»

Als ich den Blick vom Wasser abwende, sehe ich, dass River und OJ auf uns zukommen. Jedoch nicht alleine. OJ hat die Arme um zwei Mädchen gelegt und erzählt irgendetwas, woraufhin sie laut lachend den Kopf in den Nacken werfen und um seine Aufmerksamkeit buhlen, während River schon fast wie ein Unschuldslamm nebenher schlendert und vor sich hin grinst. Ein durchaus witziger Anblick, aber der Schein trügt. River hat auch irgendwo ein Mädchen hier.

«Hola Chicas», begrüßt uns OJ und schnalzt mit der Zunge.

Adriana und ich heben nur belustigt die Augenbrauen mit dem Wissen, dass das Gespräch, das jetzt folgt, nicht ernstgenommen werden sollte. Wenn er schon so anfängt und seine Show abzieht, ist das für uns immer das Zeichen, dass wir die Mädchen an seiner Seite nie wiedersehen werden.

Adriana setzt ihr typisches Strahlen auf und wir spielen sein Spiel mit, aber ich glaube, wir haben beide Probleme, ernst zu bleiben, wenn er so redet.

Als sie vor uns stehen bleiben, deutet OJ auf uns. Aus den Boxen dröhnt währenddessen eine Coverversion zu *Young Blood* von The Naked and Famous. «Das sind übrigens meine Mitbewohnerinnen, Adriana und Lexie.»

Knapp nicke ich den anderen «Chicas» zu. Mit ihren langen, schwarzen Haaren und der gebräunten Haut sehen sie aus wie zwei Latinas. Beim Outfit haben sie direkt einen Teil übersprungen und stehen nur in ihren Jeansshorts und Bikinioberteil vor uns.

«Ah, die Lesben», sagt eine von beiden und lächelt uns überaus freundlich an.

Adriana verschluckt sich neben mir an ihrem Weingummi und fängt laut an zu husten. Ich werfe OJ einen irritierten Blick zu, der nur entschuldigend mit den Schultern zuckt, aber in seine Augen tritt der Ausdruck leichter Panik. River hingegen hat die Lippen aufeinandergepresst und versucht, sein Grinsen zu verbergen, aber seine Grübchen verraten ihn.

Ich weiß nicht, wen ich zuerst anschauen soll, also schnellt mein Blick immer wieder hin und her.

Warum erzählt OJ ihnen so etwas?

Das Einzige, was mir spontan einfallen würde, ist, dass er das gesagt hat, damit keine Eifersucht entsteht, weil wir zusammenleben. Aber allein sein «Chicas» verrät mir, dass er keine ernsten Absichten verfolgt, also scheidet die Möglichkeit aus.

Also, warum dann?

Oh Gott. Wer weiß, was OJ ihnen erzählt hat. Ich will wissen, was er ihnen erzählt hat. Oder, nein, vielleicht will ich es doch nicht wissen, wenn ich genauer drüber nachdenke.

Und auf einmal trifft mich ein Gedanke.

Ich werfe River einen fragenden Blick zu, der bedeuten soll: *Haben die einen Dreier?*

Ich bin mir sicher, River versteht meine Frage sehr gut, aber er verzieht nur ratlos den Mund, obwohl er bestimmt mehr weiß, als er zugeben will. Dann zwinkert er mir zu und mir wird klar, was OJ ihnen erzählt hat.

Die Worte hängen immer noch so in der Luft und einer muss reagieren, bevor es für OJ peinlich wird.

«Ach, OJ.» Ich lache übertrieben laut auf und winke ab, um ihn nicht auflaufen zu lassen. «Musst du denn unser Geheimnis verraten?»

«Ist mir so rausgerutscht», setzt OJ sofort ein und ich kann spüren, wie erleichtert er ist, dass wir mitspielen. Zu seiner Verteidigung muss ich sagen, dass er vermutlich nicht damit gerechnet hat, dass die beiden uns damit so offen konfrontieren. «Sorry. Kommt nicht wieder vor.»

Adriana legt den Arm und mich und zieht mich zu sich. Ihre Hände legt sie um meine Taille und ich finde, wir sind durchaus überzeugend, dafür, dass wir keine Probe hatten. Sie räuspert sich theatralisch und ich weiß, dass sie jetzt wieder einen draufsetzen muss. River scheint das Gleiche zu denken, denn er kann schon nicht mehr hinschauen, sondern starrt grinsend auf den Sand. «Aber er darf nur beim Vorspiel zuschauen. Dann schmeißen wir ihn raus.»

Ich dachte immer, der Karaoke-Abend damals im Hipz wäre das Peinlichste in meinem Leben, aber das hier kommt dem gerade verdammt nah. Immer wieder spreche ich mir wie ein Mantra vor, dass ich diese Mädchen nie wiedersehen werde.

«Okay, okay, genug Details», meint OJ und lacht auf, aber es klingt künstlich. Er deutet auf den Getränkestand weiter hinten. «Wir treffen uns nachher dort, ja? Wir müssen jetzt noch zu viert was besprechen», versucht er die zwei Mädchen loszuwerden und macht eine ausfahrende Handbewegung. «Also, bye bye. Bis später.»

Die beiden winken noch einmal, dann traben sie auch schon brav Richtung Getränkestand. Eine von ihnen dreht sich nochmal um und wirft OJ eine Kusshand zu.

Schweigen herrscht zwischen uns, das dann von River unterbrochen wird, der sich nicht länger zusammenreißen kann und laut auflacht.

«Gern geschehen», sage ich schmunzelnd an OJ gewandt.

OJ kratzt sich verlegen am Kopf und kaut sich auf der Unterlippe. «Okay, soll ich das aufklären?»

«Nein!», sagen wir alle prompt.

«Du kannst uns später danken», meint Adriana. «Nachdem du heute Nacht bei denen das Vorspiel mitanschauen durftest. Oder was auch immer ihr vorhabt. Viel Spaß damit.»

«Bloody hell, du bist auch echt um keine Ausrede oder Erklärung verlegen, oder?», meint River und schlägt ihm lachend an die Schulter, woraufhin OJ nur schelmisch grinst. Ich glaube tatsächlich, der Sex mit Amy hat ihm einen Ego-Boost gegeben. Oder es ist sein durchtrainierter Körper. Ich will nicht wissen, was der kleine Womanizer sonst so treibt. Ich weiß sowieso bereits mehr, als ich wissen sollte. Oder wollte.

«Seid ihr böse?», fragt OJ und klingt unsicher, als er zwischen Adriana und mir hin- und herschaut.

«Ach ... auch voll egal», sage ich und winke ab. «Wegen sowas doch nicht.»

«Die nächste Runde Burger geht auf mich», meint OJ versöhnlich. Er will noch etwas ergänzen, aber River unterbricht ihn.

«Könnt ihr mich bitte auch retten?», fragt er mit gesenkter Stimme und seufzt so laut, dass ich es selbst über die Musik hinweg höre. Ehe jemand von uns reagieren kann, steht sie auch schon neben uns.

Immer diese Groupies ...

«Janet ... hey!», ruft River gedehnt. Er versucht, überrascht zu klingen, aber wer ihn genau kennt, erkennt, dass es gespielt ist. Kurz legt er einmal den Arm um sie und drückt sie an sich, dann lässt er wieder von ihr ab.

Wie so oft schimmern Janets Lippen und ich frage mich, wie viel Lipgloss sie wohl aufgetragen hat. Sieht glitschig aus. Und irgendwie hat sie gewisse Züge von High-School-Stacey, wie ich finde.

«Hi», sagt Janet und zupft an ihrer lila Bluse herum. Ich finde es komisch, dass sie im Sand mit ihren Stöckelschuhen herumläuft. «Wie geht's euch?»

Wir kennen sie flüchtig von der Uni. Irgendwann hat River sie mal mit in die Mensa zum Mittagessen geschleppt. Keine Ahnung, wo genau er sie aufgegabelt hat. Seitdem wird er sie nicht mehr richtig los. Janet ist seltsam. Irgendwie sogar ein bisschen dümmlich. Sie hat immer so einen Blick, als wäre das Licht an, aber niemand zu Hause. Was genau River mit ihr will, habe ich immer noch nicht verstanden, aber ich halte mich da raus. Die Welt ist schließlich voller Geheimnisse.

«Gut, gut. Danke», sagt Adriana. Sie hat ihr bestes Lächeln aufgesetzt, so dass sie von der Tatsache ablenkt, dass sie nicht mal eine Gegenfrage gestellt hat.

«Ich habe dich gesucht, River. Du warst vorhin einfach weg, als ich mit meinen Mädels geredet habe», wirft sie ihm vor und zieht einen Schmollmund. Abwartend zieht sie die Augenbrauen nach oben und scheint auf eine plausible Erklärung zu warten, während sie den Arm um ihn schlingt und erwartungsvoll zu ihm aufschaut.

River weicht ihrem Blick aus, dafür trifft er meinen. Und diese eine Sekunde reicht, um zu wissen, dass Janet ihm zu anhänglich ist. Nicht nur körperlich, sondern sie klammert ihm sonst auch zu viel. Das ist ihm alles bereits zu viel und ich wette, er weiß nicht, wie er sie loswerden soll, ohne ihr wehzutun und das Herz zu brechen. OJ ist da weitaus rücksichtsloser und deutlicher als River unterwegs.

«Ja», meint River nur, als er sie kurz ansieht und sich um ein Lächeln bemüht. Seine Antwort dauert viel zu lange. «Irgendwie habe ich dich nicht mehr gesehen.»

Ich kann gar nicht anders, als die Augen zu verdrehen bei dieser schlechten Ausrede. Vermutlich sogar die schlechteste Ausrede aller Zeiten.

«Ich war doch die ganze Zeit neben dir», meint Janet verwirrt.

River geht darauf gar nicht mehr ein, sondern umfasst ihre Schultern. Eindringlich sieht er sie an. «Janet, wir müssen jetzt zum Soundcheck.» Und dann zupft das typische Lächeln an seinen Lippen. Er spielt nicht fair, denn spätestens jetzt wird Janet vergessen haben, worüber sie gerade noch mit ihm reden wollte. Ich kenne dieses Lächeln. Es wirkt spontan, aber er setzt es ganz gekonnt ein, fast schon manipulativ. Auch River weiß, welche Wirkung er hat. Genauso wenig ein Unschuldslamm wie OJ, aber River kann es besser kaschieren.

«Ach so», sagt sie und nickt verständnisvoll. Entweder es liegt am Lächeln oder sie glaubt das sogar, obwohl auf der Bühne bereits seit Stunden andere Bands spielen. Selbst wenn ich nicht wüsste, dass der Soundcheck gestern war, würde ich wenigstens blicken, dass er jetzt nicht stattfinden kann, aber Janet kauft es ihm ab. «Dann bis später.»

Sie zieht von dannen. River sieht ihr einige Sekunden mit gerunzelter Stirn hinterher und ich kann förmlich hören, wie es in seinem Kopf arbeitet. Bei seinen nächsten Worten klingt er nachdenklich: «Sie ist wie ein Schatten.»

«Weil sie dir immer folgt?», frage ich.

«Ja, deswegen auch», sagt River gedehnt. Dann sieht er wieder zu uns und in seinen Augen liegt ein Ausdruck, den ich nicht deuten kann. Aber sein verletzter Tonfall verrät mir seine Gefühlslage: «Und sie ist nur da, wenn die Sonne scheint. Ich interessiere sie nicht. Sie will mich nicht kennen. Sie will mich nur haben und besitzen. Wie so viele andere auch.»

Seine Worte kommen so unerwartet und schonungslos, dass sie treffen. Ich glaube, jeden von uns. Entweder, weil sie wahr sind, oder weil in Rivers Stimme ein gewisser Schmerz mitschwingt, der nicht zu leugnen ist. OJ senkt den Blick und sagt nichts weiter, aber ich bin davon überzeugt, dass er River sehr gut versteht. Er weiß genau, wovon er spricht und fühlt es. Weil seine Bekanntschaften genauso oberflächlich und ersetzbar sind. Natürlich fällt den beiden auf, wie oft sich die Mädchen um sie herum scharen, ohne dass sie selbst etwas dafür tun.

Aber am Ende des Tages sitzen immer wieder wir vier zusammen. Fast so, als würden wir immer wieder den Weg zurückfinden. Den Weg nach Hause.

Ich schlucke einmal, während mir Rivers Worte in der Nacht des Abschlussballs durch den Kopf gehen.

Gibt es Leute, die dich als Freund ansehen, aber du sie gar nicht als Freunde empfindest?

Ja, fast alle.

OJ scheint zu merken, dass die Stimmung zu kippen droht und das können die beiden gerade nicht gebrauchen, schließlich haben sie gleich noch ihren Auftritt. Wir alle hatten quälende Tage hinter uns, ehe die beiden endlich die Zusage für diesen Auftritt hier am Strand hatten. Durchaus eine große Sache, auch wenn River es mir gegenüber auf der Kirmes heruntergespielt hat.

«Wir sollten langsam los, River», erinnert OJ ihn nach einigen Sekunden der Stille und deutet mit dem Kinn Richtung Bühne.

Also verschwinden die beiden, während Adriana und ich zum Waffelstand gehen und noch eine Runde futtern. Wir reden mit ein paar Unileuten, die wir hier zufällig treffen, aber sobald OJs Gitarre erklingt, drängeln wir uns an den Menschen vorbei, um möglichst weit vorne zu stehen und die beiden zu unterstützen. Zum Glück stehen die Leute hier nicht so dicht wie bei einem Konzert in einer Halle, so dass wir es tatsächlich schaffen, unseren Weg nach vorne zu bahnen.

Als Rivers Stimme zu OJs Gitarre erklingt, tobt die Menge. Sind die Leute immer so laut oder kommt mir das so vor, weil wir so nah an der Bühne sind? Ich habe das Gefühl, mein Trommelfell platzt jeden Moment und ich frage mich, wie River und OJ das aushalten. Hinter mir sind Typen, die schon ganz heiser sind vom stundenlangen Mitsingen oder sinnlosem Herumgebrülle, und nicht nur die drei Mädchen neben uns schmachten River und OJ an. Die beiden sind auch einfach gut. Gnadenlos gut. Und auch so gegensätzlich, und trotzdem auf der Bühne eins. Schwer zu beschreiben. Ich könnte mir keinen ohne den anderen auf der Bühne vorstellen. Es ist so, als würden sie einander ergänzen. Adriana und ich singen aus vollem Hals mit, vermutlich richtig schief, und ich liebe es, dass Adriana wieder einen ihrer typischen Dance-Moves macht, die zwar nicht zur Musik passen, aber zu ihr gehören. Alle Lieder, die sie spielen, sind selbstgeschrieben und sie haben uns bereits die Aufnahmen vorab gezeigt, als wir abends zusammen auf der Veranda saßen. Nach dem fünften Song ist mir unfassbar warm und ich bewundere River und OJ wirklich, wie sie das alles auf der Bühne durchziehen können.

Ich weiß, dass wir beim letzten Song angekommen sind und die nächste Band bereits hinter der Bühne auf ihren Auftritt wartet, aber dann deutet River mir an, zu ihm zu kommen. Auf die Bühne. Im ersten Moment denke ich, dass vielleicht Janet irgendwo herumwuselt, aber sie ist nicht hier. Die Sekunden vergehen wahnsinnig langsam und immer noch rühre ich mich nicht, aber er deutet mir nochmal an, zu ihm auf die Bühne zu klettern.

«Er meint dich!», schreit Adriana mir über OJs lauten Gitarrensolo ins Ohr. Mittlerweile habe ich sogar ein Piepen im Ohr, aber vielleicht liegt das auch an der Aufregung.

Warum auch immer ich aufgeregt bin.

Vielleicht, weil ich vor so viele Leute auf die Bühne soll.

Oder weil ich nicht weiß, was River vor hat.

Oder vielleicht auch wegen River selbst.

Als ich mich immer noch nicht bewege – ich glaube, so etwas nennt man Schockstarre –, schubst Adriana mich nach vorne und River hebt grinsend den Daumen. Dann deutet er ihr an, nachzukommen.

Ich werfe einen Blick über meine Schulter und Adriana fällt alles aus dem Gesicht. Geschieht ihr recht. Sie ist noch nervöser als ich bei sowas. Ich wette, sie kollabiert fast.

Natürlich bewegt Adriana sich jetzt selbst nicht, also gehe ich nochmal einen Schritt zurück und nehme ihre Hand, um sie mitzuziehen. Ja, wer hätte das gedacht, dass ich jetzt die treibende Kraft bin, aber mit Adriana ist das Ganze nicht mehr so schlimm. Zum zweiten Mal an diesem Tag fühle ich mich an unseren Karaoke-Abend im Hipz zurückversetzt, als wir zu zweit auf die Bühne gegangen sind und uns bis auf die Knochen blamiert haben. Schlimmer kann es nicht mehr werden und ich denke, das sind doch entspannte Aussichten. Jedenfalls wenn der Anspruch nicht so hoch ist.

River nimmt meine Hand und hilft uns nacheinander auf die Bühne, während OJ immer noch das Gitarrensolo spielt. Wieder mal wird mir bewusst, was er für ein Talent hat. Ich weiß nicht genau, was er da mit seinen Händen macht, aber es klingt genial und stimmig, dazu sieht jede Bewegung noch wahnsinnig leichtfällig aus, obwohl ich mir bei dieser Fingerakrobatik jeden Knochen brechen würde.

Als Adriana und ich auf der Bühne stehen, streiche ich einmal über mein gelbes Kleid und lasse den Blick über die Menschenmasse wandern, die vor der Bühne steht. Von hier oben wird mir erstmal bewusst, wie unfassbar viele Menschen heute hier sind. Es müssen mehrere tausend sein. Und es ist ein toller Anblick, in so viele glückliche Gesichter schauen zu können, die den Abschluss des Semesters feiern, während die Sonne das Meer in einem goldenen Schimmer leuchten lässt und der Himmel mit rosa Streifen durchzogen ist.

River legt die Arme um uns und als er mich ansieht, strahlen seine Augen. Das Blau wirkt bei den letzten Sonnenstrahlen des Tages nochmal intensiver. Da liegt so viel Wärme und Liebe in seinen Augen.

Und ich glaube, ich verliebe mich in diesem Moment noch ein bisschen mehr in ihn. Mein Herz schlägt noch ein bisschen schneller. Und es quillt noch ein bisschen mehr über vor Liebe.

Ein Lächeln umspielt Rivers Lippen und es liegt ein besonderer Ausdruck in seinem Gesicht. Immer war so ein kleiner Restzweifel da und ich war mir nie so sicher bei ihm, aber jetzt gerade bin ich es. Hier, auf der Bühne am Santa Monica Pier, wird es mir in aller Deutlichkeit bewusst.

Er fühlt genauso wie ich.

Als OJ das letzte Mal über die Saiten seiner Gitarre streicht und den Arm hebt, brechen die Leute in Applaus aus. Sie jubeln und schreien und klatschen und ich fühle mich so, als hätte ich irgendetwas dazu beigetragen, weil ich mit auf der Bühne stehe. Ich wette, es muss ein unglaubliches Gefühl für River und OJ sein, zu wissen, dass der Applaus für sie ist und sie die Leute so zum Ausrasten bringen. Ich dachte vorhin, es wäre unten in der Menschenmenge heiß, aber hier oben auf der Bühne, mit all den Scheinwerfern, ist es sogar noch heißer. Und ich kann gar nicht anders, als River und OJ zu beneiden, dass sie sich von der Hitze nichts anmerken lassen.

«Genießt den Sommer, Leute, genießt ihn!», ruft River ins Mikro, während seine Hand mittlerweile auf meiner Taille liegt und er mich noch ein Stück näher an sich heranzieht. «Ich habe die drei liebsten Menschen um mich herum. Meine besten Freunde seit der High School ... und übermorgen fliegen wir zurück in unsere Heimat Tennessee.» Die Leute fangen laut an zu jubeln, als hätte er verkündet, dass wir nach Paris fliegen. Oder so. Jedenfalls jubelt normalerweise niemand, wenn man sagt, dass man aus Tennessee kommt. In der Regel können sich die Leute vor Begeisterung noch halten, aber River hat das Publikum bereits um den Finger gewickelt. «Es hat heute Abend so viel Spaß gemacht hier! Vielen Dank an alle, die das heute möglich gemacht haben! Ihr wart ein tolles Publikum! Habt einen schönen Sommer, wir sehen uns nächstes Jahr!»

Das sind seine letzten Worte, ehe wir uns umdrehen und von der Bühne verschwinden. Immer noch tobender Applaus. So ohrenbetäubend, dass ich mittlerweile alles dumpf höre. Ich bin voller Adrenalin und Endorphinen gleichzeitig und für genau solche Tage leben wir. Meine Beine sind weich wie geschmolzene Butter in der Sonne und ich kann kaum mehr aufrecht gehen, so viele Emotionen strömen durch meinen Körper.

Wir sind fast von der Bühne, als River seinen Schritt verlangsamt und nach meiner Hand greift. Ich werfe ihm einen fragenden Blick über meine Schulter zu. Immer noch sehe ich das feiernde Publikum hinter ihm, dahinter das goldschimmernde Meer und den rosa Himmel. Immer noch habe ich dieses Piepen im Ohr und höre gleichzeitig alles dumpf.

Aber dann, als ich in seine Augen schaue, steht die Welt still. Meine Welt. Unsere Welt. Das Blau hat das gleiche intensive Strahlen wie vorhin auf der Bühne. Ich will ihn fragen, was los ist, aber ich kann gar nicht anders, als ihn anzulächeln. Einfach, weil er River ist. Und weil mir mal wieder bewusst wird, wie viel er mir bedeutet.

River zieht mich an meiner Hand zu sich. Im Bruchteil einer Sekunde stehe ich vor ihm, so dicht, dass ich jede einzelne

Bartstoppel zählen kann. Sein warmer Atem streift mein Gesicht und allein das reicht aus, um in meinem Körper eine gewaltige Hitze zu entfachen. Er beugt sich ein Stück zu mir herunter und senkt seine Lippen auf meine. Es kommt so unerwartet und trotzdem ist es sofort vertraut, obwohl er mich ganz anders küsst, als beim ersten Mal. Hungrig, stürmisch und ungezügelt. So, als hätte sich all das in der Zeit angestaut. Und vielleicht hat sich das auch, denn es ist fast genau ein Jahr her. Ein verdammtes Jahr. Es kommt mir vor wie eine Ewigkeit, und gleichzeitig so, als wären erst wenige Tage vergangen. So viel hat sich verändert, und dennoch ist so viel gleich.

Mit seinem Finger streicht River mir zärtlich eine Haarsträhne aus dem Gesicht. Immer noch beschleunigt sich das Herz in meiner Brust, immer noch hinterlässt jede Berührung von ihm dieses elektrisierende Gefühl auf meiner Haut. Sein Blick ist aufmerksam und es liegt so viel Liebe darin. Wärme durchströmt meinen Körper. Obwohl es immer noch so laut um uns herum ist, blende ich alles andere aus. Seine nächsten Worte höre ich so klar, als würden wir die einzigen Menschen hier sein, und in diesem Moment fühlt es sich auch so an: «Ich liebe dich, Lexie.» Ehe ich überhaupt etwas erwidern kann, legt er mir den Finger auf die Lippen und streicht mir mit der anderen Hand sanft durch die dunklen Haare. «Nein, sag nichts. Sag einfach nichts. Ich liebe dich, Lexie, und ich liebe dich schon so lange, ohne es überhaupt realisiert zu haben. Weil es einfach immer schon so war. Es war nie anders.»

Und dann zieht er mich in seine Arme und hält mich fest. Ich kann spüren, wie sein Herz wie wild in der Brust schlägt, und auch mein eigenes droht meinen Brustkorb zu sprengen.

River weiß, dass ich es erwidern würde. Natürlich weiß er das. Und eigentlich würde das auch jeder gerne hören in solch einem Moment. Aber ich weiß nicht, ob River damit umgehen könnte. Vielleicht wäre es zu viel für ihn. Es ist ein bisschen so wie beim Abschlussball, als er den Moment auch sabotiert hat, indem er wie ein Irrer zum Ufer gerudert ist. Also schließe ich einfach nur die Augen, rieche seinen vertrauten Duft und genieße es, dass er mich so fest umschlungen hält, während unsere Herzen im gleichen Takt schlagen.

Das Publikum jubelt immer noch und ich weiß nicht, ob sie den Kuss wohl gesehen haben, oder ob ich meine Umgebung nicht mehr richtig wahrnehme, weil ich voller Emotionen bin, oder ob sie einfach für die nächste Band jubeln. Denken ist mir schon mal leichter gefallen.

Dann atmet River tief ein und aus, während seine Finger über meinen Rücken streichen. Meine Hand lege ich auf seine Brust und als sich unsere Blicke treffen, lächelt er mich an. Ich weiß, dass es ihm eher rausgerutscht ist. Es war nicht geplant, sondern aus Emotion und Impuls heraus, wahrscheinlich selbst voller überwältigt von der Erfahrung, die er gerade auf der Bühne gesammelt hat. Der erste Live-Auftritt vor so einem großen Publikum, als Open-Air, in so einer atemberaubenden Location, die Vorfreude auf den Sommer und die Heimat. Ja, auch Rivers Körper muss von Adrenalin und Endorphinen überschüttet sein. Aber nur weil es ihm rausgerutscht ist, bedeutet es nicht, dass es nicht von Herzen kommt.

Seine Körperhaltung ist nicht auf Abwehr, sein Lächeln ist immer noch da und genauso offen wie zuvor und auch seine Gesichtszüge sind nicht verhärtet. Und jetzt, Sekunden später, hält er mich immer noch fest. Er scheint weitaus entspannter zu sein als beim letzten Mal und hat sich deutlich besser im Griff.

«Komm, wir gehen zu den anderen», entscheidet River mit sanfter Stimme und nimmt meine Hand. Wie selbstverständlich verschränkt er seine Finger mit meinen, während wir auf Adriana und OJ zusteuern. Es ist das erste Mal, dass River so offensichtlich meine Hand vor ihnen nimmt. Es ist zwar immer mal wieder so, dass seine Hand irgendwo auf meinem Bein ruht, wenn wir abends zusammen auf der Veranda sitzen oder einen Film schauen. Er hat es nie versteckt, aber so offensichtlich, fast schon demonstrativ, hat er es noch nie gemacht.

Keep calm, Lexie ...

Keine Hoffnung machen ... Ich habe es Adriana versprochen.

Das mit der Hoffnung ist immer so eine trügerische Sache, deswegen musst du sie loswerden. Es darf dich nicht belasten, Lexie. Lass es sich einfach entwickeln, wie es kommt, ohne zu hoffen.

Und tatsächlich funktioniert es. Ich hoffe auf nichts. Gerade genieße ich es einfach, wie es zwischen uns ist.

Mittlerweile fühle ich mich wie betrunken. Von der Erfahrung gerade auf der Bühne und von dem Kuss und überhaupt ... was ist hier eigentlich los? Träume ich?

OJ und Adriana sind währenddessen weitergegangen. Sie stehen ein ganzes Stück von uns entfernt und unterhalten sich. Adriana zeigt ihr kehliges Lachen, während OJ etwas erzählt und sich mit der Hand über seine Schläfe fährt, wo der Schweiß ihm immer noch herunter läuft. Keine Ahnung, ob sie uns ausgeblendet haben, es für sie nicht mal eine Überraschung ist oder sie uns Zeit zu zweit geben wollten.

«Da sind sie ja, unsere lovebirds», sagt Adriana mit einem breiten Grinsen, als sie uns sieht. «Die Unzertrennlichen. Partners in crime. Cookie und Pumpkin. Was auch immer.»

River lächelt nur, irgendwie etwas verlegen, und er streicht sich mit seiner freien Hand durch seine blonden Haare.

Ich versuche, OJs Gesichtsausdruck zu deuten. Ist er überrascht? Was immer er denkt, er kann es gut überspielen. Er grinst nur vor sich hin, aber lässt sich nicht in die Karten schauen. Mal wieder frage ich mich, ob er von dem Abschlussball weiß. Hat River jemals mit ihm darüber gesprochen? Ich jedenfalls nicht und Adriana auch nicht, obwohl sie das dürfte. Es gibt nicht wirklich so etwas wie Geheimnisse zwischen uns. Vielleicht spürt er es, obwohl wir nie darüber gesprochen haben. Das Einzige, was OJ über die Lippen bringt, ist: «Vielleicht sollten wir euch Pumkie nennen. Ihr wisst schon, als Verschmelzung von Pumpkin und Cookie.»

Und dann, als wir alle lachen und ich zu River aufschaue, während er immer noch meine Hand fest umfasst hält, als würde er sie nicht mehr loslassen wollen, treffen sich unsere Blicke und mir wird etwas bewusst.

Man soll auf die Menschen achten, die nicht für einen klatschen oder sich freuen, wenn man gewinnt. In solchen Momenten, in denen sie sich unbeobachtet fühlen und sich in Sicherheit wähnen, nichts von sich zu verraten, zeigen sie so viel von sich. Und diese Leute sind gefährlich. Weil sie nicht in der Lage sind, sich aufrichtig für andere zu freuen und ihnen Erfolg zu gönnen, wenn er nicht ihnen selbst gehört.

Aber in dem Moment wird mir noch mehr bewusst. Vielleicht etwas, das noch viel wichtiger ist. Und zwar auf die

Leute zu achten, die für dich klatschen und immer noch an dich glauben, wenn du verlierst und selbst nicht mehr an dich glaubst. Die, die noch da sind, wenn es nur regnet und stürmt und man zwischen all den dunklen Wolken die Sonne selbst nicht mehr finden kann. Die letzten Wochen hat River es nicht leicht mit mir gehabt, genauso wenig wie Adriana und OJ, wobei meine schwierigen Tage fast schon leicht mit ihnen an meiner Seite sind.

River hatte mich zwar aus meinem Tief herausgeholt, aber er hat es mir immer angemerkt, dass mir die Erfahrung einen mächtigen Dämpfer im ersten Jahr gegeben hat, vielleicht sogar einen Knacks im Selbstbewusstsein. Er hat gespürt, dass mich das geprägt und Spuren hinterlassen hat. Ich habe versucht, diesen Kampf mit mir selbst auszutragen, und nichts mehr dazu gesagt, weil auch alles gesagt war, und dennoch hängt so eine Erfahrung nach, so desillusionierend, wenn man davon überzeugt ist, dass man auf dem richtigen Weg ist und seinem Herzen folgt, aber es sich dann wie eine Sackgasse anfühlt. Immer wieder hat sich dieser Gedanke in meinen Kopf geschlichen, und River hat mir jedes Mal an die Schulter gestupst, als hätte er den Selbstzweifel, der in dem Moment immer lauter in mir wurde, gehört. Und, ja, er glaubt immer noch an mich, so fest und unumstößlich, obwohl ich diese Rückmeldung bekommen habe und immer mehr Absagen für mein Skript bei uns zu Hause eingehen. Aber das spielt keine Rolle. River bleibt an meiner Seite und liebt mich, völlig egal, ob ich gewinne oder verliere. Egal, ob ich erfolgreich im Praktikum bin, egal, ob mein Buch einen Verlag findet oder wir mit den Absagen das Wohnzimmer neu tapezieren können. Genau wie ich immer zu seinen Auftritten kommen und in der ersten Reihe stehen würde, auch wenn sonst niemand da wäre. Ja, das ist Liebe. In welcher Form auch immer, aber das ist Liebe. Vielleicht sogar die aufrichtigste Form von Liebe. Weil sie bedingungslos ist. Und ich fühle mich gerade wie der reichste Mensch auf der Welt.

31. Kapitel

Knapp zwei Stunden nach dem Auftritt schließt Adriana die Tür zu unserem Zuhause in San Hills auf. Obwohl die Party noch in vollem Gange war, hatten wir irgendwann genug. Außerdem wollten wir noch einmal zusammen bei unserem Lieblingsitaliener Essen bestellen, ehe wir übermorgen nach Tennessee fliegen, und da River und OJ morgen noch einen langen Tag im Tonstudio vor sich haben, fiel die Option mehr oder weniger raus.

Keine Ahnung, wie OJ es schafft, aber als er sich aufs Sofa fallenlässt, wirft er einige der Figuren auf dem Schachfeld um, die vor ihm auf dem kleinen Tisch stehen. Gestern Abend haben River und ich eine Partie gespielt, wobei ich noch in meinen Anfängen bin und er mich selbst mit viel Wohlwollen niemals hätte gewinnen lassen können.

Adriana kommentiert das mit einem Augenrollen und trotzdem kann ich sehen, wie ihre Mundwinkel belustigt zucken. Sie denkt das Gleiche wie ich: Chaot.

OJ schert sich nicht weiter um das angerichtete Chaos, stattdessen greift er mit einem breiten Grinsen nach der Gitarre, die neben ihm auf dem Sofa liegt, und zieht sie zu sich. «Das ist das beste Geburtstagsgeschenk, das ihr mir hättet machen können. Vermutlich mein bester Geburtstag. Es wird schwer, das jemals wieder zu toppen ... aber no pressure.» Er streicht über die Saiten und bereits nach wenigen Sekunden erkenne ich, dass er *Castle on the Hill* von Ed Sheeran anspielt. «Ihr seid echt bescheuert. Alle. Die muss ein halbes Vermögen gekostet haben.»

River hat das geregelt. Wir haben mit OJs Eltern zusammengeschmissen und ganz günstig war die Gitarre bestimmt nicht. Aber OJ wollte sie schon länger haben. Genau diese. In Hellbraun. Sie ist von der Marke «Taylor» und auch wenn ich keine Ahnung von den verschiedenen Modellen habe, erinnert mich der Name an Taylor Swift und allein das hat mich restlos überzeugt.

River lässt sich neben OJ nieder und setzt textsicher ein, während ich in die Küche schlendere. Adriana lehnt sich bereits an der Theke und tippt mit ihren Fingern aufs Tablet. Auch ohne einen Blick aufs Display zu werfen, weiß ich, dass sie die Karte von unserem Lieblingsitaliener hier in San Hills durchforstet. Wie jedes Mal, als würde sie heute etwas anderes bestellen, als die BBQ Chicken Pizza.

«Lexie?», fragt Adriana mit leiser Stimme. Sie betont das Wort so gedehnt, dass ich direkt weiß, dass sie etwas von mir möchte.

«Ja?»

«Ich muss noch einen Essay beenden und einreichen. Kannst du ihn dir in den nächsten Tagen mal durchlesen?», will Adriana wissen, als sie kurz aufblickt. Ihre braunen Augen wirken noch größer als sonst, als sie ihren Hundeblick aufsetzt.

«Na selbstverständlich.» Ich schiebe sie ein Stück zur Seite, um mir aus dem Schrank ein Glas zu nehmen. «Wann fliegen wir übermorgen?»

«Total früh. Das fällt schon fast unter nachts.»

Ich muss lachen, während ich mir einen Schluck Pepsi einschenke. «Vielleicht bist du auch einfach ein Morgenmuffel.»

«Ob River wohl vor dem Flug noch eine Runde läuft?» Bedeutungsvoll hebt Adriana die Augenbrauen und packt das Tablet zur Seite, während sie auf River deutet. Sie senkt bei ihren nächsten Worten nicht mal die Stimme, weil die beiden immer noch mit der Musik beschäftigt sind. «Zuzutrauen wäre es ihm. So bescheuert ist er nämlich.»

«Ich wäre schon froh, wenn OJ vor Mitternacht aufhört, irgendwelche Instrumente zu spielen.»

«Ich habe mich schon daran gewöhnt, damit einzuschlafen.» Adriana lächelt, als sie OJ beobachtet. «Er liebt die Gitarre. Das absolut richtige Geschenk für ihn.»

Wie auf Kommando hört OJ plötzlich auf zu spielen und hebt fragend eine Hand. «Entweder du gehst jetzt an dein verdammtes Handy oder du machst es lautlos.»

River zieht es aus der Tasche, dann verstummt sein Handy. Die beiden tauschen vielsagende Blicke aus, dann lacht OJ laut auf. «Sind wir deswegen eigentlich so früh abgehauen? Damit du dem Stress aus dem Weg gehst?»

«Wir sind abgehauen, weil Cookie Hunger hatte», erklärt River, fast schon feierlich, ohne mich anzusehen. «Da sollten wir alle besser in die Knie gehen ... oder in Deckung.»

«Ich habe sehr gute Ohren. Wusstest du das, Pumpkin?», rufe ich rüber. Demonstrativ öffne ich den Kühlschrank, aber das Einzige, was ich darin finde, ist Alkohol. Cider. Schwer zu erahnen, wer all das Zeug trinkt.

«Du wirst wirklich unerträglich, wenn du hungrig bist», verteidigt sich River.

«Stimmt doch gar nicht.»

«Doch!», rufen alle drei zusammen.

«Vielen Dank für eure Freundschaft und Loyalität. Ich fühle mich mal wieder ganz geehrt», sage ich und verbeuge mich tief.

Wieder klingelt Rivers Handy. Wieder zieht er es aus der Tasche, wieder verstummt der Anruf.

«Das war jetzt aber nicht Janet, oder?»

«Muss ich darauf antworten?»

«Macht sie dir die Hölle heiß oder will sie reden?», fragt OJ belustigt, während er wieder über die Saiten der Gitarre streicht. Es ist fast so, als könnte er es nicht lassen.

«Zweiteres.»

«Ernsthaft?» OJ ist so irritiert, dass er prompt aufhört zu spielen. «Also meine beiden Chicas sind da um einiges pflegeleichter. Die habe ich vorhin noch einmal gesehen und danach habe ich Au revoir gesagt.»

River wendet den Blick ab, dafür fixiert er mich. Er wirkt fast schon unsicher, ob er darüber reden soll, wenn ich dabei bin. OJ scheint das entweder nicht zu bemerken oder er will ihn bewusst herausfordern, denn als River nicht antwortet, setzt er bereits nach: «Wolltest du ... es ... etwa verschweigen? Du warst nicht gerade bemüht, dass es heimlich passiert und keiner mitbekommt.» River wirft ihm einen vielsagenden Blick zu und OJ hebt beschwichtigend die Hände. «Just saying.»

Einige Sekunden starren sie einander schweigend an und ich bin mir nicht sicher, ob River ihm gleich an die Kehle springt, weil er das Thema so provoziert. Aber dann bricht seine ernste Fassade allmählich. Rivers Gesichtszüge werden weicher, als ein kleines Lächeln an seinen Lippen zupft. «Ich wollte es nicht verschweigen. Es war aber auch nicht meine Absicht, es Janet so reinzureiben.»

«Ist halt so passiert?»

«Ja.»

«Starke Verteidigung von River», flüstert Adriana mir zu und klingt genauso belustigt wie OJ. Sie meint es ebenso wenig böse. Und jeder von uns weiß auch, dass River Janet nicht wehtun wollte. Das ist nicht seine Art. Er ist da weitaus einfühlsamer als OJ, der die Mädchen reihenweise eiskalt abserviert.

«Und trotzdem hängen sie so an dir», sagt OJ, irgendwie mehr zu sich selbst als zu River.

«Ja.» Unschlüssig kaut River auf der Unterlippe und wieder wirft er mir diesen unsicheren Blick zu, als würde er mich fragen, ob er überhaupt weiterreden soll. Kaum merklich nicke ich. Er muss das mit ihr regeln. River räuspert sich und lehnt sich nach hinten. «Verrückt, oder? Ich dachte, sie legt einen Ausraster hin, aber sie wollte mit mir *über die Dinge reden.*» River betont die letzten Worte des Satzes besonderes gedehnt und hebt ungläubig die Augenbrauen, als könnte er nicht fassen, dass Janet das gesagt hat. «Das hat sie so gesagt. Was gibt es da zu *reden*?»

«Nichts», trägt OJ sinnvoll zum Gespräch bei, ehe er ratlos mit den Schultern zuckt. «Ich weiß nicht, was du mit den Mädchen machst, dass sie dir das sofort verzeihen.»

«Ich weiß es auch nicht.»

«Du wirst sie auch sonst nicht los.»

«Nur schwer jedenfalls», gibt River zu. «Vielleicht sollte ich mal deine Methode probieren und ... unfreundlicher werden.»

«Ist durchaus effektiv. Ich habe meistens Ruhe.» OJ hält kurz inne, dann liegt ein freches Grinsen auf seinem Gesicht.

«Außerdem kann ich sowieso nicht verstehen, was die an dir finden.»

River boxt ihm lachend an die Schulter. «Wahrscheinlich bin ich etwas charmanter als du. Mach dir darüber mal Gedanken.»

Schließlich drücke ich mich von der Theke ab und als ich an den beiden vorbeigehe, wirft sich River quer über das Sofa und hält mich fest. Fragend sehe ich zuerst ihn an, dann meine Hand, die er mit seiner umschlossen hat. OJ spielt bereits wieder Akkorde an seiner Gitarre und schenkt uns keine Beachtung, als wäre das eine völlig normale Situation, und auch Adriana ist damit beschäftigt, etwas in ihrem Handy zu tippen.

«Wohin gehst du?», will River wissen.

«In OJs Zimmer.»

«Was?», zischt er, so überrumpelt, dass er wohl kurz denkt, ich meine das ernst. Innerhalb einer Sekunde rafft er sich auf und sitzt kerzengerade vor mir.

Ich muss lachen. «Na, in mein Zimmer natürlich.»

«Warum?»

«Ähm ... Nur so.» Irritiert sehe ich ihn und weiß nicht ganz, in welche Richtung das Gespräch führen soll.

«Darf ich mitkommen?» Kaum ausgesprochen, reißt er kurz die Augen auf, als wäre ihm die Frage herausgerutscht, aber nach einer Sekunde hat er sich schon wieder gefangen. «Also, ich meine, nur so.»

«Klar», erwidere ich. Mein Tonfall ist gelassen und locker, aber in mir sieht es anders aus. Es ist das erste Mal, dass wir nach dem Kuss alleine sind, und diese Situation kann bei uns beiden so ziemlich alles bedeuten.

River steht sofort auf und dann folgt er mir die Treppe hinauf nach oben. Ich muss mich nicht mal umdrehen, um zu wissen, dass er dicht hinter mir ist. Ich kann seine Anwesenheit körperlich spüren. Mein Herz pocht. Ich weiß nicht, warum ich so nervös bin, aber ich bin es. Ich erwarte nicht mal das große Feuerwerk. Vermutlich habe ich eher die Befürchtung, wieder in die nächste Katastrophe hineinzuschlittern.

Déjà-vu ... So viel an diesem Abend erinnert mich an unseren Abschlussball. Fast genau ein Jahr ist es her ... Ein Jahr später. Ein völlig anderes Leben, und trotzdem so gleich.

«Es war einfach ein perfekter Tag. Rundum perfekt.» Rivers Stimme klingt kratzig, als wir mein Zimmer ansteuern.

«Es muss ein wahnsinniges Gefühl gewesen sein, dort spielen zu dürfen», sage ich mit einem Lächeln über meine Schulter, als ich die Tür öffne.

«Das war es auch, Cookie», stimmt er mir zu. «Das war es wirklich. Ich kann es kaum in Worte fassen. Wir haben ja schon viele Auftritte gehabt, aber nie so groß ... nie mit so einem Publikum und nie bei so einer Location.» River lächelt mich an und seine markanten Wangenknochen zeichnen sich ab.

Ich bleibe im Zimmer stehen und stemme fragend die Hände in die Hüften, als ich mich zu ihm umdrehe und River die Tür anlehnt. Jetzt sind wir wirklich alleine und nur der Gedanke daran lässt mein Herz noch schneller schlagen. Und irgendwie ärgert es mich, dass ich gerade so wenig Kontrolle über meinen Körper habe. Dann, eher aus Ratlosigkeit, setze ich mich aufs Bett und würde am liebsten die Augen verdrehen. Schlechter Zeitpunkt für meinen Humor. Ich streiche mir über mein Kleid – auch nicht unbedingt ein besserer Move – und ich glaube, River merkt es mir an. Seine blauen Augen beobachten mich aufmerksam, als er auf mich zukommt. Auf seinem Gesicht liegt das typische Grinsen, das mir so vertraut ist, und allein das reicht, dass ich mich entspanne. Falls er selbst angespannt ist, lässt er sich das jedenfalls nicht anmerken.

Er setzt sich zu mir, genauso nah wie sonst. Keine Distanz, kein Abstand, keine Katastrophe.

«Lexie», setzt er schließlich an und seine Hand streicht über meine Haut, ehe er sie auf meinem Oberschenkel ablegt. Ganz ruhig, ganz selbstverständlich, ganz entschlossen, als wäre er sicher, dass sie genau dort hingehört. «Du bist manchmal einfach cool.»

«Nur manchmal?», frage ich gespielt empört. Die letzte Anspannung fällt von mir ab. River ist genau wie immer. So, wie ich ihn kenne. Wie er mir vertraut ist. Wie ich mich in ihn verliebt habe. Und liebe ... Manchmal weiß ich gar nicht genau, wann das alles passiert ist. Und manchmal denke ich, es war nie anders. Ich räuspere mich, um meine Gedanken in eine andere Richtung zu lenken und mich auf das Gespräch zu konzentrieren. «Reicht es noch nicht, um zu den cool kids zu gehören? Für den Thron der Coolen?»

River schmunzelt über meine Worte, als er auf seine Hand sieht. «Ernsthaft, Lexie. Gerade, als OJ mit Janet angefangen hat ... du drängst mich nicht, du forderst keine Erklärung oder Entscheidung ... du stellst keine Ansprüche oder reagierst zickig oder eifersüchtig ... Du bist einfach cool. Lexie halt.»

Gerade bin ich schon mehr als froh, dass er nicht wieder in seine abwehrende Haltung zurückgefallen ist. Das war auf dem Nachhauseweg durchaus eine Sorge, die in meinem Kopf herumgewuselt ist. Vielleicht sollte ich diesen Gedanken jedoch für mich behalten, denn River jetzt gerade an den Abschlussball zu erinnern, scheint mir nicht der richtige Moment zu sein. Deswegen fällt meine Antwort weitaus abgeklärter aus: «Du musst das mit ihr regeln, River. Sie ist deine Freundin.»

«Wenn man das überhaupt so nennen kann», murmelt er, während er sich einmal durch die blonden Haare streicht. «Außerdem ... Ex-Freundin», korrigiert er mich.

«Sieht sie das auch so?»

«Sollte sie», sagt River knapp. «War ja wohl eindeutig. Oder brauchen manche erst eine schriftliche Erklärung?»

Ich komme nicht mehr dazu, ihm darauf zu antworten, weil OJs dunkle Stimme von unten ertönt. «Können wir endlich los und das Essen abholen oder müssen wir jetzt deinetwegen alle den Hungertod sterben, bloody Brite?»

«Shut up!»

«Wo bist du denn schon wieder?»

«Bei Lexie.»

OJ seufzt. So laut, dass man es sogar bis nach oben hört. «Ich setze mich dann mal wieder aufs Sofa. Oder lohnt es sich noch, die PlayStation anzuwerfen?»

«Zwei Minuten», verspricht River.

OJ lacht auf, als wäre das eine absurde Zeitangabe, aber kommentiert das nicht weiter. River scheint das Thema sowieso schon abgehakt zu haben, denn seine blauen Augen blicken mich aufmerksam an, als würde er alles um uns herum ausblenden. Dann zieht er mich an sich und legt seinen Arm um mich. Eingehüllt in seinen Duft schließe ich kurz die Augen.

Abende in Nashville. Nächte am Lagerfeuer. Heiße Sommertage. Auftritte in Bars. Sonnenuntergänge hier in Kalifornien und in Tennessee. Abenteuer und Heimat. So viele Erinnerungen sind an diesen Duft gekoppelt.

«Lass uns drüber reden, wenn wir in Greywood sind, ja?», flüstert er, während er mir durchs Haar streicht. Sein Atem streicht meine Wangen.

«Worüber?» Ich wünschte, es wäre anders, aber irgendetwas von all dem reicht schon wieder, etwas in mir durcheinanderzuwirbeln. Seine Worte, seine Nähe, seine Berührungen – eins davon ist es.

«Über all das.»

«Machen wir.» Zu gerne wüsste ich, ob er innerlich aufgewühlter ist, als er gerade zugeben will, weil ihm die drei magischen Worte herausgerutscht sind. Es hat etwas verändert. Etwas in mir. Weil ich weiß und gespürt habe, dass die Worte von Herzen kommen. Das Leuchten in seinen hellen Augen hat es mir verraten. Ich mache mir gerade keine Gedanken darüber, ob er es mit Janet regelt oder auch nicht. Für diesen Moment reicht für meinen inneren Frieden die Gewissheit, dass sein Herz für mich schlägt.

River drückt mir einen Kuss auf die Stirn, dann steht er auf und geht zur Tür, um zusammen mit OJ das Essen abzuholen. Dann, kurz bevor er an der Tür ist, dreht er sich nochmal um und fragt mit völliger Selbstverständlichkeit: «Welche Pizza nehmen wir?»

Wir …

«Wie immer.»

«Aye, aye, Sir, aye.» River salutiert und bringt mich damit zum Lachen.

«Das war ein Aye zu viel.»

«Das ist britisch.» Er zwinkert mir zu und dann geht er den letzten Schritt zur Tür. Er hat seine Hand schon am Griff, um die angelehnte Tür aufzuziehen. Es ist fast so, als würde er zögern, zu gehen. Ich weiß nicht, worauf er wartet. Vielleicht sind es nur ein oder zwei Sekunden, aber es kommt mir so viel länger vor, wie er da an der Tür steht, den Rücken zu mir gewandt.

Auch in mir zögert etwas, ihn gehen zu lassen. Vielleicht, weil ich nicht genau weiß, wo wir beide gerade stehen. Ich weiß, dass manche anders in der Situation reagieren würden. Sie würden versuchen, River zu drängen. Zu halten. Ihn an sich zu binden. Aber ich glaube, er würde sowieso wieder einen Schritt zurückgehen, wenn ich diesen Schritt gehen würde. Ich glaube, er muss von ihm kommen. Dieser letzte Schritt. Wenn überhaupt ... sein Tempo. Ich verfolge hier keinen Plan. Und ich glaube, manchmal braucht man auch keinen Plan. Durchatmen, weitermachen, Dinge entwickeln und auf sich zukommen lassen.

«River?»

Sofort dreht er sich um, fast so, als hätte er darauf gewartet. «Ja?»

Übrigens ... ich liebe dich auch, falls du es noch nicht wusstest ...

Einen kurzen Moment bin ich geneigt, die Worte laut auszusprechen. Genau diese Worte, die regelrecht darauf pochen und in mir schreien, endlich ausgesprochen zu werden.

Ich glaube, River weiß es. Er weiß, dass es so ist und dass ich es sagen will. Aber es ist zu viel. Ich glaube wirklich, es wäre heute zu viel für ihn.

River lächelt. Er versteht mich auch so. Stillschweigend, ohne, dass ich es laut aussprechen muss.

«Was gibt's zum Nachtisch?», frage ich stattdessen.

Er sieht kurz irritiert aus, wahrscheinlich über den Themenumschwung, was mir verrät, dass er in Gedanken auch woanders war. Dann legt er laut lachend den Kopf in den Nacken. «Bananasplit.»

Auch wenn ich nicht will, muss ich lachen. Etwas verlegen greife ich nach einem Kissen, das neben mir auf dem Bett liegt, und spiele am Verschluss herum. «Du bist so doof. Ehrlich. Ich meinte das ernst.»

«Ich auch.» Entschuldigend hebt er die Hände. «Ich bringe uns was mit.»

«Cookies?»

«Natürlich.»

«Standard bei uns.»

«Letztes Mal hatten die auch Tiramisu. Das sah auch ziemlich gut aus. Wahrscheinlich nicht so gut wie das von Adrianas Mutter, aber vielleicht sollten wir ihm heute mal eine Chance geben.»

«Ich vertraue dir.»

«Das ist übrigens eine kleine Drucksituation. Jedes Mal.»

«Was genau?»

«Deinen Nachtisch zu entscheiden. Ich weiß ja, wie sehr du den liebst.» Wissend hebt er den Finger. «Du hörst extra davor auf, zu essen, damit du noch Nachtisch essen kannst. Deswegen will ich dich nicht enttäuschen.»

Mir wird warm, weil mir mal wieder bewusst wird, wie gut er mich kennt. Selbst solche Kleinigkeiten weiß er. Keine Ahnung, was er noch alles weiß. Wahrscheinlich kennt er sogar meinen Zyklus. Schnell lenke ich ab: «Süß von dir. Und so aufmerksam.»

Jetzt wird es River zu romantisch. Ich kann es spüren. Seine Augen wandern unruhig durch den Raum, während er einige Male auf seinen Fußballen auf- und abwippt. Daher wundert es mich nicht, dass er einen Spruch nachschiebt, um die Stimmung aufzulockern und ebenfalls abzulenken. Auch ich kenne ihn sehr gut. «Da gibt es übrigens einen Nachtisch, der heißt Marshmallow Monster. Letztens wollte mir die Verkäuferin den andrehen. Da habe ich gesagt, nee, danke, das Monster habe ich schon zu Hause.»

Ich lache auf, weil ich seine Anspielung zu gut verstehe, und werfe das Kissen auf River, das er spielend leicht auffängt. «Hau ab jetzt, Pumpkin.»

«Bye bye, kleines Marshmallow Monster.»

River erwartet keine Antwort, denn er läuft bereits in schnellen Schritten die Treppe herunter. OJ scheint es mittlerweile zu lange gedauert zu haben, denn er ist schon wieder mit seiner Gitarre beschäftigt.

Ich stehe auf, setze mich an den Schreibtisch und öffne meinen Laptop. Irgendwann im Laufe des Tages kam mir eine Idee für eine Szene in meinem Skript, also fange ich an, meine Gedanken aufzuschreiben. OJs Stimme hallt durch den Wohnbereich, als er Adriana etwas zuruft, das ich akustisch nicht verstehe. Dafür höre ich Adrianas lautes und kehliges Lachen, das gerade fast schon dreckig klingt, in all seiner Deutlichkeit. River hingegen flucht lautstark vor sich hin, warum auch immer. Schmunzelnd tippe ich auf die Tasten und versuche, die Realität um mich herum auszublenden, während ich in meine selbsterschaffene Welt eintauche und schnell alle Sätze notiere, die mir spontan durch den Kopf gehen, und mit denen ein Außenstehender wahrscheinlich nichts anfangen könnte, weil sie ohne Zusammenhang und wie ein einziges Chaos wirken, aber in meinem Kopf perfekt Sinn ergeben. Immer wieder höre ich Stimmen von unten, Gitarrenakkorde, ein Türknallen, dann wieder ein Türöffnen. Alles im Wechsel. Genau so ein Durcheinander, wie bei den niedergeschriebenen Worten vor mir. Und trotzdem bin ich so im Schreibflow, dass ich irgendwann nicht mehr weiß, wer noch im Haus ist oder ob überhaupt noch jemand da ist.

Keine Ahnung, wie lange ich in meinen Worten vertieft bin, aber irgendwann klopft es an der Tür, obwohl River sie sowieso offenstehen gelassen hatte. Kurz hebe ich den Finger, um zu signalisieren, dass ich noch schnell den Satz zu Ende tippe, dann drehe ich mich um.

Adriana. Und sie ist mindestens genauso blass wie der Türrahmen, an den sie sich lehnt.

Mit einem Mal verändert sich etwas – die Stimmung im Raum. Zwischen uns ist mit einem Mal diese bleischwere Stille, jede Leichtigkeit fehlt.

«Was ist?», will ich wissen und lächle Adriana an. Meine Mundwinkel zucken. Es ist ein unechtes Lachen. Sofort stehe ich auf und gehe auf Adriana zu. Fast schon erschrocken weicht sie einen Schritt zurück und etwas an ihrem Gesicht jagt mir einen Schauer über den Rücken. Es fühlt sich so an, als würde die Temperatur um uns herum auf den Nullpunkt sinken. Ihre braunen Augen, die sonst so viel Wärme und Lebensfreude ausstrahlen, wirken leer.

Sie sagt nichts. Kein Wort. Ihr Schweigen lässt die Unruhe in mir nur noch größer werden.

«Adriana, ist etwas passiert? Geht's dir nicht gut?», frage ich, als ich vor ihr stehe und ihren Blick suche, den sie sofort abwendet. Ich strecke meine Hand aus, um sie an der Schulter zu berühren, und obwohl sie zuvor einen Schritt zurückgewichen ist, lässt sie es nun zu. Zögernd streiche ich über ihren Arm und dann sieht sie mich endlich an. Ihre Augen sehen glasig aus, glitzern vor Tränen, und jetzt, als ich ihr so nah gegenüberstehe, fällt mir auf, dass ihr Augenlid nervös zuckt.

«Was ist los?», frage ich nochmal. Meine Stimme ist sanft und ich versuche, sie ruhig zu halten, aber ich bin mir sicher, Adriana erkennt meine ansteigende Panik, die ich nicht länger vor ihr verstecken kann.

Wieder sagt sie nichts. Ihr Blick ist leer und es ist fast so, als würde sie durch mich hindurchsehen. Ich weiß gar nicht, ob sie wirklich mitbekommt, was hier gerade passiert.

«Rede mit mir!» Ungeduldig schüttle ich an ihrer Hand, die eiskalt ist, und Adriana japst nach Luft, als wäre sie durch meine Berührung wieder an die Wasseroberfläche gelangt. «Sag doch was! Was ist passiert?»

Ich weiß nicht, ob sie sich freiwillig hinsetzt, oder ob ihre Beine nachgeben, aber sie sinkt vor mir auf den Boden, während ich für einige Sekunden starr stehenbleibe. Schließlich gehe ich in die Hocke, um sie wieder anzusehen und so hoffentlich zu erreichen. «Verdammt nochmal, jetzt sag mir endlich, was los ist!», schreie ich sie in meiner Hilflosigkeit schon fast an. Ein weiterer Gedanke trifft mich und beschleunigt mein Herz innerhalb einer Sekunde ins Unermessliche. «Ist etwas mit OJ?» Bei meinen nächsten Worten kann ich kaum mehr atmen und ich traue mich nicht mal, den Gedanken zu Ende zu spinnen. «Oder mit River?»

Tausend Gedanken strömen mit einem Mal durch meinen Kopf und ich spüre eine Kälte, die mir bis ins Mark dringt.

Rivers Zögern, als er an der Tür stand ...

Ich hätte es ihm sagen sollen ... vorhin ...

Adrianas Lippen zittern und sie ringt nach Worten. Dann laufen ihr Tränen über die Wangen und sie weint, bitterlich und hemmungslos. Ich schüttle sie kurz an der Schulter, damit sie mir endlich sagt, was los ist, aber ihre Atmung ist so schnell und hysterisch, dass ich die Befürchtung habe, sie steht kurz vor einer Panikattacke. Ich ziehe sie an mich und drücke sie, so fest, dass ich den schnellen Herzschlag spüre, der gegen ihren Brustkorb hämmert, während ihr ganzer Körper zittert, so sehr, als würden wir in eisiger Kälte sitzen.

«Was ist passiert?», flüstere ich nochmal, während ich ihr beruhigend über den Rücken streiche. Sie antwortet nicht. Und ich weiß auch, dass sie gerade nicht antworten wird, weil sie es nicht kann. Stattdessen schnappt sie immer nur panisch nach Luft, wie jemand, der hilflos im Wasser strampelt, gegen eine Strömung ankämpft und dabei kurz vor dem Ertrinken ist.

«River! OJ!», rufe ich nach unten. Fest umklammere ich Adriana und rutsche mit ihr ein Stück über den Boden nach vorne, als würden die beiden mich durch die wenigen Zentimeter plötzlich hören und antworten.

Aber da ist nichts.

«Wo seid ihr?» Meine Stimme klingt brüchig, auch ich kann es nicht länger unterdrücken. Es ist etwas mit ihnen. Innerlich weiß ich es bereits, aber ich will es mir noch nicht eingestehen. Voller Verzweiflung klammere ich mich noch an diesen letzten Hoffnungsfunken, dass ich mich täusche. Wieder rufe ich gegen diese Leere: «Wo seid ihr, verdammt?»

Meine Kehle brennt und auch mir laufen mittlerweile Tränen über die Wangen, während ich immer noch Adriana im Arm halte, die leise schluchzt.

Ich rufe wieder und wieder nach River und OJ, immer lauter und energischer.

Aber da ist nichts.

Immer noch nichts.

Da ist nur Stille. Diese erdrückende, bedrohliche und endlose Stimme, die alles um uns herum einnimmt und in Kälte zurücklässt.

Ende Teil 1

Und zum Schluss ganz viel Danke ...

Ein Buch anfangen zu schreiben, ist nicht schwer. Ein Buch zu Ende zu schreiben, ist hingegen schwer. Immer. Insbesondere dann, wenn sich die Geschichte über mehrere Teile erstreckt. Deswegen geht mein erstes Dankeschön an meine Testleserinnen: Alina, Anita, Cheryl, Ellie, Luisa, Sara, Sonny, Steffi und Tanja. Vielen Dank, dass ihr euch auf diese Geschichte eingelassen habt, nichtsahnend, dass der ursprünglich geplante Einteiler tatsächlich zur Trilogie wurde, weil ich der Geschichte so viel Raum geben wollte, wie sie braucht. Danke für eure Leseeindrücke, eure Analysen, euer kritisches Auge, eure ausführlichen Anmerkungen und Rückmeldungen, an welchen Stellen die Geschichte schon funktioniert oder wo es noch hakt. Und wieder quäle ich euch mit einem Cliffhanger. Sorry (not sorry)! Ich glaube, ich kann nicht anders ;)

Lieben Dank an meine Mama, die unkritischste Testleserin der Welt, weil sie einfach alles wunderbar findet, was ihre Tochter auf Papier bringt.

Tausend Dank an meine zauberhaften Lektorinnen Edda und Irina, dass ihr mich und meinen Weg seit dem ersten Buch begleitet. Ich arbeite wahnsinnig gerne mit euch zusammen und ich habe wieder so viel gelernt. Danke dafür!

Danke auch an meine Grafikdesignerin Emilia, die diesem Buchbaby-Drilling ein wunderbares Outfit verpasst hat. Love it!!!

Und natürlich geht ein ganz herzlicher Dank an alle Blogger, die auch dieses Buchbaby von Anfang an unterstützt haben. Ich bin immer noch überwältigt von eurer grenzenlosen Hilfsbereitschaft und beeindruckt von eurer Leidenschaft für Bücher und neue Geschichten. Ich habe so viele liebe Menschen kennengelernt und bin dafür so dankbar.

Das wahrscheinlich größte Dankeschön geht an dich als Leser: Danke dafür, dass du meinem Buchbaby eine Chance gegeben hast und es gerade in deinen Händen hältst – sei es gedruckt oder als eBook. Dir kann ich gar nicht genug danken.

Danke.

... und noch eine kleine Bitte ...

Rezensionen sind für Autoren sehr wichtig. Sie geben mir als Autorin nicht nur eine Rückmeldung, wie dir mein Buch gefallen hat, sondern helfen mir auch, neben anderen Büchern mit hohen Werbebudgets mehr Sichtbarkeit zu erhalten und auf diesem Wege neue Leser zu finden.

Deswegen würde ich mich sehr freuen, wenn du dir die Zeit nehmen könntest, um mich zu unterstützen und ein paar Zeilen zu meinem Buch hinterlässt.

Ich lese jede einzelne Bewertung.

Danke.

Newsletter

Du möchtest wissen, wie die Geschichte weitergeht? Dann melde dich gerne für meinen Newsletter an, um keine weitere Neuerscheinung von mir zu verpassen.

www.ninamiller.de/newsletter

Gerne kannst du mir auch auf Instagram folgen:

www.instagram.com/ninamiller13

Weitere Bücher der Autorin

«Bereit zu fliegen»

Leona hat eigentlich alles: ein Leben inmitten von Luxus, Exklusivität und High Society, einen ungewöhnlichen Job und Tyler – charismatischer Verlobter und tougher Geschäftsmann. Das muss doch der Stoff sein, aus dem Träume gemacht sind, findet Leona und fragt sich, warum ihr zum großen Glück trotzdem so viel zu fehlen scheint. Doch der Countdown zu ihrer Hochzeit läuft – und dann tritt auch noch Lucas in ihr Leben. Was macht man, wenn der Boden unter den Füßen plötzlich weg ist? Man fällt. Oder man beginnt zu fliegen.

«Alles außer dir»

Hältst du an etwas fest, das du gehen lassen solltest?

Nach einer gescheiterten Beziehung will Nicky von vorne anfangen. Sie zieht von Brooklyn in die Hamptons, wo das Meer nie weit entfernt und das Leben ganz anders ist. Eine neue Liebe hat für sie keine Priorität, doch dann trifft sie Liam. Er ist charmant, attraktiv, einnehmend – und man kann ihm nicht trauen. Dennoch ist sie sofort in seinen Bann gezogen und lässt sich auf ein Spiel ein, bei dem nie klar ist, was Täuschung und was bitterer Ernst ist.

«Alles außer uns»

Der Verstand bereut, aber das Herz begehrt ...

Sie dachten, sie könnten es geheim halten. Doch nun steht für Nicky alles auf dem Spiel – Job, Familie, Freunde und ihre Zukunft. Für sie beginnt ein Wettlauf gegen die Zeit, bei dem sie auf sich allein gestellt ist. Doch eins ist klar:
ein Leben ohne Liam ist ein Leben allein.
«Alles außer uns» erzählt von einer Liebe, für die Nicky viel riskiert, ohne zu wissen, wem sie trauen kann. Eine Geschichte vom großen Glück, tiefen Fall und dem Gefühl, nebeneinander zu stehen, aber nie am selben Ort zu sein.